닥터 지바고 1

이 도서의 국립중앙도서관 출판예정도서목록(CIP)은
서지정보유통지원시스템 홈페이지(http://seoji.nl.go.kr)와
국가자료공동목록시스템(http://www.nl.go.kr/kolisnet)에서 이용하실 수 있습니다.
(CIP제어번호: CIP2018038466)

세계문학전집
171

Борис Пастернак : Доктор Живаго

닥터 지바고 1

보리스 파스테르나크 장편소설

박형규 옮김

문학동네

일러두기

1. 번역 대본으로는 이탈리아 펠트리넬리 출판사에서 1958년에 발간한 최초의 러시아어판을 사용했다. Борис Пастернак, Доктор Живаго, Milano: Giangiacomo Feltrinelli Editore, 1958.
2. 주석은 모두 옮긴이주이다.
3. 외래어 표기는 국립국어원 외래어 표기법에 준했으나, 일부는 현지 발음이나 관용에 따랐다.
4. 러시아어 외의 외국어는 이탤릭체로, 원서에서 강조한 부분은 고딕체로 처리했다.
5. 성서의 인용은 공동번역 개정판에 따랐다.

차례

1장 다섯시 급행열차	009
2장 다른 세상에서 온 소녀	037
3장 스벤티츠키네 욜카 파티	103
4장 다가오는 운명	147
5장 과거여 안녕	206
6장 모스크바의 야영	260
7장 여로	327

주요 등장인물

유리 안드레예비치 지바고(유라, 유로치카) 의사이자 시인.

옙그라프 안드레예비치 지바고(그라냐) 그의 이복동생.

니콜라이 니콜라예비치 베데냐핀(콜랴) 그의 외삼촌.

인노켄티 데멘티예비치 두도로프(니카) 그의 벗.

미하일 그리고리예비치 고르돈(고르도샤, 미샤) 그의 유대인 벗.

알렉산드르 알렉산드로비치 그로메코(사네치카) 그의 장인. 대학교수.

안토니나 알렉산드로브나 그로메코(토냐, 토네치카, 톤카) 그의 아내.

아말리야 카를로브나 기샤르[기샤로바] 러시아에 귀화한 프랑스 여자.

로디온 표도로비치 기샤르(로댜) 그녀의 아들.

라리사 표도로브나 기샤르(라라, 라로치카, 라루샤) 그녀의 딸.

빅토르 이폴리토비치 코마롭스키 변호사.

파벨 페라폰토비치 안티포프 철도 노동자. 후에 정치범, 혁명가.

파벨 파블로비치 안티포프(파블루시카, 파샤, 파셴카, 파시카, 파툴랴, 파툴레치카) 그의 아들. 라리사의 남편. 후에 스트렐니코프.

아베르키 스테파노비치 미쿨리친 크류게르가의 전前 관리인.

아그립피나 세베리노브나 툰체바 그의 아내.

리베리 아베르키예비치 미쿨리친(립카) 그의 아들. 숲의 파르티잔 지도자.

세라피마 세베리노브나 툰체바(시마, 시모치카, 시무시카) 아그립피나의 여동생. 라리사의 벗.

라브렌티 미하일로비치 콜로그리보프 라리사의 후원자.

안핌 예피모비치 삼데뱌토프 우랄 지방 볼셰비키 유력자.

오시프 기마제트디노비치 갈리울린(유숩카) 라리사의 벗. 백군 장군.

키프리얀 사벨리예비치 티베르진(쿠프린카) 철도 노동자.

1장
다섯시 급행열차

1

걷고 걸으며 〈영원한 기억〉을 부르고들 있었고, 잠시 노랫소리가 멎자 회장자會葬者들의 발소리, 말발굽소리, 간간이 부는 바람소리가 그것을 이어받아 부르는 것처럼 느껴졌다.

행인들은 장례 행렬에 길을 비켜주며 화환 수를 세고 성호를 그었다. 호기심 많은 사람들은 행렬에 끼어들어 "어느 분 장례입니까?" 하고 묻기도 했다. "지바고*입니다"라는 대답이 돌아왔다—"그렇군요. 잘 알겠습니다."—"그분이 아닙니다. 마님이십니다."—"어쨌거나 명복을 빕니다. 성대한 장례로군요."

그저 조금의 결정적인 마지막 순간들이 눈 깜짝할 사이에 사라져가

* 주인공의 성 지바고(Живаго)는 러시아어와 교회슬라브어의 지보이(живой)에서 파생한 것으로, '생명이 있는, 살아 있는' 모든 것을 뜻한다.

기 시작했다. "이 세상과, 그 안에 가득한 것이 모두 야훼의 것, 이 땅과 그 위에 사는 것이 모두 야훼의 것.*" 사제는 성호를 긋는 몸짓으로 마리야 니콜라예브나 위에 흙 한 줌을 뿌렸다. 사람들은 〈계율을 지키는 사람들의 넋〉을 불렀다. 몹시 분주해지기 시작했다. 관 뚜껑이 닫히고 못이 박히고 하관이 시작되었다. 네 자루의 삽으로 서둘러 광중壙中을 메우는 흙비가 북을 치듯 떨어졌다. 그 위에 봉분이 만들어졌다. 그리고 열 살짜리 소년이 그 위로 올라갔다.

큰 장례 뒤에 으레 엄습하는 망연함과 무감각 상태에 이르러서야 비로소 소년이 어머니의 무덤 위에서 무슨 말인가 하고 싶어한다는 것을 알 수 있었다.

소년은 높은 데서 고개를 쳐들고 가을의 황량한 땅과 수도원의 둥근 지붕을 멍하니 바라보았다. 들창코의 얼굴이 일그러졌다. 소년은 목을 쑥 내밀었다. 만일 새끼 늑대가 그런 몸짓을 했다면 분명 막 짖으려는 순간이었을 것이다. 소년은 얼굴을 두 손에 묻고 울기 시작했다. 맞은편에서 내달아온 구름이 소년의 두 손과 얼굴을 차갑고 세찬 빗줄기의 축축한 채찍으로 후려갈겼다. 그때 꽉 끼는 소매에 주름이 잡힌 검은 옷을 입은 남자가 무덤 쪽으로 다가왔다. 그는 망인의 남동생이자 울고 있는 소년의 외삼촌으로, 자기 의지로 환속한 성직자 니콜라이 니콜라예비치 베데냐핀이었다. 그는 소년에게 다가가 묘지에서 데리고 나왔다.

* 구약 「시편」 24장 1절.

2

소년의 외삼촌과 전부터 잘 알았던 수도원에서 방을 하나 내주어 그들은 거기서 하룻밤을 묵었다. 성모제 전날 밤이었다. 다음날 소년은 외삼촌과 함께 멀리 남녘의 볼가강 유역 어느 도道의 도시로 떠날 예정이었는데, 니콜라이는 진보적인 지방 신문을 발행하는 그 지역 어느 출판사에서 일하고 있었다. 열차표는 사뒀고, 짐들은 꾸려 수사의 방에 두었다. 이웃 역에서 증기기관차 교체 작업을 하는 애처로운 휘파람 같은 소리가 바람을 타고 들려왔다.

저녁이 되자 몹시 추워졌다. 지면 높이에 있는 두 창문은 노란 아카시아 덤불로 둘러싸인 초라한 채소밭 한 귀퉁이와 차마가 다니는 길의 얼어붙은 물웅덩이, 낮에 마리야 니콜라예브나를 묻은 묘지 일부와 면하고 있었다. 채소밭은 추위로 파래진 양배추의 물결무늬 밭두둑이 몇 개 있는 것을 제외하면 텅 비어 있었다. 바람이 몰아칠 때마다 잎이 떨어진 아카시아 덤불이 마구 몸부림치다 길바닥에 드러눕곤 했다.

유라*는 밤중에 창문 두드리는 소리에 잠을 깼다. 수사의 캄캄한 방은 여기저기서 일렁이는 흰빛으로 신비롭게 느껴졌다. 유라는 루바시카** 바람으로 창가에 달려가 차디찬 유리창에 얼굴을 댔다.

창문 너머에는 길도 묘지도 채소밭도 없는 듯했다. 눈보라가 휘몰아치고 대기는 눈 때문에 뿌옜다. 마치 유라를 알아챈 폭풍이 자기가 얼

* 유리의 애칭. 러시아의 인명은 이름, 부칭, 성으로 구성되며, 공적인 자리에서는 이름과 부칭을 붙여 사용하고 사적인 자리에서는 이름 또는 다양한 애칭을 사용한다.

** 블라우스와 비슷한 러시아 남성용 상의.

마나 무서운 존재인지 과시하며 그에게 일으킨 인상을 즐기는 것 같았다. 폭풍은 윙윙거리고 으르렁거리며 수단 방법 가리지 않고 유라의 주의를 끌려고 애썼다. 하늘은 피륙을 수없이 말아놓은 통처럼 연달아 돌며 흰 천을 한 필 한 필 대지 위로 떨어뜨리고 수의처럼 대지를 휘감고 있었다. 세상은 눈보라 외에 아무것도 없었고, 그것에 맞설 것은 아무것도 없었다.

유라가 창가에서 떨어졌을 때 처음으로 그의 마음을 움직인 것은, 옷을 입고 밖으로 뛰어나가고 싶은 욕구였다. 수도원의 양배추가 눈에 파묻혀 뽑히지도 않게 되는 건 아닐까, 들판에 있는 어머니가 덮여버려 땅속으로 점점 더 깊이, 그에게서 점점 더 멀리 파묻히는데 어머니는 저항할 힘마저 잃게 되는 건 아닐까 생각하자 두려웠다.

소년은 다시 눈물을 흘렸다. 잠을 깬 외삼촌이 그리스도 이야기를 들려주며 다독이고는 하품하며 창가로 다가가 생각에 잠겼다. 그들은 옷을 입기 시작했다. 날이 밝았다.

3

어머니가 살아 있었을 때 유라는 아버지가 오래전에 그들을 버리고 시베리아와 외국의 도시들을 전전하며 방탕한 생활을 하고 있었다는 것, 그리고 이미 오래전 무분별한 낭비로 막대한 재산을 탕진했다는 것을 알지 못했다. 그는 아버지가 페테르부르크나 정기적으로 서는 장에, 특히 이르비트의 장에 자주 간다는 말을 늘 들었었다.

항상 몸이 좋지 않았던 어머니에게 사실은 폐병이 있었다는 사실이 밝혀졌다. 그녀는 남프랑스와 유라도 두어 번 따라간 적 있는 북이탈리아로 치료 여행을 떠났다. 유라는 혼란과 잇따르는 수수께끼 속에서 줄곧 남의 손으로 옮겨다니며 유년 시절을 보냈다. 그는 그런 변화에 익숙해졌고, 계속되는 지리멸렬한 상황 속에서 아버지의 부재를 이상하게 여기지도 않게 되었다.

어린 시절에는 정말 온갖 것에 그의 성과 똑같은 이름이 붙어 있었던 것을 그는 기억한다. 지바고 공장, 지바고 은행, 지바고 건물들, 그리고 넥타이 매는 것과 넥타이 핀 꽂는 것에도 지바고 방식이란 것이 있었고, 로모바야 바바*같이 둥글고 달콤한 피로그**까지 '지바고'라 불렸으며, 한때 모스크바에서 마부에게 "지바고 댁으로!"라고 외치면, "악마들의 땅***으로!"라는 말처럼 마부는 사람들을 먼 곳으로 데려다주었다. 조용한 정원이 사람들을 에워쌌다. 축 늘어진 단풍나무 가지들에 까마귀들이 앉으며 서리를 떨어뜨렸다. 까마귀들 울음소리가 나뭇가지들이 갈라지는 소리처럼 울려퍼졌다. 숲을 벌채한 곳 너머 새로 지은 건물들에서 순종 개들이 길을 가로질러 달려갔다. 등불이 켜지기 시작했다. 땅거미가 깔렸다.

모든 것이 갑자기 사라져버렸다. 그들은 영락해버렸다.

---

* 럼주에 적신 스펀지케이크.

** 러시아식 파이.

*** 아주 먼 곳이라는 뜻의 관용 표현.

4

1903년 여름, 유라는 외삼촌과 타란타스*를 타고 광대한 평야를 가로질러 실크 공장 주인이자 예술계의 큰손이던 콜로그리보프의 영지인 두플랸카로, 이곳에 머물고 있던 교육자이자 유용한 지식들의 보급자 이반 이바노비치 보스코보이니코프를 만나기 위해 갔다.

카잔의 성모축일**로 가을걷이가 한창이었다. 점심때라 그런지 축제일이라 그런지 들판에는 사람 그림자도 보이지 않았다. 태양은 머리털을 반만 깎은 죄수의 뒤통수 같은 수확하다 만 밭이랑을 내리쬐고 있었다. 새들이 들판 위를 맴돌았다. 밀은 이삭을 늘어뜨린 채 바람 한 점 없는 속에 꼿꼿이 서 있거나 길에서 멀리 떨어진 곳에 십자 모양의 밀단으로 쌓여 있었는데, 찬찬히 바라보노라면 마치 토지 측량사들이 지평선 위를 따라 걸으며 뭔가 기록하는 모습 같았다.

"그런데 여기는," 니콜라이 니콜라예비치가 출판사에서 잡역부 겸 수위로 일하는 파벨에게 물었는데, 파벨은 자신은 마부도 아니고 이 일이 천직도 아니라는 듯 다리를 꼬고 마부대에 비스듬히 기대앉아 있었다. "지주의 밭인가, 농민의 밭인가?"

"이쪽은 주인네 겁니다." 파벨은 대답하며 담배를 물었다. "그리고 이쪽은," 그는 불을 붙여 한 모금 쭉 빨고 한참 뜸들이더니 채찍 끝으로 다른 쪽을 가리켰다. "우리 겁니다. 요놈들, 조는 거냐?" 그는 말들에게 계속 호통쳤고, 압력계를 확인하는 기관사처럼 말들의 꼬리와 궁

* 반유개사륜마차.

** 구력 7월 8일(신력 7월 21일).

둥이를 힐끔거렸다.

그러나 말들은 세상의 다른 모든 말과 똑같이 수레에 매여 달리고 있었는데, 가운데 말은 타고난 천성이 능청스럽지 않아 정직하게 달렸지만 곁마들은, 말을 잘 모르는 사람들에게는 백조처럼 목을 활 모양으로 구부린 채 자기가 뛰어서 나는 방울소리에 맞춰 카자크 춤이나 추면 좋겠다고 생각하는 내놓은 게으름뱅이로 보였다.

니콜라이 니콜라예비치는 농지 개혁에 관한 저서의 교정쇄를 들고 보스코보이니코프에게 가고 있었는데, 검열의 탄압이 심해지자 출판사측에서는 저자가 재검토해주기를 바랐다.

"군내 민중이 술렁이고 있어." 니콜라이 니콜라예비치가 말했다. "판콥스카야 면에서는 상인 하나가 참살됐고, 젬스트보* 종마장이 불태워졌어. 자네는 그것에 대해 어떻게 생각하나? 자네 마을에서는 뭐라고들 이야기하지?"

하지만 파벨은 보스코보이니코프에게 농지 개혁에 관한 격정적인 견해를 억누르라고 권고한 검열관보다도 사태를 훨씬 더 어둡게 보고 있는 게 분명했다.

"뭐라고들 하느냐고요? 민중을 풀어놨다고 하죠. 방자해졌다고요. 우리가 형제에게 무엇을 할 수 있겠습니까? 무지크**에게 자유를 줘봤자 서로 목이나 조를 뿐입니다, 정말입니다. 요것들아, 졸고 있어?"

외삼촌과 조카의 두플랸카 여행은 이번으로 두번째였다. 유라는 자신이 그 길을 기억한다고 생각했는데, 들판이 사방으로 넓게 펼쳐지고

---

* 제정러시아의 지방자치회.

** 제정러시아 시대 농민을 가리키는 말.

숲이 가느다란 테두리처럼 앞뒤에서 둘러쌀 때마다 매번 그 장소가 어딘지를, 오른쪽으로 길이 구부러지고 거기서 10베르스타*나 되는 콜로그리보프의 영지가 멀리 반짝이는 강과 그 강가를 넘어 달려가는 철로와 함께 파노라마처럼 나타났다가 일 분도 되지 않아 사라진다는 것을 자신이 기억할 거라고 생각했다. 그러나 그는 번번이 속았다. 들판을 지나면 또다시 들판이 나타났다. 들판은 연이어 새로운 숲에 둘러싸였다. 그 광막한 풍경의 교차가 가슴을 탁 트이게 했다. 미래에 대해 꿈꾸고 생각하고 싶게 했다.

나중에 니콜라이 니콜라예비치에게 명성을 가져다준 책은 아직 한 권도 쓰이지 않은 상태였다. 그러나 그의 사상은 이미 완성되어 있었다. 그는 자신의 시대가 가까워지고 있다는 것을 아직 몰랐다.

당대의 이름난 문학가들과 대학교수들과 혁명사상가들 사이에, 그들과 공통된 주제를 다루면서도 전문용어를 빼면 그들과 아무런 공통점도 없는 이 인물이 곧 등장할 것이었다. 그들은 모두 어떤 도그마에 집착해 말과 외관에 만족했지만, 니콜라이 신부는 톨스토이즘과 혁명을 거쳐 줄곧 앞으로 나아간 성직자였다. 그는 자신의 사상활동이 사람들에게 진실하게 방향을 판단할 수 있는 길을 제시해주고 뭔가 좀더 나은 것으로 바꾸어주는 것이길 바랐고, 어린애나 무학자까지도 번개의 번쩍임이나 우르릉거리는 천둥의 흔적처럼 뚜렷이 알 수 있는 활기차고 실질적인 사상을 갈망했다. 그는 새로운 것을 열망했다.

유라는 외삼촌과 있는 것이 좋았다. 외삼촌은 어머니를 빼닮았다.

---

* 러시아의 길이 단위로, 1베르스타는 약 1.067킬로미터.

그녀처럼 자유로웠고, 평범하지 않은 것에 대해 편견을 갖지 않았다. 그녀처럼 그도 생명이 있는 모든 것은 평등하다는 귀족적인 사고를 지니고 있었다. 그녀처럼 그도 한눈에 모든 것을 이해하고, 자신의 생각을 처음 머릿속에 새겨진 의미를 잃어버리기 전에 그대로 생생하게 표현할 줄 알았다.

유라는 외삼촌이 자기를 두플랸카로 데려온 것이 기뻤다. 아주 아름다운 곳이었고, 그림 같은 마을은 자연을 좋아해서 유라를 데리고 자주 산책했던 어머니를 기억나게 했다. 또 유라는 보스코보이니코프와 함께 사는 김나지움 학생 니카 두도로프와 다시 만나는 것도 기뻤는데, 유라보다 두 살 많은 그는 은근히 유라를 무시하는 게 분명했다. 악수하며 인사할 때는 유라의 손을 밑으로 잡아당기고 고개를 잔뜩 숙이는 바람에 이마 위로 머리카락이 흘러내려 그의 얼굴을 반이나 가렸다.

5

"빈곤 문제의 정수는." 니콜라이 니콜라예비치는 수정된 원고를 읽었다.

"본질이라고 하는 편이 나을 것 같군." 이반 이바노비치가 말하고 교정쇄에 필요한 수정 사항을 기입했다.

그들은 유리창이 있는 어스름한 테라스에서 일하고 있었다. 아무렇게나 놔둔 물뿌리개와 정원 도구들을 눈으로 구별할 수 있었다. 부서진 의자 등받이에는 비옷이 걸쳐져 있었다. 한쪽 구석 바닥에 진흙이 말라붙은 장화가 목이 꺾인 채 놓여 있었다.

"한편 사망과 출생 통계가 보여주는 것은." 니콜라이 니콜라예비치가 낭독했다.

"해당연도의, 라는 말도 넣어야겠어." 이반 이바노비치가 말하고 적었다.

테라스로 가벼운 바람이 불어왔다. 교정쇄 위에는 낱장이 날아가지 않도록 화강암 조각을 올려두었다.

일을 마치자 니콜라이 니콜라예비치는 돌아갈 채비를 서둘렀다.

"뇌우가 쏟아질 것 같군. 가야겠어."

"무슨 소린가. 놔주지 않겠네. 이제부터 차나 마시자고."

"저녁까지는 반드시 시내로 돌아가야 해."

"어림없는 소리 말게. 듣기 싫어."

산울타리를 친 앞마당에서 사모바르*의 탄내가 흘러들어와 담배 냄새와 헬리오트로프** 향기를 지워버렸다. 별채에서 카이마크***와 딸기와 바트루시카****를 내왔다. 그때 갑자기 파벨이 자기도 씻고 말들도 씻기기 위해 강으로 갔다는 기별이 왔다. 니콜라이 니콜라예비치는 뜻을 굽혀야 했다.

"차가 준비되는 동안 절벽 벤치에나 앉아 있다 올까." 이반 이바노비치가 제안했다.

---

* 러시아 가정에서 물을 끓이는 데 쓰는 주전자.

** 지칫과의 여러해살이풀로, 꽃은 향수 원료로 쓰인다.

*** 중근동 지역의 우유로 만든 진한 크림.

**** 속에 치즈 등을 넣은 러시아식 빵.

이반 이바노비치는 우정 덕분에 부호인 콜로그리보프 집안의 관리인이 쓰는 별채에서 방 두 개를 빌려 지내고 있었다. 산울타리가 둘러쳐진 마당에 접한 이 작은 집은 반원형의 오래된 가로숫길이 입구에 있는 정원의 어두운 한끝에 있었다. 가로숫길 잔디는 제멋대로 자라 있었다. 그 가로숫길은 지금은 사용되지 않고, 쓰레기장으로 쓰는 골짜기로 흙이나 건자재 쓰레기를 나를 때만 이용하고 있었다. 진보적인 사상을 지니고 혁명에 동조하는 백만장자 콜로그리보프는 현재 아내와 외국에 나가 있었다. 영지에는 그의 딸 나댜와 리파만 여자 가정교사와 하인 몇 명과 함께 살고 있었다.

관리인의 작은 정원은 빽빽한 검은 불두화나무 산울타리가 둘러쳐져, 연못과 잔디밭과 주인집 안채가 있는 정원 전체와는 떨어져 있었다. 이반 이바노비치와 니콜라이 니콜라예비치는 이 덤불을 돌아서 갔는데, 걸음을 옮길 때마다 불두화나무에서 우글거리던 참새들이 똑같은 떼, 똑같은 간격으로 눈앞에서 날아갔다. 그것이 불두화나무 덤불을 규칙적인 소음으로 가득 채웠고, 마치 이반 이바노비치와 니콜라이 니콜라예비치 앞에서 산울타리를 따라 파이프에 물이 흐르는 것 같았다.

그들은 온실과 정원사의 집, 용도를 알 수 없는 무너진 석조 건물 옆을 지나갔다. 그들은 학문과 문학 분야에 새롭게 등장한 젊은 세력에 대해 대화를 나누었다.

"재능 있는 사람들이 더러 나타나긴 하지." 니콜라이 니콜라예비치는 말했다. "하지만 온갖 서클에 협회가 유행하고 있어. 그런 모든 집단은 재능 없는 자들의 피난처지, 그들이 솔로비요프*에 대해 충실하건, 칸트 혹은 마르크스에 대해 충실하건 간에. 오직 외톨이들만이 진리를 추구하며, 그들은 그저 진리를 적당히 사랑하는 사람들과는 어울리지 않아. 이 세상에 진정으로 충실을 바칠 만한 것이 있을까? 그런 건 희귀해. 나는 불멸에 충실해야 한다고 생각해, 그건 삶의 다른 이름, 좀더 강화된 것이지. 우리는 불멸에 충실해야 하는데, 그건 그리스도에게 충실해야 한다는 뜻이야! 오, 얼굴을 찡그리는군, 딱한 친구. 자네는 여전히 아무것도 이해하지 못하는군."

"음." 금발에 호리호리하고 미꾸라지처럼 민첩한, 링컨 시대 미국인처럼 음험해 보이는 턱수염을 기른 이반 이바노비치가 중얼거렸다(그는 매분마다 턱수염 한 줌을 쥐고 그 끝을 입에 물곤 했다). "물론 나는 아무 말 하지 않겠네. 자네도 알겠지만 나는 그것을 완전히 다르게 보고 있어. 그래, 말이 나온 김에 하겠는데, 왜 성직을 그만두었는지 말해주겠나. 나는 전부터 그게 궁금했어. 두려워서였겠지? 아니면 파문인가? 응?"

"왜 화제를 돌리지? 그래 뭐, 좋네. 파문이냐고? 아니. 요즘은 파문 같은 건 하지 않아. 문제가 좀 있었고, 아직도 여파가 있긴 하지. 이를테면 오랫동안 공직에 오를 수 없고, 두 수도**에 들어가지도 못해. 하지만 그런 건 전부 중요하지 않아. 아까의 화제로 돌아가세. 나는 그리스도에게 충실해야 한다고 말했네. 이제 그 의미를 설명하지. 자네는 무신론자일 수도 있고, 신이 존재하는지, 무엇 때문에 존재하는지 모를 수도 있지만, 인간이 자연이 아니라 역사 속에서 살아간다는 건 이해할 걸세. 오늘날의 해석에 따르면 그 역사는 그리스도에서부터 시작됐

---

* 블라디미르 솔로비요프(1853~1900). 러시아 철학자, 신비주의자.

** 모스크바와 페테르부르크.

고, 복음서가 그 근거야. 그럼 역사란 무엇일까? 그건 죽음의 수수께끼를 풀어가는 점진적인 해명, 다가올 미래를 극복하기 위한 긴 세월에 걸친 노력의 실증이야. 그것을 위해 수학의 무한대와 전자파를 발견하고, 그것을 위해 교향곡을 쓰는 거라네. 정신적인 고양 없이는 그 방향으로 나아갈 수가 없어. 그러한 발견을 위해서는 정신적인 장치가 필요하거든. 그 자료가 복음서에 담겨 있어. 바로 이것이야. 첫째는 이웃에 대한 사랑, 즉 인간의 마음을 가득 채우면 출구를 찾아 흘러넘치는, 살아 있는 에너지의 최고 형태, 그다음은 그것 없이는 도저히 생각할 수 없는 현대인의 중요한 근본 요소들인 자유로운 개인의 관념과 희생으로서의 생명의 관념. 알겠나, 이건 아직 아주 새로운 생각이야. 그런 의미에서 고대인들에게는 역사가 없었어. 잔인하고 얼굴이 얽은 칼리굴라 같은 다혈질의 추악한 존재들이 있었는데, 그들은 모든 정복자가 무능하다는 것을 조금도 의심하지 않았지. 그 시대에 있었던 것은 청동 기념비와 대리석 원기둥 같은, 자랑스러운 죽음의 영원이었어. 그리스도가 출현한 뒤에야 비로소 사람들은 수세기, 수세대에 걸쳐 자유로이 숨을 쉬게 됐지. 그제야 후손들 속에서 삶이 시작되었고, 인간은 울타리 아래나 길바닥이 아니라 자신의 역사 속에서 죽음을 극복하기 위해 모든 노력을 기울이며, 그 테마에 자신을 바치다가 죽어갔어. 아, 땀이 다 나는군. 말해봤자 아무 소용도 없는데!"

"이봐, 그건 형이상학이야. 닥터들은 나에게 그것을 금지했어, 내 위가 소화를 시키지 못한다고."

"그래 그렇다 치게. 그만두지. 자네는 행운아야! 정말 멋진 경치로군—아무리 봐도 싫증나지 않겠어! 여기서 사는 자네는 못 느끼겠지만."

강을 바라보는 것은 고통스러울 지경이었다. 강은 마치 금속판처럼 움푹 들어가기도 하고 밖으로 튀어나오기도 하면서 햇빛을 반사하고 있었다. 갑자기 물결이 일었다. 이쪽 기슭에서 저쪽 기슭으로 말과 짐마차, 아낙들과 농부들을 태운 큰 나룻배가 움직여 갔다.

"아니, 이제 겨우 다섯시가 지난 건가." 이반 이바노비치가 말했다. "보게, 시즈란에서 오는 급행열차야. 다섯시 조금 지나면 여기를 지나가거든."

저멀리 평원 오른쪽에서 왼쪽으로 누르스름한 파란색 단정한 열차가 달리는 것이 거리 때문에 아주 조그맣게 보였다. 그들은 열차가 갑자기 멈춰 서는 것을 보았다. 증기기관차 위로 하얀 증기가 소용돌이치며 피어올랐다. 잠시 뒤 기적이 울렸다.

"이상한데." 보스코보이니코프가 말했다. "무슨 사고가 났나본데. 저런 늪지에서 멈출 리가 없어. 무슨 일이 있는 거야. 차 마시러 갈까."

6

니카는 정원에도 집안에도 없었다. 유라는 그가 그들과 함께 있으면 따분하고 또 유라가 자기 상대가 되지 않는다 생각하고 피하는 거라 짐작했다. 외삼촌은 이반 이바노비치와 일하러 테라스로 가며 유라에게 저택 주변을 산책해보라고 권했다.

놀랍도록 매력적이었다! 시시각각 꾀꼬리들이 삼색의 맑은 음조로 지저귀고, 기다리면 간격을 두고 피리에서 뽑아낸 듯한 촉촉한 음향이

대기를 적셨다. 공중에서 길을 잃은 듯한 꽃향기는 더위 때문인 듯 꽃밭에 내려앉아 고여 있었다. 그 모습을 보자 정말이지 앙티브[*]와 보르디게라[**]가 생각났다! 유라는 끊임없이 좌우로 눈을 돌렸다. 어머니의 목소리가 풀밭 위에서 환청처럼 맴돌며 새들의 노래하는 듯한 지저귐과 꿀벌들의 윙윙거리는 날갯짓소리 속으로 들렸다. 유라는 몸을 떨었고, 마치 어머니가 자신을 향해 손짓하는 것 같은 환각에 사로잡혔다.

그는 골짜기로 내려가기 시작했다. 골짜기 위쪽을 덮은 성글고 깨끗한 숲을 지나 골짜기 바닥까지 울창하게 이어지는 오리나무 숲으로 내려갔다.

축축하고 어두운 그곳에는 바람에 쓰러진 나무들과 떨어진 열매들이 나뒹굴고, 꽃이 몇 송이 피어 있었으며, 마디가 있는 속새의 줄기는 성경의 삽화에 나오는 이집트 장식이 있는 홀笏이나 석장錫杖처럼 보였다.

유라는 차츰 슬퍼졌다. 울고 싶어졌다. 그는 무릎을 꿇고 울기 시작했다.

"하느님의 천사, 나의 거룩한 수호자여." 유라는 기도했다. "진리의 길에서 저의 지혜가 굳세지도록 도우시고, 엄마가 걱정하지 않으시게 저는 여기서 잘 지낸다고 전해주소서. 만약 내세라는 것이 있다면, 주님, 엄마를 성자들과 의인들의 얼굴이 별처럼 빛나는 천국으로 이끌어주소서. 엄마는 훌륭하고 죄를 짓지 않은 분이니 불쌍히 여겨주소서. 주님, 엄마가 고통받지 않도록 보살펴주소서. 엄마!" 가슴이 찢어지는

---

* 프랑스 동남부의 해안도시.

** 이탈리아 북부의 휴양도시.

것 같은 슬픔 속에서 그는 새롭게 성자 반열에 오른 성녀를 부르듯 어머니를 하늘에서 불러내고는 갑자기 슬픔을 이기지 못하고 그대로 바닥에 쓰러져 정신을 잃고 말았다.

정신을 잃었던 시간은 그리 길지 않았다. 정신이 들었을 때, 위에서 그를 부르는 외삼촌의 목소리가 들렸다. 그는 대답하고 올라가기 시작했다. 그때 문득 그는 마리야 니콜라예브나가 하라고 가르쳐주었던, 행방불명된 아버지를 위한 기도를 빠뜨렸다는 것이 기억났다.

그러나 기절한 뒤에 기분이 무척 좋았기 때문에 그 기분을 잃고 싶지도 않고 잃을까봐 두렵기도 했다. 그리고 아버지를 위한 기도는 언젠가 다음에 하더라도 무서운 일은 일어나지 않을 거라는 생각이 들었다.

'기다리시겠지. 참으실 거야.' 그는 이렇게 생각했다. 유라는 아버지에 대한 기억이 전혀 없었다.

7

열차의 이등석 침대칸에는 오렌부르크의 변호사인 아버지 고르돈과 생각에 잠긴 듯한 얼굴에 크고 검은 눈을 가진 열한 살 소년, 김나지움 2학년인 미샤 고르돈이 함께 앉아 있었다. 아버지가 모스크바로 전근하자, 소년도 모스크바의 김나지움으로 전학하게 되었다. 어머니와 누이들은 먼저 모스크바에 가서 살 집을 정돈하며 바쁜 날을 보내고 있었다.

소년과 아버지는 열차를 타고 사흘째 가던 중이었다.

차창 밖으로는 뜨거운 먼지구름 속에서 석회를 뿌린 듯 햇볕에 새하얘진 러시아, 들판과 초원, 도시들과 마을들이 스쳐갔다. 길에는 긴 짐마차 행렬이 무거운 몸체를 기울이며 건널목 쪽으로 구부러지고 있었는데, 맹렬히 달리는 열차에서 보면 짐마차들은 가만히 서 있고 말들도 제자리에서 다리를 들었다 내렸다 하는 것처럼 보였다.

열차가 큰 역에서 멈출 때마다 승객들은 앞다퉈 매점으로 달려갔고, 역 마당에 서 있는 나무들 뒤편에서 기울던 석양이 그들의 다리와 열차 바퀴에 비쳐들었다.

세상의 모든 움직임은 따로따로 보면 전부가 계산된 것으로 보이지만, 전체적으로 보면 그 움직임들은 그것들을 한데 모으는 삶이라는 일반적 흐름에 불분명하게 뒤섞여 마치 술에 취한 것처럼 보였다. 사람들은 자기 관심사의 메커니즘에 따라 분주히 움직였다. 하지만 주요한 조절 장치인 근본적인 무사태평함이 없다면 그 메커니즘은 잘 작동하지 않는다. 이 무사태평함은 다양한 인간적 존재들이 서로 연결되어 있다는 감각, 그리고 어느 하나가 다른 하나에게로 넘어간다는 확신, 그리고 현재 일어나는 일은 모두 죽은 자를 묻는 땅에서뿐만 아니라 뭔가 다른 차원, 즉 누구는 하느님의 왕국이라 부르고 누구는 역사라 부르고, 또 누구는 다른 이름으로 부르는 것 속에서 이루어지고 있다는 행복감이 주는 것이었다.

이런 원칙에서 보면 소년은 불행하고 괴로운 예외였다. 그에게 마지막으로 남은 용수철은 불안감이었고, 무사태평이라는 감정은 그를 안심시켜주지도, 고결하게 해주지도 않았다. 그는 자기 내면의 이 유전적인 특질을 알았고, 병적일 만큼 깊은 의심으로 내면에서 그 특징들을 포착하고 있었다. 그것이 그를 괴롭혔다. 그에게 굴욕감을 주었다.

기억을 하게 되고부터 그는 다른 사람들과 팔도 다리도 같고 언어도 습관도 같은데, 소수에게만 사랑받고 나머지 다른 사람들에게는 사랑받지 못하는 존재가 있다는 사실에 놀라움을 금치 못했다. 남들보다 못한 처지, 아무리 고치고 나아지려 노력해도 안 되는 처지가 있다는 것이 도무지 이해되지 않았다. 유대인이라는 건 어떤 의미일까? 무엇을 위해 존재하는 걸까? 슬픔 외에는 아무것도 가져다주지 않는 이 무기 없는 도전은 무엇으로 보상받고 정당화될 수 있을까?

아버지에게 그 해답을 구하자, 너의 출발점이 잘못되었다고, 그런 식으로 생각하면 안 된다고 말했지만, 뭔가 깊은 의미로 미샤를 사로잡고 그 숙명에 말없이 따르게 할 대안은 아무것도 제시하지 못했다.

그래서 미샤는 아버지와 어머니는 제외하고, 다 먹지도 못할 만큼 죽을 끓이는 것처럼 스스로 어려운 일을 만드는 어른들을 차츰 경멸하기 시작했다. 그는 자기가 어른이 되면 모든 문제를 풀 수 있을 거라고 확신했다.

지금만 해도, 미치광이 남자가 승강구로 뛰어나갔을 때 그의 아버지가 쫓아간 것을 잘못이라고 말하는 사람은 없을 것이며, 그 남자가 그리고리 오시포비치를 힘껏 밀치고 열차의 문을 열어젖혀 다이빙대에서 뛰어내리듯 전속력으로 달리는 열차에서 철둑으로 머리부터 몸을 던졌을 때 왜 열차를 멈췄느냐고 탓하는 사람도 없을 것이었다.

그러나 제동기 핸들을 잡아당긴 건 다름 아닌 그리고리 오시포비치였고, 그 두 사람 때문에 열차는 의아할 만큼 오래 멈춰 있게 된 것이었다.

아무도 열차가 멈춘 이유를 알지 못했다. 어떤 사람은 갑작스러운 정지에 공기 제동기가 고장난 거라고 했고, 어떤 사람은 열차가 가파른 오르막에 접어들어 증기기관차 가속이 없으면 올라갈 수 없는 거라고 했다. 또 어떤 사람은 저명한 사람이 자살했는데 함께 열차에 타고 있던 그의 변호사가 조서를 작성하기 위해 가장 가까운 콜로그리봅카역에서 증인들을 불렀기 때문이라고 했다. 그래서 기관사의 조수가 전신주로 올라갔던 거라고. 수동차手動車가 벌써 오고 있을 거라고.

열차 안에 화장수를 뿌렸지만 화장실 악취는 사라지지 않았고, 더러운 기름종이에 찌든 썩은 닭튀김 냄새까지 풍겼다. 차량 안에서는 페테르부르크에서 온 머리가 하얗게 센 부인들이 증기기관차 석탄재와 기름진 화장이 범벅되어 마치 암갈색 피부의 집시처럼 변한 모습으로 언제나 그렇듯 분을 두드리고 손수건으로 손바닥을 닦으며 가슴에서 내는 거슬리는 목소리로 이야기하고 있었다. 그 부인들이 망토로 각진 어깨를 감싼 채, 좁은 복도를 다시없는 새로운 교태의 장소로 바꾸며 고르돈의 침대칸을 지나갔는데, 미샤는 그녀들의 입술을 보고 마치 이렇게 투덜대는 것 같다고 생각했다. '오, 제발요, 우리는 정말 예민해요! 우리는 특별하거든요! 우리는 인텔리겐치아예요! 우리는 이런 걸 견딜 수가 없다고요!'

자살자의 시체는 둔덕 옆 풀밭에 뉘어져 있었다. 죽은 자의 이마와 눈을 가로질러 선을 그은 듯 흘러내린 피가 검게 말라붙어 얼굴에 가위표처럼 남아 있었다. 피는 그가 흘린 것이 아니라 그와 아무 상관 없는 부속물, 회반죽 또는 마른 진흙이 튀었거나 축축한 자작나무 잎이 달라붙은 것처럼 보였다.

사람들은 호기심과 동정심에 번갈아가며 시체 주위로 모여들었다. 그 위에 죽은 자의 친구이자 옆 침대칸의 동행자였던 뚱뚱하고 거만한 변호사가, 땀에 흠뻑 젖은 루바시카를 입은 몸집 좋은 동물같이 보이는 이가 언짢은 얼굴로 서 있었다. 그는 부드러운 모자로 더위에 지친 얼굴을 부채질하고 있었다. 사람들이 물어도 그는 어깨만 으쓱할 뿐 돌아보지도 않고 무뚝뚝하게 말했다. "알코올중독입니다. 모르겠습니까? 섬망의 가장 전형적인 결과입니다."

모직 원피스를 입고 레이스가 달린 머릿수건을 쓴 깡마른 여자가 시체 옆으로 두세 번 다가왔다. 아들 둘이 모두 기관사인 과부 티베르지나였는데, 이 노파는 두 며느리와 함께 직원용 무임차표로 삼등칸에 타고 있었다. 수녀원장을 뒤따르는 수녀들처럼 머릿수건을 깊이 내려 쓴 두 여자가 그녀 뒤를 조용히 따르고 있었다. 이들의 모습은 사람들에게 존경심을 불러일으켰다. 그녀들이 다가오자 사람들은 길을 비켜주었다.

티베르지나의 남편은 철도 사고로 불에 타 죽었다. 그녀는 사람들 틈으로라도 보려고 시체에서 몇 걸음 떨어진 곳에서 발을 멈췄고, 비교라도 한 듯 한숨을 내쉬었다. '다 타고난 운명이지.' 그녀는 이렇게 말하는 것 같았다. '하느님의 뜻이겠지만, 어떻게 이럴 수가 있을까— 부자로 살다 미쳐버려서는.'

승객들이 모두 잇따라 시체 옆으로 다가갔다가, 짐을 도둑맞을까봐 걱정하며 열차로 돌아갔다.

사람들은 노반에 뛰어내려 다리를 주무르기도 하고 꽃을 따기도 하고 가볍게 뛰기도 했는데, 군데군데 야트막한 언덕이 있는 저습한 풀밭과 드넓은 강, 건너편 높은 기슭에 보이는 예배당이 있는 아름다운 저택이 있는 이 장소가 마치 세상에 없다가 불행한 일이 일어나자 비로소 나타나기라도 한 듯했고, 모두가 그런 기분을 느끼고 있었다.

태양조차 이 장소의 부속물처럼 느껴졌는데, 근처에서 풀을 뜯던 무리에서 암소 한 마리가 사람들에게 다가오는 것처럼 태양은 저녁이면 늘 그렇게 주뼛거리며 철로 주변을 비쳤다.

미샤는 이 사건에 충격을 받고 처음 몇 분 동안 연민과 공포에 울음을 터뜨렸다. 긴 여행길에서 자살한 그 남자는 몇 번이나 그들의 침대칸에 찾아와 미샤의 아버지와 몇 시간씩 이야기를 나누곤 했었다. 그는 자신이 정신적으로 완전히 안정을 찾아 현실의 문제를 파악할 수 있게 되었다고 말했고, 그리고리 오시포비치에게 여러 가지 다양하고 세부적인 법률 사항, 어음과 증여증서, 파산과 위조에 관한 소송 문제에 대해 물었다.

"아, 그렇습니까?" 그는 고르돈의 설명에 놀라며 말했다. "당신은 법령에 대해 보다 관대한 해석을 하시는군요. 내 변호사의 의견은 다르던데요. 그는 이 문제들을 훨씬 더 비관적으로 보고 있어요."

이 과민한 남자의 기분이 안정될 때마다 그의 법률고문이자 침대칸 동행자인 남자가 일등칸에서 쫓아와 샴페인을 마시자며 그를 식당차로 끌고 갔다. 그가 바로 지금 놀랄 건 아무것도 없다는 듯한 표정으로 시체 옆에 서 있는 말끔하게 면도하고 잘 차려입은 뚱뚱하고 거만한 변호사였다. 의뢰인의 끊임없는 신경과민이 어떤 면에서는 그에게 유리하게 작용했을 거라는 느낌을 지울 수 없었다.

아버지는 자살한 남자가 이름난 부자이며 선량한 사람이지만 이미 거의 책임 능력을 잃은 난봉꾼이라고 말했다. 그 남자는 미샤가 옆에 있는데도 아랑곳없이 미샤와 나이가 같은 자기 아들과 죽은 아내에 대해 이야기했고, 역시 그가 저버린 두번째 가족에 대해서도 말했다. 그러더니 뭔가 새로운 기억을 떠올린 듯 갑자기 얼굴이 하얗게 질려 두서없이 지껄이기 시작했다.

그는 미샤에게 이해되지 않을 만큼 친절한 태도를 보였는데, 아마도 미샤에게 누군가를 반영했기 때문인 것 같았다. 그는 끊임없이 미샤에게 선물을 사줬는데, 열차가 큰 역에 닿을 때마다 책 진열대가 있고 장난감과 지방 특산품을 파는 일등칸 대합실로 데려가곤 했다.

그는 쉬지 않고 술을 마시며 석 달째 잠을 못 이루고 있다고 하소연했고, 잠깐이라도 술이 깨면 정상적인 사람은 상상도 할 수 없는 고통에 시달린다고 말했다.

죽기 몇 분 전 그는 그들의 객실로 뛰어들어와 그리고리 오시포비치의 손을 잡고 무슨 말인가 하려 했지만 끝내 하지 못한 채 승강장으로 달려나가 열차에서 몸을 던졌다.

미샤는 우랄의 광물들이 든 작은 나무상자—망인의 마지막 선물을 살펴보고 있었다. 갑자기 주위의 모든 것이 움직이기 시작했다. 다른 선로에서 수동차가 열차 쪽으로 다가왔다. 휘장 달린 제모를 쓴 예심판사, 의사, 순경 둘이 수동차에서 뛰어내렸다. 차갑고 사무적인 목소리가 들렸다. 그들은 질문하고, 뭔가를 적었다. 차장들과 순경들이 모래 위에서 미끄러지고 넘어지며 시체를 둔덕 위로 겨우겨우 옮겼다. 한 부인이 울부짖었다. 모두 열차로 돌아가라는 소리가 들렸고, 기적이 울렸다. 열차가 출발했다.

8

'등유火登*가 또 왔군!' 니카는 심술궂게 생각하며 방안을 이리저리 뛰어다녔다. 손님들의 목소리가 가까워졌다. 물러날 곳이 없었다. 침실에는 침대가 두 개 있었는데, 보스코보이니코프와 그의 것, 즉 니카의 것이었다. 더 생각할 것도 없이 니카는 자기 침대 밑으로 기어들었다.

그가 보이지 않자 다른 방에서 큰 소리로 그를 찾는 소리가 들렸다. 그들이 이내 침실로 들어왔다.

"뭐 하는 수 없지." 베데냐핀이 말했다. "가자, 유라, 친구는 곧 찾게 될 거야, 그때 놀면 되지."

그들이 페테르부르크와 모스크바에서 일어난 대학의 소요 사태에 대해 이야기하는 동안 니카는 어리석고 굴욕적인 매복 상태로 이십 분을 갇혀 있어야 했다. 마침내 그들은 테라스로 나갔다. 니카는 조용히 창문을 열고 정원으로 뛰어내려 달아났다.

니카는 간밤에 한숨도 자지 못해 제정신이 아니었다. 그는 열네 살이었다. 자신이 아직 소년이라는 데 진저리를 냈다. 밤새 한숨도 자지 못하고 새벽녘에 별채에서 나왔다. 해가 떠오르고, 이슬에 젖은 나무의 길고 휘어진 그림자가 정원의 땅을 덮었다. 그림자는 검은색이 아니라 흠뻑 젖은 펠트처럼 진회색이었다. 머리를 몽롱하게 하는 아침 향기는 소녀의 손가락처럼 기다란 빛을 드리운 대지를 덮은 축축한 그림자에서 피어오르는 듯했다.

---

* 이콘 앞에 밝히는 등불의 기름을 말하기도 하며, 성직자였던 베데냐핀을 가리키는 듯하다.

갑자기 풀잎에 맺힌 이슬방울 같은 수은의 은빛을 띤 물줄기가 몇 걸음 떨어진 곳에서 흘러갔다. 물줄기는 계속 흘렀지만 대지는 그것을 들이마시지 않았다. 그러다가 갑자기 재빠르게 옆으로 구부러지더니 자취를 감췄다. 풀뱀이었다. 니카는 몸을 부르르 떨었다.

그는 특이한 소년이었다. 흥분하면 큰 소리로 혼잣말을 했다. 어머니를 닮아 고상한 화제와 역설을 좋아했다.

'세상은 정말 멋진 곳이야!' 그는 생각했다. '그런데 왜 늘 이렇게 괴로운 거지? 신은 물론 있어. 그런데 신이 있다면—그건 바로 나야. 내가 저것에게 명령하겠어.' 그는 밑동에서 우듬지까지 가볍게 흔들리고 있는 사시나무를 쳐다보며 생각했다(아롱거리는 촉촉한 잎들은 마치 양철 조각처럼 보였다). '내가 저것에게 명령한다……' 그는 자기 능력에 대한 무분별한 열정에 사로잡혀, 소리는 내지 않았지만 온 육체와 피, 온 존재로 간절히 생각했다. '멈춰!' 나무는 즉시 순종하듯 움직임을 멈추고 조용해졌다. 니카는 기쁨에 차 소리 내어 웃고 수영하러 강으로 재빨리 달려갔다.

그의 아버지인 테러리스트 데멘티 두도로프는 교수형을 선고받았지만 황제의 특사로 감형되어 징역을 살고 있었다. 그의 어머니는 조지아의 에리스타비 공작 집안 영애였는데, 변덕스러운 성격에 아직 젊고 미인인 그녀는 끊임없이 폭동이나 반란자, 과격한 이론, 유명한 예술가, 가난한 실패자 같은 것에 마음을 쏟았다.

니카를 무척 사랑하는 그녀는 인노켄티라는 그의 이름에서 이노체크니 노첸카니 하는 더없이 사랑스럽고 우스운 별명을 지어주고, 그를 친척들에게 보이기 위해 티플리스*에 데려갔다. 그곳에서 그에게 가장 인상 깊었던 것은 그들이 묵은 집 안마당에 있는 사방으로 가지를 뻗은 나무였다. 괴상하게 생긴 열대 거목이었다. 나무는 코끼리 귀 같은 잎들을 펼쳐 작열하는 남국의 하늘로부터 마당을 보호하고 있었다. 니카는 이 나무가 동물이 아니라 식물이라는 사실에 좀처럼 익숙해지지 않았다.

무시무시한 아버지의 성을 쓰는 건 소년에게 위험한 일이었다. 이반 이바노비치는 니카가 어머니 니나 갈락티오노브나의 동의 아래 그녀의 성을 쓸 수 있도록 황제에게 청원할 생각이었다.

세상 모든 것에 분노를 느끼며 침대 밑에 숨어 있을 때 니카는 다른 무엇보다 이것에 대해 생각해보았다. 그렇게 쓸데없이 간섭하려 하는 보스코보이니코프라는 자는 대체 누구인가? 혼쭐을 내줘야지!

그리고 나댜! 자기도 열다섯 살밖에 안 된 주제에 무슨 권리로 건방지게 나를 어린애 취급하는 걸까! 그 아이도 혼쭐을 내줘야지! '나는 그 여자애가 싫어.' 그는 여러 번 자신에게 되풀이했다. '죽여버리겠어! 보트를 타자고 꾀어 물에 빠뜨릴 거야.'

어머니도 참 대단하다. 이곳을 떠날 때 그와 보스코보이니코프를 속였다. 그녀는 캅카스에 가기는커녕 가장 가까운 환승역에서 북쪽으로 방향을 바꿔 페테르부르크에서 학생들과 함께 경찰을 저격했다. 그는 이 어리석은 구덩이 속에서 산 채로 썩어갈 것이다. 그러나 그는 모두에게 본때를 보여줄 것이다. 나댜를 물에 빠뜨려 죽이고, 김나지움을 그만두고 시베리아에 있는 아버지에게로 달아나 반란을 일으킬 것

* 조지아(러시아식 명칭은 그루지야)의 수도 트빌리시의 러시아식 이름.

이다.

연못가에는 수련이 빽빽이 자라고 있었다. 보트는 바스락거리는 마른 소리를 내며 무성한 수련 사이를 가르며 들어갔다. 덤불이 갈라지며 마치 수박을 세모꼴로 자르면 과즙이 흘러나오는 것처럼 연못물이 흘러나왔다.

소년과 소녀는 수련을 꺾기 시작했다. 둘은 고무처럼 질기고 팽팽한 줄기를 함께 잡아당겼다. 줄기도 그들을 함께 잡아당겼다. 둘의 머리가 부딪쳤다. 보트는 갈고리 장대로 끌어당긴 것처럼 기슭으로 끌려갔다. 줄기는 뒤엉켜 짧아지고, 핏방울이 있는 노른자같이 선명한 꽃술이 있는 흰 꽃들은 물속으로 사라졌다가 그들에게서 흐르는 물과 함께 튀어올랐다.

나댜와 니카는 보트를 더욱 기울여 거의 수면까지 내려간 뱃전에 나란히 눕다시피 앉아 계속 꽃을 꺾었다.

"공부는 질렸어." 니카가 말했다. "인생을 시작할 때야, 돈벌이를 하고, 사람들 속으로 나아갈 때라고."

"난 너에게 이차방정식에 대해 물어보려고 했어. 대수가 약해서 하마터면 재시험을 치를 뻔했거든."

니카는 이 말 속에 가시가 있다고 느꼈다. 당연하게도, 그에게 아직 어린애라는 것을 상기시켜 자기 주제를 알게 해주려고 한 말이었다. 이차방정식이라니! 두 사람은 아직 대수의 냄새도 맡지 못했다.

그는 모욕감을 내색하지 않고 무심한 척 물었지만, 얼마나 어리석은 질문이었는지 곧바로 깨달았다.

"너는 크면 누구와 결혼할 거야?"

"음, 그건 아직 먼 훗날의 일이야. 어쩌면 난 누구와도 결혼하지 않을 거야. 그런 건 아직 생각해보지도 않았어."

"내가 그 일에 큰 관심이나 있는 걸로 생각하진 마."

"그럼 왜 물었어?"

"넌 바보야."

둘은 다투기 시작했다. 니카는 오늘 아침에 느꼈던 여성에 대한 혐오감을 떠올렸다. 그는 나다에게 건방진 말을 계속하면 물에 빠뜨리겠다고 으름장을 놓았다.

"어디 해봐." 나댜가 말했다.

그는 그녀의 허리를 안듯이 붙잡았다. 둘 사이에 실랑이가 벌어졌다. 둘은 균형을 잃고 물에 빠졌다.

둘 다 수영을 할 줄 알았지만 수련이 팔다리에 뒤엉켜 좀처럼 바닥을 디딜 수가 없었다. 흙탕에서 허우적대다 둘은 겨우 기슭으로 기어올랐다. 신발과 호주머니에서 물이 줄줄 흘러내렸다. 니카는 특히 더 지쳐 있었다.

이런 일이 만약 바로 얼마 전에 일어났다면, 올봄 무렵만 되었더라도 그들은 물에 빠진 생쥐 꼴이 된 서로를 보며 소리치고 욕하고 낄낄댔을 것이다.

그러나 지금 그들은 말없이 그저 간신히 숨을 몰아쉬며 일어난 일의 무의미함에 어이없어하고 있었다. 나댜는 화가 나 말없이 씩씩거리고, 니카는 몽둥이로 팔다리를 얻어맞고 갈비뼈가 으스러지기라도 한 것처럼 온몸이 욱신거렸다.

마침내 나댜가 어른 같은 나직한 목소리로 말했다. "미쳤어!" 니카도 어른 같은 말투로 말했다. "미안해."

그들은 두 개의 물동이처럼 젖은 흔적을 뒤로 남긴 채 집 쪽으로 올라가기 시작했다. 그 길은 니카가 아침에 풀뱀을 봤던 데서 멀지 않은, 뱀이 우글거리는 먼지투성이 오르막이었다.

니카는 마법 같았던 밤의 고양감과 여명, 자연에게 명령을 내려 따르게 했던 그 아침 자기 자신의 전능한 힘을 떠올렸다. 지금은 자연에게 무엇을 명령할까? 그는 생각했다. 그가 가장 열망하는 것은 뭘까? 그는 언젠가 나댜와 함께 또 한번 연못에 빠지고 싶다고, 그 일이 이루어질지 이루어지지 않을지 알 수 있다면 당장이라도 많은 것을 바칠 수 있다고 생각했다.

2장
다른 세상에서 온 소녀

1

일본과의 전쟁은 아직 끝나지 않았다. 뜻밖의 다른 사건들이 그것을 가려버렸다. 혁명의 물결이 더 높고 더 이상한 방향으로 러시아를 휩쓸었다.

이 시기에 벨기에인 기술자의 미망인으로 프랑스에서 러시아로 귀화한 아말리야 카를로브나 기샤르가 아들 로디온과 딸 라리사를 데리고 우랄에서 모스크바로 왔다. 그녀는 아들을 견습사관학교에 보내고 딸은 여자 김나지움에 보냈는데, 딸은 나댜 콜로그리보프와 한 반이 되었다.

마담 기샤르에게는 남편이 남겨준 유가증권이 있었는데, 얼마 전까지 오르다가 지금은 떨어지고 있었다. 재산이 축나는 것을 보고만 있을 수 없었던 마담 기샤르는 개선문 근처, 레비츠카야가 운영하던 작은 양장점을 그곳 재봉사의 상속인들에게서 사들였는데, 가게 이름을 그대로 사용할 권리와 함께 단골손님들, 모디슷카*와 수습생까지 모두 인계받는 조건이었다.

그 일은 남편의 친구이자 현재 마담 기샤르가 의지하는, 러시아 국내 사업에 대해 손바닥 들여다보듯 훤히 꿰뚫고 있는 냉혹한 사업가이자 변호사인 코마롭스키의 조언에 따라 한 것이었다. 그녀는 이곳으로 이주한다고 그에게 편지로 알렸고, 역으로 마중나온 그는 그들을 위해 미리 빌려둔 오루제이니 골목에 있는 '체르노고리야'의 가구 딸린 방으로 모스크바 전체를 가로질러 그들을 데려다주었고, 로다**를 견습사관학교에 보내고 라라***를 어느 김나지움에 보내라고 추천했으며, 소년과는 스스럼없이 농담을 하고, 소녀는 흘끔흘끔 쳐다보았는데 그 바람에 소녀의 얼굴이 새빨개졌다.

2

가게 근처 방 세 개짜리 작은 집으로 옮기기 전까지 그들은 한 달가량 '체르노고리야'에서 지냈다.

그곳은 모스크바에서도 가장 무서운 곳이었는데, 난폭한 마부들과 음란한 무리, 거리 전체가 방탕에 젖은 '타락한 인간들'의 소굴이었다.

---

* 부인용 유행품, 주로 모자를 만드는 사람.

** 로디온의 애칭.

*** 라리사의 애칭.

아이들은 불결한 방과 빈대와 형편없는 가구에도 놀라지 않았다. 아버지가 죽은 뒤로 어머니는 늘 가난의 공포 속에 살았다. 로댜와 라라는 자신들이 파멸의 위기에 처했다는 말에 익숙했다. 그들은 자신들이 거리의 아이가 아니라는 것을 알았지만, 마음 깊은 곳에는 고아원 아이들처럼 부자들에 대한 두려움이 있었다.

그리고 이런 두려움에 대한 생생한 본보기는 그들의 어머니였다. 아말리야 카를로브나는 서른다섯 살쯤 된 금발의 통통한 여자인데, 가끔 일어나는 심장 발작이 어리석은 행동으로 튀곤 했다. 그녀는 지독한 겁쟁이인데다 남자들을 몹시 두려워했다. 그래서 그녀는 겁에 질려 당황하며 언제나 이 남자 저 남자 품으로 옮겨다녔다.

그들은 '체르노고리야' 23호실에 묵었고, 24호실에는 땀이 많고 대머리에 가발을 쓴 성격 좋은 첼리스트 티시케비치가 이 여관이 생긴 날부터 살고 있었는데, 그는 누군가를 설득할 때 기도하듯 두 손을 포개 가슴에 꼭 대었고, 사람들 앞에서 연주를 하거나 콘서트에 출연할 때는 고개를 뒤로 젖히고 영감이 차오른 듯 흰자위가 보이게 눈을 홉떴다. 그는 거의 방에 있지 않고 볼쇼이극장이나 음악원에 며칠씩 가 있곤 했다. 그들은 이웃이 되었다. 서로에 대한 친절은 그들을 가까워지게 했다.

아이들이 있을 때 코마롭스키가 오면 아말리야 카를로브나가 난처해한다는 것을 안 티시케비치는 나가면서 그녀가 친구를 접대하도록 자기 방 열쇠를 주고 갔다. 마담 기샤르는 그의 이런 희생에 곧 익숙해져서, 몇 번인가 눈물 바람으로 그의 방문을 두드리고는 자신의 후원자에게서 자신을 보호해달라고 부탁하기도 했다.

3

트베르스카야 거리 모퉁이에서 그리 멀지 않은 단층 건물이었다. 브레스트 철도가 가깝다는 걸 알 수 있었다. 이 건물 바로 옆에서부터 철도 부지, 직원 관사, 기관고와 창고가 시작되었다.

올랴 데미나라는 영리한 소녀는 모스크바화물역에 근무하는 직원의 조카로, 가게에 걸어서 출근했다.

그녀는 유능한 수습생이었다. 전 주인도 그녀를 좋게 보았고, 새 주인도 그녀를 가까이 두었다. 올랴 데미나는 라라를 무척 좋아했다.

레비츠카야 때와 모든 것이 다름없었다. 재봉틀은 피곤한 여자 재봉사들의 오르내리는 발과 재빠르게 움직이는 손 밑에서 정신없이 돌아갔다. 누군가 작업대 앞에 앉아 긴 실을 꿴 바늘을 쥐고 한 손을 쭉 뻗으며 조용히 바느질하고 있었다. 바닥에는 헝겊 조각이 흩어져 있었다. 재봉틀 돌아가는 소리와 창문 쪽에 매달린 새장 속 키릴 모데스토비치, 즉 카나리아에 붙여진 이 별명의 비밀은 전 주인이 무덤으로 가져가버렸지만, 그 다채로운 트릴 소리에 지지 않으려면 큰 소리로 말해야 했다.

응접실에서는 아름다운 여자들이 잡지가 수북한 탁자를 그림처럼 둘러싸고 있었다. 그들은 잡지 삽화의 포즈를 따라하며 서거나 앉거나 반쯤 팔을 괴거나 하고, 모델을 뜯어보며 패션에 대해 이야기를 나눴다. 지배인 자리에 있는 또다른 탁자 앞에는 일급 재단사들 중 아말리야 카를로브나의 조수 파이나 실란티예브나 페티소바라는, 볼이 홀쭉하고 움푹한 뺨 여기저기에 사마귀가 있는 뼈만 앙상한 여자가 앉아 있었다.

그녀는 누런 이 사이에 궐련을 끼운 상아 파이프를 물고 흰자위가 누런 눈을 가늘게 뜬 채 코와 입으로 누런 연기를 내뿜으며, 무리 지어 있는 손님들의 치수와 영수증 번호, 주소, 요구사항 등을 수첩에 적었다.

아말리야 카를로브나는 이곳에서 풋내기나 다름없었다. 스스로를 진정한 주인이라고 생각하지 않았다. 그러나 직원들은 성실했고, 페티소바는 특히 믿음직스러웠다. 하지만 불안한 시절이었다. 아말리야 카를로브나는 미래를 생각하는 것이 두려웠다. 절망이 그녀를 짓눌렀다. 어떤 일도 손에 잡히지 않았다.

코마롭스키는 그들을 자주 찾아왔다. 빅토르 이폴리토비치*는 가게 전체를 가로질러 안쪽 방으로 가면서 옷을 갈아입는 멋쟁이 부인들을 지나쳤는데, 깜짝 놀라 칸막이 뒤에 숨으면서도 부인들은 그의 노골적인 농담을 장난스럽게 받아넘겼고, 재봉사들은 그가 나타나면 으레 뒤에서 그를 욕하고 조롱하며 '납셨군' '그녀의 것' '아말리카**의 남자' '물소' '호색한' 같은 말을 수군거렸다.

그보다 더한 증오의 대상은 그가 이따금 줄을 채워 데려오는 불도그 제크였는데, 코마롭스키는 맹렬하게 돌진하는 개 때문에 다리를 휘청거리고 그 개 앞뒤로 왔다갔다하며 길잡이를 따라다니는 장님처럼 팔을 허우적거렸다.

어느 봄날, 제크가 라라의 다리에 달려들어 스타킹을 찢어놓았다.

"내가 저 악마를 죽여줄게." 올랴 데미나가 라라의 귀에 대고 아이

---

* 코마롭스키의 이름과 부칭.

** 아말리야의 애칭.

처럼 목쉰 소리로 속삭였다.

"맞아, 정말 저 개는 꼴도 보기 싫어. 하지만 바보야, 네가 무슨 재주로 그래?"

"조용히 해, 목소리가 너무 크잖아, 내가 가르쳐줄게. 부활절 때 쓰는 돌로 된 달걀 있잖아. 왜 그, 너희 어머니 장롱 위에 있는……"

"응, 있지, 대리석도, 수정도."

"그래, 그거, 그거. 조금 낮춰, 귀 좀 대봐. 그걸 하나 가져와서 돼지기름에 담가, 그럼 돼지기름이 묻을 거고, 그 옴딱지 같은 악마 개가 꿀꺽 삼키기만 하면—안녕! 두 발이 뒤집힐걸! 저세상이지!"

라라는 깔깔 웃으면서도 한편으로는 부러웠다. 이 소녀는 가난하게 살면서 일을 한다. 가난한 집 아이들은 올되는 법이다. 그런데 놀랍게도 이 소녀 속에는 아직 때묻지 않은 천진함이 남아 있었다. 달걀, 제크—대체 어떻게 그런 생각을 떠올렸을까? '그런데 내 운명은 왜 이럴까.' 라라는 생각했다. '보이는 것마다 왜 이렇게 괴롭기만 할까?'

4

'그 사람에게 엄마는—뭐라고 해야 할까…… 그는 엄마의, 바로 그—그건 더러운 말이야. 다시는 입에도 올리고 싶지 않아. 그런데 그 사람은 왜 그런 때 날 그런 눈빛으로 쳐다보는 거지? 나는 그녀의 딸인데.'

그녀는 이제 겨우 열여섯 살이 되었지만, 몸은 성숙한 처녀였다. 열여덟 살도 더 되어 보였다. 그녀는 머리가 총명하고 성격이 쾌활했다. 그리고 아주 예뻤다.

그녀와 로댜는 인생의 모든 것은 노력으로 얻어야 한다는 것을 알았다. 유복한 무위도식배와는 달리 둘은 조숙한 호기심에 몸을 내맡기지 않았고, 아직 실제로 경험한 적 없는 사물을 이론적으로 알아챌 여유도 없었다. 불필요한 것은 쓰레기일 뿐이었다. 라라는 이 세상에서 가장 순수한 생명체였다.

남매는 모든 것의 가치를 알았고 성취한 것을 소중히 여겼다. 어떻게든 살아가려면 평판이 좋아야 했다. 라라는 공부를 잘했는데, 그것은 지식에 대한 막연한 욕구 때문이 아니라 학비를 면제받으려면 성적이 좋아야 하고 그러려면 공부를 잘해야 했기 때문이다. 공부와 마찬가지로 라라는 설거지도 어렵지 않게 잘하고 가게에서 일을 돕고 어머니의 심부름도 다녔다. 그녀는 조용하고 부드럽게 움직였고, 그녀의 모든 것은—눈에 띄지 않는 날렵한 몸놀림, 키, 목소리, 회색 눈동자와 금발까지 모두 조화를 이루었다.

7월 중순의 일요일이었다. 휴일 아침에는 침대에서 좀더 뒹굴 수 있었다. 라라는 두 손을 머리 뒤에 받치고 반듯이 누워 있었다.

가게 안에는 평소와 다른 고요함이 있었다. 거리 쪽 창문은 열려 있었다. 라라는 멀리서 덜컹거리던 카레타*가 자갈 포장도로에서 마찻길 홈으로 올라타 거친 바퀴 소리가 기름 위로 달리는 듯 부드럽게 미끄러지는 소리로 바뀌는 것을 들었다. '조금만 더 자야지.' 라라는 생각

* 유개사륜마차.

했다. 도시의 단조로운 소음은 자장가처럼 잠을 부추겼다.

라라는 지금 침대에서 자신의 키와 침대 위의 두 위치—왼쪽 어깨의 튀어나온 곳과 오른쪽 엄지발가락 지점을 느끼고 있었다. 그것은 한쪽 어깨와 한쪽 발이었고, 그 밖의 모든 것은 많든 적든 그녀 그 자체, 늘씬하게 뻗은 몸의 윤곽 속에서 민감하게 미래로 돌진하려는 그녀의 영혼 혹은 본질이었다.

'다시 잠들어야 해' 하고 생각하며 라라는 이 시간 카레트니 랴트*의 볕이 드는 쪽, 깨끗이 닦은 마룻바닥 위에 판매용 콜리마가**들을 진열한 마차 전시장, 마차 등불의 각진 유리와 박제된 곰, 부유한 생활을 연상해보았다. 거기서 조금 아래로 내려가면, 하고 라라는 그려보았다. 즈나멘스키예 병영에서 훈련하는 용기병들, 안마당에서 원을 그리며 점잖게 도는 말들, 안장에 올라타기 위한 도약, 한 발짝씩 나아가는 활보, 구보驅步, 갤럽***. 병영 울타리에 달라붙은 아이들과 그들의 유모들과 보모들의 떡 벌어진 입. '더 아래로 내려가면.' 라라는 생각했다. 페트롭카, 페트롭스키예 리니.

'무슨 소리야, 라라! 어떻게 그런 생각을 하지? 난 그저 네게 우리집을 보여주고 싶은 거야. 코앞에 있으니까.'

카레트니 랴트에 사는 그의 지인의 어린 딸 올가의 본명 축일****이었다. 이날 어른들은 춤과 샴페인으로 흥겹게 보냈다. 그는 엄마를 초대

---

* '마차 거리'라는 뜻.

** 대형 짐마차.

*** 한 발짝마다 네발을 모두 땅에서 뗀 상태로 빠르게 달리는 것.

**** 그리스정교나 가톨릭에서는 자기와 동명인 성자의 축일을 생일처럼 성대히 지낸다.

했지만 몸이 좋지 않아 그녀는 갈 수 없었다. 엄마가 말했다. "라라를 데려가요. 당신이 항상 나보고 신경쓰라고 했잖아요, '아말리야, 라라를 보살펴줘요'라고요. 지금 당신이 그렇게 해줘요." 그래서 그는 그녀를 보살폈던 것이다, 그렇고말고! 하 하 하!

왈츠는 얼마나 정신없는 춤인가! 돌고, 돌고, 아무것도 생각하지 않는다. 음악이 연주되는 동안 소설 속 인생처럼 영원이 흐른다. 그러나 연주가 끝나자마자 마치 스캔들 같은, 찬물을 뒤집어쓰거나 알몸을 드러낸 듯한 감각을 느낀다. 게다가 그런 자유는 네가 이제 어른이라는 것을 사람들에게 보여주고 싶어 네가 스스로 허락한 거였어.

그녀는 그가 그렇게 춤을 잘 추리라고는 생각지 못했다. 그의 손길이 얼마나 능숙하던지, 얼마나 자신만만하게 그녀의 허리를 감싸안던지! 하지만 그녀는 다시는 어느 누구에게도 그런 식의 키스를 허락하지 않을 것이다. 자신의 입술에 다른 사람의 입술이 오랫동안 포개졌을 때, 다른 사람의 입술에 그토록 모욕을 느낄 수 있다는 것을 그녀는 한 번도 상상해본 적이 없었다.

그런 어리석은 짓은 그만두어라. 또다시 되풀이하지 말고, 순진한 척하지 말고, 애교 부리지 말고, 수줍은 듯 눈을 내리뜨지도 마라. 그것은 결국 나쁜 결과로 끝날 것이다. 바로 그 옆에 무서운 선線이 있다. 한 발만 잘못 디디면 나락으로 추락이다. 춤에 대해서는 생각조차 하지 마라. 춤은 모든 악의 근원. 가차없이 물리쳐라. 춤을 배우지 않았다든지 다리를 다쳤다든지 하고 핑계를 대라.

5

가을에 모스크바 분기역 철도에서 소동이 일어났다. 모스크바-카잔 철도가 파업에 돌입한 것이다. 모스크바-브레스트 철도도 합류할 예정이었다. 파업이 결정됐지만 철도위원회에서는 선언 일자에 대해 합의를 보지 못하고 있었다. 철도의 사람들은 모두 파업에 대해 알고 있었지만 그것이 자발적으로 시작된다는 외적 구실이 필요했다.

10월 초의 쌀쌀하고 흐린 아침이었다. 철도에서는 이날 급료를 지급한다고 했었다. 경리부에서는 한참 동안 통고가 없었다. 이윽고 사무소에 출근부와 급료표, 벌금을 징수하기 위해 거둬간 노동수첩들을 한 아름 든 소년이 도착했다. 지불이 시작되었다. 목조 사무소 건물에서 역사, 수리 공장, 기관고, 철도 창고, 철로 사이 공터에 끝없이 늘어선 차장, 전철수, 수리공과 그 수습생, 차고 청소부들의 줄이 느리게 움직이기 시작했다.

짓밟힌 단풍나무 잎, 녹은 눈, 증기기관차의 매연, 역 구내식당 지하실에서 이제 막 구워져 페치카*에서 꺼낸 뜨끈한 호밀 빵에서 도시 겨울의 시작을 알리는 냄새가 풍겼다. 열차들이 도착하고 출발했다. 신호기가 감기고 풀리는 움직임에 열차가 결합되거나 분리되었다. 수위들의 경적 소리, 연결수의 호각 소리, 증기기관차의 묵직한 기적 소리가 각각의 소리를 냈다. 연기 기둥이 끝없는 층층대처럼 하늘로 올라갔다. 불이 지펴진 증기기관차가 출발 채비를 하고 서서 차가운 겨울

* 러시아의 난로.

구름을 끓어오르는 증기로 데우고 있었다.

철도 관구장이자 기술자인 푸플리긴과 역구내 보선 감독인 파벨 페라폰토비치 안티포프가 철로 가장자리를 앞뒤로 왔다갔다하고 있었다. 안티포프는 레일에 새로 씌울 재료가 마음에 들지 않는다고 기술자를 들볶고 있었다. 강철은 장력이 부족했다. 레일은 휨과 파손 검사를 통과하지 못했고, 안티포프의 예측에 의하면 혹한에 파손될 것이 분명했다. 관리부는 파벨 페라폰토비치의 불평에 냉담하게 대응했다. 누군가 그것으로 부당한 이득을 취하고 있었던 것이다.

푸플리긴은 철도 제복 가장자리에 줄 장식이 누벼진 값비싼 슈바*를 걸치고 있었는데, 앞을 여미지 않아 안에 입은 체비엇산産 나사로 새로 지은 평복이 살짝 보였다. 그는 신사복의 전체적인 선, 정확하게 주름 잡힌 바지, 고상한 모양의 구두를 만족스럽게 내려다보며 조심스럽게 둑을 걸었다.

푸플리긴은 안티포프의 말을 한 귀로 듣고 한 귀로 흘려보냈다. 그는 다른 생각을 하고 있었고, 줄곧 회중시계를 꺼내 들여다보며 뭔가를 서두르고 있었다.

"그렇군 그래, 여보게." 그는 초조하다는 듯 안티포프의 말을 가로막았다. "하지만 그런 것은 다만 어딘가 간선이나 교통량이 아주 많은 구간일 때 이야기지. 그런데 자네의 것은 어떤지 생각해보게. 엉겅퀴나 쐐기풀이 무성한 대피선과 인입선일 뿐, 있다 해도 빈 차가 들락거리거나 '조차용 기관차'를 바꾸는 경우가 고작이지 않나. 그런데도 그

---

* 모피 외투.

게 뭐가 부족하다는 건가! 자네 정말 제정신이 아니군! 지금 철제 레일이 문제가 아니야. 그런 곳에는 목제 레일을 깔아도 괜찮아."

푸플리긴은 회중시계를 들여다본 뒤 뚜껑을 탁 닫더니 멀리 철도와 이어지는 도로 쪽을 바라보았다. 길모퉁이에서 콜랴스카*가 나타났다. 푸플리긴의 개인 마차였다. 아내가 그를 데리러 온 것이었다. 마부는 줄곧 말들을 제어하며 칭얼대는 어린애를 나무라는 유모처럼 날카로운 목소리로 외쳐대다 길가에 마차를 세웠는데, 말들이 철도를 보고 겁을 먹은 것이었다. 마차 안쪽 한구석에 예쁜 부인이 쿠션에 태평하게 기대앉아 있었다.

"그럼, 형제, 다음에 또 보세." 철도 관구장이 말하고 한 손을 흔들었다. "자네의 레일이 문제가 아니야. 그보다 더 중요한 일이 있어서 말이야."

부부는 마차를 타고 떠났다.

6

서너 시간쯤 후 땅거미가 질 무렵, 길가에서 조금 떨어진 들판에 마치 땅속에서 솟아난 것처럼 두 사람의 그림자가 나타나더니 연신 주위를 두리번거리며 빠르게 멀어졌다. 안티포프와 티베르진이었다.

"좀더 빨리 가세." 티베르진이 말했다. "나는 밀정이 우리 뒤를 밟

---

* 말 두 필이 끄는 대형 사륜포장마차.

든 말든 관심도 없지만, 이제 곧 이 더딘 일이 끝나고, 그들은 지하에서 기어나와 우리를 모으려고 할 걸세. 하지만 난 그자들이 꼴도 보기 싫어. 모두 이렇게 질질 끌기만 할 거면 밭에 담장 세우는 식의 일은 쓸데없이 왜 하나. 그렇게 되면 위원회도 아무 도움이 되지 않을 거고, 불장난을 멈추고 지하로 숨어들어야 할 거야! 자네도 대단하군, 힘 빠진 니콜라옙스카야 철도 쪽에 지원하다니."

"다리야가 티푸스에 걸렸어. 병원에 데려가야 해. 그래서 지금 머릿속에 아무것도 들어오지 않아."

"그들 말로는 오늘 급료가 나온다더군. 난 사무소에 가봐야겠어. 만약 오늘 급료를 주지 않는다면 하늘에 맹세코 나는 자네들에게 침을 뱉고, 한시도 지체 없이 내 손으로 끝장내버릴 거야."

"그런데 대체 무슨 방법으로 말인가?"

"그거야 간단하지. 보일러실로 내려가서 경적 한 번 울리면 무도회는 끝나는 거야."

그들은 작별인사를 하고 각기 다른 방향으로 갔다.

티베르진은 시내 방향의 선로를 따라 걸어갔다. 그는 사무소에서 급료를 받아가지고 나오는 사람들과 마주쳤다. 그들은 굉장히 많았다. 티베르진은 눈짐작으로 철도 직원 거의 모두가 급료를 받았다고 판단했다.

땅거미가 깔렸다. 사무소 옆 광장에 일이 없는 노동자들이 사무소 불빛을 받으며 무리 지어 있었다. 광장 입구에 푸플리긴의 콜랴스카가 서 있었다. 푸플리기나는 아침부터 마차 밖으로 한 발짝도 나오지 않은 것처럼 아까 자세 그대로 앉아 있었다. 그녀는 돈을 받으러 사무소에 들어간 남편을 기다리고 있었다.

갑자기 축축한 눈발이 섞인 비가 내렸다. 마부는 마차에서 내려 가죽 포장을 치기 시작했다. 그가 마차 뒤쪽을 한 발로 짚고 버티며 단단한 횡목을 당기는 동안 푸플리기나는 사무소 불빛에 유리구슬처럼 반짝이는 은빛 결정을 멍하니 바라보고 있었다. 눈도 깜빡이지 않고 꿈꾸는 듯한 눈빛으로 그녀는 모여 있는 노동자들을 바라보았는데, 마치 필요하다면 안개나 진눈깨비에도 방해받지 않고 그들을 관통이라도 할 것 같은 눈빛이었다.

티베르진은 우연히 그 표정을 보았다. 불쾌함을 느꼈다. 그는 푸플리기나에게 인사하지 않고 지나쳤고, 사무소에서 그녀의 남편과 마주치지 않기 위해 급료는 나중에 받으러 가기로 했다. 그는 희미한 불빛이 새어나오는 수리 공장 쪽으로 계속 걸어갔고, 기관고로 이어지는 여러 갈래의 선로들이 있는 전차대轉車臺가 거무스름하게 보였다.

"티베르진! 쿠프리크!" 어둠 속에서 여러 목소리가 들렸다. 수리 공장 앞에 많은 사람이 모여 있었다. 안쪽에서 누군가 소리치고 아이 울음소리가 들려왔다. "키프리얀 사벨리예비치*, 저애 좀 구해줘요." 사람들 틈에서 한 여자가 소리쳤다.

늙은 공장장 표트르 후돌레예프가 평소처럼 또다시 자신의 제물인 어린 수습생 유숍카**를 때리고 있었다.

후돌레예프는 늘 그렇지는 않지만 수습생을 괴롭히고, 술에 취해 걸핏하면 싸움질을 했다. 옛날에는 버젓한 기술자로 상인의 딸이나 모스

---

* 티베르진의 이름과 부칭.

** 유수프의 애칭.

크바 교외 방직공장 지역 사제의 딸들에게 선망의 대상이 되기도 했었다. 당시 그는 교구의 여자 신학김나지움을 졸업한 티베르진의 어머니에게 청혼했는데, 그녀는 거절하고 동료 기관사 사벨리 니키티치 티베르진과 결혼해버렸다.

사벨리 니키티치의 끔찍한 죽음 이후(그는 1888년에 엄청난 충격을 주었던 어떤 열차 충돌 사고로 불타 죽었다) 그녀가 과부가 되고 육 년째 되던 해, 표트르 페트로비치 후돌레예프가 다시 구혼했지만 마르파 가브릴로브나는 또다시 거절했다. 후돌레예프는 그때부터 술을 마시기 시작했고 지금 자신이 힘든 것은 그가 확신하듯 다 세상 탓이라며 걸핏하면 싸움질을 했다.

유숩카는 티베르진의 주택청소부인 기마제트딘의 아들이었다. 티베르진은 수리 공장에서 소년을 돌봐주고 있었다. 그래서 후돌레예프의 미움을 샀던 것이다.

"줄을 왜 그렇게 쥐냐, 이 아시아 놈아." 후돌레예프는 유숩카의 머리털을 움켜잡고 목덜미를 때리며 끌고 가면서 소리쳤다. "누가 주물을 그따위로 깎아? 대답해봐, 너 내 일을 망쳐놓을 작정이냐, 카시모프* 색시 같은 놈, 사팔뜨기 회교도 놈아."

"아야, 안 그럴게요, 아저씨 아야, 다신 안 그럴게요, 안 그런다고요, 아아 아파요!"

"굴대 먼저 놓고, 그다음에 나사로 지주를 조이라고 말했잖아, 매번 제멋대로지. 하마터면 내 굴대를 부러뜨릴 뻔했잖아, 이 개자식아."

---

* 타타르인이 주로 거주하는 도시.

"저는 굴대 안 만졌어요, 아저씨, 맹세코 안 만졌어요."

"왜 그렇게 어린애를 못살게 굽니까?" 티베르진이 사람들 사이를 헤치고 나오며 물었다.

"남의 일에 상관 마!" 후돌레예프가 가로막았다.

"제가 묻잖습니까, 왜 아이를 못살게 굽니까?"

"그럼 말해줄 테니 썩 꺼져, 이 사회주의자 놈아. 이런 악당은 죽어도 싸. 하마터면 내 굴대를 부러뜨릴 뻔했단 말이야. 살아남은 것만으로도 내 손에 입을 맞춰야 할 판이야. 사팔뜨기 악마새끼—나는 그저 이놈 귀를 비틀고 머리통 좀 쳤을 뿐이야."*

"그럼 그만한 일로 아이 목이라도 베어야 한단 말입니까, 후돌레이 아저씨? 정말이지 부끄러운 일입니다. 노공장장님, 백발이 되도록 살아도 그렇게 분별이 안 됩니까?"

"꺼져, 좋게 말할 때 썩 꺼지지 못해. 네놈 대갈통을 뽑아버릴 테다—어디서 가르치려 들어, 개 같은 자식! 넌 침목 위에서 만들어진 놈이야, 근본 없는 놈, 니 애비 코밑에서. 니 에미, 그 걸레 같은 년, 난 그 더러운 암고양이를 알지, 너덜해진 치맛자락!"

다음의 모든 일이 일어나는 데는 채 일 분도 걸리지 않았다. 두 사람은 무거운 공구들과 쇳조각들이 뒹구는 선반에서 손을 뻗어 집히는 대로 집어들었는데, 모두가 곧바로 달려들어 떼어놓지 않았다면 서로를 죽이고 말았을 것이다. 후돌레예프와 티베르진은 창백해진 얼굴에 핏발 선 눈으로 서로를 노려보며 이마를 맞대다시피 서 있었다. 잔뜩 흥

---

* 목을 잡힌 유숩카는 이 대목에서 아저씨(댜덴카дяденька)와 굴대(시핀델шпиндель)를, 후돌레예프는 굴대를 계속 틀리게 발음한다.

분해 말도 제대로 하지 못했다. 사람들이 그들 뒤에서 두 팔을 잡고 단단히 붙들었다. 그들은 뒤에서 붙잡은 사람들을 뿌리치고 빠져나오려고 몇 분 동안 온몸을 비틀며 안간힘을 썼다. 옷의 호크와 단추가 떨어져나가고 재킷과 셔츠는 벗겨져 어깨에서 흘러내렸다. 그들 주위에서 시끄러운 고함소리가 멈추지 않았다.

"끌이야! 저놈에게서 끌을 빼앗아—머리통 깨버리겠어." "조용, 조용히 해, 표트르 아저씨, 팔을 꺾어야지!" "이런다고 되겠어? 떼어놓고 가둬서 자물쇠를 채워놓아야지—그래야 끝나겠어."

그때 갑자기 티베르진이 한데 엉켜 매달려 있는 사람들을 괴력으로 홱 뿌리치고 어느새 문까지 달려갔다. 사람들은 그를 붙잡으려고 달려갔으나 그가 방금 전처럼 흥분한 상태가 아니라는 것을 알고는 내버려두었다. 그는 문을 쾅 닫고 밖으로 나가 돌아보지도 않고 앞으로 걸어갔다. 가을의 습기, 밤, 어둠이 그를 둘러쌌다.

"너는 그들에게 잘해주려 애쓰는데, 그들은 네 갈비뼈에 칼을 겨누고 있다." 그는 이렇게 불평하며 어디로 가고 왜 가는지도 모르는 채 걸어갔다.

야비하고 거짓된 세계, 빌어먹을 귀부인이 마차를 타고 지나가며 어리석은 노동자들을 감히 깔보듯 바라보고, 사회 질서라는 술에 찌든 희생자가 자기 동료를 조롱하며 즐거워하는 이 세계가 그는 어느 때보다 혐오스러웠다. 그는 걸음을 서두를수록 지금 뜨거운 자신의 머릿속처럼 모든 것이 이성적이고 조화로운 세계로 더 빠르게 다가갈 수 있기라도 한 듯 걸음을 재촉했다. 그는 지난 며칠 동안의 열망들, 철도 관구의 소동, 집회 연설, 아직 실행되지는 않았지만 취소되지도 않은 파업 결정—이 모든 일이 앞으로 그들이 걸어갈 먼길의 부분들에 지나지 않는다는 것을 알았다.

그러나 지금 그는 숨도 돌리지 않고 단번에 그 길 끝까지 달려가고 싶어 참을 수 없을 만큼 흥분해 있었다. 큰 걸음으로 걸으면서도 그는 자신이 어디로 가는지 몰랐지만, 그의 다리는 어디로 가야 하는지 잘 알고 있었다.

티베르진은 자신과 안티포프가 땅굴에서 나온 날 있었던 회의에서 바로 그날 저녁 파업에 들어가기로 결정한 사실을 오랫동안 모르고 있었다. 파업 위원들은 그 자리에서 누가 어디로 가고, 누구를 뺄지 의논하고 할일을 분담했다. 증기기관차 수리 공장에서 티베르진의 영혼 깊은 곳에서 울리는 것 같은 목쉰 듯한 경적이 울리다가 점차 맑고 잔잔하게 바뀌었을 때, 기관고와 화물역에서 빠져나온 무리는 입구入構 신호기에서 이미 시내 방향으로 움직이고 있었고, 그들은 티베르진이 울린 경적에 보일러실에서 일손을 내려놓고 나온 새로운 무리와 합류했다.

티베르진은 그날 밤 작업과 운행을 멈추게 한 것은 오직 자기 한 사람뿐이었다고 여러 해 동안 믿어왔다. 그러나 훗날의 재판에서 자신에게 씌워진 혐의가 파업 선동이 아니라 공모뿐이라는 것을 안 뒤에야 그런 착각에서 벗어났다.

사람들이 달려나와서 물었다. "모두 어디로 가라고 울리는 거야?" 어둠 속에서 누군가가 대답했다. "귀머거리는 아닌가보군. 들어봐, 경보야. 불을 꺼야 해." "어디서 불이 났는데?" "불이 났으니까 경보가 울리는 거 아니겠어."

문이 쿵쾅거리더니 또 새로운 사람들이 쏟아져나왔다. 다른 목소리들이 들렸다. “뭔 소리야—불이라니! 마을이라니! 바보 같은 소린 듣지도 마! 이건 파업이라는 거야, 알겠어? 옜다 여기 멍에다, 여기 굴레다, 난 이제 종이 아니야. 이보게들, 집에 가자고.”

사람들이 점점 불어났다. 철도 파업이 시작되었다.

7

사흘째 되던 날 티베르진은 잠도 제대로 못 자고 면도도 하지 못하고 꽁꽁 언 채 집으로 돌아왔다. 전날 밤 갑자기 철 이른 모진 추위가 닥쳤는데, 티베르진은 아직 가을옷을 입고 있었다. 현관에서 주택청소부 기마제트딘이 그를 맞았다.

“고맙습니다, 티베르진 나리.” 그가 말했다. “덕분에 유수프가 모욕을 당하지 않았으니, 평생 신에게 기도하겠습니다.”

“기마제트딘, 당신 미쳤나, 내가 왜 당신 나리인가? 제발 그만하게. 할말 있으면 얼른 하게, 너무 춥단 말일세.”

“춥다니요, 당신 집은 따뜻할 겁니다, 사벨리치*. 우리는 어제 당신 어머니 마르파 가브릴로브나와 모스크바화물역에 가서 장작을 잔뜩 실어 왔습니다. 전부 자작나무죠, 아주 좋습니다, 잘 말랐고요.”**

“고맙네, 기마제트딘. 할말이 더 있으면 얼른 해주게, 제발, 보다시

---

* 사벨리예비치, 이바노비치, 스테파노비치 등과 같은 러시아의 부칭은 사벨리치, 이바니치, 스테파니치 등으로 흔히 줄여 부른다.

** 기마제트진은 종종 문법에 맞지 않게 말한다.

피 난 꽁꽁 얼었어."

"하고 싶은 말은, 집에서 밤을 보내면 안 된다는 겁니다, 사벨리치, 숨어야 해요. 초병이 와서 묻고, 경찰서장도 와서 누가 왔었는지 물었습니다. 저는 아무도 안 왔다고 했습니다. 조수가 왔다, 증기기관차 승무원들이 왔다, 철도 노동자들이 왔다고만 했어요. 낯선 사람은 아무도 오지 않았다고요—아무도 아무도!"

독신인 티베르진이 어머니, 결혼한 남동생과 함께 사는 아파트는 이웃한 스뱌토야 트로이차* 교회 소유였다. 이 주택에는 성직자 몇 명과 시내에서 각각 청과물과 정육 행상을 하는 두 협동조합원, 그리고 주로 모스크바-브레스트 철도 하급 직원들이 살고 있었다.

주택은 목조 회랑이 있는 석조 건물이었다. 회랑은 포장이 되지 않은 지저분한 안마당을 사방에서 에워싸고 있었다. 회랑을 따라 위로는 더럽고 미끄러운 나무 계단이 있었다. 계단에서 고양이 냄새와 절인 양배추 냄새가 풍겼다. 층계참으로 옥외변소와 통자물쇠가 채워진 광이 붙어 있었다.

티베르진의 동생은 전쟁에 징집되어 바팡고우**에서 부상을 당했다. 크라스노야르스크 병원에서 치료받고 있는 그를 데려오기 위해 그의 아내는 두 딸과 그곳에 갔다. 대대로 철도 노동자인 티베르진 집안은 무슨 일을 할 때 주저함이 없었고, 직원용 무임차표로 온 러시아를 다닐 수 있었다. 지금은 아파트가 텅 비고 조용했다. 아들과 어머니만 살

---

* '성삼위일체'라는 뜻.

** 와팡구의 러시아식 표기. 러일전쟁중 중국 와팡뎬 시 외곽의 작은 마을에서 전투가 있었다.

고 있었다.

그들의 아파트는 이층이었다. 현관문 앞 회랑에 물 운반차가 와서 물을 채워주고 가는 물통이 있었다. 계단을 올라온 키프리얀 사벨리예비치는 물통 뚜껑이 한쪽으로 옮겨져 있고 얼어버린 물 표면에 철제 컵이 얼어붙어 있는 것을 보았다.

'프로프가 틀림없어.' 티베르진은 씩 웃으며 생각했다. '마셔도 갈증이 풀리지 않았나보군, 대식가, 불 같은 위장.'

체격이 좋고 아직 젊으며 프살롬시크*인 프로프 아파나시예비치 소콜로프는 마르파 가브릴로브나의 먼 친척이었다.

키프리얀 사벨리예비치는 얼어버린 물 표면에서 컵을 떼어 뚜껑을 덮고 문의 초인종 손잡이를 당겼다. 생활의 냄새, 맛있는 냄새가 밴 수증기의 구름이 그를 맞았다.

"불을 뜨겁게 땠군요, 어머니. 따뜻한데요, 좋아요."

어머니는 달려들어 그의 목을 끌어안고 울음을 터뜨렸다. 그는 그녀의 머리를 어루만지며 잠시 기다렸다가 부드럽게 떨어졌다.

"용기만 있으면 도시도 무너뜨릴 수 있어요, 어머니." 그는 조용히 말했다. "모스크바에서 바르샤바까지, 우리 철도가 멈췄어요."

"안다. 그래서 우는 거잖니. 너에게 좋지 않은 일이 일어날 거야. 쿠프린카**, 어디 먼 곳으로 몸을 피하는 게 좋을 것 같구나."

"어머니의 다정한 친구, 친절한 베드로 중의 베드로***가 제 머리를 박

---

* 예배중 성경과 기도문을 읽는 하위 성직자.

** 키프리얀의 애칭.

*** 후돌레예프의 이름 표트르는 '베드로'의 러시아식 이름이다.

살낼 뻔했어요."

그는 이 말이 어머니를 웃게 할 거라 생각했다. 그녀는 농담을 이해하지 못하고 진지하게 말했다.

"그를 비웃는 건 죄악이야, 쿠프린카. 그를 불쌍히 여겨주렴. 정말 불행한 사람, 타락한 영혼이니까."

"안티포프 파시카가 체포됐어요. 파벨 페라폰토비치가요. 한밤중에 들이닥쳐 수색하고 샅샅이 다 뒤졌어요. 아침에 끌려갔죠. 게다가 그의 다리야는 티푸스에 걸려 병원에 있어요. 실업학교에 다니는 어린 파블루시카*가 귀머거리 숙모와 단둘이 집에 있어요. 그런데다 그들은 곧 아파트에서 쫓겨날 판이에요. 그 아이를 우리집에 데려왔으면 해요. 프로프는 여기 왜 왔었어요?"

"너 그걸 어떻게 알았어?"

"물통 뚜껑이 열려 있고 컵이 있는 걸 보고요. 분명 밑빠진 프로프가 물을 엄청나게 마셔댔나보다 했죠."

"잘도 아는구나, 쿠프린카. 네 말이 맞다. 프로프, 프로프, 프로프 아파나시예비치가 왔었어. 장작을 얻으러 왔다길래—내가 줬다. 아이고, 내 정신 좀 봐라—장작이라니! 그가 전해준 소식을 까맣게 잊고 있었네. 황제께서 모든 것을 새롭게 바꾼다는 선언서에 서명하셨다는구나, 아무도 모욕당하지 않도록 하고, 농민에게 땅을 주고, 모든 사람을 귀족과 동등하게 대우하겠다고 말이야. 칙령에 서명을 했으니 이제 선포만 남은 것 아니겠니. 종무원**에서 새로운 탄원서를 보냈고 연도連禱인

---

* 파벨의 애칭.

** 혁명 전 러시아의 최고 교회 기구.

가 축원기도를 위해서라고 했는데, 정확히는 모르겠구나. 프로부시카* 가 말해줬는데 그만 잊어버렸어."

8

체포된 파벨 페라폰토비치와 병원에 입원중인 다리야 필리모노브나의 아들인 파툴랴** 안티포프는 티베르진의 집으로 옮겨왔다. 그는 반듯하게 가르마를 탄 금발에 단정한 얼굴을 한 말쑥한 소년이었다. 그는 끊임없이 솔로 머리를 빗고, 끊임없이 재킷과 실업학교 버클이 달린 허리띠를 반듯하게 매만졌다. 파툴랴는 눈물이 나올 만큼 잘 웃고 관찰력이 매우 뛰어났다. 그는 보고 들은 것들을 그대로 흉내낼 수 있었는데 정말 똑같고 우스웠다.

10월 17일 성명이 발표된 직후, 트베르스카야 관문에서 칼루시스카야 거리에 이르기까지 대규모 시위가 계획되었다. 이 일은 '유모가 일곱이면 아이가 방치된다***' 꼴이 되고 말았다. 계획에 가담한 몇몇 혁명조직은 서로를 탓하며 차례로 손을 뗐다가 예정했던 그날 아침 사람들이 거리로 나갔다는 것을 알고서야 급히 조직 대표자들을 시위대에 파견했다.

키프리얀 사벨리예비치의 만류와 반대에도 마르파 가브릴로브나는

---

* 프로프의 애칭.

** 파벨의 애칭.

*** 사공이 많으면 배가 산으로 간다는 뜻의 속담.

쾌활하고 붙임성 있는 파툴랴와 시위에 참가했다.

11월 초의 건조하고 추운 날이었고, 납같이 짙은 잿빛 평온한 하늘에서 수를 셀 수 있을 정도로 성긴 눈발이, 땅에 떨어져 잿빛 솜털 먼지로 도로의 움푹한 곳들에 박히기 전에 한참 동안 망설이는 듯이 흩날렸다.

거리 아래쪽으로 군중이 흘러나왔고, 엄청난 혼란, 얼굴들, 얼굴들, 또 얼굴들, 솜 누빈 겨울 코트들과 양가죽 모자들, 노인들, 여학교 학생들과 아이들, 제복 입은 철도 노동자들, 전차 기지 노동자들과 무릎 위까지 올라오는 장화에 가죽 재킷 차림의 전화국 노동자들, 김나지움 학생들과 대학생들이 있었다.

사람들은 한동안 〈바르샤뱐카〉 〈너희는 희생물이 되었나니〉 〈마르세예즈〉를 불렀는데, 행렬의 선두에서 뒤로 걸으며 쿠반카* 쥔 손을 흔들며 지휘하던 남자가 갑자기 지휘를 중단하고 걸음을 멈춘 채 모자를 쓰더니 행렬에서 등을 돌려 앞으로 걸어가 나란히 나아가던 다른 시위 지도자들의 대화에 귀를 기울였다. 노랫소리는 흐트러지다 이내 끊어졌다. 얼어붙은 포장도로를 걷는 수많은 군중의 발소리만 저벅저벅 들렸다. 동조하는 사람들은 시위 지도자들에게 앞쪽에 카자크들이 기다리고 있다고 알려주었다. 누군가 이 근처 가장 가까운 약국으로 전화해 복병이 있다고 알려준 것이다.

"그래서 뭐가 어떻다는 겁니까." 지도자들이 말했다. "중요한 건 평정심이고 당황하지 않는 겁니다. 가다가 가장 먼저 보이는 공공건물을

---

* 카자크들이 쓰던, 모피 테두리가 있는 차양 없는 가죽 모자.

점거하고, 사람들에게 위험을 알리고 뿔뿔이 분산시켜야 합니다."

그들은 어디로 가야 가장 좋을지 입씨름했다. 누구는 상점판매원협회로, 누구는 고등공업협회로, 또 누구는 외국특파원학교로 가자고 제안했다.

논쟁하는 사이 앞쪽에 관청 건물의 한 귀퉁이가 나타났다. 교육기관이 안에 있고 그들이 지금까지 제안했던 곳들에 비해 조금도 나쁠 것이 없는, 피난처로 적합한 곳이었다.

시위대가 그곳에 도착하자 지도자들은 현관의 반원형 층계참에 올라가 시위대 선두에게 멈추라고 신호를 보냈다. 문이 여러 개인 입구의 문이 열리자 모두 슈바 뒤에 슈바, 모자 뒤에 모자로 줄을 이으며 학교 로비로 들어가 정면 계단을 올라가기 시작했다.

"강당으로, 강당으로!" 뒤에서 저마다 외쳤지만, 군중은 계속 나아가 각기 복도들과 교실들 안쪽 깊숙한 곳으로 흩어졌다.

지도자들은 겨우 모두를 강당으로 돌아오게 해서 의자에 앉힌 뒤, 전방에 배치되었다는 함정에 대해 알려주려 여러 번 시도했지만 그 말에 귀를 기울이는 사람은 아무도 없었다. 행진을 멈추고 폐쇄된 공간으로 들어왔다는 것은 즉흥 집회가 열린다는 의미로 해석되었고, 곧 집회가 시작되었다.

오랫동안 노래를 부르며 행진한 뒤라 사람들은 잠시 조용히 앉아 있고 싶어했고, 다른 누군가가 자신들을 대신해 열심히 큰 목소리를 내주길 바랐다. 휴식이 주는 커다란 만족에 비하면, 모든 것에서 대체로 서로 공감하는 발언자들의 대수롭지 않은 의견 차이 따위는 아무래도 상관없었다.

그래서 가장 큰 성공은 청중이 연설자의 말에 귀를 기울일 필요가 없었던 최악의 연사에게 떨어졌다. 그의 한마디 한마디에 공감의 환성이 일었다. 그의 연설이 찬동의 소음에 묻히는 것을 안타까워하는 사람은 아무도 없었다. 사람들은 그의 말에 서둘러 동의하고 앞다퉈 "치욕이다" 하고 외치며 항의의 전보문을 작성하다가, 갑자기 그의 단조로운 목소리에 싫증을 내며 일제히 일어나 연사는 까맣게 잊은 채 차례로 모자 뒤에 모자, 대열 뒤에 대열이 한데 뭉쳐 계단을 내려가 거리로 쏟아져나갔다. 다시 행진이 시작되었다.

집회가 열리는 동안 거리에 눈이 내리기 시작했다. 포장도로가 하얗게 덮였다. 눈발은 차츰 거세졌다.

용기병들이 돌진해 왔을 때도 행렬 뒤쪽에서는 바로 알아차리지 못했다. 군중이 '우라*'를 외칠 때와 같은 둔한 함성이 앞쪽에서 들려왔다. '사람 살려' '사람을 죽였다' 하는 외침과 무슨 소리인지 알아듣기 힘든 외침이 뒤섞였다. 그리고 거의 동시에 이 소리의 물결 속에서 옆으로 물러난 군중 속에 만들어진 좁은 통로로 말의 얼굴과 갈기, 사브르를 휘두르는 기병들이 소리도 없이 빠르게 질주해 왔다.

소대의 반은 곧바로 군중 속을 빠져나가 방향을 틀고 정렬한 뒤 또다시 시위대 뒤쪽을 가르며 들어왔다. 무차별한 구타가 시작되었다.

몇 분 후 거리는 거의 텅 비었다. 사람들은 골목으로 뿔뿔이 달아났다. 눈발이 뜸해졌다. 저녁은 마치 목탄화처럼 건조했다. 건물 뒤로 스러져가던 해가 갑자기 한쪽 모퉁이에서 거리 위의 붉은 모든 것을 손

---

* '만세'를 뜻하는 러시아어.

가락으로 찔러보는 듯했다. 위쪽 끝이 붉은 용기병 모자, 찢어진 채 땅에 떨어진 붉은 깃발 조각, 눈 위에 붉은 실과 점으로 뿌린 핏자국.

두개골이 파열된 사내가 신음하며 포장도로 가장자리에서 두 손바닥으로 몸을 끌며 기어가고 있었다. 아래쪽에서 기병들이 일렬로 다가왔다. 군중을 추격하다 길 끝에서 돌아온 것이었다. 이들의 발밑에서 플라토크*가 거의 뒤로 벗겨진 마르파 가브릴로브나가 우왕좌왕하며 온 거리 곳곳을 향해 그녀의 것 같지 않은 목소리로 외치고 있었다.

"파샤**! 파툴랴!"

그는 내내 그녀와 함께 걸었고 마지막 연설자를 기막히게 흉내내 그녀를 즐겁게 해주기도 했는데, 용기병들이 들이닥친 혼란 속에서 갑자기 사라져버렸다.

곤경 속에서 마르파 가브릴로브나도 등에 채찍을 한 대 맞았는데, 솜을 두껍게 넣은 슈슌*** 덕분에 별로 아프지는 않았지만 선량한 민중 앞에서 자기 같은 노파를 채찍으로 때렸다는 데 분노해, 멀어져가는 기병들에게 욕을 퍼붓고 주먹을 을러댔다.

마르파 가브릴로브나는 흥분한 눈빛으로 포장도로 양쪽을 살폈다. 그리고 용케도 반대쪽 보도에 서 있는 소년을 발견했다. 식민지 상품 가게와 석조 주택 사이 우묵한 그곳에 얼이 나간 사람들이 무리 지어 있었다.

보도 위로 올라선 말 탄 용기병이 말 엉덩이와 옆구리로 사람들을

---

* 여성용 숄 또는 머릿수건.

** 파벨의 애칭.

*** 보통 소매에 술 장식이 달린 여성용 방한 재킷.

그곳으로 몰아넣었다. 그는 겁에 질린 사람들의 모습을 재미있어하며 그들을 가로막고 눈앞에서 보란듯이 방향을 바꿔 말을 뒷걸음치게 하고 마치 서커스를 하듯 천천히 뒷다리를 들어올리게 했다. 그러다가 전방에서 말 탄 동료들이 평보로 다가오자 말에 박차를 가해 두세 번 뛰어오른 뒤 대열에 합류했다.

구석에 몰려 있던 사람들은 흩어지기 시작했다. 두려워서 입도 떼지 못하던 파샤가 할머니에게 뛰어왔다.

그들은 집을 향해 걸어갔다. 마르파 가브릴로브나는 계속 분통을 터트렸다.

"저주받을 살인자들, 벼락 맞을 살인자들! 차르*가 자유를 주셔서 모두가 기뻐하는데 그 모습을 참을 수가 없는 거야. 그놈들은 모든 걸 망쳐놓고 모든 말을 뒤집어놓을 거다."

그녀는 용기병뿐만 아니라 전 세계에 대해, 그리고 그 순간은 아들에게까지 화를 냈다. 이 격분의 순간에 그녀는 지금 일어나는 모든 일은 쿠프린카와 그 패거리 때문이고, 그래서 자신이 그들을 헛똑똑이들이라고 부르는 거라고 생각했다.

"사악한 독사 같은 놈들! 그놈들이 원하는 게 대체 뭐야? 분간 없는 놈들! 그저 욕하고 싸울 뿐이잖니. 그래, 그 수다쟁이가 어땠지, 파센카**? 보여줄래, 애야, 보여주렴. 오 그래, 그래! 아이고 죽겠다, 아이고 죽겠어! 판박이구나. 트루 루 루 루 루. 아, 요놈의 성가신 딱정벌레, 요놈의 쇠파리!"

---

* 제정러시아 시대에 황제를 이르던 말.

** 파샤의 애칭.

집에 돌아온 그녀는 더벅머리에 얼금뱅이인 머저리 놈이 말 위에서 늙은 자신의 등을 채찍으로 때렸다고 아들에게 덤벼들어 비난했다.

"정말 왜 이러세요, 어머니! 제가 카자크 중대장이나 헌병 대장은 아니잖아요."

9

사람들이 흩어지며 달아날 때 니콜라이 니콜라예비치는 창가에 서 있었다. 그는 그 무리가 시위대라는 것을 알아채자 흩어지는 사람들 사이에 유라나 다른 아는 누군가가 있는지 잠시 멀찍이서 살펴보았다. 아는 얼굴은 보이지 않았지만 얼핏 두도로프의 아들(니콜라이 니콜라예비치는 그의 이름을 잊어버렸다)이 필사적으로 뛰어가는 것을 본 것 같았는데, 무모한 성격의 이 소년은 얼마 전 왼쪽 어깨에서 총알을 빼내는 수술을 받고서도 또다시 위험한 곳에서 어슬렁거리고 있었다.

니콜라이 니콜라예비치는 가을에 페테르부르크에서 이곳으로 왔다. 모스크바에는 머무를 곳이 없었지만, 호텔에는 가고 싶지 않았다. 그는 먼 친척인 스벤티츠키의 집에 묵기로 했다. 그들은 중이층에 있는 서재를 그에게 내주었다.

아이가 없는 스벤티츠키 부부에게 너무 크다 싶은 이층짜리 별채는 고인이 된 스벤티츠키의 양친이 옛적부터 돌고루키 공작가문에게서 빌린 것이었다. 마당 세 개, 정원, 무질서하게 배치된 다양한 양식의 건물들이 있는 돌고루키 집안의 이 소유지는 세 개의 골목을 바라보고 있고, 이름도 옛날대로 무치노이 고로도크*라고 불렸다.

서재는 두 짝의 창문이 있지만 어두웠다. 책과 서류, 양탄자, 판화 따위가 가득했다. 서재 바깥쪽으로 건물의 이 부분을 반원형으로 둘러싼 발코니가 있었다. 발코니의 이중 유리문은 겨우내 단단히 닫혀 있었다.

서재의 두 창문과 발코니 유리문 너머로 보이는 골목길에 썰매 자국이 길게 이어져 있고, 비뚤배뚤 늘어선 집들, 구불구불하게 늘어선 담장들이 보였다.

라일락색 그림자가 정원에서 서재로 드리워졌다. 나무들은 마치 라일락색의 흐르는 스테아린**으로 뒤덮인 듯한 서리 앉은 가지들을 바닥에 내려놓고 싶은 듯이 방안을 들여다보고 있었다.

니콜라이 니콜라예비치는 골목길을 내려다보며 페테르부르크에서 지낸 지난겨울을, 가폰***과 고리키, 당대 인기 작가들과 비테****를 방문한 일을 떠올렸다. 그는 그런 소란을 피해 평안을 찾아 옛 수도로 온 것이었고, 그동안 구상하던 책을 쓰려고 했다. 하지만 웬걸! 불을 피하려다 불꽃 속에 뛰어든 격이었다. 강연과 발표가 연일 끊이지 않았다. 때로는 여자 김나지움에서, 때로는 종교철학협회에서, 때로는 적십자에서, 또 어느 때는 파업위원회기금에서. 가능하다면 스위스 어느 주

---

* '제분소 동네'라는 뜻.

** 소기름이나 면실유 등으로 만든 고체 유지 성분.

*** 게오르기 가폰(1870~1906). 러시아 사제, 혁명가.

**** 세르게이 비테(1849~1915). 러시아 정치가. 1905년 러시아에서 총리제도가 실시된 후 첫번째 총리가 되었다.

의 깊은 숲속에라도 가고 싶었다. 맑고 평온한 호수, 하늘과 산, 모든 것에 메아리치는 세심한 공기가 있는 곳에.

니콜라이 니콜라예비치는 창가에서 물러났다. 그는 누군가를 불쑥 찾아가거나 어떤 목적도 없이 그냥 거리를 걷고 싶었다. 그러나 이내 톨스토이주의자 비볼로치노프가 찾아오기로 한 약속 때문에 집을 비울 수 없다는 것이 생각났다. 그는 방을 서성이기 시작했다. 그의 생각은 조카에게로 향했다.

니콜라이 니콜라예비치는 볼가강변의 벽지에서 페테르부르크로 옮길 때 유라를 베데냐핀, 오스트로미슬렌스키, 셀랴빈, 미하엘리스, 스벤티츠키, 그로메코 등 모스크바의 친척들에게 데려갔다. 처음에 유라는 게으른 수다쟁이 노인이자 친척들이 줄여서 페디카라고 부르는 오스트로미슬렌스키의 집에 맡겨졌다. 페디카는 자기 수양딸인 모탸와 남몰래 부부생활을 하고 있었는데, 그래서 자신을 기존 체제의 파괴자, 이상의 옹호자라 여기고 있었다. 그러나 그는 신뢰에 부응하지 못했을 뿐만 아니라 유라의 양육비로 맡긴 돈까지 써버려 손버릇 나쁜 사람으로 밝혀졌다. 유라는 그로메코 교수의 집으로 옮겨갔고, 지금도 그곳에 있었다.

그로메코의 집에서 유라는 부러울 정도로 호의적인 분위기 속에서 지냈다.

'그곳엔 삼총사가 있지.' 니콜라이 니콜라예비치는 생각했다. '유라, 그의 친구이자 김나지움 같은 학년인 고르돈, 주인집 딸 토냐 그로메코. 이 삼총사는 「사랑의 의미」*와 『크로이체르 소나타』를 탐독하고 순결의 설교에 열중하고 있어.'

소년기에는 순수의 모든 격렬함을 통과해야 한다. 그러나 그들은 도가 지나쳐 지혜가 이성 뒤로 넘어가고 있었다.

그들은 무서우리만큼 괴팍하고, 아직 아이들이었다. 자신들을 그토록 어지럽히는 관능의 영역을 그들은 어째서인지 '저속'이라 부르며 그 표현을 아무데서나 남발했다. 정말 터무니없는 언어 선택이다! '저속'—이것은 본능의 목소리이고, 포르노그래피이고, 여성 착취이고, 육체적 세계 전체를 거의 모두 포함한 것이었다. 그들은 그 말을 할 때 얼굴을 붉히거나 창백해졌다!

'내가 모스크바에 있었다면,' 니콜라이 니콜라예비치는 생각했다. '그렇게까지 되는 것은 막았을 것이다. 수치심도 필요하지만, 한계가 있는 법인데……'

"아, 닐 페옥티스토비치**! 어서 오십시오" 하고 외치며 그는 일어나 손님을 맞으러 갔다.

10

회색 루바시카에 넓은 허리띠를 맨 뚱뚱한 사내가 방안으로 들어왔다. 그는 펠트 장화를 신고, 무릎 앞쪽이 불룩 나온 바지를 입고 있었다. 구름 속에서 노니는 호인 같은 인상을 풍겼다. 콧등에는 검은색 넓은 끈이 달린 작은 코안경이 불퉁하게 얹혀 있었다.

---

* 솔로비요프의 논문.

** 비볼로치노프의 이름과 부칭.

비볼로치노프는 현관방에서 탈의도 하는 둥 마는 둥 하고 들어왔다. 목도리를 풀지 않아 끝자락이 마룻바닥에 끌리고, 둥근 펠트 모자는 양손에 쥐고 있었다. 이 물건들이 그의 움직임을 방해했고, 니콜라이 니콜라예비치와 악수하는 것은 물론 인사말을 건네는 데도 방해가 되었다.

"으음……" 그는 당황한 채 방안 이 구석 저 구석을 바라보며 웅얼거렸다.

"아무데나 내려놓으십시오." 니콜라이 니콜라예비치는 말하고, 비볼로치노프가 평정을 되찾아 자연스럽게 말할 수 있기를 기다렸다.

그는 레프 니콜라예비치 톨스토이의 추종자 중 한 사람이었는데, 결코 평안을 몰랐던 천재의 사상은 이들 추종자들의 머릿속에서 어둡지 않은 긴 휴식을 맛보는 것으로 자리잡았고, 이제는 돌이킬 수 없을 만큼 보잘것없는 것이 되어버렸다.

비볼로치노프는 니콜라이 니콜라예비치에게 정치적 유형수들을 위해 특정 학교에서 강연을 해달라고 요청하러 온 것이었다.

"그 학교에서는 이미 강연한 적이 있습니다."

"정치범을 위해서요?"

"그렇습니다."

"한번 더 오시지요."

니콜라이 니콜라예비치는 약간 고집을 부리다가 결국 승낙했다.

방문의 목적은 완수되었다. 니콜라이 니콜라예비치는 닐 페옥티스토비치를 붙잡지 않았다. 그는 일어나서 돌아갈 수도 있었다. 하지만 비볼로치노프는 이렇게 금방 떠나버리는 것은 예의에 어긋난다고 생각했다. 작별할 때는 활기차고 격의 없는 어떤 말을 해야 할 것 같았다. 부자연스럽고 유쾌하지 않은 대화가 시작되었다.

"데카당파이십니까? 신비주의에 빠져 계십니까?"

"그게 무슨 말씀입니까?"

"사람이 사라졌습니다. 젬스트보 기억나십니까?"

"그럼요. 함께 선거운동을 했습니다."

"사범학교들도 농촌학교를 위해 싸웠죠. 기억나십니까?"

"물론입니다. 열렬한 투쟁이었죠. 그후 당신은 민중의 건강과 사회복지를 위해 투쟁했던 것 같은데요. 그렇지 않습니까?"

"잠시 그랬죠."

"그렇군요. 그런데 지금은 목신牧神이니 수련睡蓮이니 에페보스*니 '태양처럼 되자'**느니 하고 있죠. 목에 칼이 들어온다 해도 도저히 믿을 수 없습니다. 당신처럼 유머감각이 있고 민중에 대한 이해가 깊은 현명한 사람이…… 부디 용서하십시오…… 어쩌면 내가 성스러운 문제에 간섭하는 건지도 모르겠지만…… 뭔가 비밀이 있죠?"

"왜 그렇게 생각 없이 내뱉습니까? 지금 우리는 무엇을 논쟁하는 겁니까? 당신은 내 사상을 알지 못합니다."

"러시아에 필요한 것은 학교와 병원이죠, 목신이나 수련이 아니라."

"다르게 생각하는 사람은 없습니다."

"농부들은 헐벗고 굶주림에 몸이 붓고……"

---

* 고대그리스 에페베이아라는 공식기관에서 복무한 16세 이상의 소년.

** 러시아 상징주의 시인이자 혁명가 콘스탄틴 발몬트(1867~1942)의 시집 제목과 시집에 실린 그림 등을 말하고 있다.

대화는 이렇게 비약들로 이어졌다. 니콜라이 니콜라예비치는 이러한 시도가 모두 헛되다는 것을 알면서도 무엇이 자신과 몇몇 상징주의 작가들을 가까이 모으고 있는지 설명하기 시작했고, 화제는 톨스토이로 옮아갔다.

"당신의 말도 어느 정도는 수긍합니다. 하지만 레프 니콜라예비치는 사람은 미에 탐닉할수록 선에서 멀어진다고 말했었죠."

"그러면 당신은 그 반대라고 생각하는 겁니까? 미나 신비 같은 것으로 세상을 구할 수 있을까요. 로자노프*와 도스토옙스키가?"

"잠깐만요, 내가 생각하는 것을 들려드리죠. 만일 인간의 내면에 잠들어 있는 맹수를 가두거나 감옥이나 내세의 보답 같은 협박으로 억누를 수 있다면, 인류의 드높은 엠블럼은 자기를 희생하는 설교자가 아니라 채찍을 든 서커스 조련사와 다름없을 겁니다. 그러나 실제로 수세기 동안 인간을 동물보다 높은 위치에 올려놓은 것은 채찍이 아니라 음악이었습니다. 무장하지 않은 진실의 물리칠 수 없는 매력, 본보기로서의 음악의 매력입니다. 나는 전에 복음서에서 가장 중요한 것은 계율에 담긴 도덕적 격언들과 규칙이라고 생각했지만, 이제는 그리스도가 일상의 빛으로 진리를 설명하고, 일상생활 속에서 이끌어낸 비유로 말하고 있다는 점이 가장 중요하다고 생각합니다. 그 바탕에 유한한 인간들 사이의 교류는 영원불멸한 것이고, 생명은 의미가 있기 때문에 상징적이라는 사상이 있습니다."

"무슨 소리인지 통 이해가 되지 않는군요. 그것에 대해 책을 쓰시는

---

* 바실리 로자노프(1856~1919). 러시아 종교사상가, 저술가.

게 좋겠습니다."

비볼로치노프가 돌아간 뒤 니콜라이 니콜라예비치는 끔찍한 자극을 느꼈다. 그는 얼간이 비볼로치노프에게 아무런 인상도 심어주지 못하면서 자신이 가슴속에 품어왔던 사상의 일부를 털어놓았다는 것이 화가 나서 견딜 수가 없었다. 가끔 있는 일이지만, 니콜라이 니콜라예비치의 짜증은 갑자기 방향을 틀었다. 그는 마치 비볼로치노프가 존재하지도 않았던 것처럼 완전히 잊어버렸다. 그는 다른 일을 떠올렸다. 그는 일기를 쓰지는 않았지만 일 년에 한두 번쯤 두꺼운 노트에 자신에게 가장 큰 영향을 미친 어떤 생각을 적곤 했다. 그는 그 노트를 꺼내 크고 읽기 쉬운 필체로 끄적거리기 시작했다. 그는 이렇게 썼다.

"바보 같은 실레진게르 때문에 온종일 화가 치민다. 그녀는 아침에 찾아와 점심때까지 여기 눌러앉아 꼬박 두 시간이나 시답잖은 낭독으로 나를 괴롭혔다. 행성의 영혼이니 사원소의 목소리니 등등이 담긴 작곡가 B의 우주론적 교향곡에 대한 상징주의자 A의 시적 텍스트. 나는 참다 참다 더는 견디지 못하고 제발 그만해달라고 간청했다.

나는 문득 모든 것을 깨달았다. 왜 이런 것이 파우스트에게서조차 언제나 참기 힘들 정도로 끔찍한지 이유를 깨달았다. 꾸며지고 거짓된 관심이기 때문이다. 현대인에게 그런 관심은 존재하지 않는다. 현대인은 우주의 수수께끼에 압도되어야 비로소 헤시오도스*의 6음보의 율격보다 물리학에 더 깊이 파고든다.

그러나 문제는 그 형식의 구태의연함뿐만 아니라 시대착오에도 있

* 고대그리스의 농민 시인.

다. 문제는 이 불과 물의 정령들이 과학이 명확히 해명한 것을 다시금 불분명하게 뒤섞는다는 데 있지 않다. 문제는 이 장르가 오늘날 예술의 정신 전체에, 그 본질과 모티프와 모순된다는 점이다.

그 우주발생관들은 아직 인구가 적어 자연이 인간들로 뒤덮이지 않았던 고대 세계에서는 자연스러운 것이었다. 지상에서 맘모스가 활보하고 공룡과 용에 대한 기억도 아직 생생했던 때, 자연은 인간의 눈에 아주 뚜렷이 지각되고 인간의 피부에 매서울 만큼 실감되었으므로, 어쩌면 정말로 만물에 신이 깃들어 있었는지도 모른다. 이것이 인류 연대기의 첫 페이지이고, 그때 막 시작되었을 뿐이었다.

고대 세계는 인구 과잉 때문에 로마에서 끝났다.

로마는 다른 나라에서 빌려온 신들과 정복된 민족들이 들끓고, 땅과 하늘로 된 두 층이 있는, 혼잡하고, 꼬인 창자처럼 단단하게 감긴 세겹의 매듭이었다. 다키아인, 헤룰리인, 스키타이인, 사르마티아인, 휘페르보레오스인*, 바큇살이 없는 무거운 수레바퀴, 지방으로 부어오른 눈, 수간獸姦, 이중턱, 교양 있는 노예의 살로 양식되는 물고기들, 문맹의 황제들. 그 어느 시대보다 사람이 많았고, 그들은 콜로세움 통로에서 짓밟히며 고통을 겪었다.

대리석과 황금의 몰취향이 겹겹인 이 세상 속으로, 대단히 인간적이고 유난히 시골 사람 같은 갈릴리 사람이 가뿐하게 빛의 옷을 두르고 찾아왔고, 그 순간부터 여러 민족과 신들은 존재하기를 그치고 인간이, 목수인 인간이, 농부인 인간이, 해질녘 양떼 속에 서 있는 목동인

* 그리스신화에 나오는 상춘국(常春國)에 사는 사람들.

인간이, 조금도 오만해 보이지 않는 인간이, 어머니들의 모든 자장가와 세계의 모든 화랑의 그림에 감사하는 마음으로 그려진 인간이 존재하기 시작했다."

11

페트롭스키 리니 지역은 페테르부르크의 어느 한 곳을 모스크바로 옮겨놓은 듯한 인상을 준다. 통행로 양쪽에 자리한 조화로운 건물들, 세련된 취향의 치장 벽토로 꾸민 건물 정면, 서점, 도서관, 지도 제작소, 무척 고급스러운 담뱃가게, 무척 고급스러운 레스토랑, 그리고 레스토랑 앞에는 묵직한 브래킷에 받친 둥근 불투명의 반사판이 달린 가스등이 있었다.

겨울이면 이 거리는 우울하고 접근하기 어려운 분위기로 험상궂어진다. 이곳에 사는 사람들은 대개 진지하고 자존심이 강하며, 고소득 자유직에 종사했다.

빅토르 이폴리토비치 코마롭스키는 이 거리의 호화로운 독신자 아파트에, 널찍한 떡갈나무 난간이 달린 넓은 계단 위 이층에 세들어 살고 있었다. 모든 일에 세심한 주의를 기울이면서도 그의 일에 전혀 간섭하지 않는 가정부 엠마 에르네스토브나가, 그의 조용한 독신생활의 시트 담당자인 그녀가 보이지 않게 들리지 않게 살림을 해주었고, 그도 신사로서 마땅히 그녀에게 감사해하고 마땅한 급료를 주었으며, 이 고요한 노처녀의 세계에 어울리지 않는 손님이나 여성 방문자는 집에

들이지 않았다. 금욕적인 수도원의 고요가 지배하는 집은 커튼이 드리워지고 수술실처럼 먼지 하나 얼룩 하나 없었다.

빅토르 이폴리토비치는 매주 일요일 점심식사 전에 불도그를 데리고 페트롭카 거리와 쿠즈네츠키 다리를 산책하는 습관이 있었고, 배우이자 도박사인 콘스탄틴 일라리오노비치 사타니디가 어느 모퉁이에선가 튀어나와 합류하곤 했다.

그들은 포장도로를 다듬듯 함께 걸어가며 짧은 에피소드나 세상 모든 것에 대한 경멸로 가득찬 파편적이고 시답잖은 이야기들을 주고받았는데, 너무 파편적이고 시답잖아서 그저 단순한 으르렁 소리로 바꿔도 상관없고, 자기 몸의 진동에 눌려 생긴 듯한 파렴치하고 헐떡이는 저음으로 고작 쿠즈네츠키 다리 보도 양쪽을 채울 뿐인 것들이었다.

12

날씨는 차츰 풀렸다. 양철 지붕 홈통과 처마를 따라 '똑 똑 똑' 하고 물방울이 떨어졌다. 봄이면 그렇듯 지붕들은 번갈아가며 물방울 떨어지는 소리를 냈다. 눈이 녹고 있었다.

그녀는 넋이 나간 모습으로 길을 걸어 집에 도착한 뒤에야 자신에게 무슨 일이 일어났는지 깨달았다.

가족은 모두 잠들어 있었다. 그녀는 다시 무감각한 상태에 빠져 얼이 빠진 모습으로, 가장무도회용으로 가게에서 하룻저녁 빌린 레이스 장식과 긴 베일이 달린 흰색에 가까운 연보라색 드레스를 입은 채 어머니의 화장대 앞에 주저앉았다. 그녀는 거울에 비친 자신 앞에 앉아 있었지만 아무것도 보지 못했다. 잠시 뒤 그녀는 화장대에 두 팔을 포개고 머리를 얹었다.

만일 엄마가 알게 된다면, 나를 죽일 것이다. 나를 죽이고 자신도 죽을 것이다.

어쩌다 그렇게 된 걸까? 어떻게 그런 일이 일어났을까? 이제는 너무 늦었다. 좀더 일찍 생각해야 했다.

이제 그녀는―어떻게 불릴까?―이제 그녀는―타락한 여자다. 그녀는 프랑스 소설에나 나오는 여자가 되었지만 내일은 김나지움에 가서 그녀에 비하면 아직 젖먹이 같은 소녀들과 한 책상에 나란히 앉을 것이다. 주여, 주여, 어떻게 이런 일이 일어났나이까!

언젠가 아주 먼 훗날, 그럴 수 있다면, 라라는 이 일을 올랴 데미나에게 말할 것이다. 올랴는 그녀의 머리를 끌어안고 울음을 터뜨릴 것이다.

창밖에서 물방울들이 재잘거리고, 눈석임물들이 수런거리고 있었다. 거리에서 누군가 옆집 대문을 쾅쾅 두드렸다. 라라는 고개를 들지 않았다. 그녀의 어깨가 들썩거렸다. 그녀는 울고 있었다.

13

"오, 엠마 에르네스토브나, 여봐요, 중요한 건 그게 아니야. 이제 싫증이 났어."

그는 양탄자와 소파 위로 커프스니 셔츠 깃을 집어던지더니, 자신이 무엇을 찾고 있는지도 생각하지 않고 장롱의 서랍을 마구 열어젖혔다.

그가 몹시 원하는 건 그녀였지만, 이번 일요일에는 그녀를 만날 수 없었다. 그는 있을 곳을 찾지 못한 짐승처럼 방안을 왔다갔다했다.

그녀에게는 무엇과도 견줄 수 없는 영감을 주는 매력이 있었다. 두 팔은 지고한 사상에 우리가 놀라는 것만큼이나 놀라웠다. 호텔방 벽에 드리운 그녀의 그림자는 그녀의 순결함을 보여주는 실루엣 같았다. 셔츠는 그녀의 가슴을 수틀에 끼운 리넨처럼 팽팽하고 순박하게 감싸고 있었다.

코마롭스키는 달가닥달가닥 소리를 내며 천천히 아스팔트 도로를 지나가는 말발굽소리에 맞춰 손가락으로 톡톡 유리창을 두드렸다. "라라" 하고 속삭인 뒤 눈을 감자, 그의 머릿속에 새겨진 그녀의 모습, 그의 손에 받친 그녀의 머리, 누군가 자신을 몇 시간째 보고 있는 것도 모른 채 속눈썹을 내리깔고 자는 라라의 얼굴이 또렷이 떠올랐다. 베개 위에 마구 흐트러진 그녀의 아름다운 머리카락이 연기처럼 코마롭스키의 눈을 따갑게 하고 마음에 스며들었다.

그의 일요일 산책은 좋지 못했다. 코마롭스키는 제크를 데리고 몇 걸음 가다 멈췄다. 머릿속에 쿠즈네츠키 다리, 사타니디의 농담, 마주친 지인들의 얼굴이 떠올랐다. 아니, 그는 힘에 부쳤다! 모든 것이 다 지겨웠다! 코마롭스키는 돌아섰다. 개는 놀라 불만이 담긴 눈으로 그를 쳐다보다가 마지못해 어슬렁어슬렁 그를 따라왔다.

'지독한 망상이다!' 그는 생각했다. '이건 대체 무슨 의미일까? 눈뜬 양심일까, 동정이나 회한의 감정? 아니면 불안? 아니었다, 그는 그녀

가 집에 얌전히 있다는 것을 알고 있었다. 그런데 왜 그녀에 대한 생각이 머릿속에서 떠나지 않는가!'

코마롭스키는 현관으로 들어가 계단을 올라 층계참에서 모퉁이를 돌았다. 모퉁이에는 유리 네 모서리에 장식용 문장紋章이 새겨진 베네치아풍 창문이 있었다. 창문을 통해 색색의 빛줄기가 바닥과 창틀로 떨어지고 있었다. 층계참 중간쯤에서 코마롭스키는 걸음을 멈췄다.

고통스럽게 파고드는 이 우울감에 지면 안 된다! 그는 자신이 소년이 아니라는 것, 죽은 친구의 딸인 이 소녀, 이 아이가 유희의 수단에서 그의 광기의 대상이 되었을 때 앞으로 어떤 일이 일어날지 깨달았어야 했다. 정신 차려야 한다! 습관을 바꾸지 말고, 자신에게 충실해야 한다. 안 그러면 모든 것이 먼지처럼 날아가버릴 것이다.

코마롭스키는 넓은 난간을 손바닥이 아플 정도로 꽉 잡고 잠깐 눈을 감았다가 단호하게 뒤돌아 내려가기 시작했다. 빛이 비치는 층계참에서 그는 불도그의 눈길을 포착했다. 제크는 늘어진 볼때기에 침을 흘리는 늙은 난쟁이처럼 밑에서 그를 올려다보고 있었다.

개는 소녀를 좋아하지 않았고, 스타킹을 물어뜯고 이를 드러내며 으르렁거렸다. 개는 주인이 라라에게서 어떤 인간적인 것에 전염될까 두려운 듯 그녀를 질투했다.

"그래, 그거로군! 네놈은 모든 것이 예전처럼 돌아갈 거라 생각한단 거냐—사타니디도, 비열한 행동도, 우스운 이야기도? 좋아, 그렇다면 어디 한번 혼나봐라, 네 이놈, 네 이놈, 네 이놈!"

그는 불도그를 지팡이로 때리고 발로 차기 시작했다. 제크는 깨갱거리며 짖어대더니 엉덩이를 떨면서 계단을 뛰어올라 엠마 에르네스토브나의 집 문을 긁으며 낑낑거렸다.

며칠이 지나고 몇 주가 흘렀다.

14

이 무슨 악순환인가! 라라의 인생에 코마롭스키가 끼어든 것이 오직 그녀에게 혐오감을 일으킬 뿐이었다면, 라라는 거부하며 탈출했을 것이다. 그러나 문제는 그리 단순하지 않았다.

모임에서 사람들의 박수를 받고 신문기사에도 실리는 그가, 그녀에게 아버지뻘인 머리가 희끗희끗한 멋쟁이 신사가, 그녀를 위해 돈과 시간을 들이고, 그녀를 여신이라고 부르고, 연극과 콘서트에 데리고 다니며 흔히 말하듯 그녀를 '정신적으로 계발시켜'주었다.

하지만 그녀는 아직 갈색 교복을 입는, 학교에서는 무고한 장난과 모의에 남몰래 가담하는 미성년의 김나지움 여학생이었다. 바로 앞에 마부가 앉아 있는 사륜마차 안에서건 많은 사람이 있는 극장 관람석 옆의 후미진 의상실에서건 코마롭스키의 장소를 가리지 않는 구애는 그 드러나지 않는 대담성으로 그녀의 마음을 사로잡았고 내면에 잠자고 있던 작은 악마를 깨워 그것을 흉내내게 만들었다.

그러나 장난기 가득한 소녀의 열정은 금세 사라져버렸다. 쑤시는 듯한 피로감과 자신에 대한 공포가 그녀 안에 깊숙이 뿌리내렸다. 그리고 항상 못 견디게 졸렸다. 잠 못 이루는 밤들, 눈물과 끝없는 두통, 학과 공부, 그리고 온몸의 육체적인 피로 때문이었다.

15

그는 그녀에게 저주의 대상이었고, 그녀는 그를 증오했다. 그녀는 그런 생각을 매일같이 새로이 되새겼다.

지금 그녀는 그의 평생 노예였다. 그는 무엇으로 그녀를 노예로 만들었을까? 무엇이 그녀의 복종을 도와, 그녀는 그의 욕망을 채워주고 치욕스러운 전율로 그를 기쁘게 하고 있는 것일까? 그의 나이 때문일까, 어머니가 그에게 재정적으로 의존하기 때문일까, 아니면 그가 라라를 교묘하게 협박해서일까? 아니다, 아니다, 아니다. 그건 모두 당치도 않은 소리다.

예속된 것은 그녀가 아니라 바로 그였다. 그가 그녀를 얼마나 열망하는지 과연 그녀가 모를까? 그녀는 두려울 게 없었고, 그녀의 양심은 깨끗했다. 그녀가 폭로한다면 부끄럽고 두려울 사람은 바로 그였다. 그러나 문제는 그녀가 절대 그런 짓을 하지 않을 거라는 데 있었다. 그녀에게는 그런 짓을 하기에 필요한, 코마롭스키가 자기에게 복종하는 약자에게 휘두르는 주된 힘인 비열함이 결여되어 있었다.

이것이 차이였다. 그래서 주변의 인생이 그렇게 끔찍한 것이다. 무엇이 귀를 멀게 했을까, 천둥과 번개일까? 아니다, 의심의 눈길과 중상의 속삭임이다. 인생 안에 있는 것은 모두 흉계이고 모호한 것이다. 거미줄 같은 실 한 가닥 한 가닥을 당기면—그 그물에서 벗어나려고 몸부림칠수록—더욱더 복잡하게 뒤엉킬 뿐이다.

그리고 강한 자를 지배하는 것은 비열하고 약한 자다.

16

그녀는 자신에게 물었다, 만약 내가 결혼을 했다면? 뭔가 달랐을까? 그녀는 궤변의 길로 들어섰다. 하지만 때때로 출구 없는 고통이 그녀를 붙들었다.

어째서 그는 부끄러운 줄도 모르고 그녀의 발밑에 누워 구걸하듯 애원할까. "이대로 계속할 수는 없어. 내가 너에게 무슨 짓을 했는지 생각해봐. 너는 비탈길로 굴러떨어질 거야. 어머니한테 털어놓자. 난 너와 결혼하겠어."

그는 저항하고 동의하지 않는 사람이 그녀라는 듯이 울며 고집했다. 그러나 언제나 말뿐이었고, 라라는 비극적이고 공허한 그 말에 귀를 기울이지 않았다.

그러면서도 여전히 그는 긴 베일을 쓴 그녀를 그 소름끼치는 레스토랑의 별실로 데려갔고, 그곳에서는 종업원들과 식사하는 손님들이 마치 벌거벗기기라도 할 것 같은 시선으로 그녀를 바라보았다. 그녀는 스스로 묻지 않을 수 없었다. 왜 저들은 사랑하는 사람들을 모욕하는 걸까?

어느 날은 꿈을 꾸었다. 그녀는 땅속에 묻혀 있고, 그녀에게 남은 건 왼쪽 어깨와 옆구리, 오른발뿐이었다. 왼쪽 젖꼭지에서 한 무더기의 풀이 돋아나고, 땅 위에서는 사람들이 〈검은 눈동자와 하얀 가슴〉과 〈마샤는 강 건너로 갈 수 없네〉를 노래하고 있었다.

17

라라는 신앙심이 깊지 않았다. 종교 의식도 믿지 않았다. 그러나 때로는 생활을 견디기 위해 어떤 내적 음악에 맞춰 걷는 것이 필요했다. 그럴 때마다 스스로 음악을 만들 수는 없었다. 삶에 대한 하느님의 말씀이 바로 그런 음악이었고, 라라는 그것을 듣고 울기 위해 교회에 다녔다.

12월 초 어느 날, 『뇌우』의 카테리나*와 같은 마음으로, 금방이라도 발밑에서 땅이 갈라지고 교회의 아치들이 무너져내릴 것만 같은 기분으로 기도하기 위해 교회에 갔다. 당연했다. 그리고 모든 게 끝장날 것이었다. 수다쟁이 올랴 데미나를 데려온 것이 후회스러울 뿐이었다.

"프로프 아파나시예비치야." 올랴가 그녀의 귀에 대고 속삭였다.

"쉿, 제발 날 좀 내버려둬. 어떤 프로프 아파나시예비치?"

"프로프 아파나시예비치 소콜로프 말이야. 우리 재당숙이지. 낭송하는 저 사람."

아, 프살롬시크 말이구나. 티베르진의 친척.

"쉿, 조용. 제발 성가시게 굴지 마."

그들은 예배가 시작될 즈음에 왔다. 사람들은 시편을 불렀다. "내 영혼아, 야훼를 찬미하여라. 속으로부터 그 거룩한 이름을 찬미하여라.**"

교회 안은 거의 비어 소리가 잘 울렸다. 사람들은 앞쪽에만 촘촘히 모여 기도하고 있었다. 교회 건물은 신축한 것이었다. 채색되지 않은

---

* 러시아 사실주의 극작가 알렉산드르 오스트롭스키의 희곡 『뇌우』의 여주인공.

** 「시편」 103장 1절.

창유리는 눈 덮인 잿빛 골목길과 지나가는 사람들, 마차를 타고 가는 사람들을 미화하지 않고 드러냈다. 그 창가에 교회 집사가 서서 예배에는 아랑곳하지 않은 채, 정신이 이상하고 귀가 먹은 남루한 한 여자에게 교회 전체가 울릴 만큼 큰 목소리로 주의를 주고 있었고, 그 목소리는 창문과 골목길만큼이나 상투적이고 단조로웠다.

라라가 자신과 올랴의 양초를 사기 위해 동전을 손에 꼭 쥔 채 기도하는 사람들 사이를 천천히 지나 문 쪽으로 갔다가 역시 아무도 건드리지 않으려고 조심하며 돌아오는 동안, 프로프 아파나시예비치는 그가 말하지 않아도 모두가 잘 알고 있는 아홉 가지 행복을 줄줄 읊었다.

마음이 가난한 사람은 행복하다…… 슬퍼하는 사람은…… 옳은 일에 주리고 목마른 사람은 행복하다……*

라라는 걸어가다 몸을 떨며 발을 멈췄다. 이것은 그녀에 대한 이야기였다. 그는 말한다. 짓밟힌 자들의 숙명은 부러운 것이다. 그들은 자신들에 대해 이야기할 뭔가가 있다. 그들의 모든 것은 앞날에 있다. 그는 그렇게 생각했다. 그것이 그리스도의 생각이었다.

18

프레스냐 봉기** 때였다. 그들은 봉기 지역에 살고 있었다. 트베르스

* 「마태복음」 5장 3~6절 참조.

** 1905년 12월 9~18일 모스크바 프레스냐 지역 노동자 무장 봉기. 천 명이 넘는 사람들이 체포되거나 총살되었다.

카야 거리에 있는 그들의 집에서 몇 걸음 떨어진 곳에 바리케이드가 쳐졌다. 거실 창문에서도 보였다. 사람들은 바리케이드에 쓰인 돌과 고철을 얼음 장갑裝甲으로 굳히기 위해 그들의 집 마당에서 통으로 물을 퍼 날랐다.

옆집 마당은 노동자 무장 집단의 집합소로, 이른바 진료소이자 급식소였다.

그곳으로 두 소년이 드나들었다. 라라는 그들을 알았다. 한 사람은 나댜의 친구 니카 두도로프로, 라라는 전에 나댜의 집에서 인사를 주고받은 적이 있었다. 라라 또래에, 직선적이고 오만하고, 말수가 적은 소년이었다. 그는 라라와 성격이 비슷했고, 그녀에게는 관심이 없었다.

또 한 사람은 올랴 데미나의 할머니인 티베르지나의 집에 사는 실업학교 학생 안티포프였다. 그 마르파 가브릴로브나의 집에 가끔 갔던 라라는 자신이 그에게 어떤 영향을 주는지 알고 있었다. 파샤 안티포프는 아직 아이처럼 순수하고, 라라가 마치 방학 때 찾은 깨끗한 풀밭과 구름이 있는 작은 자작나무 숲이라도 되는 듯, 남들이 비웃는 것도 두려워하지 않고 그녀가 방문할 때마다 송아지 같은 환희를 숨김없이 드러냈다.

자신이 그에게 어떤 영향을 주는지 알아챈 라라는 무의식적으로 그것을 이용하기 시작했다. 그러나 그녀가 부드럽고 사근사근한 성격으로 더욱 깊게 그를 사로잡게 된 것은 그와의 우정이 훨씬 깊어진 몇 년 뒤였는데, 그때 이미 파툴랴는 자신이 그녀를 열렬히 사랑하며, 평생 그것을 단념하는 일은 없을 거라고 의식하고 있었다.

소년들은 놀이 중에서도 가장 무서운 어른의 놀이를, 가담했다가 교수형을 당하거나 추방을 당하는 전쟁놀이를 하고 있었다. 하지만 그들이 쓴 바실리크*의 끈이 뒤로 묶여 있다는 것은 그들이 아직 아이이고, 엄마와 아빠가 있다는 표시였다. 라라는 어른이 아이를 보듯 그들을 바라보았다. 그들의 위험한 놀이에는 어딘지 모르게 순진무구한 얇은 막이 덮여 있었다. 그러한 인상이 다른 모든 것에서도 느껴졌다. 서리가 짙게 내린 혹한의 저녁, 서리가 너무 짙어서 희지 않고 검게 보일 만큼 차가운 저녁에도. 푸르스름한 마당에도. 소년들이 숨어 있는 맞은편 집에도. 그리고 무엇보다 중요한, 그곳에서 콩 볶듯이 탕탕거리는 리볼버의 사격 소리에도. '소년들이 총을 쏘는구나.' 라라는 생각했다. 그녀는 니카와 파툴랴가 아니라 총을 쏘아대는 도시 전체에 대해 생각했다. '착하고 정직한 소년들이야.' 그녀는 생각했다. '착한 아이들, 그래서 총을 쏘아대는 거지.'

19

바리케이드가 포격을 받을 수도 있기 때문에 그들은 자신들의 집도 위험하다는 것을 알았다. 그러나 그들이 사는 지역은 포위되었으므로, 모스크바 다른 지역의 지인에게 가는 것도 이미 늦어버렸다. 포위망 안에서 가장 가까운 피할 곳을 찾아야 했다. 그들은 '체르노고리야'를 떠올렸다.

* 방한용 두건.

하지만 이렇게 생각한 것은 그들만이 아니었다. 호텔은 가득 들어차 있었다. 많은 사람이 그들과 같은 상황이었다. 호텔 주인은 옛정으로 그들에게 침구를 보관하는 방을 내준다고 약속했다.

여행가방 같은 것으로 남의 이목을 끌지 않기 위해 그들은 필요한 최소한의 것만 세 꾸러미로 챙겨놓고는, 호텔로 옮기는 것을 하루하루 미루고 있었다.

가게에서는 일꾼들을 한 식구처럼 대했으므로 파업에도 아랑곳없이 그들은 마지막까지 일을 계속하고 있었다. 춥고 지루한 어느 날 황혼 무렵, 현관 벨이 울렸다. 누군가 요구와 비난을 하려고 찾아온 것이었다. 방문자는 현관에서 주인을 만나자고 요구했다. 수난을 막으려고 파이나 실란티예브나가 현관으로 달려갔다.

"모두 이리 나와서 인사해!" 그녀는 여자 재봉사들을 불러 방문자에게 차례로 소개했다.

남자는 한 사람씩 마음을 담아 어색하게 악수하고, 페티소바와 뭔가 합의한 뒤 돌아갔다.

여자 재봉사들은 작업장으로 돌아와 숄을 두르고, 두 팔을 들어 꽉 끼는 슈베이카* 소매에 끼웠다.

"무슨 일이야?" 아말리야 카를로브나가 뛰어나와 물었다.

"우리를 데리러 왔어요, 마담. 우리도 파업에 참가해요."

"내가 뭘…… 내가 여러분한테 뭘 잘못했다고 이러는 거야?" 마담 기샤르는 울음을 터뜨렸다.

---

* 여성용 짧은 기장의 모피 속외투.

"걱정할 것 없어요, 아말리야 카를로브나. 우리는 당신에 대해 전혀 악감정 없어요. 우리는 모두 당신에게 감사하고 있어요. 사실 이건 당신이나 우리의 개인적인 문제가 아니에요. 지금은 모든 사람, 온 세상이 그런 거예요. 그러니 어떻게 우리만 거역할 수 있겠어요?"

한 사람도 빠짐없이, 가게와 여주인을 위해 파업을 연기했던 것이라고 여주인에게 속삭이며 작별인사를 한 올랴 데미나와 파이나 실란티예브나까지 모두 나갔다. 마담 기샤르는 진정할 수가 없었다.

"어떻게 이렇게 배은망덕할 수 있어! 내가 뭘 잘못했다고 이러느냐고! 내가 진심으로 잘해줬던 그 아이까지! 그래, 그 아이는 아직 어리니까 그럴 수도 있다고 쳐. 하지만 그 늙은 마녀까지."

"이해해줘요, 엄마, 그 사람들이 엄마만을 위해 파업에서 빠질 수는 없잖아요." 라라는 그녀를 위로했다. "엄마에게 악감정을 품은 사람은 아무도 없어요. 오히려 그 반대죠. 지금 일어나는 모든 일은 인간의 이름으로 약자를 지키고 여성과 어린이의 이익을 위해 행해지는 거예요. 그래요, 그래요, 의심스럽다는 듯이 고개 젓지 마세요. 언젠가는 이 일로 엄마와 제가 더 나은 생활을 할 수 있게 될 거예요."

그러나 어머니는 이해하지 못했다.

"글쎄 늘 이렇다니까." 그녀는 흐느끼며 말했다. "내가 혼란스러울 때마다 너는 부아가 치미는 말만 더 내뱉더구나. 내가 이렇게 더러운 배신을 당했는데도 나에게 이익이 된다고 하다니. 아니야, 정말이지 나는 정신이 이상해질 것 같아."

로댜는 견습사관학교에 가고 없었다. 라라와 어머니는 텅 빈 집을 하릴없이 서성거렸다. 불빛 없는 거리가 공허한 시선으로 방안을 들여다보았다. 방들도 역시 같은 눈길로 응답했다.

"호텔로 가요, 엄마. 더 어두워지기 전에. 들었어요, 엄마? 지체 말고 지금 당장 가요."

"필라트, 필라트!" 그들은 주택청소부를 불렀다. "필라트, 우리를 '체르노고리야'로 좀 데려다줘."

"알겠습니다, 마님."

"짐을 맡아주고, 그래, 필라트, 당분간 집을 좀 봐줘. 키릴 모데스토비치에게 모이와 물 주는 것도 잊지 말고요. 자물쇠를 모두 채워두고. 아 참, 그리고 무슨 일 있으면 우리에게 연락해요."

"알겠습니다, 마님."

"고마워요, 필라트. 그리스도가 당신을 구원하시길. 자, 잠시 앉을까, 신에게 빌어야지.*"

그들은 거리로 나섰고, 오랫동안 병을 앓다 일어난 사람처럼 공기가 낯설었다. 아주 멋들어지게 만들어진 꽁꽁 얼어붙은 공간은 선반기로 연마한 듯한 둥글고 매끈한 소리들을 사방으로 손쉽게 굴려보내고 있었다. 일제사격 소리와 총성은 먼 곳을 곤죽으로 만들며 쩝쩝거리기도 하고, 퍽 소리를 내기도 하고, 철썩거리기도 했다.

필라트가 아무리 말해도 라라와 아말리야 카를로브나는 이 총성이 공포탄이라고 우겼다.

"바보 같긴, 필라트. 누가 쏘는지 보이지도 않는데 어떻게 공포탄이 아니라고 생각할 수 있지. 그럼 성령이 총을 쏘기라도 한단 건가? 말할

---

* 러시아에서는 길을 떠나기 전 잠시 앉아 기도를 올리는 풍습이 있다.

것도 없이 저건 공포탄이에요."

어느 네거리에서 순찰병들이 그들을 불러세웠다. 카자크들은 이를 드러내고 실실거리며 머리끝에서 발끝까지 뻰뻰스럽게 훑어보면서 심문했다. 턱끈이 달린 챙 없는 모자가 한쪽 귀로 비스듬히 젖혀져 있었다. 그래서 모두 애꾸눈처럼 보였다.

'정말 다행이야!' 라라는 생각했다. 그들이 다른 지역과 차단된 동안만큼은 코마롭스키를 만나지 않아도 된다! 그와 관계를 끊는 것은 어머니 때문에 불가능했다. 엄마, 제발 그 사람을 집에 들이지 마세요, 라고 말할 수는 없는 노릇이었다. 그러면 모든 것이 탄로날 것이다. 그게 뭐 어때서? 왜 그걸 두려워하지? 오, 하느님, 이걸로 끝장이라면 모든 것을 잃어도 좋습니다. 주님, 주님, 주님! 그녀는 혐오감 때문에 당장에라도 길 한복판에서 까무러칠 것 같았다. 그녀가 방금 기억해낸 것이 무엇이었던가?! 모든 일이 시작되었던 곳인 처음 간 레스토랑 별실에 걸려 있던 그 그림, 뚱뚱한 로마인이 그려진 소름끼치는 그 그림 제목이 뭐였지? 〈여자 혹은 꽃병〉. 그렇다. 틀림없다. 유명한 그림. 〈여자 혹은 꽃병〉. 그때 그녀는 그런 고가의 작품과 비교될 만한 성숙한 여자가 아니었다. 그것은 나중의 일이다. 식탁은 대단히 호화롭게 차려져 있었다.

"미친 사람처럼 대체 어디로 가는 거니? 도저히 못 따라가겠어." 라라를 간신히 따라가던 아말리야 카를로브나가 거친 숨을 몰아쉬며 불평을 터뜨렸다.

라라는 더욱 걸음을 서둘렀다. 마치 허공을 걷는 듯 뿌듯하고 기운을 북돋는 알 수 없는 힘이 그녀를 데려가고 있었다.

'오 정말 대단한 총성이다.' 그녀는 생각했다. '모욕당한 자 축복받고, 기만당한 자 축복받으리라. 저 총성에도 축복 내리시길! 총성, 총성, 너희도 같은 생각이구나!'

20

그로메코 형제의 집은 십체프 브라제크 골목과 다른 골목이 만나는 모퉁이에 있었다. 알렉산드르 알렉산드로비치와 니콜라이 알렉산드로비치 그로메코는 둘 다 화학 교수로, 형은 페트롭스카야 아카데미에서, 동생은 대학에서 가르쳤다. 니콜라이 알렉산드로비치는 독신이지만, 알렉산드르 알렉산드로비치는 크류게르 집안의 안나 이바노브나와 결혼했는데, 그녀의 아버지는 제철업자이자 우랄의 유랴틴 부근에 광대한 숲으로 둘러싸인 별장 딸린 폐광을 가지고 있었다.

이층집이었다. 이층에는 몇 개의 침실과 공부방, 알렉산드르 알렉산드로비치의 서재와 도서실, 안나 이바노브나의 내실, 그리고 토냐와 유라의 방이 있었고, 아래층은 손님용으로 썼다. 아래층은 연한 피스타치오색 커튼, 거울처럼 반짝이는 피아노 뚜껑, 수족관, 올리브색 가구, 해초를 닮은 실내식물 덕분에 나른하게 흔들리는 초록색 해저 같은 인상을 주었다.

그로메코 집안 사람들은 교양 있고 친절하고 아주 박식한데다 음악을 사랑했다. 그들은 사람들을 불러 피아노삼중주, 바이올린소나타, 현악사중주를 연주하는 실내악의 밤을 종종 열었다.

1906년 1월, 니콜라이 니콜라예비치가 해외로 떠난 직후 십체프 골목에서는 정기적인 실내악 모임이 열리게 되었다. 타네예프 학교 출신인 작곡가의 신작 바이올린소나타와 차이콥스키의 삼중주가 연주될 예정이었다.

준비는 전날부터 시작되었다. 가구들을 옮겨 홀을 비웠다. 한쪽 구석에서는 조율사가 같은 소리를 수백 번씩 내면서 아르페지오를 구슬처럼 흩뿌렸다. 부엌에서는 새털을 뽑고, 푸성귀를 씻고, 소스와 샐러드에 쓰기 위해 올리브유와 겨자를 섞고 있었다.

안나 이바노브나의 절친한 친구인 슈라 실레진게르가 아침부터 찾아와 부산을 떨었다.

슈라 실레진게르는 키가 크고 호리호리하고 약간 남자 같은 단정한 용모로 어딘지 모르게 황제를 연상시켰고 특히 회색 카라쿨 양피 모자를 비스듬히 썼을 때 그랬는데, 그녀는 실내에서도 모자를 쓴 채 모자에 달린 베일만 조금 들어올릴 뿐이었다.

슬픈 일이나 걱정거리가 있을 때마다 두 벗은 대화로 서로 마음의 짐을 덜어주었다. 마음의 짐을 던다고는 하지만 슈라 실레진게르와 안나 이바노브나는 서로에게 신랄하고 지독한 독설을 퍼부어댔다. 그렇게 폭풍우 치는 장면이 연출되다가 순식간에 눈물과 화해로 끝나곤 했다. 그러나 이런 정기적인 말다툼은 피가 뭉친 곳에 거머리를 쓰는 것처럼 두 사람의 막힌 속을 뚫어주었다.

슈라 실레진게르는 결혼을 여러 번 했지만, 이혼 즉시 남편에 대해서는 잊어버리고 거의 아무런 의미도 두지 않았으며, 이러한 습관으로 독신자의 냉정을 유지했다.

슈라 실레진게르는 신지학神智學 신봉자이지만 동시에 러시아정교의 예배 의식을 아주 잘 알고 있어서 *도취 상태*일 때도, 성직자가 완전히 무아경에 빠져 있을 때도 여기서는 말을 해야 하고 여기서는 노래해야 한다고 일러주곤 했다. "주여, 들어주소서"라든가 "그리고 영원히"라든가 "고귀한 케루빔*이여" 하고 그녀의 거칠고 혀 꼬인 듯한 목소리가 계속 들려왔다.

슈라 실레진게르는 수학과 인도의 밀교密敎에 대해서뿐만 아니라 모스크바음악원의 유명한 교수들이 어디 살고 누가 누구와 사는지 따위까지, 맙소사, 모르는 것이 없을 정도였다. 그래서 그녀는 인생의 심각한 문제가 터질 때마다 판정인이나 해결사로 불려가곤 했다.

시간이 되자 손님들이 모여들기 시작했다. 아델라이다 필리포브나, 긴츠, 퓹코프 부부, 바수르만 부부, 베르지츠키 부부, 캅카스체프 대령이 왔다. 눈이 내리고 있었고, 현관문이 열릴 때마다 크고 작은 눈송이들이 팔락이며 매듭처럼 엉겨 바람에 휩쓸려 지나가는 것이 보였다. 목이 긴 헐렁한 장화를 신고 추운 바깥에서 들어온 남자들은 하나같이 얼빠지고 몰골사납고 아둔해 보이는 반면, 그들의 아내들은 슈바 윗단추를 두어 개 풀고 서리가 덮인 머리에 쓴 풍성한 숄을 뒤로 젖혀 추위에 더욱 빛나는 듯한 모습이었는데, 마치 이름난 악녀같이, 조금도 마음을 놓을 수 없는 교활함을 연출하고 있었다. "큐이**의 조카래요." 이 집에 처음으로 초대된 신인 피아니스트가 도착했을 때 누군가 속삭이는 소리가 들렸다.

---

* 숭고한 지혜를 지녔다는 구품천사의 하나.

** 체자르 큐이(1835~1918). 러시아 군인이자 작곡가.

홀의 열려 있는 옆문으로 식당에 긴 겨울의 길처럼 식탁보를 씌운 식탁이 보였다. 알곡 모양으로 각을 낸 병에 담긴 마가목 열매들이 불빛에 반짝이고 있었다. 은접시에 놓인 작은 병들에 담긴 버터와 식초, 아름다운 들새 요리와 자쿠스카*가 마음을 사로잡고, 피라미드처럼 접어놓은 냅킨과 식탁 뒤에 빽빽하게 놓인 장식물과 아몬드 향을 풍기는 연자줏빛 시네라리아 꽃바구니까지도 식욕을 돋우는 것 같았다. 지상의 양식을 맛볼 순간을 잠시라도 지체시키지 않기 위해 그들은 정신의 양식을 채우려 서둘렀다. 그들은 홀에 나란히 자리잡고 앉았다. "큐이의 조카래요." 피아니스트가 피아노 앞에 자리를 잡을 때 다시 속삭이는 소리가 들렸다. 연주가 시작되었다.

그 소나타는 따분하고 지루하고 난해하다고 알려져 있었다. 연주는 그 사실을 확인시키는 것 같았고, 게다가 몹시도 늘어지는 곡이었다.

이에 대해 평론가 케림베코프와 알렉산드르 알렉산드로비치는 휴식 시간에 논쟁을 벌였다. 평론가는 그 소나타를 혹평했지만 알렉산드르 알렉산드로비치는 옹호했다. 사람들은 의자를 옮겨다니며 담배를 피우거나 잡담을 나눴다.

그러나 사람들은 옆방에서 빛나고 있는 잘 다림질된 식탁보에서 눈을 떼지 못했다. 모두가 지체 말고 음악회를 계속 이어가자고 말했다.

피아니스트는 청중을 곁눈으로 힐끗하더니 파트너들에게 고개를 끄덕였다. 바이올리니스트와 티시케비치는 활을 저었다. 삼중주가 흐르기 시작했다.

---

* 식전에 술과 함께 먹는 간단한 요리.

유라와 토냐, 그리고 현재 그로메코 씨 집에서 반생을 보내는 중인 미샤 고르돈이 세번째 줄에 앉아 있었다.

"예고로브나가 당신에게 손짓하는데요." 유라가 바로 앞자리에 앉은 알렉산드르 알렉산드로비치에게 속삭였다.

그로메코 집안의 머리가 센 늙은 하녀 아그라페나 예고로브나가 홀 입구에 서서 유라에게 필사적인 시선을 보내며 알렉산드르 알렉산드로비치 쪽으로도 똑같이 아주 절박한 고갯짓을 했고, 유라는 그녀가 급히 주인을 만나야 한다는 것을 알아차렸다.

알렉산드르 알렉산드로비치는 고개를 돌려 나무라는 눈길로 예고로브나를 보며 어깨를 으쓱했다. 그러나 예고로브나는 물러서지 않았다. 곧 홀 이쪽과 저쪽 끝에 있던 두 사람 사이에 귀가 들리지 않는 사람들의 대화 같은 대화가 시작되었다. 사람들이 그들 쪽을 바라보았다. 안나 이바노브나는 남편에게 매서운 눈총을 던졌다.

알렉산드르 알렉산드로비치는 일어섰다. 무슨 조치든 취해야 했다. 그는 얼굴을 붉히며 홀 한쪽 벽을 따라 조용히 예고로브나에게 갔다.

"부끄러운 줄 알아야지, 예고로브나! 대체 무슨 일인데 이렇게 야단이야! 자, 얼른 말해, 무슨 일이지?"

예고로브나는 그에게 뭐라고 속삭였다.

"체르노고리야?"

"호텔 말이에요."

"글쎄, 그래서?"

"급히 와달랍니다. 누가 죽어간대요."

"죽어간단 말이지. 알겠어. 하지만 어쩔 수 없어, 예고로브나. 연주가 끝나면, 그때 말할게. 그전에는 안 돼."

"호텔에서 온 사람이 기다리고 있어요. 마부도 와 있고요. 사람이 죽어가고 있다고 말씀드리잖아요, 아시겠어요? 상류층 부인이랍니다."

"안 돼, 안 돼. 오 분만 있으면 되는데 왜 이 야단인지 모르겠군."

알렉산드르 알렉산드로비치는 아까처럼 조용히 벽을 따라 자리로 돌아와 앉으며 못마땅한 얼굴로 콧등을 문질렀다.

첫 악장이 끝나자 그는 연주자들에게 다가가 박수가 끝나기도 전에 파데이 카지미로비치*에게 약간의 문제가 생겨 누가 데리러 왔으니 연주를 중단해야겠다고 말했다. 그러고 나서 알렉산드르 알렉산드로비치는 홀을 향해 손을 내저어 박수를 멈추게 한 뒤 큰 소리로 말했다.

"여러분, 삼중주는 잠시 중단해야겠습니다. 파데이 카지미로비치에게 안타까운 일이 일어났습니다. 좋지 않은 일이 일어났어요. 그는 지금 이곳을 떠나야 합니다. 이런 때 그를 혼자 보내고 싶지 않군요. 내가 도움이 될지도 모르니까요. 나도 함께 가겠습니다. 유로치카**, 얘야, 얼른 나가서 세묜에게 현관에 마차를 대라고 일러라. 아마도 마구는 진작 채워졌을 테니. 여러분, 작별인사는 하지 않겠습니다. 여러분은 모두 그대로 남아주시기 바랍니다. 나는 곧 돌아오겠습니다."

소년들은 이 추운 겨울밤에 알렉산드르 알렉산드로비치와 함께 마차를 타고 가겠다고 졸랐다.

---

* 티시케비치의 이름과 부칭.

** 유라의 애칭.

21

정상적인 생활로 돌아간 12월 이후에도 총성은 여전히 곳곳에서 들려왔고, 계속해서 새로운 화재가 일어났지만 이전 화재의 잔해를 태우는 것처럼 보였다.

소년들은 이날 밤처럼 그렇게 멀리, 오랫동안 나가본 적이 없었다. 사실 체르노고리야는 손 내밀면 닿을 만한 곳에 있었는데, 스몰렌스키 불바르*와 노빈스키 불바르가 있는 사도바야 거리의 중간쯤에 있었다. 그러나 맹렬한 추위와 안개는 미친 공간을 조각조각 갈라놓았고, 정말이지 세상의 어느 곳도 똑같지 않았다. 덥수룩하게 조각조각 피어오르는 모닥불 연기와 저벅거리는 발소리, 썰매 날의 끽끽거리는 소리는 알지 못하는 어딘가 먼 곳으로 가고 있다는 인상을 그들에게 더욱 강하게 심어주었다.

호텔 앞에는 담요를 덮고 발목에 붕대를 감은 말이 좁다랗고 화사한 썰매를 매단 채 서 있었다. 마부는 손님 자리를 따뜻하게 유지하기 위해 손님 자리에 앉아 벙어리장갑을 낀 손으로 머리를 감싸고 있었다.

호텔 로비는 따뜻했고, 문지기는 입구와 현관의 외투 보관소 사이에 세워진 가림막 뒤에서 크게 코를 골며 자다가 자기 코 고는 소리에 놀라 깼고, 그러다 입구와 현관의 환풍기 돌아가는 소리, 페치카에서 불이 타오르며 웅웅거리는 소리, 사모바르의 물 끓는 소리에 다시 잠이 들곤 했다.

---

* '가로숫길, 산책길'이라는 뜻.

로비 왼쪽 거울 앞에는 밀가루를 뒤집어쓴 것같이 짙게 화장한 살찐 부인이 서 있었다. 그녀가 입은 모피 재킷은 날씨에 어울리지 않게 얇았다. 부인은 위에서 누군가 내려오기를 기다리며 거울에 등을 돌리고 서서 왼쪽 오른쪽 번갈아 어깨 너머로 뒷모습이 괜찮은지 비춰보고 있었다.

추위에 꽁꽁 언 마부가 안으로 들어왔다. 카프탄을 입은 모습은 간판에 그려진 크렌델*을 떠올리게 했는데, 몸에서 모락모락 피어오르는 김 때문에 더욱 그렇게 보였다.

"곧 떠나실 거죠, 맘젤**?" 그는 거울 앞에 서 있는 부인에게 물었다. "동생분과 어서 연락해보시죠, 이렇게 오래 기다리다가는 말이 얼어 죽겠습니다."

24호실 사건은 호텔 종업원들이 날마다 겪는 괴로운 일들 가운데서도 사소한 편에 속했다. 벨소리가 연달아 울리고 벽에 붙어 있는 긴 유리 상자에서 객실 번호가 표시되면, 어느 방의 손님이 정신이 나간 채 자신이 뭘 요구하는지도 모르면서 그저 급사들을 괴롭히고 있다는 뜻이었다.

지금 24호실에서는 의사가 늙은 얼간이 기샤로바***에게 구토제를 먹이고 위와 장을 세척하고 있었다. 하녀 글라샤는 마룻바닥을 닦고 오물을 치우고 물통에 깨끗한 물을 담아 나르느라 정신이 없었다. 그러나 오늘 종업원실의 야단법석은 아직 아무 일도 없었던 훨씬 전, 그러

* 반죽을 길게 늘여 8자형으로 만 빵.

** 마드무아젤의 약어.

*** 프랑스의 성(性) '기샤르'를 러시아식으로 바꾼 것의 여성형.

니까 의사와 그 불행한 서툰 현악주자를 데려오기 위해 테레시카를 태운 마차를 보내지도 않았고, 코마롭스키가 달려오지도 않았고, 할일없는 사람들이 방 앞 복도에 몰려들어 길을 가로막지도 않았던 훨씬 이전부터 시작되었다.

오늘의 소동은 종업원방에서 달아올랐는데, 낮에 웨이터인 시소이가 요리가 가득 든 쟁반을 오른손으로 높이 쳐들고 복도로 통하는 문으로 나가려던 순간, 뷔페 출구의 좁은 통로에서 서툴게 돌아서던 누군가와 부딪친 데서 일이 시작되었다. 시소이가 쟁반을 떨어뜨리면서 수프가 엎질러지고 큰 접시 세 장과 작은 접시 한 장이 깨졌다.

시소이는 자신과 부딪친 사람이 접시닦이 여자라는 것을 알고는 그녀가 변상해야 한다고 주장했다. 이제 밤 열한시가 가까워져 곧 종업원들 절반이 퇴근할 시간이었지만, 그들은 그때까지도 그 일로 입씨름을 계속하고 있었다.

"노상 손발을 떨고, 밤낮없이 보드카 병이나 여편네처럼 끼고 오리처럼 코끝까지 빨갛게 취해 있는 주제에 누가 밀어서 접시를 깨고 수프를 엎질렀단 거야! 누가 널 밀었단 말이냐, 이 사팔뜨기 악마야? 누가 널 밀었느냐고, 배알 빠진 카라쿨 양피 같은 놈, 요 뻔뻔한 눈깔아?"

"말했을 텐데요, 마트료나 스테파노브나, 말조심하라고."

"접시 깨고 소란 피울 만한 일이 뭐가 있어, 이게 그럴 만한 일이면 좋겠네, 참 꼴불견이지, 갈보 마담, 추잡하고 신경질적인 그 여편네가 장하게도 비소砒素를 드셨다 이거지, 그 은근짜가 말이야. 이 체르노고리야에서 지내시자니까 수다쟁이 여편네나 수캐들을 못 만난 거겠지."

미샤와 유라는 그 방 앞 복도를 왔다갔다하고 있었다. 모든 것이 알렉산드르 알렉산드로비치가 상상하던 것과는 딴판이었다. 그는 첼리스트와 비극, 엄숙하고도 순결한 어떤 것을 상상했다. 그런데 대체 이게 무엇인가. 추행과 스캔들, 결코 아이들은 들어선 안 될 것이었다.

소년들은 복도에서 발을 구르고 있었다.

"아주머니한테 가보세요, 도련님들." 소년들에게 다가온 급사가 차분하고 낮은 목소리로 또 한번 말했다. "들어가보세요, 걱정 마시고요. 아무 일 없으니 안심하십시오. 이제 다 회복되었으니까요. 그리고 여기 서 계시면 안 됩니다. 안 그래도 방금 여기서 사고가 나서 값비싼 접시가 깨졌습니다. 보세요—심부름하고 뛰어다니기에도 좁습니다. 들어가세요."

소년들은 그 말에 따랐다.

방안에는 식탁에 있던 불 켜진 등유램프가 기름통에서 떼어져 방의 다른 쪽, 빈대 냄새가 풍기는 판자 칸막이 너머로 옮겨져 있었다.

먼지투성이의 접이식 커튼으로 출입구와 사람들의 눈길을 가린 구석에 침대가 있었다. 사람들은 난리통에 커튼 치는 것도 잊고 있었다. 커튼 자락이 칸막이 위에 걸려 뒤로 넘어가 있었다. 램프는 움푹 들어간 벽에 있는 벤치 위에 있었다. 램프가 이 구석을 마치 극장의 바닥 조명처럼 아래쪽에서 선명하게 비추고 있었다.

빈정거렸던 접시닦이 여자는 사실을 잘못 알고 있었는데, 그녀는 비소가 아니라 요오드를 음독한 것이었다. 방안에서는 껍질이 아직 딱딱해지지 않아 만지면 시커메지는 덜 익은 녹색 호두에서 나는 것 같은 떫은 냄새가 코를 찔렀다.

칸막이 뒤에서 하녀가 마루를 닦고 있었고, 침대 위에는 반쯤 벌거벗은 여자가 물과 눈물과 땀에 젖은 채 누워, 엉겨붙은 머리를 대야 위로 늘어뜨리고 큰 소리로 울고 있었다. 소년들은 그쪽을 바라보는 것이 무척 수치스럽고 불편한 듯 이내 눈길을 돌렸다. 그러나 유라는 불편하게 다리가 들어올려진 자세로 긴장하고 힘이 들어간 자세의 여자의 몸이 조각가들이 표현하는 모습이 아니라 쇼트팬츠 차림으로 시합을 하는 울퉁불퉁한 근육질의 레슬링 선수와 비슷하다는 데 놀랐다.

마침내 누군가가 커튼이 칸막이 뒤로 넘어가 있다는 것을 알아차리고 커튼을 내렸다.

"파데이 카지미로비치, 내 사랑, 당신 손 어디 있어? 나에게 손 내밀어줘요." 여자는 눈물과 욕지기로 목이 메어 말했다. "아, 난 끔찍한 일을 겪었어요! 전부터 의심을 하고 있었어! 파데이 카지미로비치…… 나는 상상했어요…… 하지만 다행히 모든 것이 말도 안 되고, 모든 것이 내 망상이라는 게 밝혀졌어요. 파데이 카지미로비치, 얼마나 다행인지 생각해봐요! 그래서 나는…… 그래서…… 지금 여기 이렇게 살아 있어요."

"진정해요, 아말리야 카를로브나, 제발. 안정을 취해야 해요. 이런 볼썽사나운 행동을 하면 어떡합니까, 솔직히 볼썽사납습니다."

"이제 그만 가봐야겠군." 알렉산드르 알렉산드로비치가 소년들을 돌아보며 중얼거렸다.

소년들은 당황하고 어쩔 줄 몰라 객실의 어두운 현관, 칸막이가 없는 문턱 옆에서 시선 둘 곳을 찾지 못한 나머지 옮겨진 램프가 있는 방 안쪽을 바라보고 서 있었다. 벽은 온통 사진으로 덮여 있고 책장에는 악보가 가득 꽂혀 있었으며, 책상에 종이와 앨범이 잔뜩 쌓여 있고, 뜨

개질한 식탁보가 덮여 있는 식탁 저편에서 한 소녀가 안락의자에 앉아 등받이를 양팔로 껴안고 그 위에 뺨을 얹고 잠들어 있었다. 아마 너무 피곤해서 주위의 소음과 움직임도 잠을 방해하지 않는 듯했다.

그들이 이곳에 온 것은 어리석은 일이었고, 더 머무는 것은 무례한 일 같았다.

"이제 가자." 알렉산드르 알렉산드로비치는 되풀이했다. "파데이 카지미로비치가 나오는구나. 작별인사를 해야겠다."

그러나 칸막이 뒤에서 나온 사람은 파데이 카지미로비치가 아니라 다른 사람이었다. 단단한 체격에 말끔히 면도를 한, 자신 있고 위풍당당해 보이는 사람이었다. 그는 기름통에서 떼어낸 램프를 머리 위로 쳐들고 있었다. 그는 소녀가 잠든 식탁으로 다가가 기름통에 램프를 걸었다. 불빛이 소녀를 깨웠다. 소녀는 그 남자에게 미소를 지어 보이더니 눈을 가늘게 뜨고 기지개를 켰다.

낯선 사람이 나타나자 미샤는 깜짝 놀라 뚫어질 듯 그를 바라보았다. 그는 무슨 말을 하려고 유라의 소매를 끌어당겼다.

"모르는 사람 앞에서 귓속말하는 건 부끄러운 일 아냐? 사람들이 널 어떻게 생각하겠어?" 유라는 그를 제지하며 들으려 하지 않았다.

그동안 소녀와 사내 사이에 무언의 장면이 연출되었다. 그들은 서로에게 한마디도 하지 않고 눈짓만 주고받았다. 그러나 그들 사이의 이해는 놀라울 만큼 마법적이었는데, 마치 그는 인형극의 괴뢰사傀儡師이고 그녀는 그의 손놀림대로 움직이는 꼭두각시 인형 같았다.

그녀는 피로감을 띤 미소를 짓더니 눈을 반쯤 감고 입을 반쯤 벌렸다. 그러나 남자의 조롱하는 듯한 시선에 그녀는 공범자의 교활한 윙크로 답했다. 두 사람은 모든 일이 잘 해결되어 비밀이 폭로되지 않고 음독한 여자가 살아 있는 것에 만족하고 있었다.

유라는 두 사람을 뚫어지게 바라보았다. 아무도 그를 볼 수 없는 어두운 곳에서 램프가 만든 빛의 둥근 원을 눈도 깜박거리지 않고 응시했다. 소녀가 노예가 되는 광경은 뭐라 말할 수 없이 비밀스럽고 뻔뻔스러울 만큼 노골적이었다. 모순된 감정이 그의 가슴에 밀려들었다. 유라의 마음은 아직 경험해본 적 없는 힘 앞에서 움츠러드는 것 같았다.

그 광경은 바로 그가 미샤와 토냐와 더불어 아무런 의미도 없는 저속이라는 그 이름 아래 그처럼 열렬히 토론했던 그것, 때로는 안전한 거리를 두고 말로만 참으로 쉽게 처리해버렸던 무섭고 매혹적인 그것이었고, 바로 지금 그 힘이 철저히 물질적으로, 모호하고 꿈결인 듯이, 잔인하고 파괴적이면서도 가엾고 도움을 청하는 듯이 유라의 눈앞에 드러난 것이었지만, 지금 그들의 유치한 철학은 어디로 간 것이며, 이제 유라는 무엇을 해야 하는 것일까?

"그 사람이 누군지 알아?" 미샤가 그들이 거리로 나왔을 때 물었다. 유라는 생각에 빠져 대답하지 않았다.

"네 아버지를 술주정뱅이로 만들어 죽게 한 그 사람이잖아. 기억나지, 그 열차에서, 내가 말해줬잖아."

유라는 아버지와 과거가 아니라 소녀와 미래에 대해 생각하고 있었다. 처음에 그는 미샤가 무슨 말을 하고 있는지 이해하지 못했다. 추워서 말을 주고받기도 어려웠다.

"춥지, 세묜?" 알렉산드르 알렉산드로비치가 물었다.

그들은 출발했다.

3장
스벤티츠키네 욜카* 파티

1

어느 겨울, 알렉산드르 알렉산드로비치는 안나 이바노브나에게 오래된 옷장을 하나 주었다. 그는 그것을 우연히 사게 되었다. 흑단으로 만든 그 옷장은 아주 컸다. 통째로는 어떤 문으로도 들어갈 수 없었다. 분해해서 집안에 들여놓긴 했지만 어디 둬야 할지 고민이었다. 훨씬 넓은 아래층에는 쓸데가 없고 위층은 좁아서 들어가지 않았다. 결국 주인 부부의 침실 입구 옆에 있는 안쪽 계단 위의 층계참을 비우고 놓기로 했다.

옷장을 조립하기 위해 주택청소부 마르켈이 불려왔다. 그는 여섯 살 난 딸 마린카를 데리고 왔다. 마린카는 보리설탕으로 만든 막대사탕을

* 크리스마스트리.

받았다. 마린카는 코를 훌쩍이고 사탕과 침 범벅이 된 손가락을 핥으며 눈썹을 찡그린 채 아버지가 일하는 모습을 바라보았다.

한동안 모든 일이 순조롭게 진행되었다. 옷장은 안나 이바노브나의 눈앞에서 점점 커졌다. 드디어 상판만 올리면 되었을 때, 그녀는 갑자기 마르켈을 돕고 싶어졌다. 그녀는 옷장의 높은 곳으로 올라섰다가 휘청하며 장부만으로 지탱되고 있던 옆판을 밀고 말았다. 마르켈이 임시로 묶어두었던 가장자리 매듭이 풀려버렸다. 마루로 무너지는 판자들과 함께 안나 이바노브나도 뒤로 크게 나자빠지고 말았다.

"저런, 마님." 마르켈이 그녀에게 달려가며 소리쳤다. "어쩌다 이러셨어요, 마님? 뼈는 괜찮습니까? 뼈를 만져보세요. 가장 중요한 건 뼈예요, 말랑한 살이야 상관없지요, 살은 숙녀의 맵시를 위한 밑천일 뿐이란 말도 있지 않습니까. 뚝 그치지 못해, 요년아." 그는 울어대는 마린카를 꾸짖었다. "콧물 닦고 엄마한테 가. 어이쿠, 우리 마님, 제가 당신 없이 옷장 하나 못 맞출 줄 아셨습니까? 물론 당신이 보시기에 저는 청소나 할 놈으로 보이시겠지만, 사실 저는 본디 타고난 목수입니다. 믿지 않으시겠지만, 이런 가구니 찬장 같은 건, 정말이지 칠을 한 것이건 마호가니건 호두나무건 수도 없이 다뤄봤습니다. 그런가 하면 예컨대 헤아릴 수 없이 많은 부잣집 아가씨들이, 이런 표현을 써서 죄송합니다만, 제 눈앞에서 둥둥 떠내려가고 말았습니다. 모두 그놈의 술, 독한 술 때문이죠."

안나 이바노브나는 마르켈의 도움을 받아 그가 끌어온 안락의자에 앉아 신음하며 아픈 데를 문질렀다. 마르켈은 허물어진 것을 다시 맞추기 시작했다. 상판을 끼운 뒤 그는 말했다.

"자, 이제 문만 남았군요, 문만 달면 전람회에 내놔도 손색없을 겁니다."

안나 이바노브나는 그 옷장이 마음에 들지 않았다. 모양이나 크기가 영구차나 황제의 영묘靈廟처럼 보였기 때문이다. 옷장은 그녀에게 미신적인 공포감을 불러일으켰다. 그녀는 옷장에 '아스콜트*의 무덤'이라는 별명을 붙였다. 이런 이름을 붙인 걸로 보아 안나 이바노브나는 주인을 죽음으로 몰아넣은 올레크의 말**'을 아는 듯했다. 그러나 책을 닥치는 대로 읽는 여자들이 흔히 그렇듯 안나 이바노브나는 관련된 개념들을 혼동하고 있었다.

이해 가을부터 안나 이바노브나에게 폐질환 증세가 나타나기 시작했다.

2

1911년 11월, 한 달 내내 안나 이바노브나는 침대에만 누워 지냈다. 폐렴이었다.

이듬해 봄 유라와 미샤 고르돈은 대학을, 토냐는 여자고등전문학교***를 졸업하게 되었다. 유라는 의학을, 토냐는 법학을, 미샤는 철학부에

---

* 9세기 키예프공국의 대공.

** 9세기 키예프에서 아스콜트와 디르를 살해하고 권력을 잡은 올레크는 그의 애마 때문에 죽을 거라는 주술사의 예언을 믿지 않았지만, 죽은 애마 곁을 맴돌던 뱀에 물려 결국 사망했다.

*** 당시 여자대학에 해당함.

서 어문학을 전공했다.

유라의 영혼은 모든 것이 분분하고 혼란스러운 상태였지만, 그 모든 것은, 그의 견해와 능력과 소질은 매우 독창적이었다. 그는 비할 데 없이 감수성이 풍부하고 지각은 말할 수 없을 만큼 참신했다.

그러나 예술이나 역사에 대한 열망이 아무리 크다 해도 그는 전공 분야 선택에 고민하지 않았다. 타고난 쾌활함이나 우울한 기질이 직업이 될 수 없는 것과 같은 의미에서 그는 예술을 생업으로 삼을 수 없다고 생각했다. 그는 물리학과 자연과학에 흥미가 있었고 실생활에서 뭔가 유용한 일을 해야 한다고 생각했다. 그런 이유로 의과를 선택했다.

사 년 전 1학년 때, 그는 한 학기를 대학의 지하실에서 시체를 해부하며 보냈다. 그는 나선형 계단으로 지하실로 내려갔다. 극장형의 해부실에는 머리가 헝클어진 학생들이 혼자 혹은 몇 사람씩 무리 지어 있었다. 어떤 학생들은 뼈에 둘러싸인 채 모서리가 너덜너덜해진 교과서를 넘기며 열심히 암기하고, 또 어떤 학생들은 구석에서 묵묵히 해부를 하고, 또다른 학생들은 잡담을 하거나 장난을 치거나 시체실 돌바닥을 돌아다니는 수많은 쥐들을 쫓았다. 벌거벗어 눈에 띄는 알 수 없는 사람들의 시체들, 신원 미상의 젊은 자살자들과 아직까지 썩지 않고 잘 보존된 여자 익사자들이 어둠 속에서 인광처럼 빛났다. 시체들은 알루미나 염을 주사한 탓에 믿을 수 없을 만큼 퉁퉁 불어올라 실제보다 젊어 보였다. 시체는 개복되어 해체되고 해부되고 표본으로 만들어졌지만 인체의 아름다움은 아주 작은 부분에까지 충실하게 남아 있었고, 아연으로 도금된 탁자 위에 통째로 거칠게 내던져진 루살카* 를 눈앞에 둔 듯한 이러한 경탄은 루살카에게서 절단된 팔이나 잘려나간 손목으로 옮겨와도 사라지지 않았다. 지하실에서는 포르말린과 석탄산 냄새가 났고, 사지를 뻗고 누운 시체들의 알 수 없는 운명에서부터 자신의 집이나 본거지인 양 지하실에 도사린 삶과 죽음의 신비에 이르기까지, 모든 것에서 신비가 존재한다는 것을 느낄 수 있었다.

그 신비의 목소리는 다른 모든 소리를 듣지 못하게 하고 유라를 쫓아다니며 해부 실험을 방해했다. 그러나 인생에서도 마찬가지로 많은 것이 그를 괴롭혔다. 그는 그것들에 익숙해졌고, 주의를 분산시키는 장애에도 더는 괴로워하지 않게 되었다.

유라는 생각이 깊고 글을 잘 썼다. 일찍이 김나지움 때부터 산문이나 일대기를 담은 책을 쓰고 싶었는데, 보고 생각한 것 중에 가장 인상적인 것을 마치 몰래 폭발물을 장치하듯 써넣을 수 있는 전기를 써보고 싶었다. 그러나 그런 책을 쓰기에는 너무 어렸기 때문에 구상하고 있는 가장 위대한 그림을 그리기 위해 화가가 평생 습작을 하듯 그는 시를 쓰기 시작했다.

유라는 자기가 쓴 시의 미숙함을 에너지와 독창성으로 보완했다. 에너지와 독창성, 이 두 가지야말로 다른 모든 점에서 무의미하고 무익하고 불필요한 예술에 현실성을 부여하는 것이라고 생각했다.

유라는 자신의 성격 형성에 외삼촌이 얼마나 지대한 영향을 미쳤는지 잘 알았다.

니콜라이 니콜라예비치는 로잔에 살고 있었다. 그는 그곳에서 러시아어판과 번역판으로 출간된 자신의 저서들을 통해, 역사란 시간과 기

* 고대슬라브 전설에 나오는 물의 요정.

억이라는 현상들의 도움을 받아 죽음이라는 현상에 대해 대답하기 위해 인간이 구축한 제2의 우주라는 그의 오래된 사상을 발전시켜갔다. 그 저서들의 본질은 새로운 관점에서 이해된 그리스도교였고, 그 저서들의 직접적인 결과는 예술의 새로운 이념이었다.

그러한 사상은 유라 이상으로 그의 친구에게 더 큰 영향을 미쳤다. 미샤 고르돈은 그의 영향으로 철학을 전공하게 되었다. 그는 학부에서 신학 강의를 들었고, 후에 신학아카데미로 옮기는 것까지 고려했다.

외삼촌의 영향력은 유라를 더욱 발전시키고 자유롭게 했지만, 미샤에게는 족쇄가 되었다. 미샤의 극단적인 열정에 그의 출신이 어떤 역할을 하는지 유라는 알고 있었다. 하지만 조심스럽고 분별력 있는 유라는 미샤에게 그 황당한 계획을 단념하라고 충고하지 않았다. 다만 미샤가 생활과 좀더 밀착한 경험론자가 되기를 바랄 뿐이었다.

3

11월 말의 어느 저녁, 대학에서 늦게 귀가한 유라는 종일 아무것도 먹지 않아 몹시 지쳐 있었다. 그는 낮에 무서운 일이 일어났는데, 안나 이바노브나가 발작을 일으켜 의사 여러 명이 불려오고 신부를 데려와야 한다는 말까지 들었지만 결국 소동으로 끝났다는 이야기를 들었다. 이제 그녀는 진정되어 의식을 회복했고, 유라가 돌아오면 즉시 자기에게 데려오라는 지시를 내렸다고 했다.

유라는 옷도 갈아입지 않고 침실로 들어갔다.

방안에는 아직도 소동의 흔적이 역력했다. 간병사가 소리 없이 움직이며 협탁 위의 뭔가를 옮기고 있었다. 뭉친 냅킨과 습포들 아래 사용한 젖은 수건이 나뒹굴고 있었다. 대야의 물은 뱉어낸 침에 섞여 나온 피 때문에 연분홍색을 띠었다. 목을 딴 유리 앰플 몇 개, 물을 적셔 부푼 솜뭉치도 흩어져 있었다.

환자는 땀에 흠뻑 젖은 채 마른 입술을 혀끝으로 핥고 있었다. 유라가 그녀를 마지막으로 봤던 아침보다 훨씬 더 여위어 있었다.

'진단이 잘못된 건 아닐까?' 유라는 생각했다. '아무리 봐도 크루프성 폐렴이야. 지금이 고비 같은데.' 그는 안나 이바노브나에게 인사하고, 이럴 때 흔히 하는 무의미한 격려의 말을 건넨 뒤 간병사를 방에서 내보냈다. 맥박을 재기 위해 안나 이바노브나의 손목을 잡고 다른 손은 청진기를 꺼내기 위해 재킷 주머니에 넣었다. 안나 이바노브나는 고개를 저어 그럴 필요가 없다고 알렸고, 유라는 그녀가 뭔가 다른 것을 원한다는 것을 알았다. 안나 이바노브나는 온 힘을 끌어모아 말하기 시작했다.

"얘야, 그들이 고해성사를 권했단다…… 죽음이 다가오고 있어…… 어쩌면 매분마다…… 이를 뽑을 때는 무섭고, 아프고, 그래서 준비를 하지…… 그런데 이건 이가 아니야, 전부야, 나의 전부, 생명 전부를…… 뽑는 거야, 그래, 집게로…… 대체 이게 뭘까?…… 아무도 몰라…… 난 슬프고 무섭구나."

안나 이바노브나는 말을 멈췄다. 눈물이 그녀의 뺨에 흘렀다. 유라는 아무 말도 하지 않았다. 잠시 뒤 안나 이바노브나는 계속했다.

"너에게는 재능이 있어…… 재능이…… 아무나 가질 수 있는 것과는 다른…… 넌 분명 뭔가 알아…… 무슨 말이든 해다오…… 내가 안심하게."

"제가 무슨 말을 해드릴 수 있을까요?" 유라는 이렇게 말하고 안절부절못하며 의자에 앉아 있다가 일어나 서성거리다 다시 앉았다. "우선, 내일이면 훨씬 나아질 거예요—그런 징후가 보여요, 맹세코 확신해요. 그리고 다음은—죽음, 의식, 부활에 대한 믿음인데…… 자연과학자로서 제 의견을 듣고 싶으신 건가요? 다음으로 미루면 안 될까요? 안 된다고요? 지금 바로요? 아 당신도 아실 거예요. 이건 너무 어려운 일이에요."

그는 자신이 어떻게 이런 말을 하는지 스스로 놀라면서 그녀에게 즉흥적인 강연을 했다.

"부활. 저는 약자를 위로하기 위해 사람들이 설교하는 조잡한 형태의 그런 부활에는 관심이 없습니다. 그리고 산 자와 죽은 자에 대한 그리스도의 말씀을 저는 언제나 다르게 이해해왔어요. 지난 수천 년 동안의 그 어마어마하게 많은 사람을 어떻게 한곳에 모을 수 있겠습니까? 세상은 그럴 만큼 크지 않아서 그러려면 신도 선善도, 가치 같은 것도 세상에서 밀려나고 말 거예요. 그런 건 탐욕스러운 동물떼 같은 군중 속에서 짓눌려버릴 테니까요.

그러나 언제나 똑같은 하나의 생명이 끊임없이 우주를 채우면서 무수한 결합과 변화 속에서 시시각각 새로워지고 있습니다. 당신은 자신이 부활할까를 걱정하시지만, 당신은 이미 태어날 때 부활했고, 단지 그것을 깨닫지 못했을 뿐입니다.

당신이 아픔을 느끼고, 세포조직이 자기가 붕괴되는 것을 느낄까요? 바꿔 말하면, 당신의 의식은 어떻게 될까요? 대체 의식이 뭐죠? 생각해보세요. 우리는 자야 한다고 의식하면—진짜 불면증에 걸리고, 소화기능을 의식적으로 신경쓰면—진짜 소화기관의 신경들이 망가집니다. 의식은—독이라서, 자신에 대한 의식이 지나치면 독이 되고 자가중독의 원인이 되죠. 의식은—밖을 두드리는 빛이라서, 우리가 넘어지지 않게 앞길을 밝혀주죠. 의식은 달리는 증기기관차 앞에 달린 헤드라이트 같은 겁니다. 그 빛을 안으로 향하게 하면 큰 재앙을 맞게 돼요.

그렇다면 당신의 의식은 어떻게 될까요? 당신의 것. 당신의 것이요. 당신은 무엇일까요? 여기에 모든 난점이 있어요. 알아볼까요. 당신은 무엇으로 자신을 기억하나요, 신체의 어떤 부분을 의식합니까? 신장인가요, 간인가요, 아니면 혈관? 아니요, 아무리 기억해내려 하셔도 당신의 존재는 항상 외적인 것들 속에서만, 즉 활동적인 일상, 일, 가족, 다른 사람들 속에서만 발견될 거예요. 그럼 좀더 살펴볼까요. 사람은 다른 사람들 속에 있고, 거기에 사람의 영혼이 있어요. 바로 그것이 당신이며, 그것이 당신의 의식이 호흡하고 삶의 양분으로 삼켜온 것이죠. 당신의 영혼, 당신의 불멸, 당신의 삶. 대체 그게 뭐냐고요? 당신은 다른 사람들 속에 있었고, 다른 사람들 속에 남게 된다는 겁니다. 나중에 그것이 기억이라고 불린들 당신에게 무슨 차이가 있겠습니까. 그것이 바로 미래의 구성원 속으로 들어간 당신일 겁니다.

끝으로, 마지막이 남았군요. 아무 걱정 마세요. 죽음은 없습니다. 죽음은 우리의 문제가 아니거든요. 그리고 당신은 재능에 대해 말씀하셨는데, 그건 다른 문제죠, 재능은 우리 소관이며, 우리를 향해 열려 있는 거예요. 그리고 재능이란 가장 높고 넓은 의미에서 인생의 선물입니다.

죽음은 없다고 말한 사도 요한처럼 당신도 그의 단순한 논거에 귀를 기울여보세요. 죽음이 없다는 건 이전의 것들이 다 사라져버렸기 때문에 없다는 말이에요. 우리는 이미 죽음들을 보아왔고, 낡았고 싫증나버렸기 때문에 죽음은 없는 것이나 마찬가지란 이야기죠. 그러니까 지금 필요한 것은 새로운 것이며 그 새로운 것이야말로 영원한 생명입니다."

그는 말하며 방안을 서성거렸다. "좀 주무세요." 그는 침대로 걸어가 안나 이바노브나의 이마에 손을 짚어보며 말했다. 몇 분이 지났다. 안나 이바노브나는 잠에 빠져들었다.

유라는 조용히 방을 나와 예고로브나에게 간병사를 침실로 들여보내라고 말했다. '악마나 알 일이군.' 그는 생각했다. '내가 돌팔이 사기꾼처럼 주문이나 외우고 손이나 얹어 치료하게 되다니……'

다음날 안나 이바노브나의 병세는 호전되기 시작했다.

4

안나 이바노브나는 점차 회복되었다. 12월 중순경 그녀는 병상에서 일어나려 했지만 아직은 많이 쇠약한 상태였다. 그녀는 좀더 누워 있어야 한다는 말을 들었다.

그녀는 유라와 토냐를 종종 불러 우랄의 린바강가에 있는 할아버지의 영지 바리키노에서 보냈던 어린 시절 이야기를 몇 시간씩 하곤 했다.

유라와 토냐는 그곳에 가본 적이 없었지만, 유라는 안나 이바노브나의 말만 듣고도, 오랫동안 아무도 발을 들이지 않은 밤처럼 캄캄한 5천 데샤티나*의 숲을, 돌바닥을, 크류게르강 기슭의 높은 절벽을 끼고 물살이 빠른 강이 굽이치며 마치 칼로 찌르듯 두서너 군데 숲으로 파고 들어간 광경을 상상할 수 있었다.

그즈음 유라와 토냐는 난생처음 야회복을 입게 되었는데, 유라는 검은 프록코트를, 토냐는 목이 살짝 드러나는 밝은색 새틴 이브닝드레스를 맞췄다. 그들은 새옷을 입고 27일에 스벤티츠키네 집에서 일 년에 한 번씩 하는 욜카 파티에 갈 예정이었다.

주문했던 옷이 같은 날 양복점과 양장점에서 도착했다. 유라와 토냐는 옷을 입어보고 무척 만족했고, 예고로브나가 와서 안나 이바노브나가 부른다는 말을 전할 때까지도 벗지 않고 있었다. 유라와 토냐는 새 옷을 입은 채 안나 이바노브나에게 갔다.

그들을 보자 그녀는 팔꿈치를 짚고 몸을 일으켜 옆모습을 보더니 뒤로 돌아서보라고 하고는 말했다.

"아주 좋구나. 정말 근사해. 벌써 이렇게 준비됐는지 몰랐어. 어디, 토냐, 다시 한번 보자. 아니, 아무것도 아니다. 케이프가 좀 주름진 것 같길래. 내가 너희를 왜 불렀는지 아니? 우선 너에게 하고 싶은 말이 있어, 유라."

"알아요, 안나 이바노브나. 제가 그 편지를 당신께 보여드리라고 했으니까요. 당신은 니콜라이 니콜라예비치처럼 제가 포기해서는 안 된

* 러시아의 옛 지적 단위로, 1데샤티나는 1.092헥타르.

다고 생각하시겠죠. 잠깐만요. 말씀하시면 몸에 해로워요. 제가 다 설명할게요. 당신도 잘 알고 계시겠지만요.

우선 첫번째. 지바고 집안의 유산 문제는 변호사들을 지원하고 재판 비용을 지불하기 위한 거나 다름없이, 사실 유산이랄 건 아무것도 없고 빚과 혼란, 이럴 때 고개 드는 추악함만 있을 뿐이에요. 설령 뭔가를 돈으로 바꿀 수 있더라도 그건 다시 재판소에 갖다 바치게나 될 뿐 저는 써보지도 못하지 않겠어요? 그러니 쓸모없는 소송이고, 그 모든 걸 헤집느니 있지도 않은 재산에 대한 권리를 포기하고 몇몇 명의상의 경쟁자와 욕심 많은 자칭 상속인들에게 양도하는 편이 나아요. 지바고라는 성으로 아이들과 함께 파리에 살고 있다는 *마담 알리스*의 유산 청구에 대해서도 이미 오래전에 들었어요. 하지만 당신이나 저도 모르는 새로운 청구자들이 날로 늘어나 제가 모두 알게 된 건 최근 일이죠.

심지어 어머니가 아직 살아 계셨을 때, 아버지는 스톨부노바-엔리치라는 몽상가에 미치광이 같은 공작부인에게 빠져 있었죠. 그녀와 아버지 사이에 태어난 아들이 지금 열 살이고, 이름은 옙그라프입니다.

공작부인은—은둔자죠. 옴스크 교외의 집에서 알 수 없는 돈으로 아들과 함께 살아요. 그 집 사진을 봤습니다. 크고 아름다운 다섯 개의 창문, 처마에 커다란 메달이 조각되어 있더군요. 그리고 더 최근에는 그 집에 있는 다섯 개의 창문을 통해, 유럽러시아에서 수천 베르스타나 떨어진 시베리아에서 곱지 않은 시선으로 저를 노려볼 것만 같은 느낌을 받았어요. 그런데 날조된 재산이니 얼토당토않게 생겨난 경쟁자들이니 그들의 악의와 질투 같은 것이 제게 무슨 의미가 있겠어요? 변호사들도요."

"그래도 벌써 포기해서는 안 된다." 안나 이바노브나는 반박했다. "내가 너희를 왜 불렀는지 아니." 그녀는 다시 묻고 바로 이야기를 이었다. "그 사람 이름이 생각났어. 어제 내가 산지기에 대해 말했잖니? 그 사람 이름은 바크흐*였단다. 굉장하지 않니? 수염이 눈썹까지 시커멓게 난 숲속의 괴물—이름도 바크흐라니! 그 사람 얼굴이 망가진 건 곰과 싸우느라 그런 거고, 결국 그 곰을 물리쳤다고 했어. 거기선 모두가 그랬단다. 이름도 그렇고 말이야. 단음절의 이름들. 잘 울리고 또렷하게 하려고. 바크흐. 또는 루프. 또는 팝스트. 들어보렴, 들어봐. 그런 이름의 사람들이 때때로 뭔가를 보고하러 왔었어. 마치 할아버지의 이연발 사냥총에서 나오는 총성처럼 울리는 압크트니 프롤 뭐라느니 하는 이름의 그들이 오면 아이 방에 있던 우리는 떼를 지어 부엌으로 쪼르르 달려가곤 했어. 그러면 거기에, 상상해보렴, 살아 있는 새끼곰을 데리고 온 숯꾼이나, 멀리 영지 끝 삼림감시소에서 광물 표본을 가져온 감시자가 있었단다. 할아버지는 그들에게 쪽지를 적어주셨어. 사무소로 보내는. 누구에게는 돈을, 누구에게는 곡물을, 또 누구에게는 총알을 나눠주셨지. 창문 앞은 바로 숲이었단다. 눈, 눈! 집보다도 높았어!" 안나 이바노브나는 기침하기 시작했다.

"그만해요, 엄마, 몸에 해로워요." 토냐가 말렸다. 유라도 동조했다.

"괜찮아. 별것 아니다. 그래. 예고로브나 말로는 너희가 모레 욜카 파티에 갈지 말지 망설인다고 하더구나. 그런 바보 같은 소리는 듣고 싶지도 않다! 부끄럽지도 않니. 그리고 유라, 너는 그러고서도 의사

* 로마신화에 나오는 술의 신 바쿠스의 러시아식 표기.

니? 자, 결정한 거다. 아무 소리 말고 가는 거야. 그럼 바크흐 이야기로 돌아가자꾸나. 바크흐는 젊었을 때 대장장이였어. 싸우다가 맞아서 창자가 터졌지. 그래서 무쇠로 새 창자를 만들었대. 유라, 너 참 이상하구나. 내가 설마 그걸 믿겠니? 그런 말을 그대로 다 믿지는 않아. 하지만 사람들이 모두 그렇게 말했거든."

안나 이바노브나는 다시 기침했고, 이번에는 더 오래 했다. 발작은 멈추지 않았다. 그녀는 거의 숨도 못 쉴 지경이었다.

유라와 토냐는 동시에 그녀에게 다가갔다. 그들은 침대 옆에 어깨를 나란히 하고 서 있었다. 기침을 계속하던 안나 이바노브나는 그들의 잇닿은 손을 붙잡았고, 연결된 그들의 손을 한동안 쥐고 있었다. 그리고 목소리와 호흡을 가다듬고 말했다.

"내가 죽어도 너희는 헤어지면 안 돼. 너희는 서로를 위해 태어났어. 결혼해라. 내가 너희의 결혼을 승낙하마." 그녀는 이렇게 덧붙이고 울음을 터뜨렸다.

5

라라가 아직 김나지움 마지막 학년에 올라가기 전이었던 1906년 봄, 여섯 달 동안 이어진 코마롭스키와의 관계는 인내심의 한계를 넘어서고 있었다. 그는 그녀의 위축된 기분을 매우 교묘하게 이용해 필요할 때마다 드러내지 않고 은근하게 그녀의 수치스러움을 상기시켰다. 그러한 암시는 호색가가 여자에게 요구하는 아주 혼란스러운 상태로 그녀를 몰아넣었다. 혼란은 라라를 더욱더 관능적인 악몽의 포로로 만들었고, 악몽에서 깰 때마다 그녀는 머리카락이 곤두서는 느낌이었다. 밤의 광기가 일으키는 모순은 검은 마법처럼 설명할 수 없는 것이었다. 거기서는 모든 것이 뒤틀리고 논리에서 벗어나, 날카로운 아픔은 은방울이 구르는 듯한 웃음소리로 바뀌고, 저항과 거절은 같은 의미였으며, 학대자의 손은 감사의 키스로 덮였다.

그 관계가 영원히 끝나지 않을 것 같았던 어느 봄날, 학년도 마지막 수업을 받던 라라는 학교 수업이 코마롭스키와의 잦은 만남을 거절할 수 있는 마지막 피난처였는데 여름방학으로 수업이 없게 되면 얼마나 더 시달리게 될까를 생각하다 훗날 그녀의 삶을 바꾸어놓을 갑작스러운 결정을 내리기에 이르렀다.

무더운 아침, 큰비가 몰려오고 있었다. 교실에서는 창문을 열어놓고 공부했다. 멀리 도시는 마치 양봉장의 꿀벌처럼 똑같은 톤으로 웅웅거리고 있었다. 교정에서는 아이들이 떠들며 노는 소리가 들렸다. 풀이 무성한 대지 냄새와 어린 초목의 향기가 마슬레니차* 때 나는 보드카 냄새나 블린**을 만들 때 쓰는 석탄가스 냄새처럼 머리를 어지럽혔다.

역사 교사가 나폴레옹의 이집트 원정에 대해 설명하고 있었다. 이야기가 프레쥐스 상륙에 이르렀을 때 갑자기 하늘이 어두워지더니 폭풍우가 몰아치며 번개와 천둥이 치기 시작했고, 교실 창문 너머로 신선한 냄새와 함께 모래와 먼지를 품은 회오리바람이 밀려들었다. 아첨을 잘하는 학생 둘이 관리인에게 창문을 닫으라고 말해주기 위해 복도로

* 사순절이 시작되기 직전 3~7일 동안 열리는 축제.

** 속을 넣지 않은 얇은 팬케이크.

달려나갔는데, 그들이 문을 열자 한바탕 바람이 몰아쳐 책상 위 공책에 있던 모든 압지를 온 교실로 날려버렸다.

창문이 닫혔다. 먼지 섞인 더러운 도시의 빗발이 쏟아지기 시작했다. 라라는 노트 한 장을 찢어 옆자리의 나댜 콜로그리보바에게 쪽지를 적어 보냈다.

'나댜, 나는 엄마와 따로 떨어져 살아야 해. 수입이 좋은 가정교사 자리를 잡을 수 있게 도와줘. 너는 부자들을 많이 알잖아.'

나댜도 똑같은 방법으로 답장을 보냈다.

'마침 우리집에서 리파를 가르칠 가정교사를 구하고 있었어. 우리집에 와. 정말 잘됐어! 우리 아빠 엄마가 널 얼마나 좋아하는지 너도 잘 알잖아.'

6

라라는 삼 년이 넘는 시간 동안 돌벽 안에 갇히기라도 한 듯 콜로그리보프네 집에서 지냈다. 누구도 그녀를 데려가려 하지 않았고, 어머니와 오빠와는 사이가 아주 멀어졌고, 그들이 그녀에게 그들 생각이 나게 하지도 않았다.

라브렌티 미하일로비치 콜로그리보프는 새로운 사고를 지닌 실천적인 사업가로, 유능하고 똑똑했다. 그는 낡은 사회체제를 이중의 이유로 끔찍이 혐오했는데, 그것은 이를테면 국유재산을 사들일 수도 있을 만한 대부호의 증오, 평민 출신이지만 믿을 수 없을 만큼 크게 성공한 사람이 가지는 증오였다. 그는 자기 집에 불법적인 활동가들을 숨겨주고, 정치사건 피고들에게 변호사를 대주고, 모든 사람이 농담으로 생각했지만 혁명에 자금을 댔으며 자본가로서 스스로를 전복시키면서 자기 소유의 공장에서 파업을 일으켰다. 또한 그는 사격의 명수이자 열정적인 사냥꾼으로, 1905년 겨울에는 일요일마다 세레브랴니 소나무숲과 로시니섬으로 가 시민 자위대에게 사격을 가르쳤다.

그는 뛰어난 사람이었다. 그의 아내 세라피마 필리포브나도 그에게 어울리는 짝이었다. 라라는 두 사람에게 큰 존경심을 품게 되었다. 그들 가족 모두가 그녀를 가족처럼 사랑해주었다.

라라의 편안한 생활이 사 년째 지속되던 해, 오빠 로댜가 그녀를 찾아왔다. 멋부린 그는 긴 두 다리 위의 몸을 약간 흔들고 일부러 콧소리를 내고 말을 부자연스럽게 끌면서, 졸업을 앞둔 사관학교 동기들이 교장에게 감사 선물을 하기 위해 돈을 모았고 그들이 자신에게 그 돈을 주며 선물 구입을 맡겼다고 말했다. 그런데 그 돈을 이틀 만에 노름으로 다 날리고 말았다는 것이었다. 로댜는 이 말을 하며 호리호리한 몸을 안락의자에 털썩 던지고는 울기 시작했다.

라라는 그 이야기를 들으면서 소름이 돋았다. 로댜는 울면서 계속 말했다.

"어제 빅토르 이폴리토비치에게 갔었어. 그 사람은 나와 이 문제에 대해 이야기하는 걸 거절했지만, 만일 그녀가 원한다면, 이라고 했어…… 그가 말하길, 비록 너는 이제 우리에게 애정이 없겠지만, 그 사람에게 너는 큰 힘을 갖고 있어…… 라로치카*…… 한마디면 돼…… 이 일이 얼마나 큰 수치이고 사관생도 제복의 명예에 어떤 영향을 미칠지 알지?…… 그 사람에게 가서, 별일도 아니잖아, 부탁 좀 해줘…… 내가 피로써 그 대가를 치르도록 내버려두진 않겠지."

"피로써 대가를 치른다…… 사관생도 제복의 명예?" 격분한 라라는 흥분해서 되풀이하며 방안을 서성거렸다. "그럼 나는 제복 생도가 아니니까 명예도 없고 아무렇게나 행동해도 괜찮단 건가. 오빠가 무슨 부탁을 하고 있는지 알기나 해, 그 사람이 오빠에게 제안한 걸 깊이 생각해보기는 했어? 일 년 일 년 시시포스처럼 고생하며 밤잠도 제대로 못 자고 쌓아올린 것을 이렇게 불쑥 나타나서 그까짓 건 어떻게 되어도 상관없다는 식이구나! 지옥에나 가버려. 권총으로 자살해버리라고. 그게 나와 무슨 상관이지? 대체 얼마나 필요한 건데?"

"690하고 몇 루블. 그러니까 700루블이면 딱 맞지." 로댜는 조금 머뭇거리며 말했다.

"로댜! 아니, 정말 정신이 어떻게 됐어! 지금 무슨 말을 하고 있는지나 알아? 700루블이나 날렸단 거야? 로댜! 로댜! 나 같은 보통 사람이 정당한 노동으로 그만한 돈을 모으려면 얼마나 오래 걸리는지 알기나 해?"

잠시 뒤 그녀는 일어나서 낯선 사람처럼 싸늘하게 말했다.

"좋아. 해볼게. 내일 와. 그리고 자살하려던 권총도 가져와. 그걸 나에게 맡겨. 총알도 많이 가져오는 거 잊지 말고."

그녀는 콜로그리보프에게서 그 돈을 구했다.

---

* 라리사의 애칭.

7

콜로그리보프 씨 집에서 한 일은 라라가 김나지움을 졸업해 대학에 진학하고 이듬해 1912년에 우수한 성적으로 졸업을 앞두기까지 학업에는 아무런 방해도 되지 않았다.

1911년 봄, 그녀가 가르치던 리포치카*는 김나지움을 졸업했다. 이미 그녀에게는 훌륭하고 유복한 집안 출신의 젊은 기술자인 프리젠단크라는 약혼자가 있었다. 리포치카의 부모는 딸의 선택에 동의하면서도 이른 결혼에는 반대하며 좀더 기다리라고 조언했다. 이 일로 큰 소동이 벌어졌다. 가족의 귀염둥이로 자라 응석이 심하고 고집이 센 리포치카는 어머니와 아버지에게 소리를 지르고 발을 동동 구르며 울어댔다.

라라를 가족처럼 생각하는 이 부유한 집에서는 그녀가 로댜 때문에 얻었던 빚에 관해서는 잊고 있었고, 누구도 그것을 상기시키지 않았다.

남모르게 고정적으로 나가는 돈만 없었다면 그녀는 이미 오래전에 빚을 갚았을 것이다.

한편 그녀는 파샤 몰래 유형수인 아버지 안티포프에게 돈을 부쳐주었고, 그의 병약하고 성마른 어머니도 가끔 도와주었다. 또한 더욱 남모르게 파샤의 식대와 방세를 집주인에게 지불해 그가 모르게 그의 지출을 줄여주고도 있었다.

라라보다 몇 살 어린 파샤는 그녀를 열광적으로 사랑해서 그녀 말이

---

* 리파의 애칭.

라면 무엇이든 들어주었다. 그는 실업학교를 마치자 라라의 주장대로 문과대학에 들어가기 위해 라틴어와 그리스어를 공부했다. 라라는 일 년 후 있을 국가고시에 합격하면 파샤와 결혼해 우랄 어느 지방도시에 있는 여자 김나지움과 남자 김나지움에 각각 교사로 부임하는 것을 꿈꾸고 있었다.

파샤는 라라가 직접 구해준 예술극장 근처 카메르게르스키 골목의 새로 지은, 집주인들이 조용한 하숙집에서 살고 있었다.

1911년 여름, 라라는 콜로그리보프 가족과 함께 마지막으로 두플랸카에 갔다. 그녀는 그들 부부보다 더 열렬히 그곳을 사랑했다. 모두가 그것을 잘 알았기 때문에 라라에게 여름 여행은 일종의 불문율 같은 것이 되었다. 그들을 태우고 온 무덥고 검댕이투성이인 열차가 멀리 사라지고 나자, 붉은 루바시카의 소매가 밖으로 튀어나온 민소매 마부용 카자킨*을 걸친 두플랸카의 마부가 역에 내려놓은 짐을 짐마차에 옮겨 실으며 콜랴스카에 탄 손님들에게 최근 이 지역의 소식을 전해주었고, 눈앞에 끝없이 펼쳐진 놀랄 만큼 향기롭고 조용한 대기 속에서 고조된 라라는 말없이 일행과 떨어져 혼자 영지로 걸어갔다.

라라는 순례자들과 방랑자들이 다져놓은 선로 옆길을 따라 걷다 숲으로 이어지는 좁은 풀밭 사잇길로 돌아들었다. 걸음을 멈추고 눈을 가늘게 뜬 채 드넓은 주위에 가득한 향기로운 공기를 깊이 들이마셨다. 그 공기는 부모보다 애인보다 낫고, 책보다 지혜로웠다. 그 순간 다시금 존재의 의미가 라라에게 열렸다. 그녀가 여기에 있는 것은—

---

* 등에 주름이 잡히고 깍지 단추로 채우는 헐렁한 남성용 상의.

그녀는 깨달았다—지상의 미친 듯한 매력을 탐구하고 모든 것에 이름을 붙여 부르기 위해서이며, 만일 그 일이 힘에 부친다면 삶에 대한 사랑으로 그녀를 대신할 후계자를 낳아 그 탐구를 완성시켜야 하리라는 것이었다.

그 여름 라라가 두플랸카에 도착했을 때는 스스로 짊어진 과도한 일로 완전히 지친 상태였다. 그녀는 툭하면 화를 냈다. 그녀의 내면에서 전에 없던 의심이 싹트고 있었다. 그 의심은 언제나 너그럽고 사소한 일에 얽매이지 않던 라라의 성격을 의기소침하게 만들었다.

콜로그리보프 가족은 그녀를 내보내지 않았다. 그녀는 그 집에서 예전과 다름없이 사랑받았다. 그러나 리파가 출가하자 라라는 이제 자신이 그 집에 있을 필요가 없다고 생각했다. 그녀는 봉급을 거절했다. 그러나 그들은 억지로 봉급을 쥐여주었다. 돈이 필요하긴 했지만 손님으로 지내면서 다른 데서 돈을 벌어 오는 건 난처한 일이고, 사실 일자리도 없었다.

라라는 자신의 입장이 기만적이고 견디기 힘들다고 느꼈다. 모두가 그녀를 부담스러워하지만 내색하지 않는 것뿐이라고 생각했다. 스스로도 자신이 부담스러웠다. 그녀는 자기 자신과 콜로그리보프 가족으로부터 달아나고 싶었지만, 그러자면 콜로그리보프에게 빌린 돈을 갚아야 하고, 지금으로서는 돈을 마련할 데가 없었다. 그녀는 어리석은 로댜의 낭비 때문에 자신이 볼모가 되었다고 느끼며 무력한 분노로 치를 떨 뿐이었다.

그녀는 자신이 모두의 관심에서 멀어졌다고 생각했다. 콜로그리보프네 집을 방문한 지인들이 그녀에게 특별한 관심을 보이면 그녀는 그들이 자신을 고분고분한 '피보호자'나 손쉬운 먹잇감으로 여긴다고 생각했다. 반면에 그녀를 못 본 척 홀로 내버려두면 자신을 얕보는 증거라고 여겼다.

라라를 엄습한 우울증도 두플랸카를 방문한 많은 손님과 함께 향유하는 오락까지 방해하지는 않았다. 그녀는 멱을 감고 수영을 하고, 보트를 타고, 강 건너로 밤 소풍을 가고, 사람들과 불꽃놀이를 하고 함께 춤도 추었다. 아마추어 연극 무대에 서고, 짧은 모제르총으로 하는 사격 경기에 열중했는데, 그녀는 모제르총보다 로댜의 작은 권총이 더 좋았다. 그녀는 목표물을 정확하게 맞히고, 여자라서 결투할 길이 막힌 것이 유감이라는 농담을 하기도 했다. 그러나 명랑해지려 할수록 더 우울해질 뿐이었다. 그녀는 자신이 무엇을 원하는지 모르게 되었다.

도시로 돌아온 뒤로는 상태가 더욱 나빠졌다. 파샤와의 가벼운 말다툼이 라라의 불쾌함에 얹어졌다(라라는 파샤가 자신의 마지막 도피처라 생각했기 때문에 그와 심하게 다투지 않으려고 조심했다). 최근 파샤에게는 일종의 자신감이 붙었다. 가르치려는 듯한 그의 말투는 라라를 어이없게도 하고 화나게도 했다.

파샤, 리파, 콜로그리보프 가족, 돈—이 모든 것이 그녀의 머릿속에서 맴돌았다. 라라는 인생이 지겨워지기 시작했다. 미칠 것 같았다. 익숙한 모든 것에서 벗어나 새로운 것을 시도하고 시작해보고 싶었다. 이런 기분으로 1911년 크리스마스 무렵 운명적인 결심을 하기에 이르렀다. 콜로그리보프 가족과 헤어져 독립하기로 결심하고, 필요한 돈을 코마롭스키에게 부탁해보기로 한 것이다. 두 사람의 관계가 끝나고 그녀가 자유로워진 후로 이미 몇 년이 흘렀기 때문에 그녀는 그가 이런

저런 설명을 요구하거나 계산하지 않고, 또 모욕을 주지도 않고 기사처럼 자신을 도와야 한다고 생각했다.

그럴 목적으로 그녀는 12월 27일 저녁 페트롭스키예 리니로 향했고, 만일 그가 그녀의 부탁을 거절하거나 오해하거나 어떤 식으로든 모욕을 준다면 빅토르 이폴리토비치를 쏘아 죽일 작정으로 장탄하고 안전장치를 푼 로다의 권총을 머프* 속에 넣어가지고 갔다.

그녀는 끔찍한 혼란에 빠져 축제의 거리를 지나면서도 아무것도 의식하지 못했다. 계획한 총성은 이미 그녀의 영혼 속에서 발사되었고, 그것이 누구를 향한 것인가는 전혀 아랑곳하지 않았다. 그 총성만이 그녀가 의식한 유일한 것이었다. 그녀는 길을 가는 내내 총성을 들었고, 그것은 코마롭스키를, 그녀 자신을, 그녀의 운명을, 그리고 두플랸키의 숲속 풀밭에 서 있는 술기에 사격 표적이 새겨진 떡갈나무를 향하고 있었다.

8

"머프에 손대지 마요." 어머나, 에구머니 해가며 옷 벗는 것을 도와주려고 손을 뻗는 엠마 에르네스토브나에게 라라는 말했다.

빅토르 이폴리토비치는 집에 없었다. 엠마 에르네스토브나는 라라에게 들어와서 외투를 벗으라고 거듭 권했다.

---

* 양손에 끼우는 방한용 모피 토시.

"그럴 수 없어요. 전 급해요. 그는 어디 갔어요?"

엠마 에르네스토브나는 그가 욜카 파티에 초대받아 갔다고 말했다. 주소를 적은 쪽지를 받아든 라라는 모든 것을 생생히 떠올리게 하는 그곳, 문장이 새겨진 색깔 있는 창문이 있는 어두운 계단을 달려내려가 무치노이 고로도크에 있는 스벤티츠키의 집으로 향했다.

그제야, 다시 거리로 나와서야 라라는 주위를 둘러보았다. 겨울이었다. 도시였다. 저녁이었다.

꽁꽁 얼어붙은 날씨였다. 깨진 맥주병 밑바닥 같은 거무튀튀한 얼음이 거리에 두껍게 뒤덮여 있었다. 숨쉬는 것조차 고통스러웠다. 공기는 잿빛 서리로 채워져 있었고, 그것은 마치 얼음이 엉긴 회색 모피의 옷깃이 라라의 입까지 올라와 성가시게 하는 것처럼 그 억센 털끝으로 간질이며 따갑게 찌르는 것 같았다. 라라는 두근거리는 가슴으로 텅 빈 거리를 걸었다. 길가의 찻집과 술집 문에서 김이 새어나왔다. 안개 속에서 소시지처럼 빨갛게 언 행인들의 얼굴이, 털에 고드름이 달린 말과 개의 얼굴이 불쑥불쑥 나타나곤 했다. 두꺼운 얼음과 눈으로 덮인 집집의 창문은 마치 분필로 칠한 것 같았고, 그 불투명한 표면에 불을 밝힌 욜카와 집안에서 즐기고 있는 사람들의 그림자가 어른거렸는데, 그것은 마치 밖을 지나가는 사람들에게 환등기로 하얀 스크린에 그림을 비춰주는 것 같았다.

카메르게르스키 골목에서 라라는 발을 멈췄다. '더이상 못 견뎌, 못 견디겠어.' 그녀는 거의 소리 내어 말할 뻔했다. '그에게 올라가서 전부 말해야겠어.' 그녀는 정신을 가다듬고 이렇게 생각하고는 당당하게 버티고 선 현관의 육중한 문을 밀었다.

9

긴장해서 얼굴이 붉어진 채 파샤는 혀로 볼 안쪽을 밀며 거울 앞에서 옷깃을 달고, 셔츠 앞가슴의 풀 먹인 아일릿* 장식 단춧구멍에 자꾸 빠지는 단추를 끼우려 애쓰고 있었다. 외출하려던 그는 아직 순수하고 미숙해서 노크도 없이 들어온 라라에게 옷을 입다 만 모습을 보이자 당황하고 말았다. 그러나 그는 곧바로 그녀가 흥분해 있다는 걸 알아챘다. 그녀의 다리가 후들후들 떨리고 있었다. 그녀는 마치 여울을 건너는 것처럼 치맛자락을 걸음으로 헤치며 왔다.

"왜 그래? 무슨 일 있어?" 그는 그녀에게 달려가며 놀라서 물었다.

"내 옆에 앉아. 그냥 그대로 앉아. 제대로 입지 않아도 상관없어. 나 지금 급해. 바로 나가야 하거든. 머프는 만지지 마. 잠깐만. 잠깐만 돌아서 있어."

그는 시키는 대로 했다. 라라는 영국식 옷을 입고 있었다. 그녀는 재킷을 벗어 못에 걸고, 머프에서 로댜의 권총을 꺼내 재킷 주머니에 넣었다. 그런 다음 소파로 돌아와 말했다.

"이제 봐도 돼. 촛불을 켜고 전등은 꺼줘."

라라는 촛불의 어스름한 빛 속에서 이야기하는 것을 좋아했다. 파샤는 그녀를 위해 늘 뜯지 않은 새 양초들을 준비해두고 있었다. 그는 촛대에 있던 타다 남은 양초를 새 양초로 바꿔 창턱에 놓고 불을 붙였다. 불꽃은 스테아린 때문에 목이 메는 것처럼 파지직거리면서 사방으로

---

* 구멍 둘레에 스티치를 하거나 금속을 둘러 박는 방식.

별을 흩뿌리다가 이윽고 화살촉처럼 날카로워졌다. 방안은 부드러운 빛으로 가득찼다. 촛불 높이에 있는 유리창의 서리는 검고 작은 눈目을 그리며 동그라미로 녹기 시작했다.

"들어줘, 파툴랴." 라라가 말했다. "나는 곤경에 빠졌어. 내가 헤어나올 수 있도록 도와줘. 놀라지 말고 묻지도 말고, 하지만 우리가 다른 사람들과 같다는 생각은 하지 말아줘. 마음 편하게 있으면 안 돼. 나는 언제나 위험 속에 있어. 네가 나를 사랑하고 나를 파멸에서 구해주고 싶다면, 미루지 말고 얼른 결혼하자."

"그거야말로 내가 바라왔던 거잖아." 그는 그녀의 말을 가로막았다. "얼른 날을 잡자, 네가 원하는 날이라면 나는 다 좋아. 그런데 대체 무슨 일이 있었는지 쉽고 분명히 말해줘, 수수께끼 같은 말로 괴롭히지 말고."

라라는 솔직한 대답을 피하며 그의 주의를 다른 데로 돌렸고, 둘은 라라의 슬픔과는 아무 관계도 없는 이야기를 오랫동안 주고받았다.

10

그해 겨울, 유라는 대학의 공모전에서 금메달을 따기 위해 망막 신경계에 대한 학술논문을 쓰고 있었다. 그는 일반 내과를 수료했지만 장차 안과 의사가 되기 위해 눈을 철저히 파고들고 있었다.

시각 생리학에 대한 관심에는 유라가 지닌 소질의 다른 측면, 즉 그의 창의적 재능과 예술적 형상이나 논리적 사고 구조에 대한 고민이 영향을 미쳤다.

토냐와 유라는 마차썰매를 빌려 타고 스벤티츠키네 욜카 파티에 가는 길이었다. 두 사람은 지난 육 년을, 청년기의 시작과 유년기의 끝을 서로 꼭 붙어 있다시피 지냈다. 둘은 서로를 속속들이 잘 알았다. 그들은 짧은 농담을 주고받으며 그 대답에 툭툭 끊어가며 킥킥대는 공통된 습관이 있었다. 지금도 그들은 추위 속에서 입술을 꾹 다물고 말없이 가다가 이따금 짧은 말을 주고받았다. 그리고 각자 자기 생각에 빠져들었다.

유라는 공모전 마감이 다가오자 논문 작업을 서둘러야겠다고 생각하다가, 거리에서 느껴지는 연말 축제의 소란스러운 분위기 속에서 다른 생각으로 옮아갔다.

고르돈이 있는 학부에서는 능사판으로 찍는 학생 잡지를 간행하고 있었다. 고르돈이 그 편집자였다. 유라는 블로크*에 대한 글을 쓰겠다고 오래전에 약속했었다. 그때 두 수도의 젊은이들은 모두가 블로크에게 빠져 있었는데, 유라와 미샤도 그들에 못지않았다.

그러나 그 생각도 유라의 뇌리에 오래 머물지는 못했다. 두 사람은 깃 속으로 턱을 움츠리고 추위에 언 귀를 문지르며 이런저런 상념에 빠져 있었다. 그러다 그들의 생각은 하나로 모아졌다.

얼마 전 안나 이바노브나의 병상에서 있었던 일은 두 사람을 바꿔놓았다. 갑자기 눈을 뜬 것처럼 서로를 새로운 눈으로 보게 되었다.

토냐, 오랜 친구, 말할 것도 없이 명백한 존재이던 그녀가, 유라가

---

* 알렉산드르 블로크(1880~1921). 러시아 상징주의 시인, 극작가.

상상할 수 있는 그 어떤 것들보다도 가장 가까이하기 어렵고 복잡한 존재인 여자로 보이기 시작했다. 유라는 조금만 상상력을 발휘하면 자신을 아라라트산*에 오른 영웅이나 예언자, 승리자와 같이 자신이 원하는 어떤 존재로도 상상할 수 있었지만, 여자로는 상상할 수가 없었다.

그런데 지금 토냐가 가장 어렵고 뛰어넘을 수 없는 여자라는 과제를 그 가냘프고 연약한 어깨에 짊어지고 있었다(이때부터 유라는 건강한 아가씨인 그녀가 갑자기 가냘프고 연약해 보이기 시작했다). 그의 마음은 정열의 시작이라 할 그녀에 대한 뜨거운 연민과 수줍은 놀라움으로 가득차 있었다.

유라에 대한 토냐의 생각에도 똑같은 변화가 일어났다.

유라는 자신들이 괜히 집을 나섰다고 생각했다. 그들이 없는 사이에 무슨 일이 일어나지 않을까. 그리고 그는 떠올렸다. 안나 이바노브나의 병세가 악화된 것을 안 그들은 이미 외출 채비를 마쳤지만 그녀에게 가서 집에 있겠다고 말했다. 그녀는 지난번처럼 엄하게 물리치며 욜카 파티에 가야 한다고 주장했다. 유라와 토냐는 날씨를 살피기 위해 커튼 뒤 창가의 깊숙한 벽감으로 갔다. 벽감에서 나올 때, 양쪽의 망사 커튼 두 장이 그들의 새로 맞춘 옷감에 달라붙었다. 달라붙은 가벼운 망사가 신부의 결혼식 베일처럼 토냐 뒤를 몇 걸음 따라왔다. 침실에 있는 모두가 웃음을 터뜨렸고, 입 밖에 내어 말하지는 않았지만 두 사람을 보며 서로 닮았다고 생각했다.

유라는 거리를 둘러보다 조금 전 라라의 눈에 비쳤던 것과 똑같은

---

* 터키와 아르메니아의 국경에 있는 산으로, 노아의 방주가 멈춘 곳.

광경을 보았다. 그들의 마차썰매는 정원과 가로숫길의 얼어붙은 나무들 밑을 유난히 큰 소음을 울리고 부자연스러울 만큼 긴 반향을 남기며 달렸다. 집집마다 안에서 불을 밝혀 빛나는 성에가 낀 창문들은 연기 색으로 층을 이루는 토파즈로 만든 값비싼 보석 상자처럼 보였다. 그 안에서 모스크바 크리스마스 시즌의 생활이 비치고, 욜카들에 불이 밝혀져 있고, 손님들이 붐볐으며, 우스꽝스러운 가장을 한 사람들이 숨바꼭질과 반지 찾기 놀이를 하고 있었다.

유라는 불현듯 블로크를 떠올렸다—그는 러시아적 생활의 모든 영역에, 북방 도시의 일상에, 최신의 문학에, 현대적인 거리의 별이 빛나는 하늘 아래, 금세기 객실에서 밝게 타오르는 욜카를 둘러싼 크리스마스라는 현상이었다. 유라는 블로크에 대한 글은 필요 없고, 자신이 써야 할 것은 혹한과 늑대와 어두운 선나무숲과 함께 네덜란드 사람들이 그렸던 것과 같은 동방박사 세 사람의 러시아적인 경배라고 생각했다.

그들은 카메르게르스키 골목을 지나가고 있었다. 유라는 유리창을 덮은 얼음이 녹으며 생긴 거무스름한 동그라미에 눈길을 던졌다. 그 동그라미를 통해 촛불 한 자루가 보였는데, 그것은 마치 의식적으로 거리를 비추는 것 같았고, 불꽃은 지나가는 사람들을 내다보며 누군가를 기다리는 것 같았다.

'탁자 위에서는 촛불이 타올랐다. 촛불이 타올랐다……' 유라는 막연하고 아직 갖춰지지 않은 시의 서두를 읊었고, 그다음이 힘들이지 않고도 계속 떠오를 거라고 자신에게 속삭였다. 그것은 끝내 떠오르지 않았다.

11

스벤티츠키네 욜카 파티는 오래전부터 같은 패턴으로 진행되었다. 밤 열시에 아이들이 돌아가면, 젊은이들과 어른들을 위해 두번째로 욜카를 밝히고 아침까지 즐거운 시간을 갖는 것이다. 나이든 사람들은 커다란 청동 고리에 걸린 무겁고 두꺼운 커튼으로 구분되어 있지만 홀의 연장선에 있는, 세 벽으로 둘러쳐진 폼페이풍 거실에서 밤새도록 카드놀이를 했다. 새벽이 되면 모두 함께 야참을 먹었다.

“왜 이렇게 늦었니?” 스벤티츠키 부부의 조카인 조르주가 숙부와 숙모의 방으로 가려고 현관방을 지나치다가 그들에게 물었다. 유라와 토냐도 주인 부부에게 인사하려고 외투를 벗고 지나가다 홀 안을 들여다보았다.

여러 줄로 반짝이는 촛불 빛의 띠에 둘러싸여 뜨거운 열기를 뿜고 있는 욜카 옆에, 춤은 추지 않고 옷자락을 사각거리며 서로 발등을 밟을 것처럼 돌아다니며 이야기하는 사람들이 마치 검은 벽처럼 움직이고 있었다.

원 안에서 사람들이 격렬하게 춤을 추고 있었다. 리세*에 다니는 검사보 아들 코카 코르나코프가 그들을 빙글빙글 돌게도 하고, 짝을 맞춰주기도 하고, 한 줄로 나란히 손을 잡게도 했다. 그는 춤을 지휘하며 홀 끝에서 끝까지 들리도록 “*커다란 원을 만들어요! 중국식 사슬!*” 하고 크게 외쳤고, 모두가 그의 말에 따랐다. 이윽고 그는 “*왈츠 한 곡 부*

---

* 프랑스식 남자 귀족학교.

탁해요" 하고 고용된 피아니스트에게 외치고 첫번째 원의 선두에서 자기 파트너를 *세 박자, 두 박자*로 리드하다가 점점 속도를 늦추고 한자리에서 겨우 눈에 띌 만큼만 움직였는데, 이것은 더이상 왈츠가 아니라 죽어가는 메아리였다. 곧 모두가 박수를 쳤고, 흩어져 돌아다니며 잡담하는 사람들 사이로 아이스크림과 시원한 음료가 나왔다. 들뜬 젊은 남녀들은 웃고 떠드는 것을 잠시 멈추고, 차가운 모르스*나 레모네이드를 게걸스럽게 급히 들이켰고, 쟁반에 잔을 내려놓자마자 다시 외쳐대고 열 배 큰 소리로 웃어댔다.

토냐와 유라는 홀에 들르지 않고 주인 부부가 있는 안채로 갔다.

12

스벤티츠키네 안채에는 객실과 홀을 넓게 쓰기 위해 옮겨온 가구들이 어수선하게 흩어져 있었다. 이곳은 주인 부부의 마법의 부엌이자, 크리스마스 창고였다. 페인트와 접착제 냄새가 나고, 색종이 뭉치, 코티용**에 쓸 별들, 크리스마스 나무를 밝힐 양초가 든 상자가 가득 쌓여 있었다.

스벤티츠키 노부부는 선물상자와 만찬회 좌석 지정 카드, 예정된 제비뽑기의 제비에 번호를 써넣고 있었다. 그들을 돕던 조르주는 툭하면 번호를 잘못 썼고, 노부부는 성을 내며 불평했다. 주인 부부는 유라와

---

* 과일을 갈아 체에 내리고 끓여 만드는 러시아식 음료.

** 넷 또는 여덟 명이 조를 이뤄 추는 빠른 박자의 춤으로, 주로 무도회 마지막에 춘다.

토냐를 아주 반갑게 맞아주었다. 부부는 그들이 어릴 적부터 알고 지내온 사이였기 때문에 여러 말 하지 않고 허물없이 함께 그 일을 돕도록 자리에 앉혔다.

"펠리차타 세묘노브나는 이해 못하지만, 이런 일은 손님들이 한창 몰려들기 훨씬 전에 해둬야 해. 아, 파라스케바-푸타니차*, 너 또 틀렸잖니, 조르주, 다시 숫자를 꼬이게 만들었어! 봉봉 상자는 탁자 위에 빈 상자는 소파 위에 두기로 해놓고는 또 엉망진창으로 올려놨구나."

"아네트**가 좋아졌다니 정말 다행이다. 피에르와 나는 무척 걱정했어."

"그랬지, 그런데 여보, 더 나빠졌다고 하던걸, 당신은 언제나 *거꾸로* 말한단 말이야."

유라와 토냐는 조르주와 노부부와 함께 욜카 파티의 무대 뒤에서 저녁의 반을 보냈다.

13

그들이 스벤티츠키 부부와 함께 앉아 있는 동안 라라는 홀에 있었다. 그녀는 무도복을 입지도 않았고 아는 사람도 없었지만, 코카 코르나코프가 춤을 청하자 꿈이라도 꾸는 듯이 춤을 추었고, 풀이 죽은 모

---

* 성금요일의 파라스케바를 뜻하는 파라스케바-퍄트니차에서 퍄트니차(금요일)를 푸타니차(엉망진창)로 바꿔 말장난한 것.

** 안나의 프랑스식 애칭.

습으로 하릴없이 홀을 배회했다.

라라는 홀을 마주 보고 앉은 코마롭스키가 혹시 자신을 알아채지 않을까 벌써 한두 번 객실 출입구에서 발을 멈칫거렸다. 그러나 그는 왼손에 작은 방패처럼 쥔 카드만 들여다보았고, 어쩌면 정말 그녀를 보지 못했거나 보고도 못 본 척하는 것이었다. 라라는 모욕감에 숨이 막힐 지경이었다. 바로 그때, 라라가 모르는 한 처녀가 홀에서 객실로 들어왔다. 코마롭스키는 라라가 너무도 잘 아는 그 눈빛으로 들어온 그 처녀를 바라보았다. 우쭐해진 그녀는 얼굴을 붉히며 코마롭스키에게 생글거렸다. 라라는 그것을 보자 하마터면 소리를 지를 뻔했다. 수치심으로 얼굴이 달아올라 이마와 목까지 빨개졌다. '새로운 희생자.' 그녀는 생각했다. 라라는 거울에 비춰보듯 자신과 자신의 과거를 모두 돌이켜보았다. 그러니 코마롭스키에게 말을 거는 것을 포기하지는 않고 더 적당한 기회가 올 때까지 미루기로 결심하고는 마음을 가라앉히며 홀로 돌아왔다.

탁자에서 카드놀이를 하는 사람은 코마롭스키 외에 세 사람이 있었다. 그의 옆에 앉은 사람은 라라에게 왈츠를 청했던 리세에 다니는 멋쟁이 학생의 아버지였다. 라라는 그와 춤추며 홀을 돌 때 나눴던 몇 마디로 그것을 알아차렸다. 시시때때로 객실에서 나와 아들이 활약하는 홀로 갔다가 남편이 카드놀이를 하는 객실로 되돌아갔던, 검은 옷을 입고 불타오르는 듯한 눈에 뱀처럼 목을 불쾌하게 움직이는 키 큰 검은 머리의 여자는 코카 코르나코프의 어머니였다. 마지막으로, 라라에게 쓰라린 감정을 불러일으켰던 처녀는 코카의 여동생이라는 것을 우연히 알게 되었는데, 아까 내린 라라의 결론은 터무니없는 것이었다.

"코르나코프라고 합니다." 코카는 라라에게 처음에 자신을 이렇게 소개했다. 하지만 그녀는 알아듣지 못했다. "코르나코프요." 마지막에 도는 동작을 하며 그는 되풀이했고, 그녀를 의자까지 데려다주고는 물러갔다.

그녀는 그제야 알아들었다. '코르나코프, 코르나코프.' 그녀는 골똘히 생각했다. '어쩐지 익숙하고, 불쾌한 이름이야.' 그리고 기억해냈다. 코르나코프—그는 모스크바법원의 검사보였다. 그는 티베르진도 함께 재판을 받는 철도 노동자들을 기소한 사람이었다. 라라의 부탁으로 라브렌티 미하일로비치가 그를 찾아가 이 재판을 너무 가혹하게 하지 말아달라고 탄원했지만 설득하지 못했다.

'그래 그거였어! 그래, 그래, 그래. 재밌게 됐군. 코르나코프. 코르나코프.'

14

밤 열두시인가 한시쯤의 일이었다. 유라는 귀가 먹먹했다. 쉬는 시간에 식당에서 작은 케이크를 곁들여 차를 마신 뒤, 다시 춤이 시작되었다. 욜카의 초는 다 타버렸지만 이제는 아무도 새것으로 갈지 않았다.

유라는 홀 한가운데에 멍하니 서서 모르는 사람과 춤을 추는 토냐를 바라보고 있었다. 토냐는 유라 옆을 미끄러지듯이 지나가며 지나치게 긴 새틴 드레스 자락을 물고기가 지느러미를 차듯 한 발로 차며 춤추는 사람들 속으로 사라졌다.

토냐는 몹시 들떠 있었다. 그들이 식당에 앉아 쉬던 시간에도 그녀는 차를 마다하고, 쉽게 까지는 향기로운 귤껍질을 계속 까서 귤로만 갈증을 달랬다. 그녀는 허리띠나 소매 끝동에서 과일나무의 꽃 같은 작은 아마 손수건을 꺼내 입가의 땀과 끈적거리는 손가락 사이를 계속 닦았다. 그리고 끊임없이 웃고 이야기하며 그 손수건을 허리띠나 보디스 주름장식에 기계적으로 끼워넣었다.

토냐는 지금 낯선 상대와 춤추며 돌고 있었는데, 한쪽으로 비켜서서 얼굴을 찡그리는 유라와 스칠 때마다 장난스럽게 그의 손을 잡으며 의미심장하게 웃어 보였다. 그렇게 몇 번 손을 잡았을 때 그녀가 한 손에 쥐고 있던 손수건이 유라의 손바닥에 남겨졌다. 그는 손수건을 입술에 대고 눈을 감았다. 귤 냄새와 흥분한 토냐의 손바닥 냄새가 섞여 매혹적인 향기가 풍겼다. 그것은 유라가 여태까지 한 번도 경험해보지 못한, 머리끝부터 발끝을 날카롭게 관통하는 새로운 감각이었다. 앳되고 순진한 향기는 어둠 속의 속삭임처럼 아주 진솔하고 분별 있었다. 유라는 손수건을 올린 손바닥에 눈과 입술을 묻고 숨을 들이쉬며 서 있었다. 그때 갑자기 집안에서 총성이 울렸다.

모두 홀과 객실 사이에 드리워진 커튼 쪽으로 고개를 돌렸다. 한순간 침묵이 흘렀다. 다음 순간 일대 소동이 벌어졌다. 모두 허둥지둥하며 비명을 지르기 시작했다. 몇 사람이 코카 코르나코프를 따라 총성이 울린 곳으로 달려갔다. 그곳에서도 이미 사람들이 홀로 뛰어나오며 위협하고, 울부짖고, 다투며 서로를 가로막았다.

"그녀가 무슨 짓을 한 거지, 대체 무슨 짓을 한 거야." 코마롭스키가 절망적으로 되풀이했다.

"보랴*, 당신 무사해요? 보랴, 살아 있는 거죠." 코르나코바 부인이 신경질적으로 소리쳤다. "여기 드로코프 박사가 손님으로 와 계신다던데. 그래요, 그런데 그 사람은 어디 있죠, 어디? 아, 그만하세요, 제발! 당신은 찰과상이라지만, 이건 내 일생을 걸고 증명할 수 있어요. 오 가엾은 우리 순교자, 그 범죄자들을 모두 고발했기 때문이에요! 저 여자, 저 여자예요, 쓰레기 같은 것, 네 눈을 할퀴어주마, 요 못된 것! 자, 못 나가게 해요! 무슨 말씀이에요, 코마롭스키 씨? 당신을요? 저 여자가 당신을 겨눴다고요? 아니, 믿을 수 없어요. 나는 지금 너무 괴로워요, 코마롭스키 씨, 정신 차리세요, 나는 지금 농담할 기분이 아니에요. 코카, 코코치카**, 무슨 소리냐! 네 아버지에게…… 그래, 하느님 맙소사…… 코카! 코카!"

사람들이 객실에서 홀로 뛰어나왔다. 코르나코프는 홀 한복판에서 큰 소리로 농담을 하며 자신이 무사하다는 걸 모두에게 보여주기 위해 스쳐서 피가 흐르는 왼손을 깨끗한 냅킨으로 누른 채 걸어다니고 있었다. 조금 떨어진 다른 한 무리 뒤쪽에서 사람들이 라라의 팔을 붙들고 있었다.

유라는 그녀를 보고 어리둥절했다. 바로 그 여자였다! 또다시 특별한 상황에서 만나다니! 이번에도 또 그 반백의 남자와 함께였다. 하지만 이제 유라는 그를 알았다. 아버지의 유산상속과 관련이 있는 그 유명 변호사, 코마롭스키였다. 서로 인사할 필요는 없었기에 유라도 그도 모르는 척했다. 그런데 그녀는…… 그녀가 정말 총을 쏘았단 말인

---

* 보리스의 애칭.

** 코카의 애칭.

가? 검사에게? 아마 정치적인 이유일 것이다. 가엾다. 이제 그녀는 무사히 넘어가지 못하리라. 얼마나 당당하고 아름다운가! 오 저런! 마치 도둑이라도 잡은 것처럼 여자의 팔을 비틀고 잡아당기는군, 악마 같은 자들.

그러나 그는 이내 자기가 잘못 보았다는 것을 깨달았다. 라라의 다리가 휘청거리고 있었다. 그들은 그녀가 쓰러지지 않도록 팔을 붙들어 가장 가까운 안락의자로 간신히 데려갔고, 그녀는 쓰러지듯 앉았다.

유라는 그녀에게 달려가 정신을 차리게 하고 싶었으나, 편의를 위해 암살 피해자인 척하는 사람부터 돌보기로 정했다. 그는 코르나코프에게 다가가 말했다.

"의사의 도움이 필요하시다고요. 제가 도와드릴 수 있습니다. 손을 보여주십시오…… 아, 정말 다행이군요. 경미한 상처라서 붕대를 감을 필요도 없겠습니다. 하지만 요오드를 조금 발라두면 좋겠어요. 저기 펠리차타 세묘노브나가 오시니 부탁해보죠."

스벤티츠카야 부인과 토냐가 창백해진 얼굴로 급히 유라에게 달려왔다. 두 사람은 유라에게 전부 다 내버려두고 당장 코트를 입으라고 말했다. 집에 위급한 일이 생겨 부르러 온 것이었다. 깜짝 놀란 유라는 최악의 사태를 예감하며 다른 일은 잊고 코트를 입으러 달려갔다.

15

그들은 십체프 골목에 있는 현관에 이르러 허둥지둥 집안으로 달려갔지만, 이미 살아 있는 안나 이바노브나는 만날 수 없었다. 죽음은 그들이 도착하기 십 분 전에 찾아왔다. 사인은 제때 발견하지 못한 급성 폐부종으로 인한 긴 천식 발작이었다.

토냐는 처음 몇 시간 동안 크게 울부짖고 경련하다 아무도 알아보지 못하는 상태에 이르렀다. 다음날 진정된 그녀는 아버지와 유라의 대화를 간신히 들었으나 고개를 끄덕일 뿐 말을 할 수는 없었는데, 입을 여는 순간 슬픔이 이전과 똑같은 힘으로 그녀를 사로잡아 겨우 참았던 외침이 발작처럼 터져나올 것 같았기 때문이다.

추모 기도가 진행되는 몇 시간 내내 그녀는 고인 옆에 무릎을 꿇고 엎드려 화환에 뒤덮인 관을 받치고 있는 관대 모서리와 관 귀퉁이를 크고 아름다운 두 손으로 끌어안고 있었다. 그녀는 주위에 있는 사람을 아무도 알아채지 못했다. 그러다 가까운 사람들과 눈이 마주치자 황급히 자리에서 일어나 흐느끼면서 재빨리 홀을 빠져나가 위층 자기 방으로 가는 계단을 빠르게 뛰어올라 침대에 몸을 던지고 솟구치는 절망의 폭발을 베개에 파묻었다.

오래 서 있었던데다 슬픔과 수면 부족, 나지막한 노래와 밤낮 없이 타오르는 눈부신 촛불, 그리고 며칠 전 걸린 감기 때문에 유라의 머릿속은 행복한 망상과 슬픈 환희에 사로잡힌 듯한 달콤한 혼란으로 뒤죽박죽이었다.

십 년 전 어머니가 묻혔을 때, 유라는 아주 어렸다. 그는 자신이 얼마나 슬펐고 공포에 사로잡혔는지 아직도 기억하고 있었다. 그때 중요한 것은 그의 내부에 있지 않았다. 독립적인 존재로서 관심과 가치를 인식할 수 있는 유라란 과연 어떤 존재인지, 그는 상상조차 하지 못했다. 중요한 것은 그를 둘러싼 외부에 있었다. 그 외부 세계는 명백하고, 헤아릴 수 없고, 의심의 여지도 없이 숲처럼 사방에서 유라를 둘러쌌고, 그가 어머니의 죽음으로 그토록 놀란 것은 그런 숲속에서 어머니와 함께 길을 잃었고, 어머니 없이 혼자 남겨졌음을 깨달았기 때문이었다. 이 숲은 세상의 모든 사물로—구름, 거리의 간판, 소방서와 그 망루에 떠 있는 풍선, 성모 성상화를 실은 사륜마차 앞에서 말을 타고 가는, 모자는 쓰지 않고 귀마개를 한 교회의 하인들로 이루어져 있었다. 이 숲은 아케이드의 진열장과 별, 신과 성자들이 사는 손이 닿지 않는 까마득히 높은 밤하늘로 이루어져 있었다.

유모가 성스러운 이야기를 들려줄 때면 까마득히 높은 그 하늘은 점점 아이 방으로 내려와 유모의 치마에 머리를 파묻은 유라의 머리까지 내려오기도 했는데, 그러면 하늘은 산골짜기에 있는 가지가 늘어져 열매를 딸 수 있는 키 큰 개암나무처럼 손에 잡힐 듯 가까워진 것 같았다. 그것은 아이 방의 금빛 대야에서 불과 황금으로 목욕을 하고, 유모가 데려가던 어느 골목길의 작은 교회에서 아침 예배나 낮 예배로 바뀌기도 했다. 교회에서 하늘의 별은 작은 등불이 되고 신은 아버지가 되어, 모든 것이 많든 적든 능력에 따라 자리를 잡았다. 그러나 가장 중요한 것은 숲처럼 그를 둘러싼 어른들의 현실적인 세계, 어두운 도시였다. 그 무렵 유라는 반쯤 맹목적으로 산지기를 믿듯 그 숲의 신을 믿었다.

지금은 그때와는 완전히 달랐다. 김나지움과 대학에 다닌 십이 년 동안 유라는 고전학과 신학, 설화와 시, 역사과학과 자연과학을 마치 가족 연대기나 자신의 족보처럼 공부했다. 이제 그는 삶도 죽음도, 이 세상의 어느 것도 두렵지 않았고, 세상의 모든 것 모든 사물은 다 그의 사전에 있는 단어들이었다. 그는 자신이 우주와 동등한 위치에 있다고 느끼면서 어머니의 장례식 때와는 완전히 다른 느낌으로 안나 이바노브나의 장례식에 임하고 있었다. 예전에는 고통으로 자신을 망각한 채 겁에 질려 기도를 했었다. 그러나 지금은 추모의 말을 자신에게 직접 향한 것, 자신과 직접 관련된 메시지로서 듣고 있었다. 그는 그 말을 귀담아들으며 모든 일에서 그랬듯 명확히 표명되는 의미를 찾으려 했고, 위대한 선구자들을 숭배하듯이 그가 숭배하는 하늘과 땅의 지고한 힘에 대한 감정, 그 계승자가 되고자 하는 그의 감정 속에는 종교적인 신앙심과 공통된 것은 아무것도 없었다.

16

"거룩한 하느님, 거룩하고 강하신, 성스러운 불멸이시여, 우리를 불쌍히 여기소서." 이것이 무엇인가? 그가 어디에 있단 말인가? 발인. 발인 시간이다. 일어나야 한다. 그는 새벽 다섯시가 넘은 그 시각에 옷을 입은 채 소파에 잠들어 있었다. 열이 나는 듯하다. 그들이 그를 찾으려고 온 집안을 뒤지지만, 그가 서재 안의 천장까지 닿는 높은 책장 뒤 한구석에서 잠들어 있을 거라고는 아무도 생각지 못한다.

"유라, 유라!" 어디선가 주택청소부 마르켈이 그를 부른다. 발인이 시작되어 화환을 길가로 끌어내야 하는데 마르켈은 유라를 찾을 수 없고, 층계참에 있는 열린 옷장 문이 침실 문을 가로막아 산더미처럼 화환이 쌓인 침실에서 나갈 수가 없다.

"마르켈! 마르켈! 유라!" 아래층에서 그들을 부른다.

마르켈은 문에 몸을 부딪쳐 열고 장애물을 헤치고 나가 화환 몇 개를 들고 계단을 뛰어내려간다.

"거룩한 하느님, 거룩하고 강하신, 성스러운 불멸이시여." 조용한 목소리가 바람결에 실려 골목 안에 퍼지고, 부드러운 타조 깃털로 공기를 쓸듯 모든 것이 흔들린다. 화환들과 행인들, 깃털 장식을 단 말의 머리, 사제의 손에 들린 쇠사슬에 매달려 흔들리는 향로, 발밑의 흰 땅.

"유라! 맙소사, 여기 있었구나. 어서 일어나, 제발." 그를 찾아낸 슈라 실레진게르가 그의 어깨를 흔들었다. "어떻게 된 거니? 발인이야. 같이 갈 거지?"

"물론이죠."

17

장례식은 끝났다. 추위에 발을 동동거리던 걸인들이 두 줄로 나란히 모여들었다. 영구마차, 화환을 실은 옷노콜카*, 크류게르네의 사륜마차가 흔들리더니 천천히 움직이기 시작했다. 삯마차들은 교회 가까이로 모여들었다. 슈라 실레진게르가 눈물 젖은 얼굴로 교회에서 나와 눈물에 젖은 베일을 들어올리고 뭔가를 찾는 듯 삯마차 행렬을 눈으로 훑

* 말 한 필이 끄는 이륜마차.

었다. 그 행렬 속에서 장의사의 운반인들을 찾아내자 고갯짓을 하더니 함께 교회 안으로 사라졌다. 교회에서 점점 더 많은 사람이 쏟아져나왔다.

"안나 이바노브나 차례로군. 나에게 작별인사를 하고, 먼길 가는 표를 냈어, 가엾은 사람."

"그래, 훨훨 날아다니다가, 가엾게도. 이제 가면, 잠자리처럼, 안식이야."

"마차를 부르시겠습니까, 아니면 11번*을 타시겠습니까?"

"오래 서 있었어요. 잠시 걷다가 탈게요."

"퓹코프가 얼마나 애통해하는지 보셨죠? 눈물을 쏟고 코를 풀면서 마치 죽은 이를 삼킬 듯이 바라봤어요. 옆에 죽은 이의 남편도 있는데."

"그는 한평생 그녀에게서 눈을 떼지 않았죠."

그런 말을 하며 그들은 도시의 다른 쪽 끝에 있는 공동묘지를 향해 느릿느릿 걸어갔다. 매서운 추위가 닥쳤다가 날이 풀리고 있었다. 한 생명이 사라진 이날은 움직이지 않는 무거운 뭔가로 가득찼고, 마치 장례를 위해 자연이 준비해준 듯 추위가 물러갔다. 더러워진 눈은 몸에 걸친 크레이프천을 통해 보는 것처럼 빛나 보였고, 담장 너머 변색한 은처럼 검은빛을 띤 젖은 전나무는 마치 상복을 입고 이쪽을 계속 바라보는 것 같았다.

그곳은 바로 마리야 니콜라예브나가 잠들어 있는, 잊지 못할 묘지였다. 최근 몇 년간 유라는 어머니의 무덤을 한 번도 찾지 않았다. '엄마.'

---

* 두 다리를 뜻함.

그는 멀리서 바라보며 그 시절의 입술로 속삭여보았다.

사람들은 슬픔에 싸여 보조를 맞추는 그들의 걸음과 잘 어울리지 않게 눈이 말끔히 치워진 길을 따라 그림처럼 엄숙하게 흩어져 걸어갔다. 알렉산드르 알렉산드로비치는 토냐를 부축하며 갔다. 그 뒤에는 크류게르 집안 사람들이 따랐다. 토냐는 상복이 잘 어울렸다.

십자가가 달린 둥근 지붕의 쇠고리와 수도원의 분홍색 벽은 곰팡이처럼 덥수룩한 서리로 뒤덮여 있었다. 수도원 마당 한쪽 편에는 벽에서 벽까지 빨랫줄이 걸려 있고, 젖어서 무거워지고 소매가 부푼 루바시카와 복숭아색 식탁보, 물을 잘못 짜서 뒤틀어진 시트 등의 빨래가 걸려 있었다. 유라는 그쪽을 바라보다가 새로 들어선 건물 때문에 모습이 변하기는 했지만 이곳이 그때 그 눈보라가 휘몰아치던 수도원의 그 장소라는 것을 깨달았다.

유라는 혼자 빠르게 걷다 이따금 발을 멈추고 사람들을 기다리곤 했다. 뒤에서 천천히 걸어오는 사람들에게 죽음이 가져온 허탈감에 저항이라도 하듯 그는 지금 격렬하게 소용돌이치며 심연으로 빨려들어가는 물처럼 억제할 수 없는 힘으로 꿈꾸고 생각하고, 형식들을 고민하며 미를 생산하고 싶은 욕구를 느꼈다. 지금 그는 예술이 언제나 끊임없이 두 가지에 매진한다는 것을 어느 때보다도 명백히 깨닫고 있었다. 예술은 끊임없이 죽음을 사색하고 그럼으로써 끊임없이 삶을 창조한다. 위대하고 참된 예술은 「요한계시록」이 말하는 바로 그것이며, 거기에 덧붙여지는 것이다.*

* 「요한계시록」은 성서의 마지막 권으로 세상의 종말과 출발의 계시를 담고 있으며, 예술에 지대한 영향을 미쳤다.

유라는 오래전부터 열망해왔듯이, 하루 이틀쯤 가족과 대학에서 벗어나 안나 이바노브나를 위한 추도시에 인생이 그에게 안겨준 모든 우연의 순간들을 써놓고 싶었다. 고인의 가장 훌륭했던 두세 가지 특징, 상복을 입은 토냐의 모습, 공동묘지에서 돌아오는 길에 눈여겨보았던 풍경들, 오래전 어느 밤 눈보라가 휘몰아치고 어린 그가 울었던 그곳에 걸려 있었던 빨래를.

4장
다가오는 운명

1

라라는 펠리차타 세묘노브나의 방 침대에 반쯤 혼수상태로 누워 있었다. 스벤티츠키 부부와 의사 드로코프, 하인들이 그녀 옆에서 수군대고 있었다.

스벤티츠키 일가의 텅 빈 집은 어둠 속에 잠겨 있었고, 길게 늘어선 방들 한가운데에 있는 작은 객실 벽에 걸린 램프만 그 방들을 따라 앞뒤로 희미한 빛을 던지고 있었다.

그 통로에서 빅토르 이폴리토비치가 손님이 아니라 마치 제 집에 있는 사람처럼 거칠고 단호한 걸음걸이로 왔다갔다하고 있었다. 그는 일이 어떻게 돌아가는지 방안을 들여다보기도 하고, 반대편 끝으로 가서 은구슬로 장식된 욜카 옆을 지나 식당으로 가기도 했는데, 식탁 위에는 아직 손도 대지 않은 음식들이 넘쳐났고, 창밖에 마차들이 오가거나 식탁 위 접시들 사이로 쥐새끼가 달아나면 초록색 포도주잔들이 쨍그랑거렸다.

코마롭스키는 격분했다. 상반된 감정이 들끓었다. 이 무슨 스캔들이고 추태인가! 그는 분노가 치밀었다. 그의 지위가 위태로워졌다. 이 사건으로 명성에 흠집이 났다. 어떤 대가를 치르더라도 너무 늦기 전에 서둘러 소문의 싹을 잘라야 하고, 이미 퍼졌다면 소문이 시작된 곳부터 꾹 짓눌러 꺼야 한다. 그러면서도 그는 이 무모하고 정신 나간 처녀가 얼마나 매력적인지를 다시금 실감했다. 그녀는 확실히 다른 사람들과 달랐다. 언제나 특별한 것을 지니고 있었다. 그런데 그가 예민하고 회복될 수 없는 상처를 입혀 그녀의 인생을 망쳐버렸다! 그녀는 얼마나 몸부림쳤을까, 얼마나 오랫동안 자신의 운명을 바꿔 새로 태어나기 위해 저항했을까.

모든 점에서 판단하건대 그는 그녀에게 방을 얻어준다든가 하는 도움을 줘야겠지만, 어떠한 경우에도 그녀를 건드려서는 안 되고, 오히려 완전히 물러나 그림자도 비치지 말아야 할 것이며, 안 그러면 그녀가 또 무슨 일을 저지를지 모른다!

그리고 앞으로 또 얼마나 많은 문제가 일어나겠는가! 누구도 좋게 받아들일 리 없다. 법은 잠자고 있지 않다. 아직 밤이고 사건이 일어난 지 두 시간도 채 안 지났는데 벌써 경찰이 두 번이나 찾아왔고, 코마롭스키는 경찰을 식당으로 데려가 설명하고 해결을 보았다.

그러나 모든 일이 갈수록 더 복잡해질 것이다. 라라가 겨눈 것이 코르나코프가 아니라 그였다는 것을 증명하라고 요구할 것이다. 그뿐만이 아니다. 라라는 책임의 일부를 면할 수는 있겠지만, 나머지 부분에 대해서는 기소를 당할 것이다.

물론 그는 가능한 한 그것을 막을 것이고, 기소가 된다 하더라도 저격 당시에 라라가 스스로를 책임질 수 없는 상태였다는 정신과 감정을 받아내 기소를 중지시킬 것이다.

이런 생각을 하며 코마롭스키는 차츰 진정되었다. 밤이 지나갔다. 방에서 방으로 빛줄기가 새어들면서 마치 도둑이나 전당포 전주典主처럼 식탁과 소파 밑까지 들추기 시작했다.

방에 들어가 라라가 아직 정신을 차리지 못한 것을 확인한 코마롭스키는 스벤티츠키의 집을 나와, 정치 망명자의 아내이자 그와 가까이 지내는 변호사인 루피나 오니시모브나 보이트-보잇콥스카야를 찾아갔다. 그녀의 아파트는 방이 여덟 개인데 필요 이상으로 많아 다 사용하지 않았다. 그녀는 방 두 개를 세주고 있었다. 그중 하나가 최근 비었고, 코마롭스키는 그 방을 라라를 위해 빌렸다. 몇 시간 뒤, 라라는 고열과 반쯤 의식이 없는 상태로 그곳에 옮겨졌다. 신경성 발열이었다.

2

루피나 오니시모브나는 진보적이고, 편견을 싫어하고, 그녀가 생각하고 표현하는 대로 말하자면, '긍정적이고 생명력 있는' 모든 것을 좋아했다.

그녀의 옷장 위에는 저자의 헌사가 적힌 에르푸르트강령*이 한 부 놓여 있었다. 벽에 걸린 사진들 중 하나는 그녀의 남편인 '나의 멋진 보이트'가 스위스의 한 민속 축제에서 플레하노프**와 찍은 것이었다. 두 사람 모두 러스트린 재킷에 파나마모자를 쓰고 있었다.

루피나 오니시모브나는 처음부터 자기 아파트의 병든 하숙인이 마음에 들지 않았다. 그녀는 라라가 악질의 꾀병 환자라고 생각했다. 라라가 헛소리를 하는 것도 루피나 오니시모브나에게는 완전히 꾸며낸 것으로 보였다. 루피나 오니시모브나는 라라가 감옥에 갇힌 미친 마가레테***를 흉내내는 거라고 단정하기를 꺼리지 않았다.

루피나 오니시모브나는 라라에 대한 경멸을 과장된 활기로 드러냈다. 그녀는 쾅 소리가 나게 문을 닫기도 하고, 아파트에서 자기가 쓰는 공간을 회오리바람처럼 휩쓸고 다니며 큰 소리로 노래를 부르기도 하고, 자기 방들을 며칠씩 온종일 환기시키기도 했다.

그녀의 아파트는 아르바트 거리의 커다란 건물 꼭대기층에 있었다. 이 층의 창문은 동지가 지나면 해빙기에 범람하는 강처럼 넓고 푸르고 빛나는 하늘로 채워졌다. 반쯤 남은 겨울이 지나는 동안 집안은 봄의 신호와 징후로 가득했다.

남쪽에서 훈풍이 통풍구로 불어들고 역에서 증기기관차가 철갑상어처럼 으르렁거리면, 아픈 라라는 침대에 누워 한가로이 먼 추억에 잠기곤 했다.

벌써 칠팔 년 전, 잊을 수 없는 어린 시절 그들이 우랄에서 모스크바

---

* 1891년 독일 사회민주당이 에르푸르트 대회에서 채택한, 마르크스이론에 입각한 강령.

** 게오르기 플레하노프(1856~1918). 제정러시아 사상가. 마르크스주의의 아버지라 일컬어진다. 1880년 스위스로 망명했다.

*** 괴테의 『파우스트』에 나오는 여주인공.

에 도착한 첫날 저녁이 특히 자주 떠올랐다.

그들은 역에서 마차를 타고 모스크바 전체를 가로질러 어두운 골목길을 수없이 거친 끝에 호텔에 도착했다. 가까워졌다 멀어지는 가로등이 웅크린 마부의 그림자를 건물 벽에 비췄다. 그림자는 괴이하리만큼 점점 커지며 거리와 지붕을 덮고는 이내 사라졌다. 그리고 모든 것이 처음부터 다시 시작되었다.

머리 위 어둠 속에서는 모스크바 1600개*의 종이 울리고, 땅 위에서는 철도마차가 요란한 소리를 내며 오가며, 상점의 화려한 진열장과 조명도 모두 종이나 바퀴처럼 자신들의 소리를 내는 듯해 라라는 귀가 먹먹했다.

호텔방 탁자에 이사를 환영하는 뜻으로 코마롭스키가 보낸 믿을 수 없을 만큼 커다란 수박이 놓인 것을 보고 그녀는 깜짝 놀랐다. 라라에게 수박은 코마롭스키의 부와 권력을 상징하는 것처럼 보였다. 빅토르 이폴리토비치가 그 차갑고 다디단 과육이 있는 진초록의 경이로운 구체를 칼로 쩍 하고 두 쪽으로 갈랐을 때, 라라는 놀라 숨이 막힐 지경이었지만 감히 거절할 수는 없었다. 라라는 향기로운 장밋빛 그 조각을 억지로 삼켰지만 흥분한 탓에 목이 막히고 말았다.

값비싼 음식과 밤의 수도 앞에서 느낀 그 두려움은 이후 코마롭스키 앞에서 되풀이되었고—그것이 훗날 일어난 모든 사건의 중요한 실마리였다. 그러나 이제 그는 몰라보게 달라져 있었다. 그는 아무것도 요구하지 않았고, 그를 생각나게 하지도 않았으며, 심지어 얼굴을 비치지

* 모스크바 교회 수를 말할 때 쓰는 '아주 많다'는 뜻의 관용 표현.

도 않았다. 항상 거리를 두고 더없이 고상한 방법으로 도움을 주었다.

콜로그리보프의 방문은 그것과 전혀 달랐다. 라라는 라브렌티 미하일로비치가 찾아와줘 무척 기뻤다. 그의 아주 큰 키와 위엄 때문이 아니라, 활력과 재능이 넘치는 그가 손님으로 찾아와 반짝이는 눈과 총명한 미소로 방안을 그득 채워주는 것 같았기 때문이다. 방안이 한결 좁아 보였다.

그는 두 손을 비비며 라라의 침대 앞에 앉아 있었다. 그는 국무회의를 하러 페테르부르크로 불려가도 예비과 학생을 대하듯 고위 인사들과 이야기를 나누는 사람이었다. 그러나 지금 그의 앞에는 최근까지 그의 가족이었던 친딸 같은 존재가 누워 있었고, 그는 가족에게 하듯 걸어다니며 그녀에게 슬쩍 눈길을 주거나 몇 마디 주고받을 뿐이었다(이것이 그들 사이의 간결하고 함축적인 연대감이 주는 큰 매력이라는 것을 두 사람 다 알고 있었다). 그는 라라를 어른 대하듯 엄격하고 냉담하게 대할 수 없었다. 그는 그녀에게 상처를 주지 않기 위해 무슨 말을 할지 고민하다가, 어린애를 대하듯 웃으며 말을 꺼냈다.

"무슨 일을 하려는데, 우리 아가씨? 이런 멜로드라마가 대체 누구한테 필요한 거지?" 그는 말을 멈추고 천장과 벽지의 습기로 생긴 얼룩을 바라보기 시작했다. 그러고는 나무라듯 고개를 저으며 말을 이었다. "뒤셀도르프에서 그림과 조각, 원예 등에 관한 국제전시회가 있어. 나는 거기 갈 생각이야. 여긴 습기가 많구나. 너는 하늘과 땅 사이에서 얼마나 더 떠돌 생각이지? 이곳은 편히 있을 데가 못 돼. 그 보이테사*,

* 보이트의 속칭.

우리끼리 하는 말이지만, 그녀는 아주 쓰레기 같은 여자야. 난 그녀를 안다. 여기서 옮기는 게 좋겠어. 누워 있는 건 이만하면 충분해. 아팠지만, 이제 나았잖니. 일어날 때가 됐어. 집을 옮기고 공부를 계속해서 학업을 마쳐야지. 내가 아는 화가가 있는데, 이 년 동안 투르키스탄에 가 있을 거라더구나. 그의 아틀리에는 칸막이를 해놔서 말하자면 작은 아파트나 마찬가지야. 그는 마땅한 사람이 있으면 가재도구까지 함께 빌려줄 생각인 것 같아. 내가 주선할 테니 거기로 가겠니? 그리고 한 가지 더. 사무적인 이야기인데 말이야. 오래전부터 생각했던 건데, 내 신성한 의무로서…… 리파 일 후로…… 얼마 안 되지만 이건 그애가 졸업한 데 대한 보답이다…… 아니, 받아둬라, 받아둬…… 아니, 제발, 고집부리지 말고…… 아니, 고맙다는 뜻이니까, 제발."

그녀의 거절과 눈물, 심지어 다툼 비슷한 뿌리침에도 그는 나가며 그녀에게 억지로 1만 루블짜리 수표를 쥐여주었다.

몸을 회복한 라라는 콜로그리보프가 제안한 집으로 거처를 옮겼다. 스몰렌스키 시장과 아주 가까운 곳이었다. 그 집은 그리 크지 않은 오래된 석조 건물 이층에 있었다. 아래층은 상업용 창고로 쓰이고 있었다. 안에는 삯마차 마부들이 살고 있었다. 안마당은 자갈로 포장되어 있고 언제나 흩어진 귀리와 흘린 건초로 뒤덮여 있었다. 마당 주위에는 비둘기들이 구구거리며 돌아다녔다. 이따금 쥐들이 무리 지어 마당의 석조 홈통 위를 달려가면 비둘기들이 시끄럽게 울며 날아올랐지만 라라의 창문까지 올라오지는 않았다.

3

파샤는 몹시 고통스러웠다. 라라가 심하게 앓는 동안, 그에게 그녀를 찾아가는 일은 금지되었다. 그는 어떤 기분이었을까? 파샤가 생각하기에 라라는 자신과 별 관계도 없는 사람을 죽이려 했고, 그후 그녀는 자신이 죽이려다 실패한 희생자, 바로 그 남자의 보호를 받았다. 게다가 그 모든 일은 크리스마스 밤, 타오르는 촛불 앞에서 그들이 나눈 그 잊지 못할 대화 직후에 벌어졌다! 만일 그 남자가 아니었다면 라라는 체포되어 재판을 받았을 것이다. 그 남자가 그녀를 무서운 형벌에서 벗어나게 해주었다. 그 남자 덕분에 그녀는 무사히 제대로 학업을 마치게 되었다. 파샤는 괴롭고 당황스러웠다.

그녀는 몸이 회복되자 파샤를 자기 방으로 불렀다. 그리고 이렇게 말했다.

"나는 나쁜 여자야. 너는 날 몰라, 언젠가는 말할게. 너도 보다시피 나는 눈물 때문에 목이 메어 말하기도 힘들어, 나를 단념하고 잊어줘, 나는 너에게 어울리지 않아."

그 어떤 것보다 견디기 힘든 가슴이 찢어지는 것 같은 장면이 계속되었다. 보잇콥스카야 부인은—아직 라라가 아르바트 거리에 머물 때 일이었다—눈물에 젖은 파샤를 보자 복도에서 자기 방으로 뛰어들어 소파에 쓰러져서는 배를 움켜잡고 웃어대며 말했다. "오, 더는 못 참겠어, 더는 못 참겠어! 정말 이런 이야기가 가능하다니…… 하 하 하! 보가티르*야! 하 하 하! 예루슬란 라자레비치**!"

더럽혀진 애착에서 파샤를 구하고 그것을 뿌리째 뽑아 고통을 끝내버리기 위해 라라는 파샤를 사랑하지 않기 때문에 관계를 끊겠다고 그에게 단호하게 선언했지만, 거절의 말을 하면서 그녀가 더없이 심하게 흐느끼자, 그는 그녀의 말을 믿을 수가 없었다. 파샤는 그녀가 용서받지 못할 죄를 지었을 리 없다고 의심하며 그녀가 무슨 말을 해도 믿지 않았고, 그녀를 저주하고 증오할 마음의 준비를 했으면서도 여전히 그녀를 열렬히 사랑하고 있었기 때문에 그녀가 생각하는 것, 그녀가 마신 컵, 그녀가 기댔던 베개에까지 질투를 느꼈다. 미쳐버리지 않기 위해서는 더욱 단호하고 신속하게 행동해야 했다. 그들은 졸업시험 이후로 미루지 않고 결혼식을 올리기로 했다. 결혼은 크라스나야 고르카*** 축일에 하기로 했다. 그러나 라라의 요청으로 연기되었다.

그들은 졸업시험 합격이 확실해지자, 성신강림절 두번째 날인 성령의 날****에 결혼식을 올렸다. 라라와 같이 졸업하는 동급생 투샤 체푸르코의 어머니 류드밀라 카피토노브나 체푸르코가 모두 맡아 처리해주었다. 류드밀라 카피토노브나는 높은 가슴과 낮은 목소리를 지닌 아름다운 여성으로, 노래를 잘하고 이야기를 잘 꾸며냈다. 그녀는 자기가 잘 아는 실제의 조짐이나 미신에 즉흥적으로 자신이 지은 이야기를 덧붙이곤 했다.

라라가 '황금관을 받아 쓰러 가던' 날, 류드밀라 카피토노브나가 출

---

* 러시아 민담에서 용사를 가리키는 말.

** 러시아 민담에 나오는 용사로, 아름다운 여인을 만나기 위해 모험을 거듭한다.

*** 부활절 이후 첫번째 일요일로, 남자들이 마을을 돌며 결혼할 여자를 찾는 풍습이 있었고, 전통적으로 결혼식이 많이 열렸다.

**** 부활절로부터 50일째인 오순절 다음날인 월요일.

발하기 전 라라에게 옷을 입혀주며 파니나*처럼 낮은 목소리로 흥얼거릴 때 도시는 지독하게 무더웠다. 교회의 황금빛 둥근 지붕과 산책로의 새 모래가 노랗게 빛나고 있었다. 성신강림절 전날 밤에 꺾은 자작나무의 먼지투성이 초록색 어린잎**이 햇볕에 그을린 듯 파이프처럼 말려 교회 담장을 따라 축 처진 채 걸려 있었다. 숨쉬기가 어려웠고 내리쬐는 햇빛에 눈이 부셨다. 처녀들은 모두 머리를 구불구불 말고 신부처럼 새하얀 옷을 입고, 청년들은 모두가 축일을 맞아 머리에 포마드를 바르고 꼭 맞는 검은색 양복을 입어 마치 수천 쌍의 결혼식이 열리는 것 같았다. 모두가 흥분했고 모두가 더위에 허덕였다.

라라의 또다른 친구의 어머니인 라고디나는 라라가 양탄자 위로 올라서자 장차 부자가 되라는 의미로 발밑에 은화를 한 움큼 던졌고, 똑같은 의미로 류드밀라 카피토노브나도 라라가 혼례 관을 받아 쓸 때 맨손이 아니라 베일이나 레이스 자락으로 감싼 손으로 성호를 그으라고 귀띔했다. 그러고 나서 라라에게 촛불을 높이 쳐들면 가정에서 주도권을 쥘 수 있다고 말했는데, 라라는 파샤를 위해 자신의 미래를 희생할 생각으로 최대한 촛불을 낮췄지만 아무리 해도 그녀의 촛불이 파샤의 촛불보다 높아서 허사였다.

사람들은 교회에서 곧바로 안티포프 부부가 개조한 화가의 아틀리에로 갔다. 손님들이 "써서 못 마시겠군" 하자, 반대쪽에서 "좀더 달콤해야겠어" 하고 동조하는 함성이 울렸고, 젊은 부부는 부끄러운 듯 미소지으며 키스했다. 류드밀라 카피토노브나는 그들에게 '하느님이

---

* 바랴 파니나(1872~1911). 집시 노래를 불렀던 러시아의 유명 가수.

** 성령강림절에 자작나무 가지나 다양한 풀꽃으로 교회와 집을 장식하는 풍습이 있었다.

너희에게 사랑과 조언을 주시리'라는 같은 후렴이 붙은 〈포도나무〉와 〈편발編髮이여 풀려라, 아맛빛 머리칼이여 풀려라〉라는 노래를 불러주었다.

모두 돌아가고 단둘이 남자, 파샤는 갑자기 밀려든 정적이 불안했다. 라라의 방 창문 밖에는 켜진 외등 하나가 말뚝에 올려져 있었는데, 라라가 아무리 커튼으로 가려보아도 벌어진 커튼 틈새로 톱으로 켠 널빤지처럼 가느다란 빛줄기가 새어들었다. 그 빛줄기는 파샤에게 마치 누군가 그들을 엿보는 것 같은 불안감을 주었다. 파샤는 자신이 자기 자신보다, 라라보다, 또 라라를 향한 자신의 사랑보다 그 빛줄기에 더 신경쓰고 있다는 사실을 깨닫고 깜짝 놀랐다.

영원같이 길었던 그 밤, 얼마 전까지도 친구들이 '스테파니다*'니 '예쁜 처녀'니 하고 불렀던 대학생 안티포프는 그 밤에 행복의 절정과 절망의 바닥을 동시에 경험했다. 그의 의심이 깃든 추측은 라라의 고백과 교차되었다. 그가 묻고 라라가 대답할 때마다 그는 심장이 나락으로 떨어지는 듯한 고통을 느꼈다. 그의 상처 입은 상상력은 새로운 발견을 쫓아갈 수 없었다.

그들은 날이 샐 때까지 이야기했다. 안티포프의 인생에서 그날 밤만큼 극적이고 갑작스러운 변화는 없었다. 아침이 되자 그는 그전까지 사람들이 부르던 똑같은 이름으로 자신이 불리는 것에 거의 놀라움을 느낄 만큼 다른 사람이 되어 있었다.

---

* 러시아의 서민 여성에게 많은 이름.

4

열흘 뒤 바로 그 방에서 친구들은 두 사람의 송별회를 열어주었다. 파샤와 라라 모두 우수한 성적으로 졸업시험을 통과하고 우랄 어느 도시의 학교에 함께 추천되어 다음날 아침 그곳으로 떠날 예정이었다.

또다시 술 마시고 노래하고 잔치판이 벌어졌지만, 이번에는 나이든 사람은 없고 젊은 사람들만 있었다.

손님들이 모여 있는 커다란 아틀리에와 거처를 분리하는 칸막이 뒤에 라라의 커다란 여행가방과 중간 크기의 바구니, 옷가방과 식기를 담은 상자가 놓여 있었다. 구석에는 자루도 몇 개 있었다. 짐이 많았다. 그중 일부는 내일 아침 완행열차편 수하물로 부칠 것이었다. 짐은 거의 챙겼지만 아직 다 끝난 것은 아니었다. 상자와 바구니는 아직 다 채우지 않아 뚜껑을 열어놓은 상태였다. 라라는 잊어버렸던 뭔가가 기억날 때마다 그 물건을 칸막이 뒤로 가져가 바구니에 담고 짐을 고르게 다지곤 했다.

출생증명서와 서류를 떼러 대학 사무처에 갔던 라라가 다음날 이삿짐을 묶는 데 쓸 멍석과 굵고 튼튼한 밧줄 다발을 든 주택청소부와 함께 돌아와서 보니, 파샤는 이미 손님들과 함께 집에 있었다. 라라는 주택청소부를 보내고, 몇몇 손님과는 지나가며 악수하고 몇몇과는 키스를 한 뒤 칸막이 뒤로 돌아가서 옷을 갈아입었다. 그녀가 옷을 갈아입고 나오자 모두 박수를 치고 큰 소리로 떠들며 자리에 앉았고, 며칠 전 결혼식 때처럼 잔치가 시작되었다. 가장 적극적인 사람들은 옆 사람들에게 보드카를 따라주었고, 포크로 무장한 많은 손이 식탁 한가운데 있는 빵과 음식과 자쿠스카가 담긴 접시로 뻗었다. 장광설을 펼치고, 오리처럼 꺅꺅거리고, 목을 축이고, 경쟁하듯 농담을 주고받았다. 몇은 이내 술에 취했다.

"나는 죽을 만큼 피곤해." 라라가 남편 옆에 앉아 말했다. "네가 하고 싶었던 일은 다 한 거지?"

"그럼."

"아무튼 기분좋아. 난 행복해. 너는?"

"나도 그래. 좋아. 하지만 아직 할 이야기가 많아."

젊은 친구들의 송별회에 예외로 코마롭스키도 끼게 되었다. 송별회가 끝날 무렵, 그는 젊은 친구들이 떠나고 나면 자신은 고아가 될 것이고 모스크바가 황폐한 사하라사막 같을 거라고 말하다가 감정이 북받친 듯 눈물을 흘렸고, 그 바람에 끊긴 말을 되풀이해야 했다. 그는 자신이 이 이별을 견딜 수 없게 되면 그들과 편지를 주고받거나 그들의 새로운 거주지인 유랴틴을 방문하게 해달라고 안티포프 부부에게 요청했다.

"절대 그럴 필요 없어요." 라라는 큰 소리로 무뚝뚝하게 대답했다. "편지니 사하라사막이니 다 의미 없는 말이에요. 그리고 찾아올 생각은 하지 마세요. 우리가 없어도 하느님이 도우실 거예요, 우리는 그렇게 귀한 존재가 아니니까요, 그렇지 않아, 파샤? 아마도 당신은 우리를 대신할 다른 젊은 친구들을 찾게 될 거예요."

그러다가 자신이 지금 누구와 무슨 이야기를 하고 있었는지 까맣게 잊어버리고 라라는 뭔가 머리에 떠오른 듯 서둘러 일어나 칸막이 뒤 부엌으로 갔다. 그러고는 고기 써는 기계를 분해하고 식기 상자 네 모통이에 건초를 채운 뒤 그것을 집어넣었다. 그러다가 하마터면 나무상자의 날카로운 나무 가시에 손을 찔릴 뻔했다.

그 일을 하는 동안 그녀는 손님들이 있다는 사실도 잊고 아무 소리도 듣지 못하다가 갑자기 칸막이 너머에서 폭발하는 듯한 왁자한 소리가 들려와 정신이 번쩍 들었는데, 그녀는 술에 취한 사람들은 언제나 더 취한 척하고, 술에 취한 것보다 더 멍청하고 서툰 척 연기한다고 생각했다.

바로 그때, 열린 창문을 통해 마당에서 들려오는 아주 낯선 소리가 라라의 주의를 끌었다. 라라는 커튼을 열고 밖으로 몸을 내밀었다.

마당에는 다리가 묶인 말이 절뚝거리며 뛰고 있었다. 누구의 말인지 길을 잘못 든 것 같았다. 날은 벌써 샜지만 해가 뜨려면 아직 멀었다. 완전히 죽은 것처럼 멈춘 잠든 도시는 이른새벽의 잿빛을 띤 보라색 냉기 속에 가라앉아 있었다. 라라는 눈을 감았다. 무엇과도 비교할 수 없는 그 절묘한 말발굽소리가 라라의 생각을 어딘지 모를 아름다운 벽촌으로 이끌었다.

계단에서 벨소리가 들렸다. 라라는 귀를 쫑긋 세웠다. 식탁에 있던 누군가가 문을 열어주러 나갔다. 나댜였다! 라라는 그녀를 향해 달려들었다. 열차에서 내리자마자 곧장 달려온 나댜는 생기 있고 매력적이었고, 두플랸카 골짜기의 은방울꽃 향기가 나는 듯했다. 두 친구는 한마디도 하지 못하고 큰 소리로 울며 서로를 질식시킬 것처럼 포옹했다.

나댜는 온 가족이 라라에게 보내는 축복의 말과 작별인사, 그리고 부모님의 선물인 보석을 가져왔다. 그녀는 여행가방에서 종이로 싼 보석 상자를 꺼내 포장을 풀고 뚜껑을 열더니 아름다운 목걸이를 라라에게 건넸다.

오오, 아아 하는 소리가 이어졌다. 이제 어느 정도 술이 깬 누군가가 외쳤다.

"장밋빛 지르콘이야. 그래, 그래. 장밋빛, 틀림없어. 이건 다이아몬드 못지않은 보석이야."

그러나 나댜는 노란색 사파이어라고 주장했다.

라라는 나댜를 자기 옆에 앉히고 음식을 대접하며, 자기 식기구 옆에 내려놓은 그 목걸이를 눈을 떼지 않고 바라보았다. 보석 상자의 보라색 쿠션에 조그맣게 뭉쳐 있는 목걸이는 찬란하게 반짝거렸고, 이슬이 방울방울 맺힌 것처럼 보이기도 하고 조그마한 포도송이처럼 보이기도 했다.

그러는 동안 식탁 앞에 앉아 있던 몇몇은 술이 깼다. 나댜를 발견한 그들은 환영의 뜻으로 다시 잔을 돌렸다. 나댜는 금세 취하고 말았다.

이윽고 집안은 잠의 왕국으로 바뀌었다. 내일 떠나는 그들 부부를 역에서 전송하려고 대부분은 여기서 자기로 했었다. 사람들 절반은 이미 한참 전에 구석구석에서 잠들어 코를 골고 있었다. 라라는 진작에 잠든 이라 라고디나 옆의 소파에 자신이 언제 옷을 입은 채 누웠는지 기억이 나지 않았다.

라라는 바로 귓전에서 커다랗게 울리는 사람들 목소리에 잠을 깼다. 그것은 사라진 말을 찾아 거리에서 마당으로 들어온 낯선 사람들의 목소리였다. 눈을 뜬 라라는 깜짝 놀랐다. '파샤가 왜 저렇게 초조한 듯 방 한가운데에 이정표처럼 서서 뭔가를 찾고 있을까.' 바로 그때 파샤가 그녀를 향해 돌아섰고, 그녀는 그가 파샤가 아니라 관자놀이에서 턱까지 칼에 베인 흉터가 있고 얼굴이 얽은 무서운 괴물이라는 것을 알았다. 마침내 그녀는 이 도둑이, 강도가, 그녀 쪽으로 살금살금 다가오는 것을 알아채고 소리지르고 싶었지만 아무리 해도 소리가 나오지 않았다. 갑자기 목걸이가 생각난 그녀는 팔꿈치를 짚고 살며시 몸을 일으켜 곁눈으로 식탁 위를 보았다.

목걸이는 빵조각과 깨물고 남은 캐러멜 조각 사이에 그대로 놓여 있었고, 우둔한 침입자는 식탁 위에 널려 있는 것들 사이에 있는 목걸이를 보지 못하고 라라가 싸놓은 짐에 든 속옷들을 헤치며 엉망으로 만들고 있었다. 술에 취해 잠이 덜 깬 라라는 상황을 완전히 파악하지는 못했지만, 자기가 해놓은 일이 엉망이 되자 화가 치밀었다. 분노한 그녀는 다시 소리지르려고 했지만 여전히 입을 열고 혀를 움직일 수가 없었다. 라라는 옆에서 자고 있는 이라 라고디나의 가슴을 온 힘을 다해 무릎으로 쳤고, 그녀가 아파서 비명을 지르자 라라도 함께 소리치기 시작했다. 도둑은 훔친 것들을 담은 자루를 내던지고 곧바로 방에서 뛰쳐나갔다. 남자들 몇몇이 벌떡 일어나 영문도 모른 채 뒤따라갔지만 도둑은 이미 자취를 감춘 뒤였다.

이 소동과 사람들이 의논하는 소리가 모두를 일어나게 하는 신호가 되었다. 라라는 손으로 떼어내듯 남아 있던 취기를 털어냈다. 라라는 좀더 자겠다는 사람들의 요구를 들어주지 않고 깨워 서둘러 커피를 마시게 한 뒤, 열차 시간에 맞춰 역에서 다시 만나기로 하고 모두 집으로 돌려보냈다.

모두가 돌아가고 다시 일이 시작되었다. 라라는 특유의 민첩함으로 짐과 침구 사이를 옮겨다니며 베개를 집어넣고 끈으로 묶으며, 방해가 되니 돕지 말라고 파샤와 주택청소부의 아내에게 부탁했다.

모든 일이 제시간에 잘 마무리되었다. 안티포프 부부는 늦지 않게 역에 도착했다. 열차는 친구들이 작별하며 흔드는 모자의 움직임을 흉내내듯 천천히 미끄러져 갔다. 움직임이 멎고 멀리서 함성이(아마 '우라'였을 것이다) 세 번 되풀이되었을 때, 열차는 점점 속도를 올리기 시작했다.

5

궂은 날씨가 사흘째 계속되었다. 전쟁*이 일어나고 두번째 가을이었다. 첫해의 승전 이후 패배가 시작되었다. 카르파티아산맥에 집결한 브루실로프**의 제8군은 고개를 내려가 헝가리를 침공할 준비를 마쳤으나 전군이 퇴각하자 어쩔 수 없이 후방으로 물러났다. 결국 아군은 군사행동의 처음 몇 달 동안 점령했던 갈리치아***마저 넘겨주게 되었다.

전에 유라라 불렸지만 이제 대부분의 사람들이 이름과 부칭으로 부르는 닥터 지바고는 부속산부인과 병원 산과 병동 복도에, 방금 그가 데려와 입원시킨 아내 안토니나 알렉산드로브나의 병실 문 앞에 서 있었다. 그는 그녀와 작별인사를 한 뒤, 필요한 것이 있을 때 그에게 어떻게 연락해야 하고 토냐의 건강 상태가 궁금할 때 어떻게 해야 하는

* 1914년 7월, 1차세계대전을 말함.

** 알렉세이 브루실로프(1853~1926). 러시아 장군.

*** 현재 우크라이나 서부와 폴란드 남동부에 걸친 지역.

지 물어보기 위해 산파를 기다리고 있었다.

그는 자기가 일하는 병원으로 서둘러 가야 하고 그전에 왕진도 두 군데 가야 해서 시간이 없었지만 귀중한 시간을 허비하며 창밖으로 비스듬히 내리는 가느다란 빗줄기만 바라보았는데, 폭풍이 들판의 이삭을 넘어뜨리고 엉클어놓듯 거센 가을바람이 빗줄기를 한쪽으로 베어 넘어뜨리는 것 같았다.

아직 그다지 어둡지는 않았다. 병원 뒷마당, 데비치예 폴레에 있는 개인주택들의 유리 테라스, 그리고 병원 건물들 중 한 건물의 뒷문으로 이어지는 시내 전차의 지선이 유리 안드레예비치의 눈에 들어왔다.

미친 듯한 바람에도 비는 더 거세지지도 약해지지도 않고 그저 음울하게 쏟아졌는데, 땅으로 떨어지는 빗물 때문에 바람이 더 악랄해지는 것 같았다. 돌풍은 테라스를 감은 야생 포도나무의 어린 가지들을 괴롭혔다. 바람이 가지를 송두리째 뽑아버릴 기세로 허공으로 들어올려 한바탕 흔들더니 헌옷을 던져버리듯 사정없이 내동댕이쳤다.

트레일러 두 대를 붙인 트럭이 테라스를 지나 병원으로 다가왔다. 부상병들이 옮겨지기 시작했다.

특히 루츠크야 작전* 이후 부상병들이 모스크바 군병원에 모두 수용되지 못할 만큼 늘어 층계참과 복도에까지 넘쳐나게 되었다. 시내 병원들에까지 환자가 들어차자 부인과 병동에도 영향이 미치기 시작했다.

유리 안드레예비치는 창 쪽으로 등을 돌리고 피곤한 듯 하품을 했다. 그는 아무것도 생각하지 않았다. 그러다가 갑자기 생각났다. 그가 근

* 1916년 6월, 브루실로프 제8군이 오스트리아군에 맞서 우크라이나 북서부의 도시 루츠크를 점령하며 공격의 돌파구를 마련했던 작전.

무하는 크레스토보즈비젠스카야*병원 외과 병동에서 며칠 전 한 여자 환자가 사망했다. 유리 안드레예비치는 그녀의 상태가 간 포충胞蟲이라고 확신했었다. 다른 사람들은 모두 그의 의견과 달랐다. 오늘 그 환자의 부검이 있다. 부검이 진실을 증명해줄 것이다. 그러나 병원의 해부의는 술고래였다. 그가 그 일을 제대로 해낼지는 신만이 아실 것이다.

날이 급속히 어두워졌다. 창밖으로 아무것도 보이지 않았다. 마법 지팡이라도 휘두른 듯 모든 창문에 일제히 전등이 켜졌다.

토냐의 병실에서 나온 이 병동의 주치의가 병실과 복도를 구분하는 좁은 로비를 지나왔는데, 덩치가 마스토돈**만한 이 산부인과 의사는 모든 질문에 언제나 시선을 천장으로 향한 채 어깨를 으쓱하는 것으로 대답했다. 모방의 언어인 이 제스처는, 아무리 학문의 성공이 위대하다 해도, 호레이쇼여, 세상에는 우리의 학문으로는 도저히 상상할 수 없는 일들이 얼마든지 있다네***, 라는 의미였다.

그는 미소로 인사하고 유리 안드레예비치 옆을 지나가며 두껍고 퉁퉁한 손으로 헤엄치는 듯한 동작을 했는데, 그것은 겸허하게 기다려야 한다는 뜻 같았다. 그는 담배를 피우기 위해 휴게실 쪽으로 걸어갔다.

그때 과묵한 의사와는 정반대로 수다스러운 여자 조수가 유리 안드레예비치에게 다가왔다.

"제가 선생님이라면 집으로 돌아가겠어요. 내일 성십자가협회로 전화해드리죠. 그보다 일찍 시작되지는 않을 거예요. 저는 인공적인 처

* '성십자가'라는 뜻.

** 신생대에 살았던 코끼리와 유사한 포유동물.

*** 『햄릿』의 대사.

치 없이 자연분만하실 거라고 확신해요. 하지만 골반이 좀 좁고, 후두후태위後頭後胎位인데다, 진통이 별로 없고 수축이 미미하다는 점을 고려하면 약간의 위험은 있을 수 있어요. 그래도 예측하긴 일러요. 모든 건 분만이 시작됐을 때 산모가 진통을 얼마나 잘 견디느냐에 달려 있어요. 그건 나중에 알게 되겠지만요."

다음날 그가 전화하자, 전화를 받은 병원 수위는 끊지 말고 기다리라고 한 뒤 십 분쯤 지나서야 무례하고 앞뒤도 맞지 않는 말을 전했다. "저 그러니까, 말씀이, 이렇게 전하라십니다, 부인을 너무 일찍 데려왔으니 도로 데려가시라고요." 몹시 화가 난 유리 안드레예비치는 누구든 대화가 될 만한 사람을 바꿔달라고 요구했다. "징후가 믿을 만하지 않아요." 간호사가 말했다. "걱정 마시고 하루 이틀 기다려보세요, 선생님."

사흘째 되던 날 그는 밤에 진통이 시작되어 새벽에 양수가 터졌고 그날 아침부터 진통이 심해졌다는 연락을 받았다.

그는 병원으로 달려갔고, 복도를 지날 때 우연히 반쯤 열린 문을 통해 열차 바퀴에 끼여 팔다리가 잘린 사람이 외치는 것 같은 토냐의 찢어질 듯한 비명을 들었다.

그는 아내 곁으로 갈 수 없었다. 그는 피가 나도록 손가락 관절을 깨물며 창문으로 다가갔고, 어제와 그제처럼 여전히 빗줄기가 비스듬히 떨어지고 있었다.

병실에서 간병사가 나왔다. 그곳에서 갓난아기 울음소리가 들렸다.

"무사하다, 무사하다." 유리 안드레예비치는 기뻐서 자신에게 되풀이했다.

"아들이에요. 사내아이요. 순산을 축하드립니다." 간병사가 노래하듯 말했다. "지금은 안 돼요. 때가 되면 보여드릴게요. 그때는 산모에게 선물을 하셔야 할 거예요. 고생했으니까요. 첫아이잖아요. 초산은 누구나 고통스러워요."

"무사하다, 무사하다." 유리 안드레예비치는 너무 기뻐서 간병사가 무슨 말을 하고 있는지도 몰랐지만, 그녀가 왜 자신을 출산 당사자처럼 대하는지 이해되지 않아, 대체 내가 뭘 했다는 걸까? 하고 생각했다. 아버지와 아들—그는 이 거저 얻은 부자관계라는 선물을 자랑할 수가 없었고, 하늘에서 떨어진 것 같은 아들에 대해 아무 감정도 느낄 수 없었다. 그런 것은 모두 그의 의식 밖에 있었다. 중요한 것은 토냐, 죽을 고비를 만났지만 무사히 그 고비를 넘긴 토냐였다.

병원에서 멀지 않은 곳에 그가 가야 할 환자의 집이 있었다. 그는 그 환자에게 왕진 갔다가 삼십 분 뒤에 돌아왔다. 복도에서 로비로 통하는 문과 로비에서 병실로 통하는 문이 모두 아까처럼 조금씩 열려 있었다. 유리 안드레예비치는 자기가 뭘 하는지도 모르는 채 로비 안으로 미끄러지듯 들어갔다.

흰 가운을 입은 마스토돈 같은 산부인과 의사가 마치 땅속에서 솟아난 듯 두 팔을 벌리며 그의 앞을 가로막았다.

"어딜 가시려고요?" 그는 산모가 듣지 못하도록 숨죽여 속삭이며 그를 막아섰다. "정신이 있습니까? 상처, 출혈, 소독에 정신적 충격까지 입은 상태예요. 그래요! 당신도 의사이니 알 거 아닙니까."

"나는 다만…… 한 번 보기만 하려는 겁니다. 여기서요. 틈새로 보겠습니다."

"아, 그렇다면. 그러세요. 하지만 나 같으면!…… 조심해요! 만일 산모가 눈치채면 당신을 가만두지 않겠습니다!"

병실 안에는 위생복을 입은 산파와 병원 보모인 두 여자가 문에 등을 돌리고 서 있었다. 보모의 손에서 빽빽 울어대는 부드러운 인간의 새싹이 검붉은 고무 덩이처럼 오그렸다 폈다 하며 꼼지락거리고 있었다. 산파는 아기를 태반에서 떼어놓으려고 탯줄을 묶고 있었다. 토냐는 병실 한가운데에 있는 높이 조절이 가능한 수술용 침대에 누워 있었다. 그녀는 꽤 높은 위치에 누워 있었다. 흥분된 상태여서 모든 것이 과장되게 보이는 유리 안드레예비치의 눈에는 그녀가 서서 글을 쓰는 책상과 거의 같은 높이에 누운 것처럼 보였다.

토냐는 보통 사람들이 눕는 위치보다 훨씬 높이, 천장에 가깝도록 누워 기진맥진한 모습으로 자기가 흘린 땀의 증기 속에 가라앉아 있었다. 병실 한가운데에 우뚝 솟은 듯한 토냐는 아무도 모르는 곳에서 새로운 생명들을 싣고 죽음의 바다를 건너 생명의 대륙으로 항해한 뒤 이제 막 부두에 정박해 짐을 내린 범선 같았다. 그녀는 방금 생명 하나를 상륙시키고 나서, 이제 닻을 내리고 가벼워진 채 빈 부두에서 쉬고 있었다. 그리고 그녀의 망각, 조금 전까지 어디에 있었고 어디를 지나 어떻게 정박했는가 하는 잃어버린 기억과 함께 부서지고 마모된 선구船具와 뱃전도 휴식을 취하고 있었다.

그녀가 어느 나라 깃발 아래 정박하고 있는지 몰랐기 때문에, 어떤 언어로 말을 걸어야 할지 알 수 없었다.

직장에서는 모두 경쟁하듯 그에게 축하인사를 건넸다. '어떻게 이렇게 빨리 알았을까!' 유리 안드레예비치는 놀랐다.

그는 선술집 또는 쓰레기통이라고 불리는 의국으로 갔는데, 병원이 초만원이라 요즘은 신을 신은 채 들어와 외투를 아무데나 벗어두기도 하고, 다른 방에서 들고 왔던 낯선 물건들을 잊어버리고 두고 가기도 하는데다 담배꽁초와 서류가 널려 있어 그렇게들 부르고 있었다.

의국에서는 살찐 해부의가 창가에 서서 안경 너머로 두 손에 들고 있는 플라스크 속의 흐린 액체를 빛에 비춰 보고 있었다.

"축하합니다." 그는 유리 안드레예비치에게 눈도 돌리지 않고 여전히 그것만 바라보며 말했다.

"고맙습니다. 나는 감동받았습니다."

"고맙긴요. 나는 아무것도 하지 않았습니다. 피추시킨이 부검을 했거든요. 그런데 모두 놀랐습니다. 포충이에요. 모두들 당신을 진단의 명의라고 말하고 있습니다! 온통 그 이야기뿐이죠."

그때 병원장이 방에 들어왔다. 그는 두 사람에게 인사하고 말했다.

"제기랄. 이건 의국이 아니라 길바닥이로군, 엉망진창이야! 그래, 지바고, 그건 포충이었어! 우리가 틀렸네. 축하하네. 그리고 좋지 않은 소식이야. 자네 병역 등급에 대한 재심이 있을 걸세. 이번에는 자네를 보호해주기 어렵겠어. 군대 의료 인력이 절대적으로 부족하다니까. 자넨 화약 냄새를 맡게 될 것 같네."

6

안티포프 부부는 유랴틴에서 기대 이상으로 생활의 기반을 잘 잡았다. 기샤르 가족은 사람들에게 좋은 기억으로 남아 있었다. 그것이 라라가 새로운 고장에 정착하는 데 따르는 어려움을 덜어주었다.

라라는 늘 일과 가사에 몰두했다. 그녀에게는 가정과 세 살짜리 딸 카텐카가 있었다. 안티포프의 집에서 일하는 붉은 머리의 마르퓻카가 아무리 애써주어도 그 도움만으로는 충분하지 않았다. 라리사 표도로브나는 파벨 파블로비치의 모든 일에 관여했다. 그녀는 여자 김나지움에서 아이들을 가르쳤다. 라라는 쉬지 않고 일했고 행복했다. 그것이 그녀가 꿈꾸던 삶이었다.

그녀는 유랴틴이 좋았다. 그곳은 그녀의 고향이었다. 유랴틴은 중류와 하류로 배가 다니는 커다란 린바강변에 있는 우랄 철도의 한 지선에 위치한 곳이었다.

유랴틴에서는 겨울이 다가오면 보트 주인들이 강에서 보트를 끌어내 짐마차에 싣고 시내로 옮기는데 이 광경으로 겨울이 온 것을 알 수 있었다. 보트는 그들 각자의 집 마당으로 옮겨지고 봄이 올 때까지 거기서 겨울을 났다. 유랴틴에서는 마당 안쪽에 하얀 뱃바닥이 보이게 엎어놓은 보트가 다른 지방의 학鶴들의 이동이나 첫눈과 똑같은 의미를 지녔다.

안티포프 부부가 세 들어 사는 집 마당에도 바닥에 하얀 페인트가 칠해진 보트가 엎어놓여 있었고, 카텐카는 공원 정자의 불룩한 지붕 아래서 놀듯 그 속에 들어가 놀았다.

라리사 표도로브나는 벽지의 풍습도, 펠트 장화에 회색 플란넬로 지은 따뜻한 카차베이카*를 입고 북부 지방 사투리로 오o를 길게 발음하는 현지 인텔리겐치아들의 게으른 듯 사람을 잘 믿는 성격도 마음에 들었다. 라라는 대지와 소박한 사람들에게 마음이 끌렸다.

이상하게도 모스크바 철도 노동자의 아들인 파벨 파블로비치는 오히려 어쩔 수 없는 도시 사람이었다. 그는 유랴틴 사람들을 아내보다 훨씬 더 엄격하게 대했다. 그는 그들의 미개함과 무지에 짜증을 냈다.

이제는 분명해진 사실이지만, 그는 속독을 통해 얻은 지식을 습득하고 축적하는 데 뛰어난 재능이 있었다. 그는 오래전부터, 라라의 도움도 있긴 했지만, 상당히 많은 책을 읽었다. 그는 벽지에 묻혀 살며 몇 년 동안 아주 많은 책을 읽었고, 심지어 라라까지도 지식이 얕은 사람이라 여기게 됐을 정도였다. 그는 동료들보다 훨씬 높은 교육 수준에 다다라, 그들 속에 있으면 숨이 막힌다고 불평했다. 이 전쟁 기간에 유행했던 미친한 관제官製 애국주의는 안티포프가 품고 있던 훨씬 복잡한 감정 표현의 형식과 맞지 않았다.

파벨 파블로비치는 김나지움을 졸업했다. 그리고 김나지움에서 라틴어와 고대사를 가르쳤다. 그러나 실업학교에 다닐 때부터 품었던 수학과 물리학과 정밀과학에 대한 열정이 갑자기 고개를 쳐들었다. 그는 모든 과목을 대학 수준까지 독학으로 공부했다. 그는 기회가 오면 곧바로 이 과목의 지방 시험에 합격해 수학 교사로 재출발하고 가족과 함께 페테르부르크로 나가려는 꿈을 가지고 있었다. 무리한 밤공부는 파벨 파블로비치의 건강을 해쳤다. 그는 불면증에 시달렸다.

그와 아내는 사이가 좋았지만, 결코 단순하지 않은 관계였다. 그녀는 친절과 보살핌으로 그를 지배했지만, 그는 그녀에 대해 평가하는

---

* 모피 안감이나 가선을 댄, 여성용 민소매 짧은 상의.

것을 스스로에게 허락하지 않았다. 그는 아무리 사소한 지적이라도 행여 그녀에게 뭔가 고의를 숨긴 비난으로 들릴까봐, 이를테면 그녀는 귀족 출신이고 자기는 평민 출신이며 그를 만나기 전 그녀가 다른 남자의 여자였다는 사실에 대한 비난으로 들릴까봐 조심했다. 그녀가 부당하고 말도 안 되는 쓸데없는 일로 그를 의심하지는 않을까 하는 두려움이 부부생활에 부자연스러움을 초래했다. 두 사람은 서로를 점잖게 대하려고만 했고, 이것이 모든 것을 복잡하게 만들었다.

안티포프 부부는 파벨 파블로비치의 동료 교사 몇 명과 라라의 김나지움 여자 교장, 파벨 파블로비치가 한때 조정위원으로 일했던 중재재판소의 판사 한 명을 손님으로 맞았다. 파벨 파블로비치의 관점에서 보자면 그들은 모두 바보였다. 그는 라라가 그들 모두에게 친절하게 대하는 것을 보고 놀랐지만, 그녀가 그중 누구라도 진심으로 좋아할 거라고는 생각하지 않았다.

손님들이 돌아가자 라라는 오랫동안 방을 환기하며 청소를 하고, 부엌에서 마르풋카와 설거지를 했다. 그러고서 카텐카가 이불을 잘 덮고 자는지 살피고, 파벨이 잠든 것을 확인하자, 재빨리 옷을 벗고 불을 끈 뒤 어머니 옆에 자러 가는 어린애처럼 자연스럽게 남편 옆에 누웠다.

그러나 안티포프는 잠든 척했을 뿐 자지 않고 있었다. 그는 최근 불면증에 시달리고 있었다. 그는 앞으로 서너 시간 동안은 이대로 뒤척이리라는 것을 알았다. 그는 잠을 자기 위해, 또 손님들이 남기고 간 담배 연기를 피하기 위해 조용히 일어나 잠옷 위에 모자와 슈바를 걸치고 밖으로 나왔다.

차갑고 맑은 가을밤이었다. 안티포프의 발밑에서 살얼음이 소리를 내며 갈라졌다. 별이 총총한 밤하늘은 알코올램프 불꽃처럼 얼어붙은 거무스름한 진흙땅을 푸른빛으로 비추고 있었다.

안티포프 가족은 부두 반대편의 시내에 살았다. 집은 거리 맨 끝에 있었다. 집 뒤로는 들판이 펼쳐졌다. 철도가 그 들판을 가로질렀다. 선로 옆에 경비 초소가 있었다. 선로 너머로는 건널목이 있었다.

안티포프는 엎어놓은 보트에 앉아 별들을 보았다. 지난 몇 년간 익숙해졌던 상념이 놀라운 힘으로 그를 사로잡았다. 그는 조만간 끝장을 보아야 할 테고, 그러기에는 오늘이 가장 낫겠다고 생각했다.

더이상 끌고 갈 수는 없어, 라고 그는 생각했다. 이 모든 것은 오래전부터 예측할 수 있었던 것이었지만, 그는 늦게야 알아챘다. 왜 그녀는 이미 어린애였던 그가 그녀를 흘끔흘끔 쳐다볼 수 있게 놔두고, 자신이 원하는 것을 그를 통해 이루려 했을까? 결혼하기 전 해 겨울에 그녀가 그 문제에 대해 고집을 부렸을 때, 왜 그녀를 포기하겠다고 마음먹지 못했을까? 그녀가 사랑한 것은 그가 아니라 그에 대한 그녀의 고귀한 임무이고, 그는 헌신할 대상이었다는 걸 왜 몰랐을까? 그런 감동적이고 칭찬받을 만한 임무와 실제 가정생활 사이에 어떤 공통점이 있단 말인가? 가장 나쁜 것은 그가 지금도 그녀를 예전처럼 열렬히 사랑한다는 것이었다. 그녀는 숨이 막힐 만큼 아름다웠다. 어쩌면 그녀를 사랑하는 것이 아니라 그녀의 아름다움과 관대함에 감사하는 마음 때문에 흔들리는 것이 아닐까? 하, 대체 누가 알까! 악마도 발을 동동거릴 일이다.

그러면 이제 어떻게 해야 할까? 라라와 카텐카를 이런 위선에서 자유롭게 해줘야 할까? 그것은 자신이 자유로워지는 것보다 훨씬 중요한 일이었다. 그럼 어떻게? 이혼? 투신? '하, 미쳤군.' 그는 화가 났다. '아무리 그래도 이런 생각까지 하진 않았는데. 비록 생각만이라지만 어떻게 그렇게 말도 안 되는 비열한 생각을 했을까?'

그는 조언을 구하듯 별들을 바라보았다. 모였거나 흩어진 별들이 크게, 작게, 푸른빛과 무지갯빛으로 반짝이고 있었다. 갑자기 별빛이 흐려지면서, 누군가가 타오르는 횃불을 흔들며 들판에서 대문을 향해 달려오는 것처럼 집과 보트와, 보트 위에 앉은 안티포프가 있는 마당을 밝고 또렷하게 비췄다. 그것은 불꽃이 섞인 노란 연기를 하늘로 뿜어내는 군용 열차였고, 지난해부터 수도 없이 밤낮으로 지나갔던 것처럼 서쪽을 향해 건널목을 지나갔다.

파벨 파블로비치는 미소지으며 보트에서 일어나 잠을 자러 들어갔다. 그는 원하던 것을 발견했다.

7

파샤의 결심을 듣자 라리사 표도로브나는 우선 멍한 상태로 자기 귀를 의심했다. '그냥 해보는 말이야. 또 변덕을 부리는 걸 거야.' 그녀는 생각했다. '신경쓸 거 없어, 그러다가 다 잊어버릴 거야.'

그러나 남편은 이미 이 주 전부터 준비를 시작해 징병사무소에 서류를 제출하고 김나지움에 후임 교사를 구하게 했고, 이윽고 옴스크 육군사관학교에서 입학 통지서가 왔다. 출발할 날이 다가왔다.

라라는 미친한 시골 아낙처럼 울며 안티포프의 손을 잡고 그의 발밑에 주저앉았다.

“파샤, 파셴카.” 그녀는 외쳤다. “나와 카텐카를 어디 두고 떠나려는 거야? 이러지 마, 이러면 안 돼! 아직 늦지 않았어. 내가 다 바로잡아놓을게. 당신은 제대로 닥터에게 가보지도 않았잖아. 기분이 그런 거라고. 부끄럽지도 않아? 자기 가족을 그 미친 일의 희생물로 내던지려 하다니, 부끄럽지도 않은 거야? 지원병이라니! 늘 로디카*를 저급한 인간이라고 비웃더니 갑자기 부러워지기라도 한 거야! 사브르를 철컥거리는 장교가 되고 싶은 거냐고. 파샤, 당신 무슨 일이야, 내가 알던 당신이 아냐! 사람을 바꿔치기라도 한 거야, 아니면 독버섯이라도 먹었어**? 제발 말해줘, 솔직하게, 제발, 뻔한 말은 하지 말고, 이게 러시아가 원하는 일이야?”

불현듯 그녀는 이것이 핵심이 아니라는 것을 깨달았다. 세세한 데까지 알 수는 없었지만 그녀는 중요한 것을 포착했다. 파툴랴가 자기들 두 사람의 관계에서 뭔가 오해하고 있다는 사실을 깨달은 것이다. 그는 그녀가 평생 그에게 쏟으려는 사랑 어린 모성애를 대단치 않다고 평가하며, 그런 사랑이 보통 여자들의 사랑보다 더 훌륭하다고 생각하지 않는 것이었다.

그녀는 입술을 깨물고 마치 매를 맞은 사람처럼 몸을 안으로 움츠리고는 아무 말 없이 조용히 눈물을 삼키며 남편을 보낼 채비를 시작했다.

그가 떠나버리자 도시 전체가 적막해지고 하늘을 나는 까마귀의 수조차 줄어든 것 같았다. “마님, 마님.” 마르퓻카가 여러 번 그녀를 불

* 로댜의 애칭.

** ‘머리가 돌아버리다’라는 뜻의 관용 표현.

렸으나 대답이 없었다. "엄마, 엄마." 카텐카는 엄마의 소매를 끌어당기며 계속 옹알거렸다. 그것은 그녀의 인생에서 가장 심각한 패배였다. 그녀의 가장 훌륭하고 가장 빛나던 희망은 무너지고 말았다.

시베리아에서 온 편지로 라라는 남편에 대해 모든 것을 알았다. 그는 이내 정신을 차렸다. 그는 아내와 딸을 사무치게 그리워했다. 몇 달 후 파벨 파블로비치는 예상보다 빨리 소위보로 임관되었고, 마찬가지로 예상치 않게 전선 부대로 배치되었다. 그는 긴급 특급열차를 타고 유랴틴을 멀리 돌아 지나갔고, 모스크바에서는 누구도 만날 시간이 없었다.

전선에서 오기 시작한 편지는 옴스크의 사관학교에서 보내던 것처럼 내용이 슬프지 않았고, 활기를 띠었다. 안티포프는 가족과 만나기 위해 전투에서 공을 세워 포상을 받든, 가벼운 부상으로 휴가라도 얻길 바랐다. 두각을 드러낼 기회가 왔다. 후에 브루실로프 돌파 작전*이라는 이름으로 유명해지는 전선 돌파에 이어 군이 공격에 나선 것이다. 안티포프의 편지가 끊겼다. 처음에는 라라도 불안하지 않았다. 군사행동 전개로 행군중이라 편지를 쓸 수 없기 때문이라고 생각했다.

가을이 되자 군의 이동이 중단되었다. 군대는 참호로 숨어들었다. 안티포프에게서는 여전히 소식이 없었다. 불안해진 라리사 표도로브나는 처음에는 유랴틴에서, 다음에는 우편으로 모스크바와 예전 파샤가 소속한 부대가 있던 야전 부대 전선 주소로 수소문했다. 그러나 어디서도 아무것도 알아낼 수 없었고, 답장이 오는 곳도 없었다.

---

* 1916년 5~6월 브루실로프 장군 휘하 기병 군단이 서남부 전선에서 독일군과 오스트리아군을 돌파한 전투 작전.

군 지역에서 근로봉사를 하는 많은 여자들처럼 라리사 표도로브나도 전쟁이 시작되자 유랴틴 지역 병원에 임시로 개설된 육군병원에서 힘닿는 데까지 봉사 활동을 했다.

그녀는 성실하게 의학 기초를 공부해 병원의 간호사 자격시험에 합격했다.

자격을 얻은 그녀는 학교에 반년 휴가를 신청하고, 유랴틴의 집은 마르퓻카에게 맡긴 뒤 카텐카를 데리고 모스크바로 갔다. 거기서 그녀는 딸을 리포치카에게 맡겼는데, 독일계인 그녀의 남편 프리젠단크는 다른 민간인 포로들과 함께 우파*의 수용소에 있었다.

멀리 떨어진 곳에서 수소문했기 때문에 소득이 없었다고 확신한 라리사 표도로브나는 최근에 전투가 있었던 지역으로 가보기로 마음먹었다. 그런 목적으로 그녀는 리스키 시를 거쳐 헝가리 국경의 메조 리보르치로 가는 의료열차에 간호사로 들어갔다. 그곳은 파샤가 마지막 편지를 보내왔던 곳이었다.

8

전선의 사단 사령부에 타티야나 부상병 구호위원회**가 자선가들의 자금으로 욕실 설비를 갖춘 열차가 도착했다. 낮고 조악한 난방화차가 이어진 기다란 열차 한 칸에는 병사들과 장교들에게 줄 선물을 준비한

* 우랄 지역 벨라야강 부근의 도시.

** 니콜라이 2세의 여동생 타티야나 대공비가 만들었다.

모스크바의 사회활동가들이 타고 있었다. 그중 고르돈도 있었다. 그는 자신의 정보통을 통해 유년 시절 친구인 지바고가 근무하는 사단 야전병원이 여기서 가까운 마을에 있다는 사실을 알아냈다.

고르돈은 전선 지역 이동에 필요한 허가증을 받아, 친구가 있는 곳으로 가려고 짐마차를 탔다.

백러시아*나 리투아니아 사람인 듯한 마부는 러시아어가 서툴렀다. 스파이로 의심받을지 모른다는 두려움 때문인지 마부는 판에 박힌 듯한 말만 늘어놓았다. 겉치레에 불과한 충실함으로는 대화가 되지 않았다. 그와 마부는 가는 내내 침묵을 지켰다.

전군의 이동에 익숙한 사령부는 보통 이동 거리를 100베르스타 단위로 측정했는데, 그들은 그가 가려는 마을까지 20이나 25베르스타쯤 될 거라고 장담했었다. 그러나 실제로는 80베르스타가 넘었다.

그들이 나아가는 방향의 왼쪽에서 다가온 지평선에서 가는 내내 적대적인 으르렁 소리와 덜컹거리는 소리가 들려왔다. 고르돈은 지금까지 한 번도 지진을 겪은 적이 없었다. 그러나 멀리 떨어진 곳에서 들리는 겨우 식별되는 적 포병대의 음산한 대포 소리는 땅속 진동과 화산의 땅울림 소리와 비슷한 것 같았다. 날이 저물자 그쪽 하늘 아래서 장밋빛 불꽃이 타오르기 시작하더니 다음날 아침까지 사라지지 않았다.

마부는 고르돈을 태우고 파괴된 마을들 옆을 지나갔다. 마을 일부는 주민들에게 버림받은 것 같았다. 다른 사람들은 깊숙한 땅굴에 모여 살았다. 그런 마을들은 온통 쓰레기와 깨진 벽돌더미로 변해, 집이 있었

* 벨라루스의 전 이름.

을 때와 마찬가지로 한 방향으로 늘어서 있었다. 불타버린 마을은 풀 한 포기 없는 황무지처럼 끝에서 끝까지 한눈에 들어왔다. 노파들이 화마가 삼킨 자기 집의 잿더미를 파헤치며 뭔가를 찾아 계속 어디엔가 감추고 있었는데, 그들은 자신의 주위가 예전처럼 모두 벽으로 둘러싸여서 자신들이 다른 사람들 눈에 보이지 않을 거라 생각하는 것 같았다. 그들은 이제 곧 세상이 온전한 감각을 되찾아 평화와 질서를 회복하겠느냐고 묻는 듯한 눈길로 고르돈을 맞이하고 전송했다.

밤이 되자 말을 탄 척후병과 마주쳤다. 그는 그들에게 비포장도로에서 물러나 길을 우회해 그 지역을 지나가라고 명령했다. 마부는 다른 길을 알지 못했다. 그들은 두 시간가량 길을 잃고 헤맸다. 마부와 여행객은 동트기 전에야 겨우 찾고 있던 마을에 도착했다. 그 마을에서는 진료소에 대해 아무것도 알아낼 수 없었다. 곧 알게 되었지만, 그 지역에 이름이 같은 마을이 또 있었다. 그들은 아침에야 목적지에 닿았다. 고르돈은 카밀러*와 요오드포름 냄새가 풍기는 마을 입구를 지나며, 지바고의 숙소에서 하룻밤 머물지 않고 그와 한나절만 보내고 밤에는 다시 자신의 동료들이 있는 기차역으로 돌아가게 될 거라고 생각했다. 그러나 상황은 그를 그곳에 일주일 넘게 붙잡아두었다.

* 국화과의 식물로 발한제나 진통제로 쓰인다.

9

그 무렵 전선에서 움직임이 시작됐다. 예기치 않은 변화가 일어나고 있었다. 고르돈이 찾아간 지역 남쪽에서 아군의 한 군단이 요새화된 적군의 방어선을 성공적으로 돌파했다. 선두 부대는 공격을 전개하며 적진으로 더 깊숙이 나아갔다. 여러 지원 부대가 뒤따르며 돌파구를 넓혀나갔다. 그러나 뒤따르던 부대들이 서서히 뒤처지다 선두 부대와 떨어지고 말았다. 이것이 선두 부대가 포로로 잡히는 결과를 낳았다. 그런 상황에서 안티포프 소위보가 포로가 되었고, 소대원 절반도 붙잡히자 투항했다.

그에 대한 잘못된 소문이 돌았다. 그가 폭탄이 터진 구덩이 속에 파묻혀 죽었다고 했다. 그의 지인이자 같은 부대 소속 갈리울린 소위가, 안티포프가 병사들을 이끌고 공격하다가 죽는 것을 감시 초소에서 쌍안경으로 목격했다고 말했던 것이다.

갈리울린의 눈앞에는 공격대가 돌격하는 익숙한 광경이 펼쳐지고 있었다. 공격대는 마른 채 바람에 흔들리는 쑥과 불쑥 솟아 움직임 없는 가시 금작화가 무성한 가을 들판을 날다시피 빠르게 지나가야 했다. 공격대는 과감한 용기로 적을 총검으로 유인하거나 수류탄을 던져 맞은편 참호에 숨어 있는 오스트리아군을 섬멸하는 임무를 지니고 있었다. 들판은 달리는 이들에게는 끝이 없는 것처럼 느껴졌다. 땅은 그들의 발밑에서 수렁처럼 질퍽거렸다. 소위보는 처음에는 선두에서, 나중에는 병사들 사이에서 그들과 함께 머리 위로 연발 권총을 치켜들고 귀청을 찢을 듯이 '우라'를 외치며 달려갔지만, 그 외침은 갈리울린에게도, 옆에서 나란히 달려가던 병사들에게도 들리지 않았다. 일정한 간격으로 달리던 병사들이 땅에 엎드렸다가 일제히 일어나 다시 새롭게 함성을 지르며 돌진했다. 그렇게 매번 부상을 입은 병사들은 그들과 함께, 그러나 그들과는 매우 다르게 숲을 벌채할 때 베여 쓰러지는 키 큰 나무처럼 쓰러지고는 다시 일어나지 못했다.

"목표가 너무 멀어. 포병대에 연락하게." 당황한 갈리울린이 옆에 있는 포병 장교에게 말했다. "아니야, 됐네. 척탄을 멀리 옮긴 건 잘한 일이야."

이때 공격대는 적군과 만나는 지점에 이르렀다. 포격이 멈췄다. 적막이 찾아들고 감시 초소에 서 있던 그들의 심장은 마치 자신이 오스트리아군의 방단 참호 앞으로 병사들을 이끌고 가 기지와 용맹의 기적을 보여주려는 안티포프가 된 듯 격렬하게 뛰었다. 그 순간, 선방에서 독일군의 16인치 대포에서 두 발이 잇달아 발사됐다. 흙과 연기의 검은 기둥이 다음의 모든 상황을 가려버렸다.

"알라시여! 끝났어! 끝장났다고!" 갈리울린은 소위보와 병사들이 모두 죽었다고 생각하고 창백해진 입술로 중얼거렸다.

세번째 포탄이 감시 초소 바로 앞으로 날아왔다. 모두 땅에 엎드렸다가 조금이라도 먼 곳으로 재빨리 달아났다.

갈리울린은 안티포프와 같은 엄폐호에서 지내고 있었다. 연대에서는 그가 전사해 다시 돌아오지 못할 거라는 생각을 굳히고, 안티포프를 잘 아는 갈리울린에게 그의 유품을 맡아 그의 아내에게 전달하라고 지시했는데, 안티포프의 유품에는 사진이 많았다.

지원병에서 얼마 전 소위보가 된 정비사 갈리울린은 티베르진의 주택청소부였던 기마제트딘의 아들로, 예전에 공장장 후돌레예프에게 학대받던 그 수습공이었는데, 그가 승진할 수 있었던 것은 과거의 그 학대자 덕분이었다.

소위보가 된 갈리울린은 어찌된 일인지 자신의 의사와는 상관없이 후방 수비대 배치 지역 중에서도 따뜻하고 한가한 곳에 배치되었다. 그곳에서 그는 병사들 반은 병자나 다름없는 부대를 맡았는데, 그들처럼 역시 늙어빠진 베테랑 교관들이 아침마다 그들이 오래전에 잊어버린 교련을 시켰다. 갈리울린은 병사들이 보급 창고에서 제대로 보초를 서고 있는지 확인하는 임무도 수행했다. 무사태평한 나날이었고, 더이상 할일도 없었다. 그러다 나이든 예비역들로 구성된 보충병대가 모스크바에서 그의 부대로 갑자기 배치됐는데, 그중에 그가 너무나 잘 아는 표트르 후돌레예프가 있었다.

"아아, 옛친구로군!" 갈리울린은 어두운 미소를 지으며 말했다.

"네, 대장." 후돌레예프는 부동자세로 경례하며 대답했다.

이들의 만남이 그리 가볍게 끝날 리 없었다. 소위보는 하급 병사가 첫번째 교련에서 실수하는 것을 보자마자 호통을 쳤고, 그가 자기를 똑바로 보지 않고 비스듬히 본다며 뺨을 때리고는 꼬박 이틀 동안 빵과 물만 주는 영창으로 보내버렸다.

갈리울린의 행동 하나하나에서 지난날에 대한 복수의 냄새가 풍겼다. 그러나 절대복종이라는 조건 속에서 그런 식의 행동은 너무나 부당하고 비열했다. 어떻게 해야 했을까? 두 사람이 같은 곳에 계속 있는 것은 더이상 불가능했다. 그러나 징계에 회부되지 않는 한 장교가 자기 부대에 배치된 병사를 무슨 구실로, 어디로 전출시킬 수 있겠는가?

갈리울린 자신이 전출을 요청한다 해도 무슨 이유를 대겠는가? 결국 갈리울린은 수비대 근무의 지루함과 무익함을 이유로 전선에 배치해 달라고 요청했다. 그것 때문에 좋은 평판을 얻게 되었고, 뒤이은 전투에서 또다시 공을 세움으로써 훌륭한 장교로 인정받아 금세 소위보에서 소위로 진급할 수 있었다.

갈리울린은 안티포프가 티베르진의 집에서 지냈던 시절부터 그를 알았다. 1905년 파샤 안티포프가 반년 동안 티베르진의 집에서 지냈을 때, 유숩카는 휴일마다 그에게 가서 함께 놀곤 했었다. 그때 유숩카는 그 집에서 라라를 한두 번쯤 보았다. 그뒤로 그들 소식은 듣지 못했다. 그의 연대에 유랴틴에서 온 파벨 파블로비치가 나타났을 때, 갈리울린은 옛친구의 변한 모습에 깜짝 놀랐다. 소녀처럼 수줍어하고 잘 웃고 결벽증이 있는 장난꾸러기였던 그가 세상물정을 다 아는 듯한 신경질적이고 비관적인 우울증 환자가 되어 있었다. 그는 영리하고 아주 용감하고, 과묵하고 냉소적이었다. 갈리울린은 가끔씩 그를 보면서, 안티포프의 어두운 시선 속에서 마치 창 안쪽 깊숙한 곳을 보는 것같이 누군가 그의 내면에 깊이 뿌리내린 사념을, 딸을 그리워하는 마음을, 아내의 얼굴을 보는 것 같다고 확신했다. 안티포프는 동화 속의 마법에 걸린 사람 같았다. 이제 그는 사라지고 갈리울린의 손에는 안티포프의 서류와 사진들, 그리고 그의 변화의 비밀만이 있었다.

머지않아 라라가 갈리울린에게 그에 대해 물을 것이다. 그는 그녀에게 편지를 쓰려고 했다. 그러나 너무 바빴다. 정말이지 쓸 여유가 없었다. 그리고 그는 그녀가 충격에 대비하길 바랐다. 그래서 그녀에게 아주 상세하게 편지로 쓰는 것을 미루었고, 그러다가 그녀가 전선 어딘가에서 간호사로 일하고 있다는 이야기를 들었다. 그는 이제 그녀에게 어디로 편지를 보내야 할지 모르게 되었다.

10

"어떨까? 오늘은 말이 있을까?" 고르돈은 해가 저물기 전, 그들이 머물고 있는 갈리치아의 농가로 식사하러 돌아왔을 때 닥터 지바고에게 물었다.

"말이라니 무슨 소린가? 앞뒤가 다 막혔는데 자네는 어디로 가겠다는 거지? 사방이 무서운 혼란뿐이야. 아무도, 아무것도 알 수가 없어. 남쪽에서 아군이 적의 배후를 포위하고 몇몇 지점에서 독일군을 돌파했다지만, 우리 쪽 부대들은 뿔뿔이 흩어져 독에 빠진 꼴이 되었고, 북쪽에서는 독일군이 절대로 건널 수 없을 거라던 스벤타강을 건넜어. 그들은 1개 군단 규모의 병력을 갖춘 기병대야. 그들이 철도를 폭파하고 창고를 파괴하고 있고, 내 생각에 우리는 포위된 것 같아. 전황이 어떤지 알겠나. 그런데도 자네는 말 타령이라니. 자, 카르펜코, 얼른 음식을 가져오게. 오늘은 뭐지? 오, 송아지 다리군, 대단한데."

진료실과 모든 분과를 갖춘 야전병원은 기적적으로 폭격을 피한 마을 여기저기에 분산되어 있었다. 벽마다 달린 양쪽으로 여는 서구풍의 좁은 창문들이 마지막까지 남은 집들에서 반짝이고 있었다.

아낙들의 여름* 시기, 황금 가을의 마지막 무덥고 맑은 날씨였다. 낮이면 의사들과 장교들은 창문을 열어놓고 창턱과 낮은 천장에 드리운

휜 천 위에 새까맣게 달라붙은 파리를 잡았고, 여름 제복과 셔츠 단추를 푼 채 땀을 흘리며 혀를 델 만큼 뜨거운 차와 수프를 마셨고, 밤에는 페치카 뚜껑을 열고 그 앞에 쪼그리고 앉아 젖어서 잘 타지 않는 젖은 장작 밑에서 죽어가는 숯불을 불어대다 연기 때문에 눈물을 흘리며 인간으로서 어떻게 불도 제대로 못 피우느냐고 졸병들을 꾸짖곤 했다.

고요한 밤이었다. 고르돈과 지바고는 서로 마주보는 양쪽 벽 앞에 놓인 긴 의자에 마주 보고 누워 있었다. 그들 사이에는 식탁이, 한쪽 벽 끝에서 끝까지 이어진 길고 좁은 창이 있었다. 방안은 뜨거울 만큼 더웠고 연기가 자욱했다. 그들은 끝의 창문 두 개를 열어 가을밤의 신선한 공기를 들이마셨는데, 창유리들은 이 공기 때문에 땀을 흘렸다.

그들은 언제나 밤낮으로 그랬듯 이야기를 주고받았고, 언제나 그랬듯 전선 쪽 지평선에서는 장밋빛 불꽃이 타올랐으며, 삼시도 멎지 않고 꾸준히 투덜거리는 포격 소리 속으로 마치 멀리서 땅이 한쪽으로 조금 이동하는 것 같은 한결 나직하고 또렷이 식별되는 묵직한 울림이 전해지면, 지바고는 그 소리에 경의를 표하듯 대화를 멈추고 잠시 침묵했다가 말을 잇곤 했다.

"저게 베르타야. 독일의 16인치 대포인데 무게가 60푸드**나 되지." 그러고서 이야기를 계속하려고 했지만 자신이 무슨 이야기를 하고 있었는지 잊어버렸다.

"마을에서 늘 무슨 냄새가 나지 않나?" 고르돈이 물었다. "나는 첫

---

* 인디언서머의 러시아식 표현. 더운 날씨가 이어지는 초가을, 보통 8월 중순에서 9월 초순을 가리킨다.

** 러시아의 무게 단위로, 1푸드는 16.38킬로그램.

날부터 나던데. 너무 들큼하고 비위 상하는 냄새야. 쥐 냄새 같은."

"아, 뭘 말하는지 알겠어. 그건 대마야. 여기는 대마밭이 많아. 대마 자체가 썩은 시체처럼 괴롭고 끔찍한 냄새를 풍기거든. 전쟁터에서 죽을 때 대마밭에 쓰러지면 오랫동안 발견되지 못한 채 썩어버리지. 여기서는 썩은 시체 냄새가 많이 나는데, 그건 당연해. 또 베르타군. 들리나?"

지난 며칠 동안 그들은 세상의 온갖 것에 대해 이야기를 나눴다. 고르돈은 전쟁과 시대정신에 대한 친구의 생각을 알게 되었다. 유리 안드레예비치는 이렇게 서로 죽고 죽이는 피의 논리에 대해, 부상병들의 모습에 대해, 특히 전에는 볼 수 없었던 몇몇 끔찍한 부상과 현대의 전쟁 기술로 형체를 알아볼 수 없는 고깃덩어리가 되어버린 생존자들에게 익숙해지는 데 자신이 얼마나 힘들었는지를 고르돈에게 이야기해 주었다.

고르돈은 지바고와 매일 어딘가로 갔고, 덕분에 매일 무언가를 볼 수 있었다. 당연한 이야기지만, 그는 다른 사람의 용기를 그저 보기만 하는 것이 얼마나 부도덕적인지 깨달았고, 그들이 얼마나 초인적인 의지로 죽음의 공포를 이겨내고 어떤 희생을 치르고 어떤 위험을 무릅쓰고 있는지를 인식했다. 그는 그런 문제에 대해 아무 활동도 하지 않고 그냥 무책임하게 한숨만 내쉬는 것이 더 도덕적이라고 여기지도 않았다. 그는 인생이 인간을 놓아두는 상황에 맞춰 성실하고 자연스럽게 행동해야 한다고 믿었다.

그는 부상자의 모습을 보고 기절할 수도 있다는 것을 그들이 있는 곳에서 서쪽 방향에 있는, 거의 최전선이나 다름없는 적십자 유격대의 이동 붕대소*를 찾았을 때 직접 실감했다.

그들은 포화로 반쯤 불타버린 커다란 숲 가장자리에 도착했다. 꺾이고 짓밟힌 덤불 속에 부서지고 파괴된 대포의 앞차들이 뒤집혀 나뒹굴고 있었다. 나무에 말 한 마리가 매여 있었다. 숲 깊숙이 보이는 목조의 임야관리소 건물은 지붕이 반쯤 날아가고 없었다. 붕대소는 임야관리소, 그리고 임야관리소에서 시작되는 도로 맞은편 숲 한복판에 있는 두 개의 커다란 회색 텐트 안에 설치되어 있었다.

"자네를 여기 괜히 데려왔군." 지바고가 말했다. "참호는 1베르스타 반이나 2베르스타쯤 되는 아주 가까운 곳에 있고, 아군의 포병 중대는 바로 저기 숲 너머에 있어. 무슨 일이 일어나고 있는지 들리나? 제발 영웅 흉내는 내지 말게—나는 믿지 않으니까. 달아나고 싶어 발뒤꿈치가 들썩거릴 테지, 그게 당연해. 상황은 시시각각 변할 수 있어. 이곳에도 곧 포탄이 날아올 거야."

숲길 바닥에는 먼지를 뒤집어쓰고 피곤에 지친 젊은 병사들이 목까지 올라오는 군복셔츠의 가슴과 어깨뼈 부근이 땀에 흠뻑 젖은 채 무거운 장화를 신은 두 발을 뻗고 엎드리거나 바로 누워 있었는데, 그들은 수가 크게 줄어든 어느 부대의 생존자들이었다. 나흘 밤낮으로 이어진 전투에서 퇴각한 뒤 짧은 휴식을 위해 후송된 것이었다. 돌처럼 누워 있는 병사들은 웃을 힘도 악을 쓸 힘도 없는 듯 짐마차 몇 대가 깊은 숲길로 빠르게 덜컹거리며 다가오는데도 아무도 돌아보지 않았다. 용수철이 없는 기관총 끌차였는데, 그것이 뼈가 부서질 것처럼 튀

* 간단한 의료 설비를 갖추고 부상자를 치료하는 곳.

어오르고 내장이 뒤집힐 만큼 흔들리면서 그들을 야전병원으로 실어 갔고, 그곳에서 부상병들은 응급처치를 받고 급히 붕대를 감았으며, 특히 위급한 경우에는 그 자리에서 수술을 받기도 했다. 삼십 분 전 잠시 포격이 멈췄던 참호 앞 들판에서 실려온 어마어마한 수의 부상병들이었다. 그들 중 반은 의식이 없었다.

그들이 사무소 현관에 실려오자, 위생병들이 들것을 들고 내려와 부상병들을 기관총 끌차에서 내리기 시작했다. 텐트 안쪽에서 한 간호사가 텐트 자락을 들치고 고개를 내밀었다. 그녀는 당번 간호사가 아니었다. 그녀는 비번이었다. 텐트 뒤쪽 숲에서 두 사람이 큰 소리로 싸우고 있었다. 높고 맑은 숲은 그들이 싸우는 소리를 메아리로 되풀이했지만 무슨 말인지 알아들을 수는 없었다. 부상병들을 실어 오자, 싸우던 사람들이 사무소 쪽 도로로 나왔다. 키 작은 장교는 흥분해서 소리치며 적십자 유격대 의사에게 전에 이 숲에 있었던 포병대가 어디로 갔느냐고 물었다. 의사는 아무것도 몰랐고, 그가 알아야 하는 것도 아니었다. 그는 장교에게 부상병들이 실려와서 바쁘니 소리치지 말아달라고 부탁했지만, 장교는 진정하기는커녕 적십자와 포병대, 그 밖의 별의별 것들에 대해 욕설을 퍼부었다. 지바고는 그 의사에게 다가갔다. 그들은 인사를 나눈 뒤 임야관리소로 들어갔다. 장교는 타타르인 악센트가 약간 섞인 큰 목소리로 계속 욕을 하면서, 나무에 매어둔 말을 풀어 올라타더니 길 건너 숲으로 달려갔다. 간호사는 그 일을 처음부터 지켜보고 있었다.

갑자기 그녀의 얼굴이 공포로 일그러졌다.

"뭐하는 거죠? 당신들 미쳤군요." 그녀는 들것들 사이에서 혼자 힘으로 붕대소로 걸어오는 두 명의 경상자에게 소리치며 텐트에서 그들을 향해 도로로 달려나갔다.

들것에는 너무도 무섭고 소름끼치는 괴물이 되어버린 불행한 부상병이 실려 있었다. 포탄의 파편이 얼굴에 날아와 혀와 이를 피범벅으로 만들었지만 그를 죽이지는 못하고 떨어져나간 살점이 떨어져나간 뺨과 턱에 그대로 박혀 있었다. 부상병은 사람의 목소리 같지 않은 가늘고 작은 소리로 더듬더듬 짧게 신음했는데, 어서 자신을 죽여 이 상상도 할 수 없는 긴 고통을 끝내달라는 뜻이라는 것을 누구라도 알 수 있었다.

간호사는 옆을 지나던 경상자들이 그 신음을 듣고 안타까운 마음에 맨손으로 그의 뺨에 박힌 무쇠 파편을 빼내려 했다는 것을 알아챘다.

"당신들이 그걸 할 수 있다고 생각해요? 이건 외과 의사가 특수한 기구를 가지고 해야 하는 거예요. 그때까지 살아 있다면요.(하느님, 하느님, 저 사람을 구해주시고, 그리하여 저로 하여금 당신의 존재를 의심하지 않게 하소서!)"

다음 순간, 불구의 부상병은 병원 현관 계단 위로 들려 옮겨진 뒤 비명을 지르고 온몸을 떨다 숨을 거두었다.

죽은 자는 예비역 병사 기마제트딘이었고, 숲속에서 소리치던 장교는 그의 아들 갈리울린 소위, 간호사는 라라, 목격자는 고르돈과 지바고였지만, 그들은 모두 그곳에 있고 바로 옆에 있으면서도 누구는 누구를 알아보지 못하고, 또 누구는 누구를 결코 알지 못했으며, 어떤 일은 영원히 모르는 것으로 남았고, 또 어떤 일은 다음에 새로이 만날 어느 날을 기약하게 되었다.

11

그 지역의 여러 마을은 기적적으로 남아 있었다. 마치 파괴된 바다 한가운데 불가사의하게 남아 있는 섬 같았다. 고르돈과 지바고는 저녁이 되자 숙소로 돌아갔다. 해가 지고 있었다. 그들이 지나가던 어느 마을에서, 젊은 카자크가 자신을 둘러싼 사람들의 호의적인 웃음 속에서 5코페이카짜리 구리 동전을 위로 던져, 긴 프록코트를 입고 회색 수염을 기른 유대인 노인에게 받게 하고 있었다. 노인은 번번이 동전을 놓쳤다. 동전은 안타깝게도 그가 뻗은 두 손 옆으로 날아가 진흙탕에 떨어지곤 했다. 노인이 동전을 주우려고 허리를 굽히면 카자크는 노인의 엉덩이를 때렸고, 주위 구경꾼들은 옆구리를 잡고 웃느라 신음까지 했다. 말하자면 그것은 유일한 오락거리였다. 아직까지는 별로 해롭지 않았지만 심각한 상황으로 발전하지 않는다고 누구도 단언할 수 없었다. 길 건너 농가에서 노인의 늙은 아내가 달려나와 소리를 지르며 그에게 손을 내밀다가도 번번이 겁을 먹고 숨어버렸다. 농가 창문에서는 두 소녀가 할아버지를 바라보며 울고 있었다.

그 모든 것이 별나게 우스워 보였던 수송병은 나리들에게도 즐길 시간을 주기 위해 말을 천천히 몰았다. 그러나 지바고는 카자크를 불러 꾸짖으며 조롱을 멈추라고 명령했다. "알겠습니다, 장교님." 카자크는 두말없이 대답했다. "우리는 아무 뜻 없이, 그저 웃고 싶었을 뿐입니다."

고르돈과 지바고는 남은 길을 가는 내내 말이 없었다.

"무서운 일이야." 유리 안드레예비치는 자신들이 있던 마을이 보이자 입을 열었다. "불행한 유대인들이 이 전쟁에서 얼마나 많은 수난을 겪고 있는지 자네는 상상도 못할 거야. 바로 그런 일들이 유대인 강제 거주지에서 일어나고 있지. 그들은 지금까지 참고 견뎌온 고통에, 무거운 세금에, 궁핍한 생활로도 모자라 이제 거듭되는 학살과 모욕을 당하며 애국심이 부족하다는 비난까지 받고 있어. 적군에게 지배를 받을 때는 모든 권리를 누렸는데 아군 밑에서는 박해를 받으니, 유대인들이 어떻게 애국심을 갖겠나? 그들에 대한 증오, 그 근본부터가 모순이야. 감싸고 배려해야 할 것을 오히려 들쑤시는 거지. 그들의 빈곤과 인구과잉, 타격을 물리치지 못하는 나약과 무능. 이해할 수 없어. 거기에는 뭔가 숙명적인 것이 있어."

고르돈은 아무 대꾸도 하지 않았다.

12

밤에 그들은 다시 길고 좁은 창 양쪽에 누워 이야기를 주고받았다.

지바고는 고르돈에게 전선에서 황제*를 보았던 이야기를 해주었다. 그는 이야기를 잘했다.

그 일은 그가 전선에서 맞은 첫번째 봄에 있었다. 그가 파견된 부대의 사령부는 카르파티아산맥의 분지에 있었는데, 그곳 진입로는 이 전투 부대에 의해 헝가리 쪽 골짜기에서 차단되어 있었다.

---

* 니콜라이 2세.

분지 바닥에는 기차역이 있었다. 지바고는 고르돈에게 그곳 지형을 묘사해주었는데, 거대한 전나무와 소나무로 뒤덮인 산들이 있고, 그 뒤로 하얀 구름이 걸려 있고 잿빛 점판암과 흑연으로 된 바위 낭떠러지가 있었는데, 숲에서 보면 그것은 마치 오래 입어 닳아빠진 두꺼운 가죽의 털이 빠진 자리들 같았다. 점판암처럼 축축하고 어두컴컴한 잿빛 4월의 아침이었고, 사방이 봉우리들로 막혀 있어 여전히 숨막히는 날씨였다. 후덥지근했다. 분지에 안개가 끼고, 기차역의 증기도, 풀밭의 잿빛 아지랑이도, 잿빛 산들도, 어두운 숲도, 어두운 구름도, 모든 것이 연기처럼 위로 피어오르고 있었다.

당시 황제는 갈리치아를 순방하고 있었다. 명예 총사령관의 자격으로 그가 이곳에 배치된 부대를 방문한다는 소식이 갑자기 전해졌다.

황제는 곧 들이닥칠 수 있었다. 플랫폼에는 그를 영접할 의장대가 배치되었다. 힘겨운 기다림 속에 한두 시간이 흘렀다. 이윽고 수행원들이 탄 열차 두 량이 차례로 빠르게 지나갔다. 조금 뒤 황제가 탄 열차가 도착했다.

그는 니콜라이 니콜라예비치 대공*을 대동하고, 정렬한 척탄병들을 사열했다. 그의 조용한 인사말 한 음절 한 음절이 마치 흔들리는 물통 속에서 튕기는 물방울처럼, 천둥 치는 것 같은 '우라'의 폭발과 파열을 불러일으켰다.

당혹스러운 미소를 짓는 황제는 루블 지폐나 메달에 새겨진 것보다 훨씬 늙고 쇠약해 보였다. 얼굴은 생기가 없고 조금 부어 있었다. 그는

---

* 니콜라이 1세의 손자로, 1차세계대전 당시 총사령관이었다.

이런 상황에서 자신에게 요구되는 것이 뭔지 몰라 난처해하며 니콜라이 니콜라예비치를 곁눈질했고, 그러면 니콜라이 니콜라예비치는 황제의 귀 쪽으로 공손히 고개를 숙이고는 말이 아니라 눈썹이나 어깨의 움직임으로 그를 곤경에서 구해주곤 했다.

후덥지근한 산속의 잿빛 아침에 황제는 딱해 보였지만, 그러한 소심함과 수줍음이, 그런 나약함으로 사람들을 처형하고 용서하고 구속하고 판결하는 것이 압제자의 본질일지도 모른다고 생각하자 오싹해졌다.

"그는 이를테면 연설이라도 해야 했어. 나의 칼과 나의 나로드*여, 나는 빌헬름처럼 어쩌고 하는 식으로 뭔가 기백이 있는 말을 말이야. 나로드에 대해 이야기해야 하지, 반드시 말이야. 하지만 자네도 알겠지만 그는 러시아적으로 아주 자연스러웠고, 판에 박힌 말보다 훨씬 비극적으로 고상했지. 러시아에서 그런 연극적인 짓은 있을 수 없어. 그건 연극일 뿐이니까, 안 그런가? 카이사르 시대에 나로드가 어떤 것이었는지는 나도 알고 있어, 갈리아인이라든가 수에비인이라든가 일리리아인이라든가. 하지만 나로드는 그후로 하나의 허구에 지나지 않았고, 황제나 정치가나 왕이 연설할 때 나로드여, 나의 나로드여 하고 부르기 위해 존재했을 뿐이야.

지금 전선은 특파원과 저널리스트로 넘쳐나고 있어. 그들은 '관찰기'니 나로드의 지혜로운 말이니 하는 것을 기록하고, 부상병들을 찾아다니며 나로드 정신에 대한 새 이론을 만들려고 하거든. 이건 일종의 새

* 인민, 민중, 민족 등 복합적 의미를 지니며, 이후 맥락에 따라 다양하게 번역했다.

로운 달*이고, 마찬가지로 허구이고, 언어의 필기광筆記狂이요 말의 실금失禁에 지나지 않는 것이지. 이것은 하나의 유형이야. 또다른 유형도 있어. 띄엄띄엄 끊어지는 말씨, '윤곽들과 정경들', 회의주의, 인간혐오. 예를 들어 이런 구절이 있어(내가 읽었던 거야). '어제처럼 잿빛이다. 아침부터 내린 비에 진흙탕이다. 나는 창밖으로 길을 내다본다. 포로 행렬이 끝없이 뻗어 있다. 부상병들이 실려간다. 대포를 쏜다. 또 쏜다, 어제처럼 오늘도, 오늘처럼 내일도, 그리고 매일, 매시간……' 이 얼마나 지각 있고 재치 넘치는 글인가! 그런데 그는 왜 대포에다 화를 내지? 대포에게 변화를 바라다니 정말 괴상한 요구 아닌가! 왜 그는 대포가 아니라 날이면 날마다 똑같은 나열과 똑같은 쉼표와 똑같은 문구의 대포를 쏘아대는 자기 자신에게 더 놀라지 않는 걸까, 왜 벼룩이 뛰어오르는 것 같은 성급한 저널리즘적인 박애의 포격을 멈추지 않을까? 그는 되풀이를 멈추고 새로운 것을 쏘아올려야 하는 것이 대포가 아니라 자기 자신이라는 걸 왜 모를까, 노트에 쓸데없는 것만 잔뜩 적어봤자 결코 아무 의미도 없다는 것을, 인간이 그 안에 자신의 무언가를, 자유분방한 인간이 가진 천부적 재능의 어떤 부분을, 환상적인 어떤 것을 넣지 않는 한 사실은 존재하지 않는다는 것을 왜 이해하지 못할까?"

"전적으로 동감이야." 고르돈이 그의 말을 가로막았다. "이제는 내가 자네에게 오늘 우리가 봤던 광경에 대해 대답하지. 가엾은 가장家長을 조롱한 그 카자크는 수천의 경우와 마찬가지로 비열함을 보여주는

* 블라디미르 달(1801~1872). 러시아의 사전 편찬자.

가장 기본적인 예일 뿐 그것에 대해서는 철학적으로 설명할 것도 없이 그저 따귀나 갈겨주면 그만이야. 그러나 유대인의 총체적인 문제에는 철학이 적용될 수 있고, 그때 철학은 뜻하지 않은 측면을 보여주지. 하지만 나는 새로운 것은 아무것도 말해줄 수 없어. 내 모든 생각은 자네와 마찬가지로 자네 외삼촌에게서 온 것이니까.

나로드가 무엇인가?―자네가 물었지. 나로드의 응석을 받아줘야 할까? 나로드는 생각하지 않고 자기 일의 아름다움 자체와 승리를 통해 모든 나로드를 끌어들이고 보편적인 인간으로 치켜세우면서 그것에 영광과 생명을 주는 자가 나로드를 위해 그 이상의 어떤 일을 한 거라고 말할 수 있을까? 물론 그래, 그렇지. 그리스도교 시대가 시작된 후로 나로드에 대해 어떤 말을 할 수 있었을까? 그들은 단순한 나로드가 아니라 개종하고 변화된 나로드이고, 문제의 핵심은 바로 이 변화에 있지, 낡은 원칙들에 대한 충성에 있는 것이 아니야. 복음서를 생각해보게. 이 문제에 대해 그것은 뭐라고 말하고 있지? 첫째로, 복음서는 이렇다 저렇다 단언하지 않아. 그것은 소박하고 용기 없는 자들에 대한 제언일 따름이야. 복음서가 제안하는 것은 그대들은 지금까지 없었던 새로운 삶을 바라는가, 정신의 행복을 바라는가 하는 것이지. 그리고 모두가 그 제안을 받아들여 수천 년을 사로잡혀 있었던 거야.

복음서는 신의 나라에는 그리스인도 유대인도 없다고 말하지만, 그건 신 앞에서는 모두가 평등하다는 말을 하기 위해서였을 뿐 아닐까? 아니, 그것을 위해서라면 복음서까지 필요하지도 않아. 그것은 그 이전의 그리스 철학자들, 로마의 도덕주의자들, 구약의 예언자들도 다 알고 있었으니까. 그것이 말하는 것은, 마음에 잉태된 새로운 존재 양식과 새로운 사회 형태에서는, 즉 신의 나라라 일컬어지는 곳에서는 나로드는 존재하지 않고 개성이 있을 뿐이라는 거야.

자네도 말했듯이, 사실에 의미를 두지 않는다면 사실은 그저 무의미해. 사실이 인간을 위해 의미를 획득하기 위해서는 사실에 의미를 부여해야 하는데, 그것이 바로 그리스도교와 개인의 신비지.

우리는 삶이나 총체로서의 세계에 대해 전혀 이야기할 게 없는 평범한 정치활동가들에 대해서도 이야기했지, 관심사가 좁은 이류 세력들에 대해서도, 그들은 되도록 소수의 나로드에 대해 이야기하길 바라는데, 그건 그 나로드들이 고난을 겪고 있을 때 값싼 동정심에 호소해 뭔가를 얻어낼 수 있기 때문이야. 이런 풍조의 완전하고 절대적인 희생자가 바로 유대인이야. 이 민족은 민족주의적 관념에 의해 수세기에 걸쳐 나로드로 존재했고 또 나로드로 남아야 하는 불가피한 운명을 짊어지고 있고, 수세기 동안 일찍이 그 무리에서 나온 한 세력에 의해 전 세계는 그 굴욕적인 과제에서 벗어났지. 참으로 놀라운 일이야! 어떻게 그런 일이 일어날 수 있었을까? 이 축제, 이 평범이라는 저주로부터의 해방, 일상의 무지로부터의 비상, 이러한 모든 것은 그들의 대지에서 태어나고, 그들의 언어로 이야기되고, 그들 종족에 속한 거였어. 그런데 왜 그들은 그것을 보고 들어놓고 그만 놓쳐버린 걸까? 그들은 어떻게 그 압도적인 아름다움과 힘을 그들의 영혼에서 몰아내버렸을까? 그들은 어떻게 승리와 지배가 바로 앞에 있는데도 언젠가 자신들에게 내팽개쳐졌던 기적의 공허한 껍데기로 남을 생각을 했을까? 자진해서 짊어진 수난은 누구에게 이익이 되는 걸까, 그처럼 친절과 인정을 아는 섬세한 사람들이, 무고한 노인들과 아녀자들이 수세기 동안 우롱당하고 피 흘려야 했던 이유가 대체 무엇일까! 모든 민족에 대해 끼적이길 좋아하는 문인들은 왜 그렇게 게으르고 무능할까? 나로드의 정신적 지도자라는 자들은 세계의 깊은 슬픔과 아이러니한 지혜, 너무도 단순하고 쉬운 이 두 가지 형식에서 왜 단 한걸음도 나아가지 못하는 걸까? 압력을 이기지 못해 증기보일러가 터지듯 사명의 압력에 폭발할 위험을 무릅쓰면서도, 그들은 어째서 무엇을 위해 싸우고 무엇을 위해 죽어야 하는지 모르는 그 부대를 해산하지 않았을까? 왜 그들은 이렇게 말하지 않았을까. '눈을 떠라. 이제 충분하다. 더이상 필요 없다. 옛날처럼 너의 이름을 대지 마라. 뭉치지 말고 흩어져라. 다른 모든 사람과 함께 있어라. 그대들은 세계 최초이자 가장 뛰어난 그리스도교도들이다. 그대들 가운데 가장 열등하고 가장 악한 자들이 바로 지금의 그대들이다' 하고."

13

다음날 지바고가 저녁식사를 하러 와서 말했다.

"자네는 떠나고 싶어했는데, 드디어 그 소망이 이루어졌어. 하지만 '자네는 행운아'라고 말할 수가 없군, 아군이 다시 밀리고 공격을 받아 생긴 행운이니까, 그렇지 않나? 동쪽으로 가는 길은 열려 있지만, 서쪽에서는 아군이 밀리고 있어. 모든 위생 부대는 이동하라는 명령이 떨어졌어. 우리는 내일이나 모레 떠나게 될 거야. 어디로 갈지는 몰라. 그런데 카르펜코, 미하일 그리고리예비치의 속옷은 보나마나 세탁되지 않았겠지? 맨날 똑같은 이야기로군. 아주머니가, 아주머니가, 하는데 그 여자가 누구냐고 확실히 말해보라면, 대답도 못하잖아, 얼치기 같은 놈."

그는 위생병이 늘어놓는 변명도 듣지 않고, 또 그의 속옷과 셔츠를 입고 떠나게 되어 미안해하는 고르돈에게도 관심을 기울이지 않았다. 지바고는 계속했다.

"아아, 행군생활이란 집시의 방랑생활과 같아. 이곳에 도착했을 때 나는 뭐 하나 마음에 드는 게 없었어, 페치카도 여기 있지 않았고, 낮은 천장에, 불결하고 무더웠지. 그래서 지금은 우리가 전에 어떤 곳에서 지냈는지 아예 기억도 안 나. 하지만 이제는 페치카 타일 위에 햇살이 반짝거리고 그 한 모퉁이에 가로수 그림자가 어른거리는 걸 바라보면, 여기서 백 년이라도 살 것 같아."

그들은 서두르지 않고 짐을 꾸리기 시작했다.

밤에는 소음과 비명, 총성과 법석대는 소리에 잠이 깼다. 마을에는 심상치 않게 불이 켜져 있었다. 창가에 그림자들이 어른거렸다. 벽 뒤에서 주인 부부가 일어나 움직였다.

"나가봐, 카르펜코, 무슨 소란인지 나가서 알아보고 와." 유리 안드레예비치는 말했다.

이내 모든 것이 밝혀졌다. 지바고는 서둘러 옷을 입고 직접 확인하기 위해 야전병원으로 갔고, 소문은 사실이었다. 독일군이 이 지역의 저항을 돌파한 것이었다. 방어선은 마을에 더 가까워지고, 모든 것이 다가오고 있었다. 마을이 포격을 받고 있었다. 야전병원과 부대시설은 철수 명령을 기다리지 않고 즉시 이동하기 시작했다. 모든 것이 새벽까지 완료될 예정이었다.

"자네는 일진一陣 수송대와 함께 떠나게. 리네이카*가 곧 떠나는데, 내가 자네를 기다려달라고 말해뒀어. 그럼 잘 가게. 자네를 데려다주고 떠나는 걸 보겠네."

그들은 부대가 있는 마을의 다른 쪽 끝으로 달려갔다. 집들을 지나면서 허리를 굽혀 벽 귀퉁이에 몸을 숨겼다. 거리에서 총탄이 윙윙거리며 날아갔다. 도로가 교차하는 들판의 갈림길에서 유산탄의 화염이 우산 펼쳐지듯 작렬했다.

"자네는 어떻게 할 건가?" 고르돈이 달려가면서 물었다.

"나는 다음에 가겠네. 짐을 가지러 집에 돌아가야 해. 나는 이진과 길 걸세."

그들은 마을 어귀에서 헤어졌다. 짐마차 몇 대와 리네이카로 이루어진 수송대가 움직이기 시작하더니, 서로 부딪치면서 이윽고 한 줄로 정렬했다. 유리 안드레예비치는 떠나는 친구에게 손을 흔들었다. 불타오르는 헛간의 불빛이 그들의 모습을 비췄다.

유리 안드레예비치는 다시 농가들을 따라 모퉁이들에 몸을 숨기면서 집으로 걸음을 재촉했다. 그러나 숙소 현관까지 건물 두 채가 남은 곳에서 폭발의 파동이 일어나 그를 쓰러뜨렸고, 그는 유산탄 파편에 부상을 입었다. 유리 안드레예비치는 피를 흘리며 길 한복판에 쓰러진 채 의식을 잃었다.

---

* 6~8인승의 대형 마차.

14

소개한 야전병원은 서부 지방 어느 도시의 철도 가까이, 총사령부 옆에 설치되었다. 2월 말의 포근한 날이었다. 회복기의 장교들이 있는 병실에는 이곳에서 치료를 받고 있는 유리 안드레예비치의 요청으로 그의 침대 가까이에 있는 창문이 열려 있었다.

점심시간이 가까워지고 있었다. 환자들은 뭔가를 하며 남은 시간을 보냈다. 병원에 새로운 간호사가 한 명 들어왔고, 그녀가 오늘 처음으로 병실을 돌 거라는 이야기가 전해졌다. 유리 안드레예비치 맞은편에 누워 있던 갈리울린은 이제 막 받아든 '레치'와 '루스코예 슬로보'*를 읽다가, 검열에 걸려 삭제된 공백을 보고 분통을 터뜨렸다. 유리 안드레예비치는 야전우체국에서 모였다가 한꺼번에 배달된 토냐의 편지를 읽고 있었다. 편지지와 신문의 페이지들이 바람에 흔들렸다. 가벼운 발소리가 들려왔다. 유리 안드레예비치는 편지에서 눈을 들었다. 라라가 병실에 들어왔다.

유리 안드레예비치와 소위는 따로따로 그녀를 알아보았는데, 서로는 그 사실을 알지 못했다. 그녀는 두 사람 다 알지 못했다. 그녀가 말했다.

"안녕하세요. 창문을 왜 열어놨어요? 안 추운가요?" 그녀는 갈리울린에게 다가갔다. "어디가 아프신가요?" 그녀는 물으면서 맥박을 재기 위해 그의 손목을 잡았다가 곧바로 손을 놓고 당황한 듯 그의 침대 옆

---

* 당시 러시아 신문들.

의자에 앉았다.

"이런 우연도 있군요, 라리사 표도로브나." 갈리울린이 말했다. "나는 당신 남편과 같은 연대에 있었고, 파벨 파블로비치를 압니다. 당신에게 전해줄 그의 물건들을 내가 맡아가지고 있습니다."

"이럴 수가, 이럴 수가." 그녀는 되풀이했다. "정말 놀라운 우연이군요. 당신이 그 사람을 안다고요? 어서 말해줘요, 무슨 일이 있었죠? 그가 죽어서 땅에 묻혔다는 게 사실인가요? 하나도 숨기지 말고, 걱정 말고 말해줘요. 난 모든 걸 알고 있으니까요."

갈리울린은 그녀가 소문으로 들었던 정보를 확인해주는 것이 내키지 않았다. 그는 그녀를 안심시키기 위해 거짓말을 하기로 결심했다.

"안티포프는 포로가 됐습니다." 그는 말했다. "자기 부대를 이끌고 너무 멀리 앞서가다가 고립되고 말았습니다. 포위된 거죠. 그래서 어쩔 수 없이 투항했습니다."

그러나 라라는 갈리울린의 말을 믿지 않았다. 정신을 아찔하게 하는 갑작스러운 이야기에 그녀는 흥분했다. 그녀는 쏟아지는 눈물을 참을 수 없었지만, 낯선 사람들 앞에서는 울고 싶지 않았다. 그녀는 복도에서 마음을 진정시키려고 재빨리 일어나 병실을 나갔다.

잠시 뒤 그녀는 침착해진 모습으로 병실로 돌아왔다. 그녀는 또다시 울지 않기 위해 갈리울린 쪽은 일부러 보지 않았다. 그녀는 유리 안드레예비치의 병상으로 곧장 다가가 사무적으로 물었다.

"안녕하세요. 어디가 아프신가요?"

유리 안드레예비치는 그녀의 동요한 모습과 눈물을 보자 무슨 일이냐고 묻고 싶었고, 자신은 지금까지 그녀를 두 번, 김나지움 학생 때와 대학생 때 본 적이 있다고 말하고 싶었지만 그러면 너무 예모 없이 구는 것으로 그녀가 오해할 것 같았다. 게다가 관 속에 누운 안나 이바노브나와 그때 십체프 골목에서 울부짖던 토냐의 모습이 문득 떠올라서 감정을 억누르며 이렇게만 말했다.

"고맙습니다. 나는 의사라서 직접 치료합니다. 나는 아무것도 필요하지 않아요."

'이 사람은 왜 나한테 화가 나 있지?' 라라는 특별히 눈에 띄는 점이 없는 이 들창코의 낯선 남자를 놀란 눈으로 바라보며 생각했다.

며칠 동안 변덕스럽고 불안정한 날씨가 이어져 따뜻했고, 밤마다 바람이 웅얼거리는 소리를 내며 축축한 흙냄새를 실어 왔다.

그 무렵 사령부에 이상한 정보가 흘러들었고, 국내에 있는 그의 가족에게서도 불안한 소문이 도착하곤 했다. 페테르부르크와의 전화는 불통이었다. 사방팔방에서 정치 이야기가 나돌기 시작했다.

당직이면 안티포바 간호사는 아침과 저녁 두 차례 병실을 돌았고, 다른 병실 환자들과 갈리울린, 그리고 유리 안드레예비치와도 대수롭지 않은 대화를 주고받았다. '호기심을 끄는 이상한 사람이야.' 그녀는 생각했다. '젊고, 무뚝뚝해. 들창코에 잘생겼다고 할 순 없어. 하지만 좋은 의미에서 영리하고, 생기 있고, 마음을 끄는 지성을 가진 사람 같아. 하지만 그런 게 다 무슨 상관이람. 중요한 건 이곳에서 하루빨리 임무를 마치고 카텐카가 있는 모스크바로 돌아가야 한다는 거야. 모스크바에 가면 간호사를 그만두고 유랴틴으로 돌아가서 학교에 복귀해야 해. 가엾은 파툴레치카* 일은 이제 전부 확인했고 희망이 없으니 전선의 여주인공으로 남아 있을 이유가 없어. 다 그를 찾기 위해 한 일이

었으니까.'

카텐카는 어떻게 지내고 있을까? 가엾은 고아. (그녀는 울기 시작했다.) 최근 아주 눈에 띄는 변화가 보이기 시작했다. 얼마 전까지 조국에 대한 의무와 용감한 군인정신, 높은 사회적 책임감은 신성한 것이었다. 그러나 전쟁에 패하자—이 중대한 재난으로 말미암아 남은 모든 것은 빛을 잃어버리고 신성한 것은 아무것도 없게 되었다.

갑자기 모든 것이, 어조와 분위기가 바뀌어 어떻게 생각하고 누구의 말을 들어야 할지 모르게 되었다. 마치 지금까지 늘 손을 잡고 다닌 어린애에게 혼자 걷는 법을 배우라고 갑자기 손을 놔버린 것 같았다. 주위에 가까운 사람은 아무도 없고, 권위도 사라졌다. 그럴 때는 우리를 인도하던 이제는 뒤집혀버린 인간의 규칙들이 아니라 생명의 힘과 아름다움, 진실 같은 가장 중요한 것이 이미 지나가버린 평화로운 시절의 익숙한 생활에서보다 더욱 완전하고 더욱 충실하고 후회 없이 인간을 다스리게 된다. 그녀의 경우에는 카텐카가 그러한 목적에 맞는 절대적인 대상이 되었다. 파틀레치카가 없는 지금 라라는 다만 어머니일 뿐, 그녀는 가엾은 고아 카텐카를 위해 모든 걸 바칠 생각이었다.

유리 안드레예비치는 고르돈과 두도로프에게 편지를 받았는데, 그의 허락 없이 출판한 책이 호평을 받아 그에게 유망한 문학적 미래가 예고되었고, 지금 모스크바는 매우 흥미롭고, 불안이 감돌고, 하층민의 막연한 분노가 팽배하면서 뭔가 중대한 사건이 터지기 일보 직전이며, 심각한 정변政變이 다가오고 있다고 쓰여 있었다.

---

* 파벨의 애칭.

늦은 밤이 멀리서 울고 있었다. 유리 안드레예비치는 무섭게 쏟아지는 졸음에 시달렸다. 그는 간간이 졸면서, 낮에 너무 흥분했기 때문에 잠이 오지 않고 잠들지 못한다고 생각했다. 창밖에서는 졸린 듯한 바람이 졸린 듯이 숨을 내쉬며 하품을 하고 몸을 뒤척였다. 바람은 울부짖으며 중얼거렸다. '토냐, 슈로치카*, 얼마나 당신이 그리운지, 집으로, 직장으로 돌아가고 싶어!' 바람의 중얼거림을 들으며 유리 안드레예비치는 잠이 들었다가 깼고, 변덕스러운 날씨와 불안정한 밤같이 빠르고 어지러이 자리를 뒤바꾸는 행복과 고통 속에서 다시 잠들었다.

라라는 생각했다. '그 사람은 그 기억을 되살려주고, 가엾은 파툴레치카의 유품을 맡아주고 배려해주었는데 나는 돼지처럼, 그가 누구이고 어디서 왔는지조차 물어보지 않았어.'

다음날 아침, 병실을 돌 때 라라는 은혜도 몰랐던 잘못을 만회하고 사과할 마음으로 갈리울린에게 이것저것 빠짐없이 물으며 탄성을 질렀다.

"하느님, 당신의 거룩한 뜻이여! 브레스트스카야 거리 28번지, 티베르진네, 혁명이 일어났던 1905년 겨울이라고요! 유숍카? 모르겠어요. 유숍카라는 이름은 모르거나 기억이 나질 않아요, 미안해요. 그런데 그해, 그 일 년, 그 안마당! 그건 정말 있었던 사실이에요, 그 안마당과 그 일 년!" 오, 그녀는 그 모든 것을 얼마나 생생하게 느꼈는지 모른다! 그리고 그때의 충격, 그리고 (그래 그게 뭐였지?) '그리스도의 생각'을! 오, 인간은 어린 시절에 있었던 최초의 일들을 얼마나 강하게,

---

* 지바고의 아들 알렉산드르의 애칭.

얼마나 예민하게 느끼는 걸까! "죄송해요, 죄송해요. 소위님, 이름이 뭐라셨죠? 네, 네, 이미 알려줬었죠. 고마워요. 아, 당신이 얼마나 고마운지, 오시프 기마제트디노비치, 당신은 나에게 어떤 추억, 어떤 생각을 일깨워줬어요!"

그녀는 온종일 마음속에 '그 안마당'을 품고 다니며 계속 탄식했고, 소리 내어 중얼거리며 생각에 잠겼다.

생각해보라, 그 브레스트스카야 거리 28번지를! 그리고 지금 또다시, 그때보다 몇 배나 무서운 총격이 일어나고 있다! 이건 '소년들이 총을 쏘는 것'이 아니다. 그 소년들은 모두 성인이 되어—그 안마당에서, 또 그와 똑같은 마을들에서 모든 평범한 민중이 병사가 되어 이곳에 와 있다. 놀라운 일이다! 놀라운 일이다!

부상당한 병사들과 걸을 수 있는 환자들이 이웃 병실에서 지팡이와 목발을 짚고 걷거나 달려들어와 앞다퉈 소리치기 시작했다.

"특급 중대 사건이다. 페테르부르크에서 시가전이 일어났다. 페테르부르크 수비대가 반란군으로 돌아섰다. 혁명이다."

5장
과거여 안녕

1

그 작은 도시는 멜류제예보라고 불렸다. 흑토 지대에 있었다. 그곳을 지나가는 군대와 수송대가 일으키는 검은 먼지가 집집의 지붕에 메뚜기떼처럼 새까맣게 내려앉아 있었다. 그들은 아침부터 밤까지 전선으로 가거나 전선에서 오며 양쪽에서 움직였기 때문에 전쟁이 계속되고 있는지 이미 끝났는지 확실하게 판단할 수 없었다.

매일 새로운 일거리가 버섯처럼 끝없이 늘었다. 그리고 그들이 그 모든 일을 떠맡았다. 그와 갈리울린 소위, 안티포바 간호사, 그들의 동료들, 그리고 큰 도시에서 온 주민 몇몇과 이곳 사정을 잘 아는 경험 많은 사람들이었다.

그들은 시 자치단체의 빈자리를 채우고 군대와 위생 부대의 말단 위원 역할도 하면서, 교대로 하는 이 일을 야외 오락거리나 불장난 정도로 여겼다. 그러나 점차 그들의 마음속에 이런 불장난은 그만하고 집으로 가서 본래의 일터로 돌아가고 싶다는 생각이 들기 시작했다.

안티포바와 지바고는 일 때문에 수시로 마주치게 되었다.

2

비가 내리자 검은 먼지는 커피 같은 진갈색 진창으로 바뀌며 비포장도로가 대부분인 거리를 뒤덮었다.

도시는 그리 크지 않았다. 어디서든 모퉁이만 돌면 금세 우울한 초원과 어두운 하늘, 전쟁의 광막함, 혁명의 광막함이 펼쳐졌다.

유리 안드레예비치는 아내에게 편지를 썼다.

"군대의 붕괴와 무정부 상태가 계속되고 있어. 병사들의 규율 강화와 사기 진작을 위한 시책이 착수됐고. 나는 이 근처에 주둔중인 여러 부대에도 가봤어.

마지막으로, 추신을 대신해, 이건 당신에게 진작 알렸어야 하는 건데—지금 나는 모스크바에서 온 안티포바라는 우랄 출신 간호사와 함께 일하고 있어.

당신 어머니가 돌아가셨던 그 무서웠던 밤, 욜카 파티에서 검사에게 총을 쏘았던 소녀 기억나? 그후 그녀는 아마 재판에 회부됐을 거야. 내가 당신에게 이야기했던 것 같은데, 미샤와 나는 당신 아버지와 함께 갔던 어느 누추한 호텔방에서 아직 김나지움 학생이었던 그녀를 본 적이 있었지. 그날 밤 무슨 일로 거기 갔었는지는 기억나지 않지만 지독하게 추운 밤이었고, 아마 프레스냐 무장 봉기 때였던 것 같아. 그 소녀가 바로 안티포바야.

나는 집으로 돌아가려고 수시로 노력했어. 하지만 그건 그리 간단하지가 않아. 일 때문이 아니야, 일이야 다른 사람에게 넘길 수도 있으니까. 어려운 건 떠나는 것 자체야. 열차가 전혀 없고, 설령 있다 해도 너무 사람이 많아 탈 자리가 없어.

그렇다고 해도 언제까지 여기 있을 수는 없기 때문에, 부상이 나았거나 퇴직 또는 제대한 사람들 몇몇은, 물론 나와 갈리울린과 안티포바도 포함되지만, 어떻게든 다음주에는 떠나기로 결정했고, 그래서 교통편이 마련되는 대로 각각 다른 날짜에 한 사람씩 떠나기로 했어.

머리에 내리는 눈처럼 나도 어느 날 갑자기 나타날 수 있어. 하지만 되도록이면 전보를 칠게."

그러나 유리 안드레예비치는 떠나기도 전에 안토니나 알렉산드로브나의 답장을 받게 되었다.

흐느끼며 쓴 탓에 문맥이 엉망이고 눈물과 잉크 자국이 구두점처럼 찍힌 그 편지에서 안토니나 알렉산드로브나는 남편에게 모스크바로 돌아오지 말고 그 훌륭한 간호사와 함께 곧장 우랄로 가라고 설득했는데, 운명과 우연의 인생을 살아가는 그녀와 소박한 인생을 사는 자신은 비교도 되지 않는다고 쓰여 있었다.

"사셴카*와 이 아이의 장래에 대해서는 걱정 마." 그녀는 썼다. "그 애는 당신을 부끄럽게 하지 않을 거야. 나는 이 아이를 당신이 어린 시

* 지바고의 아들 알렉산드르의 애칭.

절 우리집에서 보았던 규칙대로 키우겠다고 약속할게."

"당신 미쳤군, 토냐." 유리 안드레예비치는 당장 답장을 썼다. "그런 의심을 하다니! 당신이, 당신에 대한 생각이, 당신과 우리집에 대한 신뢰가 지난 이 년의 무섭고 참혹한 전쟁의 죽음과 온갖 종류의 파괴로부터 나를 구했다는 걸 모르는 거야? 하지만 말이 무슨 소용이겠어. 우리는 곧 만날 거고, 예전과 같은 생활로 돌아가면 모든 것이 해결될 거야.

하지만 당신이 보낸 답장은 완전히 다른 의미에서 나를 아주 놀라게 했어. 당신이 그런 답장을 쓴 원인이 나에게 있다면, 어쩌면 내가 애매한 행동을 했다는 것이고, 그렇다면 그녀에게 그런 오해를 사게 한 것도 내 잘못이니 나는 그녀에게도 사과를 해야 할 거야. 나는 근처 마을들을 돌아보러 간 그녀가 돌아오는 대로 사과할 생각이야. 예전에는 도나 군에만 있었던 젬스트보가 이제는 더 작은 단위인 면에도 생기고 있어. 안티포바는 바로 이 새롭게 입법화된 단체에서 지도원으로 일하는 지인을 도와주러 갔어.

안티포바와 나는 같은 건물에 살지만, 나는 아직 그녀의 방이 어디 있는지도 모르고, 관심조차 없어."

3

두 개의 큰 도로가 멜류제예보 동쪽과 서쪽으로 나 있다. 그중 숲을 지나는 비포장도로로 가다보면 곡물을 거래하는 지부시노에 이르는데, 이 작은 도시는 행정상으로는 멜류제예보에 속하지만 모든 면에서 멜류제예보보다 풍족했다. 또하나는 자갈이 깔린 길인데, 여름이면 바짝 말라버리는 늪지의 초원을 지나며 멜류제예보에서 그리 멀지 않은 철로 교차점인 비류치를 향하고 있다.

6월, 이 지부시노에서, 지부시노 제분업자 블라제이코가 선언한 지부시노공화국이 이 주일간 존속했다.

이 공화국은 혁명 때 무기를 들고 전선에서 이탈해 비류치를 거쳐 지부시노로 들어온 212 보병 연대의 탈주병들에 의해 유지되었다.

이 공화국은 임시정부를 인정하지 않았고, 러시아의 다른 지역과 분리되었다. 젊은 시절 톨스토이와 편지 왕래를 했던 분리파의 일원 블라제이코는 새로운 지부시노 천년왕국을 선포하고 노동과 재산의 공동 소유를 선언했으며, 지방 정권의 이름을 사도회로 바꿨다.

지부시노는 언제나 전설과 과장된 이야기의 출처였다. 울창한 숲속에 있는 이 작은 도시는 러시아 동란기의 여러 기록에도 언급되어 있으며, 이 일대에는 훗날까지 강도들이 우글거렸다. 이곳은 상인들의 번영과 기막히게 비옥한 토지로 유명했다. 전방의 이 서부 지역을 특징짓는 어떤 종류의 미신과 관습, 독특한 사투리들은 바로 이 지부시노에서 나온 것이다.

지금 들리는 과장된 이야기는 블라제이코의 부관에 관한 것이었다. 사람들은 그가 날 때부터 농아였지만, 영감이 떠오를 때는 말하는 능력이 생겼다가 영광의 섬광이 사라지면 그 능력을 잃는다고 믿고 있었다.

7월에 지부시노공화국은 붕괴되었다. 그곳에 임시정부에 충성을 맹세한 군대가 들어왔다. 탈주병들은 지부시노에서 비류치로 쫓겨났다.

그곳은 철로 양쪽으로 몇 베르스타에 달하는 숲이 벌채되어 있었고, 나무 그루터기들이 무성한 산딸기로 뒤덮이고 여기저기서 가져가버려 절반밖에 남지 않은 장작더미가 오랫동안 운반되지 않은 채 방치되어 있었으며, 한때 계절 따라 나무하러 다니던 노동자들이 살았던 오두막들이 다 허물어져가고 있었다. 탈주병들은 그곳에 정착했다.

4

그가 입원해 치료받고 한동안 근무하다가 이제 떠나려 하는 병원 건물은 자브린스카야 백작부인이 전쟁이 시작됐을 때 부상자들을 위해 당국에 기증한 것이었다.

이 이층집은 멜류제예보에서 가장 좋은 위치 중 하나를 차지하고 있었다. 전에 병사들 교련에 쓰여 연병장으로 불리던 도시의 중앙 광장과 주요 도로가 교차하는 지점인 이곳에서 저녁마다 집회가 열렸다.

네거리가 보이는 집에서는 사방으로 전망이 트여 있었다. 주요 도로나 중앙 광장 외에도 인접한 이웃집 마당이 보였는데, 그곳은 농촌과 별다르지 않은 가난한 시골집과 대지였다. 그 집의 뒷담도 백작부인의 오래된 정원으로 이어졌다.

그 집이 자브린스카야에게 그 자체로 가치 있었던 적은 한 번도 없었다. 그녀는 그 지방에 '라즈돌노예'라는 광대한 영지를 가지고 있었고, 도시에 있는 그 집은 볼일이 있어 왔을 때 잠시 묵거나 여름에 영지로 피서하러 오는 손님들을 위한 용도로만 쓰였다.

그러던 것이 지금은 야전병원이 되었고, 집주인은 원래 거주지인 페테르부르크에서 체포되었다.

예전에 그 집에서 일하던 사람들 중 흥미로운 두 여자가 남아 있었는데, 지금은 결혼한 백작영애들의 가정교사였던 마드무아젤 플레리와 백작부인의 수석 요리사 우스티냐였다.

머리가 하얗고 볼이 붉은 노인 마드무아젤 플레리는 헐렁하고 낡아빠진 쿕타*를 입고 지저분하고 흐트러진 모습으로 신발을 질질 끌며 전에 자브린스키 가족과 함께 살았을 때처럼 자신에게 익숙한 병원 안을 돌아다녔는데, 러시아어가 서툴고 프랑스어식으로 러시아어의 끝을 삼키듯이 말했다. 그녀는 몸짓 손짓을 하며 수다를 떨다가 쉰 목소리로 크게 웃음을 터뜨리고는 멈추지 않는 긴 기침을 해댔다.

마드무아젤은 안티포바 간호사에 대해 속속들이 잘 알고 있었다. 그녀는 닥터와 간호사가 서로 좋아하는 것이 틀림없다고 생각했다. 로망스계 사람들에게 깊이 뿌리박힌 중매의 열정에 사로잡힌 마드무아젤은 그들이 함께 있는 것을 보면 기뻐하면서, 의미심장하게 손가락을 세워 위협하고는 장난스럽게 윙크를 했다. 안티포바는 당황하고 닥터는 화를 냈지만, 괴짜들이 다 그렇듯 마드무아젤은 자신의 오해를 아주 자랑스러워하며 결코 그들에 대한 생각을 바꾸지 않았다.

그런 그녀보다 더 기이한 성격을 가진 사람은 우스티냐였다. 그녀는 몸통이 위로 갈수록 좁아져 마치 알을 품은 암탉 같았다. 우스티냐는 무뚝뚝하고 악의가 느껴질 정도로 냉철했는데, 그런 분별력이 미신의

* 여성용 짧은 재킷.

영역에서 제어할 수 없는 망상과 결합되었다.

우스티냐는 미신적인 주문呪文을 많이 알았는데, 악령이 들지 않도록 난롯불과 열쇠 구멍 앞에서 중얼중얼 주문을 외우기 전까지는 집밖으로 한걸음도 떼지 않았다. 그녀는 지부시노 태생이었다. 시골 마법사의 딸이라는 소문도 있었다.

우스티냐는 몇 년이고 입을 떼지 않을 수도 있었지만, 한번 발작적인 흥분이 시작되면 절대 말릴 수 없었다. 그녀는 진리를 수호하는 데 열정을 쏟았다.

지부시노공화국이 붕괴한 뒤 멜류제예보의 인민위원회는 이 도시에 퍼진 무정부주의적 풍조에 반대하는 캠페인을 벌이기 시작했다. 예전 같으면 여름에 소방서 앞 광장에서 열렸을 평화로운 정치 집회가 밤마다 연병장에서 열렸고, 할일 없는 멜류제예보 주민들이 그곳에 모였다. 멜류제예보 문화계몽부가 이런 집회를 장려했고, 집회를 이끌 직원이나 외부 연설자를 파견하기도 했다. 그들은 지부시노 말을 할 줄 아는 농아에 대한 소문을 터무니없는 난센스로 여기고 그 이야기를 특히 자주 언급했다. 그러나 멜류제예보의 영세 수공업자들과 병사들의 아내들, 전에 지주의 하인이었던 사람들의 의견은 달랐다. 그들은 말을 할 줄 아는 농아 이야기가 터무니없다고 생각하지 않았다. 사람들은 그의 편을 들었다.

그를 옹호하는 군중의 이런저런 외침 속에서 가끔 우스티냐의 목소리도 들렸다. 처음에는 여자다운 수줍음에 망설이며 나서지 못했다. 그러나 차츰 용기를 내어 그녀는 멜류제예보에서 마음에 들지 않는 의견을 낸 연설자를 과감하게 공격하기 시작했다. 그렇게 어느새 그녀는 연단에서 진짜 연사가 되었다.

저택의 열린 창문으로 광장의 목소리들이 뭉쳐 웅웅거리는 소리가 들렸고, 특히 조용한 저녁에는 연설하는 내용까지 들렸다. 가끔 우스티냐가 말할 때면 마드무아젤이 방으로 뛰어들어와 지금 하는 이야기 좀 들어보라고 옆에 있는 사람들에게 권하고는 어눌한 발음으로 악의 없이 흉내냈다.

"해산! 해산! 차르 왕국! 지부시노! 농아! 반역자! 반역자!"

마드무아젤은 날카로운 혀를 가진 그녀를 남몰래 자랑스럽게 여겼다. 두 여자는 서로 애정을 느끼면서도 끊임없이 서로에게 불평을 터뜨렸다.

5

유리 안드레예비치는 천천히 떠날 준비를 했고, 집들과 관청들을 돌며 사람들과 작별인사를 하고 필요한 서류들을 챙겼다.

바로 그때, 전선 지구의 새로운 인민위원이 군대에 가는 도중 멜류제예보에 들렀다. 소문에 그는 아직 완전히 풋내기라고 했다.

사람들은 새로운 대공세를 갖춰가고 있었다. 군대 내 분위기 전환을 위해 애쓰고 있었다. 병사들의 기강도 강화되었다. 군사혁명재판소가 설립되고, 최근에 폐지되었던 사형제도도 부활했다.

떠나기 전 닥터는 사령부에 전출 등록을 해야 했는데, 멜류제예보에서는 간단히 줄여서 '지방관'이라고 불리는 군사령관이 그 임무를 수행했다.

날마다 사람들로 북새통이었다. 현관 대기실과 안마당으로도 모자라 창문 앞 거리까지 북새통이었다. 여기서 책상 앞까지 간다는 것은 불가능했다. 백 개의 목소리가 들리지만 한 개의 목소리도 알아들을 수 없었다.

그날은 접수일이 아니었다. 텅 빈 조용한 사무실에서는 점점 복잡해지는 업무에 불평하는 서기들이 조롱하는 듯한 눈빛을 주고받으며 묵묵히 뭔가를 쓰고 있었다. 사령관실에서는 군복 단추를 풀고 시원한 음료수라도 마시는 것 같은 유쾌한 목소리가 흘러나왔다.

거기서 나오던 갈리울린이 지바고를 발견하고는 실내에 가득한 활기를 닥터에게 나눠주려는 듯 도움닫기 같은 몸짓으로 그를 불렀다.

어쨌든 닥터는 사령관의 서명을 받아야 했다. 사무실에 들어간 그는 그곳의 모든 것이 예술적인 무질서 속에 있다는 것을 알아챘다.

작은 도시를 흥분시킨 그날의 영웅인 신임 인민위원이 자신의 임무를 수행하는 대신 사령부의 중대한 부문이나 작전 문제와는 아무 관계도 없는 이 사무실에 나타나, 군대 문서 왕국의 관리자들 앞에서 일장 연설을 토했다.

"그리고 여기 또 한 사람 우리의 스타가 오셨군요." 지방관이 인민위원에게 닥터를 소개했지만, 자신에게 한껏 도취된 그는 닥터를 쳐다보지도 않았고, 지방관은 닥터가 내민 서류에 서명하기 위해 자세를 바꿔 서류를 받고는, 지바고에게 친절한 손짓으로 방 한가운데 있는 낮고 푹신한 의자를 가리켰다.

그곳에 있던 사람들 중에 사람다운 자세로 앉은 사람은 닥터뿐이었다. 나머지는 전부 괴상하고 흐트러진 자세로 앉아 있었다. 지방관은 손으로 머리를 받치고 페초린*처럼 책상에 반쯤 드러누웠고, 그의 부관은 여성용 말안장에 앉듯 소파 팔걸이에 양발을 모은 채 걸터앉았으며, 갈리울린은 의자에 거꾸로 앉아 등받이를 끌어안고 머리를 기댔고, 새파랗게 젊은 인민위원은 양팔로 창틀을 짚고 몸을 들어올렸다가 어느새 뛰어내리곤 하면서 마치 돌아가는 팽이처럼 잠시도 몸을 가만두지 못하고 사무실 안을 작은 보폭으로 쉴새없이 바삐 왔다갔다했다. 그는 쉬지 않고 이야기했다. 비류치의 탈주병들에 대한 이야기였다.

인민위원은 과연 소문 그대로였다. 마르고 균형 잡힌 몸에 아직 앳돼 보이는 청년은 가장 높은 이상을 품고 양초처럼 불타고 있었다. 명문가 출신으로 원로원의 아들이라는 말도 있었고, 2월 혁명 때 자기 중대를 두마**로 이끈 최초의 인물 중 하나라는 말도 있었다. 성은 긴체인가 긴츠였는데, 닥터에게 소개할 때 명확하게 들리지 않았다. 인민위원은 페테르부르크식의 정확한 발음을 구사했는데, 너무 또렷해서 조금 오스트제***식 발음처럼 들렸다.

그는 몸에 꼭 끼는 프렌치****를 입고 있었다. 아마도 자신이 너무 젊은 것이 마음에 들지 않는지 나이든 것처럼 보이려고 얼굴을 찌푸린 채 일부러 어깨를 구부정하게 했다. 그러기 위해 승마바지 주머니에 손을

---

* 미하일 레르몬토프의 소설 『우리 시대의 영웅』에서 잉여인간으로 그려진 주인공.

** 1906~1917년까지 존속한 제정러시아의 국회. 러시아 혁명중에 해산되었다.

*** 오스트제는 동쪽 바다를 뜻하는 독일어로 발트해를 가리키며, 독일어처럼 들렸다는 뜻이다.

**** 짧은 칼라와 네 개의 주머니가 달린 재킷.

깊이 찔러넣고 빳빳한 새 견장이 달린 어깨를 추켜올린 그의 모습은 기병의 외양을 단순화해 보여주는 것 같아서 어깨에서 두 발까지를 아래로 수렴되는 선들로 그릴 수 있을 정도였다.

"여기서 철도를 따라 몇 구간을 가면 카자크 연대가 있소. 붉은 군대죠, 충성스러운. 그들이 소환돼 반란군을 포위하면, 다 끝날 겁니다. 군사령관은 그들을 빨리 무장해제시키자고 주장하고 있소." 지방관은 인민위원에게 말했다.

"카자크라고요? 말도 안 됩니다!" 인민위원은 불같이 화를 냈다. "1905년, 혁명 전의 이야기에 불과합니다! 그 점에서 우리는 당신들과 의견이 다릅니다, 당신들 장군들은 얕은 수를 쓰는군요."

"아직 아무것도 하지 않았소. 아직은 계획일 뿐, 제안중입니다."

"작전 명령에는 개입하지 않는다는 군사령부의의 합의가 있었습니다. 나는 가자크들을 반대하지는 않습니다. 용인합시다. 그러나 나는 신중하게 조치할 생각입니다. 그들은 거기서 노영하고 있습니까?"

"그렇다고 할 수 있죠. 어쨌든 숙영지니까. 무장하고 있소."

"좋습니다. 내가 그들에게 가보죠. 그 폭도들, 숲속의 강도들을 직접 만나보겠습니다. 반란자이고 탈주병이라지만, 그들 역시 인민입니다, 여러분, 당신들은 그 사실을 잊고 있습니다. 인민은 어린애들과 같아서, 그들을 이해해야 하고 그들의 심중을 알아야 하는데 그러려면 특별한 접근이 필요합니다. 그들의 가장 중요하고 민감한 심금을 울릴 수 있어야 합니다. 내가 그 벌채지에 가서 그들과 터놓고 대화해보겠습니다. 두고 보십시오, 그들이 얼마나 질서 있게 자신들이 버리고 떠나온 곳으로 되돌아갈지. 내기라도 할까요? 못 믿겠습니까?"

"의심스럽긴 합니다. 어쨌든 신의 가호를 빌죠!"

"나는 그들에게 말할 겁니다! '형제들이여, 나를 보라. 외아들로서 가족의 희망이었던 나는 여러분에게 아직 지상의 어떤 인민도 누리지 못한 자유를 주기 위해 아무런 미련도 없이 나의 이름을, 지위를, 부모의 사랑을 버렸다. 이는 나와, 나와 같은 수많은 젊은이가 이룬 일이며, 영광스러운 선인들의 구舊 근위대는 물론이고, 강제노동에 끌려간 인민주의자들과 실리셀부르크에 수감된 인민의지당 당원들에 대해서는 새삼 말할 것도 없다. 우리가 단지 자신들을 위해 노력했을까? 우리에게만 필요한 것이었을까? 이제 더이상 여러분은 전과 같은 일개 병졸이 아니라 세계 최초의 혁명군 전사들이다. 여러분 자신에게 솔직하게 물어보라, 당신들은 이 숭고한 칭호에 부응하는가? 조국이 피를 흘리면서도 히드라처럼 휘감는 적들을 물리치기 위해 마지막 힘을 짜낼 때, 여러분은 알지도 못하는 악당 무리에게 정신이 팔려 무책임한 폭도, 자유를 무전취식하는 난폭하고 비열한 무리로 변하고 말았을 뿐만 아니라, 그러한 무리는 아무리 줘도 부족하다고 할 것이니 그야말로 돼지를 식탁 밑에 두면 곧 발도 올려놓는다는 말처럼 되고 말 것이다.' 오, 나는 그들에게 이렇게 말할 겁니다, 그들에게 수치심을 느끼게 할 겁니다!"

"아니, 아니, 그건 위험하오." 지방관이 부관에게 몰래 의미심장한 눈짓을 하며 반박했다.

갈리울린도 인민위원의 무모한 계획을 만류했다. 그는 212 보병 사단의 그 천둥벌거숭이들을 알고 있었는데, 그의 연대가 거기에 속해 있었고 그도 예전에 거기서 근무한 적이 있었다. 하지만 인민위원은 그의 말을 듣지 않았다.

유리 안드레예비치는 내내 자리에서 일어나 나갈 기회만 보았다. 그는 인민위원의 순진함이 곤욕스러웠다. 그러나 조소하면서도 속내를 감추는 지방관과 그의 부관의 교활한 이중성도 나을 건 없었다. 어리석음과 교활함이 쌍벽을 이뤘다. 홍수 같은 말로 분출된 그것은 불필요하고 비본질적이고 애매모호한, 그것이 없어도 진정한 삶을 사는 데 전혀 지장이 없는 것이었다.

오, 이 어리석게 고양된 암담한 인간의 웅변보다 자연의 외관상의 침묵 속으로, 길고 고된 노동의 정적 속으로, 깊은 잠과 진정한 음악 속으로, 영혼의 충만함에서 오는 조용하고 마음이 오가는 무언 속으로 들어갈 수만 있다면!

닥터는 유쾌한 일은 아니지만 어쨌든 안티포바에게 할말이 있다는 것이 생각났다. 그는 어떤 대가를 치르더라도 그녀를 만나야 할 일이 있다는 것이 기뻤다. 그러나 그녀는 아직 돌아오지 않았을 것이다. 닥터는 처음으로 적절한 기회가 오자 일어나서 눈에 띄지 않게 사무실을 빠져나왔다.

6

그녀는 이미 집에 돌아와 있었다. 마드무아젤은 닥터에게 그녀가 돌아왔다고 알리고, 라리사 표도로브나가 완전히 지쳐서 돌아와 서둘러 식사한 뒤 자신을 귀찮게 하지 말아달라고 부탁하고는 자기 방으로 갔다고 덧붙였다.

"그래도 노크라도 해봐요." 마드무아젤이 권했다. "아직 잠들지 않았을 거예요."

"어디로 가면 되죠?" 닥터의 이 물음에 마드무아젤은 말로 표현할 수 없을 만큼 깜짝 놀랐다. 그녀는 안티포바의 방은 자브린스카야 가족의 짐들을 넣고 잠가둔 방들이 늘어서 있는 이층의 복도 끝에 있다고 말해주었는데, 닥터는 한 번도 가보지 않은 곳이었다.

그사이 날이 금세 어두워졌다. 거리는 점점 좁아졌다. 집들과 담장들이 저녁의 어둠 속에서 한덩어리로 뭉쳐졌다. 타오르는 등불에 비친 안마당의 나무들이 어둠 속에서 창문으로 다가왔다. 숨막히도록 무더운 밤이었다. 움직일 때마다 땀이 흘렀다. 마당으로 떨어지는 등유램프의 불빛도 나무줄기를 타고 더러운 땀처럼 흘러내렸다.

닥터는 마지막 계단에서 멈춰 섰다. 긴 여행에서 지쳐 돌아온 사람에게는 방문을 두드리는 것조차 무례하고 방해되는 일이라는 생각이 들었다. 대화는 내일로 미루는 편이 나을 것 같았다. 좀처럼 마음을 정하지 못할 때 언제나 뒤따르는 방심 상태로 그는 복도의 다른 쪽 끝으로 걸어갔다. 이웃집 마당 쪽으로 난 창문이 있었다. 닥터는 몸을 내밀었다.

밤은 조용하고 신비한 소리들로 가득차 있었다. 복도 가까이 어느 세면대에서 천천히 규칙적으로 떨어지는 물방울 소리가 들렸다. 창밖 어딘가에서 누군가 속삭였다. 채소밭이 시작되는 어디쯤에서 오이 덩굴에 물을 주는 듯, 우물에서 물을 긷는 두레박 쇠사슬 소리와 두레박에서 물통으로 물을 옮기는 소리가 들렸다.

세상의 모든 꽃이 일제히 향기를 뿜어내고, 낮에 정신을 잃고 누워 있던 땅이 그제야 이 향기에 정신을 차린 것만 같았다. 쓰러진 나무의 가지들이 사람이 지나다닐 수도 없을 만큼 쌓여 있는 백작부인의 오래된 정원에서는, 꽃을 피우는 늙은 보리수나무에서 피어오른 먼지 냄새가 섞이고 커다란 건물의 벽처럼 거대한 향기가 한껏 자란 나무 우듬지들 위를 헤엄쳐 가고 있었다.

오른쪽 담장 너머 거리에서 비명이 울려퍼졌다. 휴가 나온 병사가 소란을 피우는지 문을 쾅쾅 두드리는 소리, 누군가 부르는 노랫소리가 토막토막 들려왔다.

백작부인의 집 정원에 있는 까마귀 둥지 너머로 기괴하리만큼 커다랗고 검붉은 달이 떠올랐다. 처음에는 지부시노에 있는 증기제분소 같은 벽돌색이더니, 이윽고 비류치 철도의 급수답처럼 노란색이 되었다.

안마당 창문 밑에서는 꽃차처럼 신선한 건초 냄새가 아름다운 밤의 달콤한 향기에 섞여 풍겼다. 얼마 전 먼 마을에서 사들인 암소가 이곳으로 끌려왔다. 진종일 끌려오느라 지친데다 두고 떠나온 무리가 그리웠던 암소는 아직 낯선 새 안주인이 주는 여물을 먹으려 하지 않았다.

"자, 자, 말을 잘 들어야지, 귀염둥이야, 뿔로 받으면 안 돼, 요 녀석." 여주인이 속삭이며 소를 달래도 화난 소는 머리를 이쪽저쪽으로 돌리거나 목을 쭉 빼고 청승맞고 신경질적으로 울어댈 뿐이었는데, 멜류제예보의 검은 헛간들 뒤에서 별들이 반짝이며 이 소에게 보이지 않는 공감의 실을 두르는 것 같았고, 그곳은 마치 소에게 연민을 보내는 별세계의 외양간 같았다.

주위의 모든 것이 돌아다니고 자라며 존재의 마법 같은 누룩으로 떠오르는 듯했다. 조용한 바람처럼 생명의 환희가 넓은 파도를 일으키며 대지와 도시를 정처 없이 지나 벽과 담장을 통과하고, 나무줄기와 인간의 육체를 빠져나가, 가는 길에 있는 모든 것을 전율시키며 나아갔다. 이 전류의 영향을 억누르기 위해 닥터는 집회의 연설을 들으러 연병장으로 갔다.

7

달은 벌써 하늘 높이 걸려 있었다. 주위는 온통 백색 도료를 쏟은 것 같은 선명한 달빛으로 넘쳐났다.

광장을 둘러싸고 있는 높은 원기둥의 석조 건물들이 관청 입구 바닥에 검은 융단 같은 널따란 그림자를 떨어뜨리고 있었다.

집회는 광장 반대쪽에서 열리고 있었다. 마음만 먹으면 연병장 건너에서 들려오는 말소리를 전부 알아들을 수도 있었다. 그러나 장엄한 광경이 닥터의 눈길을 사로잡았다. 그는 소방서 문 옆 벤치에 앉아, 길 건너에서 들려오는 말소리에는 귀기울이지 않고 주위를 둘러보았다.

광장 양쪽에서 인적이 없는 작고 좁은 길들이 광장으로 흘러들었다. 그 길들을 따라 멀리 낡아서 쓰러져가는 작은 집들이 보였다. 시골길처럼 푹푹 빠지는 진창이었다. 그 진창에 서 있는 버들가지 울타리는 마치 연못에 던져놓은 통발이나 가재를 잡으려고 가라앉혀놓은 바구니처럼 보였다.

집집마다 열어놓은 창문의 유리가 희미하게 반짝거렸다. 앞마당에서 집 쪽으로 아맛빛 털의 옥수수가 땀을 흘리며 기울어져 있고, 옥수수수염과 옥수숫대는 기름을 바른 듯 반짝거렸다. 축 늘어진 버들가지 울타리 밑에서 이울어 야윈 접시꽃들은 무더운 집에서 시원한 공기를 마시기 위해 루바시카만 걸치고 뛰쳐나온 농촌 아낙처럼 여기저기 먼 곳을 바라보고 있었다.

달빛 찬란한 밤이 자비심이나 투시력과도 같이 감탄을 자아내던 그때, 그 밝고 반짝거리는 동화 같은 정적 속으로 갑자기 누군가의 익숙한 목소리가 끊어지며, 지금 막 귓전에 닿은 듯 들리기 시작했다. 아름답고 힘차고 확신에 찬 목소리였다. 닥터는 누구의 목소리인지 단번에 알아차렸다. 인민위원 긴츠였다. 그가 광장에서 연설하고 있었다.

아마도 당국은 그를 이용해 자신들의 권위를 옹호하려고 지원을 요청했을 것이고, 그는 흥분한 어조로 멜류제예보 사람들의 비조직적 성향 때문에 그가 믿기로 지부시노 사건의 진정한 장본인인 볼셰비키*의 부패한 영향에 너무 쉽게 굴복했다고 비난했다. 그는 군사령관 사무실에서 이야기했을 때와 똑같은 기세로, 잔인하고 강력한 적에 대해, 조국이 처한 큰 시련의 시기에 대해 상기시켰다. 그의 연설이 중반쯤 다다랐을 때 방해가 시작되었다.

연사의 말을 가로막지 말라는 요구와 반대하는 외침이 번갈아 들렸다. 항의 발언이 더 잦아지고 더 시끄러워졌다. 긴츠와 함께 와 의장 역할을 맡은 누군가가 청중석에서의 발언은 허용되지 않으며 질서를 지키라고 소리쳤다. 어떤 자들이 군중 속에 있는 한 여자에게 발언권을

* 러시아 사회민주노동당에서 레닌을 지지한 세력. 다수파라는 뜻이며, 혁명 이후 소련의 정치를 장악했다.

주자고 제언하자, 다른 자들이 반대하며 방해하지 말라고 요구했다.

한 여자가 군중을 헤치고 연단을 대신해 엎어놓은 궤짝 쪽으로 걸어 나왔다. 그녀는 굳이 궤짝 위로 오를 마음이 없는 듯 연사를 압박하듯 그의 옆으로 가서 섰다. 사람들은 그녀를 잘 알고 있었다. 침묵이 흘렀다. 그녀는 군중의 주목을 한몸에 받았다. 우스티냐였다.

"당신은 지부시노에 대해 말했죠, 위원 동지, 그리고 눈에 대해, 우리는 눈을 가져야 하고 속임수에 넘어가서는 안 된다고 했죠. 그런데 당신 이야기를 들어보니 당신이 아는 거라곤 오직 볼셰비키와 멘셰비키뿐*이군요. 볼셰비키와 멘셰비키, 당신 이야기에는 그것밖에 없어요. 당신은 더이상 싸우지 말고 모두 형제처럼 지내야 한다고 했지만, 그건 하느님이 하실 일이지 멘셰비키가 할 수 있는 일이 아니며, 제분소와 공장을 무산자에게 주자고 하지만 그것 또한 볼셰비키가 아니라 인간의 연민이 할 일이에요. 게다가 농아에 대해서는 당신이 말하지 않아도 우리는 신물이 날 만큼 들었어요. 그 사람이 당신에게 뭔가요, 진짜! 그 사람의 뭐가 그렇게 불만이죠? 내내 벙어리이던 사람이 어느 날 갑자기 허락도 없이 말을 했기 때문인가요? 말도 안 되는 일이라고 생각하는 건가요. 그런 일은 드물지 않아요! 예를 들면, 잘 알려진 나귀 이야기가 있죠. '발람, 발람,' 나귀가 말합니다. '제발 부탁인데 그쪽으로 가지 마세요, 후회하게 될 겁니다**' 누구나 알지만, 발람은 나귀의

---

* 러시아 사회민주노동당의 자유주의적 온건파. 개인의 자유와 점진적 혁명을 주장했다.

** 선지자 발람은 가나안으로 가는 이스라엘인들을 저주하려 했으나, 타고 가던 나귀가 세 번이나 방향을 바꾸었다. 매질하는 발람에게 나귀가 말하자, 발람의 눈에 신이 보낸 천사가 앞길을 막고 있는 것이 보였다. 「민수기」 22장 참조.

말을 듣지 않고 걸어갔죠. 당신이 말한 '농아'니까요. 그는 짐승의 말을 왜 들어야 하느냐고 생각하죠. 가축을 멸시했습니다. 그래서 나중에 그가 얼마나 후회했던가요. 그 이야기가 어떻게 끝나는지는 당신도 알 겁니다."

"어떻게 끝났지?" 군중 속 누군가가 흥미를 가졌다.

"이쯤 하죠." 우스티냐가 퉁명스럽게 말했다. "많이 알수록 금세 늙는 법이니까."

"아니, 그런 말 말고요. 어떻게 됐는지 말해줘요." 그 목소리는 멈추지 않았다.

"알았어요, 알았어. 우엉처럼 끈질긴 사람이네! 소금기둥이 되어버렸잖아요."

"당치도 않습니다, 부인! 그건 롯이죠. 롯의 아내 이야기잖소." 외치는 목소리들이 들렸다.

모두가 웃음을 터뜨렸다. 의장이 질서를 지키라고 호소했다. 닥터는 잠을 자러 들어갔다.

8

다음날 저녁에 그는 안티포바를 만났다. 식기방에서 그녀를 발견했다. 라리사 표도로브나 앞에는 다림질한 세탁물이 높이 쌓여 있었다. 그녀는 다림질을 하고 있었다.

식기방은 이층 안쪽에 있는 방들 중 하나로 정원 쪽에 위치하고 있었다. 이 방에 사모바르들을 두었고, 주방에서 수동식 승강기로 올라온 요리를 접시에 담거나 사용한 그릇을 접시닦이에게 내려보냈다. 야전병원의 물자 보고서도 보관되어 있었다. 여기서 식기나 리넨 수량을 장부와 대조했고, 한가할 때 휴식을 취하는 장소로도, 만남의 장소로도 사용되었다.

창문이 정원을 향해 열려 있었다. 식기방에서는 오래된 공원처럼 보리수나무 꽃향기, 마른 캐러웨이의 씁쓸한 냄새, 그리고 두 개의 증기다리미에서 나오는 일산화탄소 냄새가 희미하게 풍겼는데, 라리사 표도로브나는 다리미 두 개를 번갈아 쓰며 뜨겁게 달구려고 하나씩 번갈아 환기통에 넣으면서 다림질을 하고 있었다.

"어제 왜 노크하지 않았어요? 마드무아젤이 말해줬어요. 그런데, 잘하셨어요. 이미 잠자리에 들어서 들어오라고 하지 못했을 테니까요. 음, 잘 지내셨나요? 조심해요, 더러워지지 않게. 숯이 튀었거든요."

"병원 속옷 다림질은 당신이 다 합니까?"

"아니요, 대부분 내 거예요. 당신은 내가 여기서 떠나지 않는다고 놀리셨죠. 그런데 이번에는 정말 떠날 거예요. 봐요, 떠나려고 준비하잖아요. 준비되면 떠날 거예요. 나는 우랄로, 당신은 모스크바로. 언젠가 유리 안드레예비치에게 누가 이렇게 묻겠죠. '멜류제예보라는 작은 도시에 대해 들어본 적 있습니까?'—'기억나지 않는데요.'—'그럼, 안티포바는 아십니까?'—'기억나지 않습니다.'"

"글쎄, 그렇다고 해둡시다. 이 지역 마을들을 돌아본 건 어땠어요? 마을은 괜찮던가요?"

"그건 한마디로는 표현할 수 없어요. 다리미가 어쩜 이렇게 빨리 식

는담! 괜찮다면, 새것 좀 집어주시겠어요? 환기통 안에 넣어둔 거요. 그리고 이건 다시 거기 넣어주세요. 됐어요. 고마워요. 마을들은 다 달랐어요. 주민들이 다 다르니까요. 어느 마을 주민들은 부지런하고 근면해요. 아무 문제도 없죠. 하지만 어느 마을은 주정뱅이들만 있어요. 황폐했어요. 보기에도 끔찍할 정도로요."

"말도 안 돼요. 주정뱅이라고요? 당신도 잘 알다시피, 그건 그곳 남자들이 모두 군대로 끌려가서 아무도 없기 때문이에요. 아무튼 좋아요. 그건 그렇고, 새로운 젬스트보는 새롭고 혁명적이던가요?"

"주정뱅이에 대해서는 당신이 틀렸어요, 나는 그 생각에 동의할 수 없어요. 젬스트보요? 그건 앞으로 오랫동안 골칫거리가 될 거예요. 지시가 내려져도 시행되지 않고, 마을에 함께 일할 만한 사람이 아무도 없어요. 지금 농민의 관심은 오직 토지 문제예요. 나는 라즈돌노예에도 잠시 들렀어요. 정말 아름다운 곳이에요! 당신도 가보면 좋을 텐데. 지난봄에 조금 불타고 약탈을 당했죠. 헛간이 불타고 과수들도 까맣게 타고, 건물 외벽도 일부 그슬렸어요. 지부시노에는 들를 수 없어서 그냥 왔어요. 그런데 어딜 가든 모두 농아 이야기는 꾸며낸 게 아니라고 말했어요. 그의 외양에 대해서도 말하더군요. 젊고, 배운 사람이라고요."

"어젯밤 우스티냐가 연병장에서 그를 옹호하는 연설을 했어요."

"돌아와 보니 라즈돌노예에서 또 잡동사니들을 짐마차 한 대나 보내왔더군요. 제발 그대로 둬달라고 몇 번이나 부탁했는데도. 마치 우리 것만으로는 부족하다는 듯이요! 그리고 오늘 아침에는 사령부 경비병이 지방관의 쪽지를 가지고 왔어요. 백작부인의 은 찻잔과 크리스털 포도주병이 꼭 필요하다면서요. 하룻밤만 쓰고 돌려준다고는 해요. 하지만 돌려준다는 말의 의미를 우리는 잘 알죠. 반도 되돌려받지 못할 거예요. 파티를 연대요. 어떤 손님이 왔다고."

"아, 그럴 겁니다. 전선의 새 인민위원이 도착했어요. 우연히 그를 만났죠. 탈주병들 처리와 관련해, 그들을 포위해 무장해제시키려고 생각하고 있어요. 그 인민위원은 아직 풋내기에 일도 서툴러요. 이곳 사람들은 카자크를 쓰자고 제안하지만, 그는 감정에 호소해볼 생각이더군요. 인민은 어린애 같다느니 어쩌느니 하며 무슨 어린애 장난 정도로 생각하고 있어요. 갈리울린은 잠자는 야수를 깨우지 말고 우리에게 맡기라고 설득했지만, 그는 그 생각이 머리에 박혀서 들으려고도 하지 않아요. 들어봐요. 잠깐 다리미는 놔두고 들어봐요. 곧 이곳에서 가공할 난투가 벌어질 겁니다. 우리 힘으로는 막을 수가 없어요. 그런 대혼란이 일어나기 전에 나는 당신이 여길 떠났으면 좋겠습니다!"

"아무 일도 일어나지 않을 거예요. 당신은 과장하고 있어요. 물론 나는 어차피 떠날 거예요. 하지만 갑자기 휘리릭 안녕히 계세요 할 순 없잖아요. 자산 장부에 기록된 그대로 인계해야죠. 안 그러면 내가 뭘 훔쳤다는 말을 들을 수도 있어요. 그런데 그걸 누구에게 인계해야 할까요? 그게 문제예요. 자산 조사하느라 정말 힘이 들었지만 돌아오는 건 비난뿐이에요. 나는 병원이 사용한 자브린스카야의 자산을 기록했죠, 그건 법령의 뜻이니까요. 그런데 이제 와서 사람들은 내가 주인의 자산을 보호하려고 일부러 그랬다고 말해요. 정말 역겨워요!"

"아, 카펫이니 도자기니 같은 건 꺼지라고 침이라도 뱉어버려요. 그런 것 때문에 속이 상하다니! 아, 아, 어제 당신을 만나지 못한 게 정말 유감이군요. 나는 영감에 가득차 있었는데! 당신에게 천상의 모든 역학에 대해 설명하고, 어떤 혐오스러운 질문에도 대답할 수 있었을 겁니다! 아니, 농담이 아니라, 나는 모든 것을 털어놓고 싶어 참을 수가 없었어요. 내 아내에 대해, 아들에 대해, 내 인생에 대해. 젠장, 성인 남자가 성인 여자에게 무슨 이야기만 꺼내도 당장에 '속'을 의심받는다니! 아악! 겉이고 속이고 다 악마에게나 줘버리라지!

당신은 다림질, 다림질을 계속해요, 다시 속옷을 다리고, 내가 무슨 말을 하든 신경쓰지 말아요. 나는 한참 이야기할 거니까.

지금이 어떤 시대인지 생각해봐요! 당신과 나는 이런 시대에 살고 있어요! 영원처럼 긴 세월 속에 한 번 있을까 말까 한 가공할 일이 벌어지고 있죠. 생각해봐요. 온 러시아의 지붕이 날아가고, 우리는 모든 인민과 함께 길바닥에 나앉은 우리 자신을 발견했어요. 그리고 우리를 감시하는 사람은 아무도 없어요. 자유! 말이나 요구뿐인 자유가 아니라 기대를 넘어서는, 하늘에서 떨어진 자유. 뜻밖의 사건과 오해로 생겨난, 진정한 자유죠.

모든 것이 어리둥절할 만큼 얼마나 거대한지! 당신은 눈치챘습니까? 모두가 자기 자신에게서 발견한 보가티르에 스스로 압도되고 있어요.

그래요, 당신은 다림질을 계속하고, 나는 이야기를 하겠습니다. 당신은 말하지 말아요. 지루하진 않습니까? 내가 다리미를 바꿔주죠.

나는 어젯밤 집회를 봤어요. 놀라운 광경이었죠. 어머니 루시*가 움직이기 시작했습니다, 그 자리에 가만있을 수가 없어서, 쉬지 않고 나

* 현 우크라이나 키예프에 세워졌던 러시아 최초의 국가 키예프 루시를 말함.

아가고, 멈추지 않고 말을 하고 있어요. 인간들만 말하고 싶어하는 건 아니에요. 별들과 나무들이 모여 이야기하고, 밤에 피는 꽃들이 철학을 이야기하고, 석조 건물들이 집회를 열고 있죠. 마치 복음서에 나오는 이야기처럼, 안 그렇습니까? 사도使徒들의 시대처럼요. 사도 바울이 한 말 기억합니까? '혀로 말하고 예언하십시오. 해석하는 능력까지 얻으려고 기도하십시오.'*"

"집회를 벌이는 나무들과 별들, 그건 나도 알아요. 당신이 무슨 말을 하려는지 알고 있어요. 나에게도 그런 일들이 있었으니까."

"절반은 전쟁이 했고, 나머지 절반은 혁명이 이뤘습니다. 전쟁은 삶의 인공적 중단입니다, 마치 존재하기를 잠시 연기할 수 있다는 듯이(터무니없는 소리!). 혁명은 너무 오래 참았던 숨처럼 의지와 상관없이 터져나왔습니다. 모두 되살아나고, 새로 태어나고, 변화해 혁명을 일으켰습니다. 이렇게 말할 수도 있을 겁니다, 각자 두 가지 혁명을 겪었는데, 하나는 자신의 개인적인 혁명이고, 다른 하나는 공통의 혁명이라고요. 나는 사회주의를 우리 개개의 혁명들이 강물이 되어 흘러가 합쳐져야 할 삶의 바다, 자립의 바다라고 봅니다. 내가 말한 삶의 바다란 회화에서 볼 수 있는 삶, 천재적인 삶, 창조적이고 풍부한 삶입니다. 그러나 지금 사람들은 그것을 책이 아니라 각자 자신의 몸으로, 추상적이 아니라 실제로 겪어보기로 결심한 거예요."

예기치 않게 떨리는 목소리로 보아 닥터가 흥분했다는 것을 알 수 있었다. 라리사 표도로브나는 다림질하던 손을 잠시 멈추고 놀란 눈으로

* 「고린도전서」 14장 참조.

진지하게 바라보았다. 그는 혼란에 빠져 자기가 무슨 이야기를 하고 있었는지 잊어버렸다. 잠시 침묵한 뒤 그는 다시 입을 열었다. 그리고 머리에 떠오르는 대로 아무 말이나 지껄이기 시작했다. 그는 말했다.

"나는 요즘 정직하고 생산적으로 살고 싶은 마음이 간절합니다! 그래서 내가 생기 있는 모든 것의 일부가 되길 바라죠! 그런데 나는 모든 사람을 사로잡고 있는 이 기쁨의 절정에서, 누구도 모르는 멀고 먼 나라, 그 먼 나라 끝 어딘가를 떠도는 당신의 신비스럽고 슬픈 눈빛을 보게 돼요. 그것을 사라지게 할 수 있다면, 당신의 얼굴에 자신의 운명에 만족하고 누구의 도움도 필요로 하지 않는다는 것이 떠오를 수 있다면 난 무엇이든 할 겁니다. 당신과 가까운 사람, 당신의 친구, 또는 남편이(그가 군인이라면 정말 좋겠지만) 내 손을 붙잡고 당신의 운명에 대해 걱정 마라, 관심을 갖지도 말라고 말해줄 수 있다면. 그러면 나는 그 손을 뿌리치고, 내젓고, 그리고…… 아, 내가 제정신이 아니군요! 미안합니다."

그의 말은 또다시 그를 배신했다. 그는 돌이킬 수 없는 어색한 기분으로 손을 내저으며 일어나 창가로 갔다. 그는 방에 등을 돌린 상태로 창턱에 팔을 괴고 손으로 뺨을 감싼 채, 어둠에 싸인 정원 깊숙한 곳을 산만한, 평정을 구하는, 아무것도 보고 있지 않은 눈으로 바라보았다.

라리사 표도로브나는 탁자와 다른 창문의 창턱 사이에 걸쳐놓은 다리미판을 돌아, 닥터에게서 몇 걸음 떨어진 방 한가운데서 멈춰 섰다.

"아 이렇게 될까봐 늘 얼마나 두려웠는지 몰라요!" 그녀가 혼잣말하듯 나직이 말했다. "이게 무슨 운명의 장난인가요! 그만해요, 유리 안드레예비치, 안 돼요. 아, 당신 때문에 내가 무슨 짓을 저질렀는지 봐요!" 그녀는 큰 소리로 외치며 다리미판으로 달려갔는데, 다리미를 올려두고 잊어버린 사이 블라우스가 다리미에 눌어 가느다랗고 매캐한 연기가 피어오르고 있었다. "유리 안드레예비치," 그녀는 화가 난 듯 불판에 다리미를 소리 나게 내려놓으며 말을 이었다. "유리 안드레예비치, 현명해지세요, 잠깐 마드무아젤에게 가서 물이라도 좀 마셔요, 그리고 당신은, 지금까지 내가 알았고 앞으로도 보고 싶은 모습으로 돌아와줘요. 듣고 있어요, 유리 안드레예비치? 나는 당신이 그럴 수 있다는 걸 알아요. 그렇게 해줘요, 제발 부탁이에요."

두 사람 사이에 이런 이야기는 더이상 되풀이되지 않았다. 일주일 뒤 라리사 표도로브나는 떠났다.

9

얼마 뒤 지바고도 떠날 준비를 시작했다. 그가 떠나기 전날 밤 멜류제예보에 무시무시한 폭풍우가 몰아쳤다.

폭풍의 굉음이 지붕에 수직으로 떨어지기도 하고 방향을 바꾼 바람의 맹공에 밀려 길을 따라 움직이기도 하는 장대비 소리와 합쳐져, 마치 성난 격류처럼 한걸음 한걸음 진지를 정복해가는 것 같았다.

천둥소리가 쉴새없이 우르릉거렸고, 일정한 간격으로 뒤따라 울렸다. 연이어 번쩍이는 번개의 섬광 속에서 저멀리로 달려가는 거리와, 같은 방향으로 휘어진 채 달려가는 나무들이 보였다.

한밤중에 마드무아젤 플레리는 현관문을 두드리는 요란한 소리에 잠에서 깼다. 놀란 그녀는 침대에 앉아 귀를 기울였다. 노크 소리가 멎지 않았다.

이 병원에 잠긴 현관문을 열어줄 사람이 아무도 없단 말인가 하고 그녀는 생각했다. 정직하고 책임감 강한 성격을 타고났지만, 그래도 그렇지 이 불행한 늙은이 혼자 온갖 일을 다 해야 한단 말인가?

그래 좋아, 자브린스키네는 부자이고 귀족이니 그럴 수 있다 치자. 하지만 병원은 그들의 것, 인민의 것이 아닌가. 그런데 그걸 누구에게 내맡겨버린 건가? 그 위생병들, 그들은 다 어디로 사라져버렸지? 모두 달아나고 지휘관도 간호사도 닥터도 사라졌어! 집안에는 아직도 부상병들이 있고, 전에 객실이었던 이층의 외과에는 다리가 잘린 사람이 둘이나 있고, 일층 세탁실 옆 창고에는 이질 환자가 가득한데. 게다가 그 마녀 우스티냐는 초대를 받고 어딘가 가버렸어. 바보 같은 여자, 천둥이 치는데 말이야, 아니지, 그 여자가 천둥을 무서워할 리 없어. 지금쯤 다른 데서 밤을 보낼 좋은 핑계가 생겼다고 생각할걸.

아, 하느님, 소리가 멈췄어, 조용해졌군. 아무도 열어줄 것 같지 않으니까 포기하고 가버린 모양이야. 이런 날씨에 악마가 아니고서야 누가 돌아다니겠어. 혹시 우스티냐였을까? 아니야, 그 여자는 열쇠를 가졌어. 세상에, 아이고 무서워라, 또 두드려!

그런데 아무래도 께름칙해! 지바고는 어쩔 수 없을 거야. 그는 내일 떠나니까, 지금쯤 마음은 이미 모스크바나 여행길 위에 있을 테니까. 그런데 갈리울린은 뭐하는 작자야! 저런 소리가 나는데 어떻게 잠을 잘 수 있지, 아니 어쩌면 저 소리를 듣고도 결국은 내가, 이 힘없고 무방비한 늙은이가 이 무서운 나라에서 이 무서운 밤에 누군지도 모르는 사람에게 문을 열어주러 나가겠지 하며 조용히 누워 있는지도 몰라.

'갈리울린!' 그녀는 갑자기 깨달았다. '갈리울린이라고?' 그런 바보 같은 생각은 잠결에나 그녀 머릿속에 떠오를 수 있었다. 갈리울린이라니, 그는 지금쯤 아주 멀리 가 있지 않은가? 역에서 그 무서운 싸움이 일어나 사람들이 인민위원 긴츠를 죽이고, 비류치에서 멜류제예보까지 갈리울린을 쫓아와서는 온 시내를 샅샅이 뒤지며 총을 쏘아댈 때 지바고와 함께 그를 숨겨주고 평복으로 갈아입혀 어느 길로 달아날지 길과 부근의 마을까지 알려준 준 것이 바로 그녀였지 않은가. 그런데 갈리울린이라니!

만일 그때 장갑차들이 오지 않았다면 이 도시에는 돌멩이 하나 남지 않았을 것이다. 장갑 부대가 마침 그때 이곳을 지나갔다. 그들이 주민들을 구조하고 악당들을 제압했다.

폭풍우가 약해지다 물러갔다. 천둥소리는 이따금 멀리서 희미하게 들렸다. 비는 차차 잦아들었고 빗물이 조용히 나뭇잎과 홈통을 타고 떨어졌다. 번개의 섬광이 소리도 없이 마드무아젤의 방에 번쩍이고 뭔가를 찾는 듯이 잠깐 머물렀다.

한동안 잠잠하더니 갑자기 문 두드리는 소리가 다시 시작되었다. 누군가 도움이 필요해서 필사적으로 다급히 두드리는 것 같았다. 바람이 다시 일었다. 빗줄기도 거세졌다.

"나가요!" 마드무아젤은 알지 못하는 누군가에게 소리를 질러놓고는 자기 목소리에 놀랐다.

뜻밖의 예감이 머리를 스쳤다. 그녀는 침대에서 발을 내려 슬리퍼를 신고 가운을 걸친 뒤, 혼자서는 아무래도 무서워 지바고를 깨우러 달려갔다. 그도 문 두드리는 소리를 듣고 촛불을 들고 내려오던 참이었다. 이들은 똑같은 추측을 했다.

"지바고, 지바고! 누가 바깥문을 두드리는데 혼자 열러 가기가 무서워요." 그녀는 프랑스어로 소리치고 러시아어로 덧붙였다. "라라 아니면 갈리울리* 중위일 거예요."

유리 안드레예비치도 문 두드리는 소리에 잠을 깼고, 그는 자신이 아는 사람이거나, 무슨 일이 생겨 몸을 숨길 곳을 찾아 돌아온 갈리울린이거나, 여행중에 어떤 어려움이 생겨 되돌아온 간호사 안티포바일 거라 생각했다.

현관에 이르자 닥터는 마드무아젤에게 촛불을 넘긴 뒤 열쇠를 돌려 빗장을 열었다. 돌풍이 몰아쳐 그는 문고리를 잡은 손을 놓쳤고, 촛불이 꺼지며 바깥의 차가운 빗방울이 두 사람에게 날려 떨어졌다.

"거기 누굽니까? 누구죠? 거기 누구 있습니까?" 마드무아젤과 닥터가 어둠 속에서 소리쳤지만 아무 대답도 없었다. 그때 갑자기 아까 들었던 그 노크 소리가 다른 곳에서 들렸는데, 뒷문 쪽 같기도 하고 정원을 향한 창문 쪽인 것 같기도 했다.

"아무래도 바람소리였나봅니다." 닥터가 말했다. "그래도 께름칙하니 뒷문 쪽으로 가서 확인해보시죠, 다른 이유가 아니라 정말 누군가 온 것일 수도 있으니까 서로 엇갈리지 않도록 저는 여기서 기다리겠습니다."

마드무아젤은 뒷문 쪽으로 가고, 닥터는 현관 밖 추녀 밑으로 나갔

---

* 갈리울린을 잘못 말함.

다. 어둠이 눈에 익자 먼동이 터오는 기색을 알아차릴 수 있었다.

도시 위로 비구름이 쫓기듯 미치광이처럼 급히 달음질치고 있었다. 조각난 구름들은 아주 낮게 흘러가서 같은 쪽으로 기운 나무들에 거의 스칠 것 같았는데, 마치 휘어진 빗자루 같은 구름들이 하늘을 쓸고 있는 것 같았다. 빗줄기가 건물의 잿빛 나무 벽을 때려 검게 변해 있었다.

"어땠습니까?" 닥터가 돌아온 마드무아젤에게 물었다.

"당신 말이 맞았어요. 아무도 없어요." 그리고 그녀는 집안을 돌아보았다고 말했다. 보리수나무 가지 하나가 식기방 창문을 깨뜨려 마룻바닥에 커다란 웅덩이들이 생겼고, 라라가 지내던 방도 바다, 진짜 바다, 그야말로 대양이 되었다고 했다.

"여기 덧문 하나가 빠져서 창턱을 치고 있었어요. 보이시죠? 이게 모든 걸 설명해주네요."

그들은 조금 더 말을 주고받은 뒤 문을 잠그고, 그들의 예상이 전부 틀렸다는 데 허탈해하며 각자 잠을 자러 갔다.

그들은 현관문을 열면 자신들이 아주 잘 아는 여자가 비에 젖어 뼛속까지 차가워진 채 집안으로 들어설 것이고, 그녀가 머리를 터는 동안 그들은 질문을 퍼부을 거라고 예상했었다. 그리고 옷을 갈아입은 그녀가 어제의 온기가 남은 부엌 난로에서 몸을 말리고 머리를 빗으면서 여행길에 겪은 갖가지 불행을 웃으며 이야기해줄 거라고 생각했다.

그들은 그것을 너무 확신했던 나머지, 문을 잠그고 돌아간 뒤에도 그 확신의 흔적이 집 모퉁이 거리에 여전히 남아 그녀의 워터마크 혹은 형상으로 눈앞에서 계속 어른거렸다.

10

역에서 병사들이 일으킨 폭동의 간접적인 원인이 비류치의 전신기사 콜랴 프롤렌코에게 있다는 이야기가 돌았다.

콜랴는 멜류제예보에서 유명한 시계 수리공의 아들이었다. 멜류제예보 사람들은 그가 어렸을 때부터 잘 알았다. 어린 시절 그는 라즈돌노예 하인들 중 누군가의 집에서 지내면서, 마드무아젤의 감시 아래 그녀의 제자인 백작부인의 두 딸과 함께 놀았다. 마드무아젤은 콜랴를 잘 알고 있었다. 그때 그는 프랑스어를 조금 할 수 있게 되었다.

멜류제예보의 주민들은 날씨에 상관없이 가볍게 옷을 입고 모자도 쓰지 않고 여름 캔버스 신발을 신고 자전거를 타고 다니는 콜랴의 모습에 익숙했다. 그는 핸들을 잡지 않고 팔짱을 끼고 몸을 젖힌 채 도시의 중심도로를 돌면서 전신주와 전선을 살피고 통신망을 점검했다.

시내의 몇몇 집은 철도전화의 지선으로 역과 연결되어 있었다. 그 지선의 관리는 역내 제어실에 있는 콜랴의 손에 달려 있었다.

철도 전보와 전화, 그리고 이따금 역장 포바리힌이 잠시 자리를 비울 때 신호를 하거나 폐쇄신호를 보내는 장치도 역 안의 제어실에 있어서 콜랴는 눈코 뜰 새 없이 바빴다.

콜랴는 한 번에 여러 기계를 조작해야 하는 필요 때문에 특별히 자신이 고안한 애매하고 단속적이고 수수께끼 같은 말투를 사용했는데, 상대에게 대답하고 싶지 않거나, 대화에 끼고 싶지 않을 때도 그 말투를 썼다. 폭동이 있었던 날에도 그는 이 편의를 너무 지나치게 누렸다고 사람들은 말했다.

그의 침묵 때문에 시내에서 전화를 건 갈리울린의 선의는 완전히 묵살됐고, 그 결과 본의 아니게 사건은 돌이킬 수 없는 방향으로 움직이게 되었다.

갈리울린은 전화를 걸어 역 안이나 근처 어딘가에 있을 인민위원을 사무실로 불러달라고 요청했고, 긴츠에게 자신이 별채하러 곧 갈 테니 그때까지 아무 행동도 하지 말고 기다리라고 말하려 했다. 그러나 콜랴는 비류치행 열차에 보내는 신호 연락 때문에 전화 회선이 꽉 찼다는 구실로 긴츠를 불러달라는 갈리울린의 요청을 거절했고, 심지어 소환된 카자크들을 태우고 비류치로 가는 열차를 거짓말을 둘러대 인근 역에 묶어두기까지 했다.

그래도 결국 군용열차가 선로에 들어오자, 콜랴는 불만을 감출 수 없었다.

증기기관차가 천천히 플랫폼의 어두운 지붕 밑으로 들어와 제어실의 커다란 유리창 맞은편에 멈춰 섰다. 콜랴는 양쪽 가장자리에 철도국의 이니셜이 새겨진 검푸른색 묵직한 커튼을 열어젖혔다. 석조 창턱에 큰 물병과 끝부분에 투박하게 각을 낸 두꺼운 유리컵이 커다란 쟁반에 놓여 있었다. 콜랴는 컵에 물을 따라 몇 모금 마시고 창밖을 보았다.

기관사는 콜랴를 알아보고 운전석에서 친근하게 고개를 끄덕였다. '으, 냄새나는 쓰레기, 나무좀 같은 놈!' 콜랴는 증오심을 품고 생각하며 기관사에게 혀를 쑥 내밀고 주먹을 을러댔다. 기관사는 콜랴의 표정을 읽고 '그럼 어쩌란 말이야? 네가 직접 해봐. 네 힘으로' 하고 대답하는 듯 어깨를 으쓱하며 차량 쪽으로 고개를 돌려버렸다. '다 똑같지, 쓰레기들.' 콜랴가 표정으로 대꾸했다.

차량에서 말들이 끌려나오기 시작했다. 말들은 나오지 않으려고 버텼다. 나무 바닥 통로를 디디는 쿵쿵거리던 말발굽소리가 플랫폼의 돌을 디디는 찰칵거리는 편자 소리로 바뀌었다. 뒷발로 일어선 말들이 여러 개의 레일을 가로지르며 끌려갔다.

잡초가 무성한 두 줄의 녹슨 철로에 차량들이 두 줄로 늘어서 있었다. 빗물에 페인트가 벗어지고 부서진 나무 자재들이 벌레와 습기에 썩어 원래 그것이 있었던 축축한 숲의 상태로 돌아가고 있었고, 차량 맞은편에서 시작되는 숲에서는 자작나무를 좀먹는 말굽버섯이 자라고, 숲 위로 층층의 구름이 뒤덮여 있었다.

숲 가장자리에서는 카자크들이 명령이 내려지자마자 안장에 올라 벌채지를 향해 달려갔다.

212 연대 출신 폭도들은 포위되었다. 기병은 트인 곳보다 나무들 사이에 있을 때 언제나 더 크고 위압적인 인상을 주는 법이다. 폭도들도 오두막에 총을 가지고 있었지만 카자크들에게 제압되고 말았다. 카자크들이 군도를 빼들었다.

기병들이 둘러싼 가운데 긴츠는 무너지지 않게 평평하게 쌓아올린 장작더미로 뛰어오르더니 포위된 병사들을 향해 연설하기 시작했다.

여기서 그는 다시 한번, 늘 말해오던 병사의 의무와 조국의 의미, 그 밖의 온갖 고상한 주제에 대해 이야기했다. 그러나 그의 개념적인 이야기는 공감을 사지 못했다. 군중이 너무 많았다. 사람들은 전쟁 동안 온갖 고통을 겪으며 난폭해지고 지쳐 있었다. 긴츠가 하는 말은 오래전부터 귀에 못이 박히도록 들어온 것이었다. 넉 달이나 이어진 우익과 좌익의 감언이설은 군중을 타락시켰다. 대부분 평민 출신인 이 군중은 연사의 러시아인 같지 않은 성性과 오스트제식 발음을 듣고 냉담해졌다.

긴츠는 연설이 장황하다고 스스로 느끼고 곤혹스러워하면서도 그들이 잘 알아듣게 하려면 어쩔 수 없다고 생각했고, 그들은 그에게 감사하는 게 아니라 무관심과 적대적이고 지루한 표정으로 응답했다. 점점 울화가 치민 그는 이 군중에게 더 단호하게 이야기하고 지금까지 자제했던 위협이라는 수를 쓰기로 작정했다. 군중이 술렁거리는 소리도 듣지 않고 그는 병사들에게 군사혁명재판소가 설치돼 운영되고 있다는 사실을 상기시키고 처형으로 위협하며 무장을 해제하고 주모자를 인도하라고 요구했다. 그리고 만일 이에 따르지 않는다면, 비열한 배신자에 무책임한 악당, 주제넘은 상놈임을 스스로 입증하게 되는 거라고 말했다. 사람들은 더이상 그런 어조에 길들지 않았다.

수백 명의 목소리가 웅성거렸다. "잘도 지껄이네. 그만해. 알았어!" 한 무리가 낮은 목소리로 악의 없이 외쳤다. 그러나 곧 증오로 고조된 신경질적인 목소리가 울렸다. 모두 그 목소리를 들었다. 그들은 이렇게 외쳤다.

"동지들, 저자가 욕하는 소리를 들었소? 달라진 건 없어! 장교놈들은 바뀌지 않아! 우리가 반역자라고? 그러면 당신은, 나리는 대체 뭐요? 저자와 상대할 거 없어. 이보쇼, 당신은 독일인, 스파이일 거야. 이보쇼, 귀족나리, 신분증을 보여보시오! 그런데 당신들은 왜 입을 딱 벌리고 서 있지, 진압대인가? 옜소, 묶으시오, 우리를 잡아 잡수라고!"

그러나 긴츠의 실패한 연설은 카자크들에게도 점점 반감을 사고 있었다. "우리가 다 상놈이고 돼지란 건가. 제 놈은 무슨 귀족이길래!"

그들은 쑥덕거렸다. 처음에는 한 사람씩, 그러다 점점 많은 카자크가 군도를 칼집에 넣기 시작했다. 그리고 차례로 말에서 내렸다. 내린 카자크 수가 충분해지자, 그들은 212 연대를 향해 빈 공간으로 무질서하게 움직이기 시작했다. 모두가 뒤섞였다. 연대連帶가 시작되었다.

"여기서 어떻게든 눈에 띄지 않게 사라져야 합니다." 불안해진 카자크 장교들이 긴츠에게 말했다. "건널목에 당신 차가 있습니다. 그 차를 가까이 가져오도록 사람을 보내겠습니다. 빨리 떠나시오."

긴츠는 동의했지만, 몰래 달아나는 것이 내키지 않아 조심하지 않고 거의 보란듯이 역 쪽으로 걸어갔다. 그는 무섭도록 흥분한 상태였지만 자존심 때문에 서두르지 않고 태연한 척 걸었다.

역이 가까워졌고, 그 옆에 숲이 있었다. 이미 선로가 보이는 숲의 가장자리에서 그는 처음으로 뒤를 돌아보았다. 총을 든 병사들이 그를 따라오고 있었다. '뭘 원하는 거지?' 하고 생각하며 그는 걸음을 재촉했다.

따라오던 자들의 걸음도 빨라졌다. 그와 그를 뒤쫓는 자들의 간격은 변하지 않았다. 앞쪽에 망가진 차량들이 만든 두 줄의 벽이 나타났다. 긴츠는 그 뒤로 돌아들었다가 갑자기 달리기 시작했다. 카자크들을 태우고 온 열차가 조차장에 들어가 있었다. 선로는 비어 있었다. 긴츠는 선로를 가로질러 달렸다.

그는 플랫폼으로 껑충 뛰어올랐다. 바로 그때, 망가진 차량 뒤에서 그를 쫓아온 병사들이 달려나왔다. 포바리힌과 콜랴가 긴츠에게 뭐라고 외치면서, 안으로 들어오면 그를 구해줄 수 있다고 손짓했다.

그러나 세대를 거쳐 배양된 도시적이고 자기희생적인, 그러나 여기서는 아무짝에도 쓸모없는 명예심이 구원으로 가는 길을 막아버렸다.

그는 초인적인 의지로 마구 방망이질하는 가슴의 동요를 진정시키려 애썼다. '그들에게 외쳐야 한다, "형제들, 냉정을 찾으시오, 내가 어째서 스파이란 말이오?"' 그는 생각했다. '뭔가 일깨우는 말, 감동적인 말, 그러면 그들은 멈출 것이다.'

지난 몇 달 동안의 영웅적 행위와 영혼의 외침은 그의 무의식에서 모두 연단이나 강단, 의자와 결부되어 있었기 때문에, 그는 그런 데 뛰어올라가기만 하면 군중에 호소하며 선동적인 뭔가를 던질 수 있었다.

역사의 문에 매달린 종 아래 높은 소화용 물통이 있었다. 물통은 뚜껑이 단단히 닫혀 있었다. 긴츠는 그 위로 뛰어올라 다가오는 병사들의 마음을 사로잡기 위해 비인간적이고 앞뒤가 맞지 않는 말을 늘어놓기 시작했다. 열려 있는 역사 문으로 쉽게 들어갈 수도 있었을 그가 겨우 몇 걸음 떨어진 곳에서 돌변하자, 병사들은 그의 무모한 대담함에 어안이 벙벙해져서 그 자리에 우뚝 멈췄다. 병사들은 총을 내렸다.

그런데 그때 긴츠가 딛고 선 뚜껑 가장자리가 뒤집혔다. 한쪽 다리가 물속에 빠지고 다른 한쪽은 물통 테두리에 걸렸다. 그는 물통 가장자리에 사타구니를 걸친 꼴이 되었다.

병사들은 그 망측한 모습에 웃음을 터뜨렸고, 맨 앞에 있던 병사가 이 불행한 사람의 목에 총을 쏘아 즉사시키자, 나머지가 달려들어 죽은 자를 총검으로 마구 찔렀다.

11

마드무아젤은 콜랴에게 전화를 걸어 닥터가 편히 열차를 타고 갈 수 있게 자리를 마련해달라고 말하고, 만일 그렇게 하지 않으면 콜랴에게 불리한 사실을 폭로하겠다고 을러댔다.

마드무아젤과 통화할 때 콜랴는 평소처럼 다른 전화를 받고 있었는데, 말에 소수小數가 섞인 것으로 보아 제삼의 장소로 암호문 전보를 치는 것 같았다.

"프스코프, 북부전선, 내 말 들립니까? 폭도라고요? 무슨 손이요? 무슨 일이시죠, 맘젤? 거짓말, 헛소리. 그만해요, 수화기 좀 내려놔요, 그만 방해하고. 프스코프, 북부전선, 프스코프. 삼십육 점 영영일 오. 아휴, 게니 몰이 가라지, 테이프 씻어졌네. 아? 아? 안 들려요. 맘젤, 또 당신입니까? 내가 당신에게 러시아어로 말했잖습니까, 안 된다고요, 나는 못해요. 포바리힌에게 물어보세요. 거짓말, 헛소리. 삼십육…… 아, 젠장…… 끊어요, 제발 방해하지 마세요, 맘젤."

그러자 마드무아젤이 말했다.

"날 속이려 하다니, 프스코프, 프스코프, 헛소리 마. 난 물속을 보듯 네 속을 훤히 들여다본다고, 내일 꼭 닥터를 열차에 태워줘, 그렇게만 해주면 더이상 살인자니 작은 유대인 배신자 얘기는 꺼내지 않을 테니까."

12

유리 안드레예비치가 떠나던 날은 무더웠다. 전전날처럼 다시 천둥비가 몰려왔다.

진흙 오두막도, 내뱉은 해바라기 씨앗이 흩어진 역 주변 마을의 거위들도, 미동도 없이 천둥이 치는 시커먼 하늘에 하얗게 질려 있는 것처럼 보였다.

역 건물에 인접한 넓은 들판이 양쪽으로 멀리 이어졌다. 들판의 풀들은 가려는 방향은 제각각이지만 모두 몇 주씩이나 여기서 열차를 기다린 엄청난 사람들로 뒤덮여 마구 짓밟혀 있었다.

이글거리는 햇볕에도 아랑곳없이 잿빛 모직 외투를 입은 노인들이 소문이나 정보를 듣기 위해 사람들이 모인 곳을 이리저리 돌아다녔다. 열네 살쯤 된 십대들은 가축을 지키는 것처럼 잎을 훑어낸 나뭇가지를 손에 들고 한쪽 팔꿈치를 괴고 말없이 옆으로 누워 있었다. 그들의 발밑에서는 어린 동생들이 루바시카도 입지 않고 장밋빛 등을 드러낸 채 뛰놀았다. 그들의 어머니들은 투박한 갈색 코트로 젖먹이를 감싸 볼품없는 가슴에 안고 움직거리는 아기와 함께 다리를 쭉 뻗은 채 땅바닥에 퍼질러 앉아 있었다.

"사격이 시작되자 사람들이 양떼처럼 흩어졌죠. 좋지 않았습니다!" 역장 포바리힌이 못마땅하다는 듯이 말하며, 바깥 정문과 대합실 바닥에 줄줄이 누워 있는 몸뚱이들 사이를 헤치며 닥터를 안내했다.

"갑자기 잔디밭이 텅 비더군요! 땅이 다시 보였죠. 기뻤습니다! 이런 무리들 때문에 넉 달이나 흙을 못 봐서 잊고 있었으니까요. 이 자리에서 그 사람이 쓰러졌습니다. 놀랐어요, 나는 이 전쟁 동안 온갖 끔찍한 일들을 겪어서 이제 익숙해질 때도 됐거든요. 그런데 얼마나 안됐던지! 중요한 건, 무의미하다는 겁니다. 대체 왜요? 그가 그 사람들에게 무슨 잘못을 했다는 거죠? 그러고도 인간입니까? 소문에는 집안의 자랑이었다던데. 이제 오른쪽으로, 네, 네, 여기, 내 사무소로 갑시다. 이번 열차는 타실 생각 마십시오, 떠밀려 죽을지도 모르니까요. 당신을 위해 다른 근거리 열차를 마련하겠습니다. 지금 우리가 편성하는 중이니 곧 연결될 겁니다. 하지만 열차에 타기 전까지는 절대 말해선 안 됩니다, 누구에게도! 입이라도 벙긋하면 차량을 연결하기도 전에 산산조각이 날 겁니다. 당신은 오늘밤 수히니치에서 열차를 갈아타시면 됩니다."

13

비밀리에 열차가 편성되어 차고 뒤에서 역 쪽으로 후진하기 시작하자, 들판에 있던 사람들은 곧바로 천천히 움직이는 그 열차를 향해 달려들었다. 사람들은 언덕에서 완두콩처럼 대굴대굴 굴러 노반으로 뛰어올라갔다. 서로 밀치락달치락하면서 어떤 사람들은 움직이는 차량 사이 완충기와 발판에 뛰어올랐고, 또 어떤 사람들은 창문과 열차 지붕 위로 기어올랐다. 서기도 전에 열차는 순식간에 사람들로 꽉 찼고, 열차가 플랫폼에 들어섰을 때는 꼭대기에서 맨 아래까지 사람들로 뒤덮여 있었다.

닥터는 거의 기적적으로 플랫폼으로 헤치고 들어가, 뭐라 말로 설명하기도 어려운 방법으로 차량 통로까지 일단 들어갔다.

그는 그 통로 바닥에 내려놓은 자기 짐짝 위에 걸터앉은 채 수히니치까지 갔다.

먹구름들은 벌써 흩어지고 없었다. 타는 듯한 햇볕이 달군 들판 끝에서 끝까지 귀뚜라미들이 쉴새없이 울어대는 소리가 열차 소리마저 덮어버렸다.

창가에 선 승객들이 가리고 있어 다른 사람들에게는 햇볕이 가지 않았다. 그들의 그림자는 바닥과 벤치와 칸막이 위로 두 배 세 배 길게 드리워졌다. 이 그림자들은 차량에만 드리우지도 않았다. 반대쪽 창문 밖으로 밀려나 질주하는 열차 전체의 그림자와 합쳐져 노반의 비탈진 면 위에서 함께 깡충깡충 달렸다.

사람들은 왁자하게 떠들고, 큰 소리로 노래 부르고, 욕을 지껄이며 카드놀이를 했다. 역에 멈출 때마다 안의 소음과 바깥에서 열차를 에워싼 사람들의 고성이 뒤섞였다. 이 굉음은 귀청을 찢는 바다 폭풍 소리 같았다. 그리고 마치 바다에서와 마찬가지로, 멈춰 있는 동안 갑자기 설명하기 어려운 적막이 찾아왔다. 열차 전체에 따라붙어 플랫폼을 급히 걸어가는 발소리, 화물차량 옆의 분주한 움직임과 언쟁 소리, 멀리서 전송하는 사람들 저마다의 말소리, 암탉의 조용한 울음소리와 역사 앞마당 나무들이 바스락거리는 소리까지 들렸다.

그런 와중에, 마치 여행길에 타전된 전보나 멜류제예보에서 보내온 인사처럼, 유리 안드레예비치에게 보낸 것 같은 친숙한 향기가 차창 밖에서 흘러들어왔다. 향기는 어딘가 한쪽에서 조용히 자신을 과시하듯, 꽃이 핀 들판이나 화단이 있기에는 높다 싶은 곳에서 풍겨왔다.

닥터는 사람들 때문에 창가로 다가갈 수 없었다. 그러나 보지 않아도 상상 속에서 그 나무들을 볼 수 있었다. 분명 바로 가까이에 있고, 철도의 혼잡 때문에 먼지를 잔뜩 뒤집어쓴 채 커다란 가지를 차량 지붕으로 뻗고 있고, 밤처럼 어둡고 무성한 잎사귀에는 납빛의 작은 별처럼 반짝거리는 꽃들이 흩뿌려져 있을 것 같았다.

가는 내내 되풀이되었다. 어디에나 사람들의 소음이 있었다. 어디에나 보리수 꽃이 한창이었다.

어디서나 감돌던 그 향기는 북쪽으로 향하는 열차를 앞질러가는 것처럼 보였고, 대피역이든 초소든 간이역이든 여행객들이 가는 어느 곳에서나 이미 확인된 소문처럼 모든 역에 퍼져 있었다.

14

밤에 수히니치에 도착하자, 옛날사람 같은 친절한 짐꾼이 닥터를 안내해 불이 꺼진 선로를 따라 걸어가더니 이제 막 도착한, 열차 시간표에는 없는 임시열차 이등칸 뒤쪽에 태워주었다.

짐꾼이 열쇠로 뒷문을 열고 닥터의 짐을 승강구에 올리자마자, 닥터를 태우지 않으려는 열차 차장과 짧은 실랑이가 벌어졌지만, 유리 안드레예비치가 사정하자 차장은 땅으로 꺼진 것처럼 모습을 감췄다.

이 비밀 열차는 특별 임무를 띠고 있었고, 경비병들이 있었으며, 잠깐씩만 멈췄다 빠른 속도로 달렸다. 좌석은 거의 비어 있었다.

지바고가 들어간 침대칸에는 작은 탁자 위에서 촛불이 촛농을 떨어뜨리며 타오르고 있었고, 그 불빛이 반쯤 연 창문으로 들어오는 바람에 일렁거렸다.

촛불은 이 침대칸에 있는 단 한 명뿐인 승객의 것이었다. 그는 금발의 젊은이로, 긴 팔다리로 보아 키가 아주 큰 것 같았다. 그의 팔다리는 마치 접었다 폈다 할 수 있는 물건의 부품들이 제대로 붙어 있지 않은 것처럼 너무도 자유롭게 꼬여 있었다. 젊은이는 창가 소파에 편안히 기대앉아 있었다. 그는 지바고가 들어오자 몸을 일으켜 눕다시피 했던 자세를 고쳐 점잖게 앉았다.

그가 앉은 소파 밑에 마루 걸레 같은 것이 있었다. 갑자기 걸레 한쪽 끝이 움직이더니 소파 밑에서 귀가 처진 사냥개 한 마리가 부산을 떨며 기어나왔다. 개는 킁킁거리며 유리 안드레예비치를 쳐다보고, 호리호리한 주인의 꼰 다리만큼이나 가는 다리를 유연하게 뻗으며 침대칸 구석구석을 뛰어다녔다. 그러나 주인이 명령하자 개는 곧바로 소파 밑으로 기어들어가 구겨진 마루 걸레 같은 모습으로 돌아갔다.

그제야 유리 안드레예비치는 커버에 담긴 총신이 두 개인 사냥총, 가죽 탄띠, 침대칸 고리에 걸려 있는 사냥한 새를 쑤셔넣은 사냥 가방을 알아보았다.

이 젊은이는 사냥꾼이었다.

그는 말수가 많았고, 친절한 미소를 지으며 닥터와 이야기를 나누려고 서둘렀다. 그는 말을 할 때, 비유가 아니라 진짜 말 그대로, 말하는 내내 닥터의 입을 바라보았다.

젊은이는 목소리가 높아지면 쇳소리의 가성이 되는, 불쾌하고 날카로운 목소리를 가지고 있었다. 또하나 특이한 점은, 어디를 봐도 러시아인인 그가 모음 '우y'를 아주 이상하게 발음한다는 것이었다. 그는 그것을 프랑스어 *위*u나 독일어의 *위*ü처럼 굴려서 발음했다. 게다가 '우'를 제대로 발음하는 것이 고역인 듯 잔뜩 긴장해서 약간 새된 소리로 그 음을 다른 것들보다 크게 소리 내는 것 같았다. 처음 대화를 시작했을 때 유리 안드레예비치는 그의 말을 듣고 깜짝 놀랐다.

"저는 어제 *아침*까지 *오리*를 사냥했습니다."*

그는 발음에 신경쓸 때는 이 오류를 극복했지만, 방심하면 여지없이 같은 실수가 반복되었다.

'대체 왜 그럴까?' 지바고는 생각했다. '어느 책에선가 읽었어, 본 것 같은데. 의사로서 알아둬야 하는데 완전히 잊어버렸군. 조음장애가 수반된 일종의 뇌 현상 같은데. 그런데 이 꺽꺽대는 소리는 너무 우스꽝스러워서 도저히 몰입이 안 되는군. 도대체 대화가 되지 않아. 침대에 올라가서 잠이나 자야겠다.'

닥터는 그렇게 했다. 닥터가 상단 침대로 올라가자 젊은이는 유리 안드레예비치에게, 촛불이 방해될 테니 꺼드릴까요 하고 물었다. 닥터는 그 제안을 고맙게 받아들였다. 동승자가 촛불을 껐다. 어두워졌다.

침대칸의 창이 반쯤 내려져 있었다.

"창문을 닫는 게 어떨까요?" 유리 안드레예비치가 물었다. "도둑이 두렵지 않습니까?"

동승자는 아무 대답도 하지 않았다. 유리 안드레예비치는 아주 큰

* 아침(утро)과 오리(утка)의 'у'를 모두 'ü'로 발음하고 있다.

소리로 되풀이했지만 이번에도 그는 대답하지 않았다.

유리 안드레예비치는 이 짧은 시간에 동승자가 침대칸에서 나갔는지, 아니면 더욱 놀랍게도 그사이에 잠이 들었는지, 무슨 일인지 살피려고 성냥불을 켰다.

하지만 아니었다. 그는 눈을 뜨고 자기 자리에 앉아 닥터가 머리를 굽혀 보자 그를 바라보며 웃었다.

성냥불이 꺼졌다. 유리 안드레예비치는 다시 성냥불을 켜 그 불빛 속에서 그에게 확인하기 위해 세 번이나 물었다.

"좋을 대로 하십시오." 사냥꾼은 바로 대답했다. "저에게는 훔쳐갈 만한 물건이 없거든요. 하지만 창문은 닫지 않는 것이 좋겠습니다. 답답하니까요."

'거참 이상하군,' 지바고는 생각했다. '저 특이한 친구는 밝은 데서 이야기하는 데만 익숙한 모양이야. 그런데 방금은 한 번도 실수하지 않고 정확하게 발음했어! 도무지 모르겠군!'

15

닥터는 지난주에 있었던 일들과 여행 준비, 출발 전의 흥분, 이른아침부터 열차에 시달려 녹초가 되어 있었다. 그는 편한 자리에 누우면 금세 곯아떨어질 거라 생각했다. 그러나 그렇지 않았다. 과도한 피로 때문에 오히려 잠이 오지 않았다. 그는 새벽에야 겨우 잠이 들었다.

그의 머릿속은 오랫동안 떠돌던 생각들이 소용돌이치며 혼란스러웠는데, 달리 말하면 그것은 두 개의 원, 엉켰다 풀렸다 하며 뇌리를 떠나지 않는 두 개의 실타래였다.

하나의 원은 토냐와 집과 예전의 조화롭던 생활이었는데, 그 속에서는 아무리 하찮은 것일지라도 모든 일이 시정詩情에 지배되어 성실하고 순수한 기운으로 가득했다. 닥터는 그 생활이 걱정되지만, 그런 것들이 온전하게 남아 있길 바라면서, 이 년 넘게 떨어져 있었던 그 생활로 돌아가고 싶은 애타는 마음으로 야간급행열차를 타고 가고 있었다.

혁명에 대한 충성과 열광도 이 원 속에 있었다. 중산 계급이 받아들인 의미에서의 혁명이었고, 1905년, 블로크를 숭배하던 아직 학교를 다니던 젊은이들이 부여한 의미에서의 혁명이었다.

익숙하고 친근한 이 원 속에는 새로운 것과 그 약속들, 징조들이 있었고, 그것은 전쟁 전인 1912년과 1914년 사이의 지평선상에 나타났던 러시아의 사상, 러시아의 예술, 러시아의 운명, 러시아 전체와 지바고 그 자신의 운명에 대한 것이었다.

전쟁 후에는, 그것을 더욱 혁신하고 지속시키기 위해 오랜 부재를 끝내고 집으로 돌아가려는 것처럼 그 조류로 돌아가려 했다.

새로운 것은 나머지 또하나의 원에 속한 주제였는데, 완전히 다르고 완전히 새로웠다! 그것은 구세대가 준비한 것도 아니고, 익숙하지도 않고, 자기의 것도 아닌 것으로, 의지와 상관없고 피할 수 없는, 현실이 명령한 충격과도 같은 갑작스러운 새로움이었다.

그런 새로운 것은 전쟁이었고, 그것의 유혈과 공포, 집 잃음과 황폐화였다. 이 새로움은 전쟁의 시련, 전쟁이 가르쳐준 생활의 지혜였다. 이 새로움은 전쟁이 데리고 간 변방의 땅이고, 전쟁이 만나게 해준 사람들이었다. 이 새로움에는 혁명도 있었는데, 그것은 1905년 대학생들이 이끈 이상화된 혁명이 아니라 현재의, 전쟁에서 태어나 피투성이가 된, 무엇과도 견줄 수 없는 병사의 혁명이며, 이 자연력의 전문가들인 볼셰비키가 주도한 혁명이었다.

이 새로움에는 전쟁 때문에 어딘지도 모르는 곳에 내던져진 간호사 안티포바도 있었는데, 그에게 그녀의 인생은 완전히 베일에 가려 있었고, 그녀는 어떤 일에서든 누구를 비난하지도 않았고, 거의 무언으로 호소하는 듯이 신비로울 정도로 말수가 적은데다, 그녀의 침묵은 너무도 강했다. 이 새로움에는 유리 안드레예비치가 평생 가족과 가까운 이웃은 물론이고 모든 사람을 사랑하려고 노력했던 것처럼 그녀를 사랑하지 않으려고 온 힘을 기울였던 노력도 있었다.

열차는 전속력으로 달렸다. 열린 창문으로 마주 불어오는 바람이 유리 안드레예비치의 머리를 헝클어놓고 먼지로 뒤덮었다. 역은 밤에도 낮과 똑같이, 군중은 아우성치고 보리수나무들은 사락거렸다.

밤의 어둠 속에서 이따금 수레나 이륜마차가 덜컹거리며 역으로 달려갔다. 사람들 목소리와 바퀴 소리, 사락거리는 나무 소리가 뒤섞였다.

그런 순간이면 무엇이 밤의 그림자들을 소란 떨며 서로에게 다가가게 하고, 알아들을 수 없는 말을 하는 꼬인 혀들처럼 졸린 듯이 무거운 나뭇잎들을 간신히 굴리며 이 그림자들이 무엇을 서로 속삭이고 있는지 이해할 수 있을 것 같았다. 유리 안드레예비치는 상단 침대에서 몸을 뒤척이면서, 불안이 증폭되어가는 러시아에 대한 소식과 혁명에 대한 소식, 혁명의 운명과 고난의 시간들에 대한 소식, 그리고 혁명이 마주할 최종적인 거대함에 대한 소식들을 생각했다.

16

다음날 닥터는 늦게 일어났다. 열한시가 지나 있었다. "마르키스, 마르키스!" 동승자가 으르렁거리는 자기 개를 낮은 목소리로 달래고 있었다. 유리 안드레예비치는 침대칸에 여전히 사냥꾼과 자기 단둘뿐이고 아무도 타지 않았다는 사실에 놀랐다. 지나치는 역의 이름들은 그가 어린 시절부터 알던 것들이었다. 열차는 칼루가 도를 지나 모스크바 도의 깊숙한 곳으로 가고 있었다.

닥터가 전쟁 전에 설비된 열차 화장실에서 볼일을 보고 침대칸으로 돌아오자, 흥미로운 동승자가 아침식사를 준비해주었다. 유리 안드레예비치는 이제 이 사람을 좀더 자세히 관찰할 수 있었다.

이 사람의 두드러지는 특성은 몹시 말이 많다는 것과 몸을 가만히 두지 않는다는 것이었다. 어쨌든 말하기를 좋아하는 이 낯선 사람에게 중요한 것은 의사소통과 생각의 교류가 아니라 말하는 행위 자체, 즉 발음과 발성이었다. 이 사람은 말을 하며 스프링 튀듯 소파에서 몸을 들썩거렸고, 이유도 없이 큰 소리로 웃고, 스스로 만족한 듯 바삐 손을 비볐는데, 그래도 스스로 감정 표현이 충분치 않다고 느끼면 눈물을 흘릴 만큼 웃어대며 두 손으로 무릎을 때리곤 했다.

어젯밤과 같은 기이한 대화가 다시 시작되었다. 이 낯선 사람은 놀라울 정도로 일관성이 없었다. 묻지도 않았는데 자신에 대해 고백하는가 하면, 때로는 아무 반응도 없이 하찮은 질문에는 대답하지 않았다.

이 사람은 자신에 대한 가장 환상적이고 모순된 정보들을 아무렇게나 쏟아놓았다. 분명 과장이 섞인 것 같았다. 의심할 것도 없이, 자신의 과격한 견해로 사람들이 보편적으로 인정하는 모든 견해를 부정함으로써 효과를 얻으려는 것 같았다.

이 모든 것은 그에게 오래전부터 익숙했던 뭔가를 상기시켰다. 지난 세기의 허무주의자들이 그런 급진주의 정신을 이야기했고, 조금 뒤에는 도스토옙스키의 몇몇 주인공이 그랬고, 바로 최근에는 그들의 직계들이 그것을 물려받았는데, 시대가 바뀌고 유행이 지나 두 수도에서 이미 사장된 사상도 변방에서는 굳건히 보존되어왔기 때문에 교양 있는 러시아 시골 계급은 종종 수도를 앞서기도 했다.

젊은이는 자신이 어느 유명한 혁명가의 조카이고, 자신의 부모는 정반대로 마치 들소 같은, 구제불능의 반동주의자라고 말했다. 그들은 전선에 가까운 어느 지방에 상당한 영지를 가지고 있었다. 젊은이는 그곳에서 자랐다. 삼촌은 그의 부모와 평생 적이었지만 원한을 품는 사람이 아니었고, 지금은 부모도 삼촌의 영향력 덕분에 곤경에 처했을 때 많은 도움을 받고 있다고 했다.

삼촌의 신념에서 영향을 많이 받았다고 말하는 이 수다스러운 녀석은 인생과 정치와 예술 등 모든 분야에서 극단론자이자 과격주의자였다. 또다시 페텐카 베르호벤스키*의 냄새가 풍기기 시작했는데, 좌파라는 의미가 아니라 타락과 장광설의 의미에서였다. '이제 곧 자신은 미래파라고 말하겠지.' 유리 안드레예비치는 이렇게 생각했는데, 아니나 다를까 화제는 미래파로 옮겨갔다. '다음은 스포츠 이야기를 시작하겠지.' 닥터는 계속 앞질러 짐작했다. '경마나 스케이트 링크, 아니면 프

* 도스토옙스키의 『악령』에 나오는 인물.

랑스 격투기에 대해.' 그리고 실제로는 사냥 이야기가 이어졌다.

젊은이는 고향에서도 사냥을 했고, 자신은 뛰어난 사격수라고 자랑하면서, 만약 병사가 될 수 없는 신체적 결함이 없었더라면, 전쟁에 나가 백발백중했을 거라고 말했다.

지바고의 묻는 듯한 눈빛을 읽고 젊은이는 이렇게 외쳤다.

"왜요? 정말 전혀 눈치채지 못했습니까? 당신이 나의 결함을 알아채신 줄 알았습니다."

그리고 그는 주머니에서 카드를 두 장 꺼내 유리 안드레예비치에게 내밀었다. 한 장은 명함이었다. 그의 성은 이중 성이었다. 이름은 막심 아리스타르호비치 클린초프-포고렙시흐였는데, 간단히 포고렙시흐라 불렀던 그의 삼촌에 대한 경의를 표하는 뜻에서 자신도 그렇게 불러주기를 원했다.

다른 한 장은 네모칸 안에 다양하게 구부린 손들의 조합이 그려진 표였다. 그것은 농아의 수화 알파벳이었다. 갑자기 모든 것이 설명되었다.

포고렙시흐는 가르트만이나 오스트로그라츠키 학교에서 놀랍도록 뛰어난 학생이었는데, 청각이 아니라 교사의 목 근육의 움직임을 눈으로 보고 말을 배워 믿을 수 없을 만큼 완벽하게 말하고, 또 상대가 하는 말도 그런 방법으로 이해할 수 있게 되었다.

닥터는 문득 그가 어디서 왔고, 어느 지역에서 사냥을 했는지 궁금해져서 물었다.

"무례를 용서하시오, 군이 대답하지 않아도 됩니다만, 당신은 지부시노공화국 설립과 무슨 관계가 있지 않았습니까?"

"아 어떻게…… 그걸 아셨습니까…… 그럼, 블라제이코를 아십니까?…… 관계 있죠, 있고말고요! 물론 있습니다." 포고렙시흐는 기쁜 듯이 소리 내어 웃으며 온몸을 좌우로 흔들고 두 무릎을 세게 두드렸다. 그리고 다시 이야기가 터져나왔다.

포고렙시흐는 자신에게 블라제이코는 구실에 지나지 않고, 지부시노야말로 자신의 이상을 실현시킬 기반이라고 말했다. 유리 안드레예비치는 그의 설명을 따라잡기가 어려웠다. 포고렙시흐의 철학은 반은 무정부주의의 입장이고, 나머지 반은 순전히 사냥꾼의 거짓말 같은 것이었다.

포고렙시흐는 예언자처럼 침착한 목소리로, 머지않아 파멸적인 충격이 찾아올 거라고 예언했다. 유리 안드레예비치는 어쩌면 그것을 피할 수 없을 거라고 내심 동의했지만, 이 불쾌한 풋내기가 사람을 내려다보는 듯 예언하는 권위적인 태도에 그럴 마음이 사라졌다.

"잠깐, 잠깐만." 그는 소심하게 반론했다. "분명 그럴지도 모르죠. 하지만 나는 우리가 몰려오는 적을 앞에 두고 혼돈과 붕괴 속에서 그런 위험한 실험을 할 때가 아니라고 생각합니다. 나라를 바로잡고 또 다른 대격변으로 나아가기 전에 우선 지금의 격변에서 나라를 진정시켜야 합니다. 상대적이기는 하지만 적어도 우리는 진정되고 질서가 잡힐 때까지 기다려야 합니다."

"순진하시군요." 포고렙시흐가 말했다. "당신이 붕괴라고 부르는 것은 당신이 그토록 찬양하고 소중히 여기는 질서처럼 정상적인 현상입니다. 이 붕괴는 더 광대하고 창조적인 계획의 합법칙적이고 예비적인 일부란 말입니다. 이 사회는 아직 충분히 붕괴되지 못했습니다. 완전히 무너져야 하고, 그래야만 완전히 다른 기반에서 진정한 혁명 정부가 그 사회의 부분들을 조립해 구축해나갈 수 있습니다."

유리 안드레예비치는 기분이 좋지 않았다. 그는 복도로 나갔다.

열차는 속력을 올리며 모스크바 교외를 통과하고 있었다. 별장들이 밀집해 있는 자작나무 숲이 계속해서 차창으로 달려왔다가 스쳐지나갔다. 별장 거주자들이 서 있는 차양 없는 좁은 플랫폼이 나타났다가, 열차가 일으키는 먼지구름에 싸여 멀리 사라지고 회전목마처럼 빙빙 돌았다. 열차는 연거푸 기적을 울리고, 그 소리는 숲을 가득 채웠다가 멀고 공허한 메아리가 되어 돌아왔다.

문득 지난 며칠 사이 처음으로 유리 안드레예비치는 지금 자신이 어디에 있고, 자신에게 무슨 일이 일어났는지, 한두 시간 뒤에는 무엇이 자신을 맞이할 것인지를 명확하게 이해했다.

삼 년 동안의 변화, 불확실함, 이동, 전쟁, 혁명, 충격, 포격, 파멸의 광경, 죽음의 광경, 폭파된 다리, 파괴, 화재—이 모든 것이 갑자기 알맹이를 잃어버린 거대하고 텅 빈 공간으로 변했다. 기나긴 중단 후에 일어난 최초의 진정한 사건은 현기증이 날 것 같은 열차를 타고 집으로 가고 있다는 것, 온전히 살아남아 돌멩이 하나까지 그리운 집을 향해 간다는 것이었다. 그것이 바로 인생이고, 그것이 바로 경험이며, 그것이 바로 모험하는 자들이 좇고 있었던 것이고, 그것이 바로 예술이 추구하는 것이었다—혈육에게 돌아가는 것, 자기 자신으로의 복귀, 존재의 회복.

숲은 끝났다. 열차는 울창한 활엽수림에서 풀려났다. 비탈진 벌판은 올라가며 넓은 언덕이 되어 먼 곳으로 사라졌다. 온 땅이 세로줄의 질

푸른 감자 이랑 천지였다. 감자밭이 끝나는 벌판 꼭대기에는 온실에서 가져온 유리 프레임들이 있었다. 언덕 맞은편에서 지나가는 열차 꼬리 뒤로 짙은 보랏빛 거대한 구름이 하늘을 덮다시피 하고 있었다. 그 비구름 속에서 새어나온 태양빛이 바퀴처럼 사방으로 퍼지며 굴러가다 온실의 유리 프레임에 닿아 눈부시도록 빛났다.

갑자기 비구름 속에서 햇빛에 반짝이는 굵은 여우비가 비스듬히 떨어지기 시작했다. 빗방울은 바퀴를 덜컹거리고 볼트를 달각거리며 달려가는 열차에 뒤처질까봐 두려운 듯 같은 속도로 성급하게 쏟아졌다.

닥터가 미처 주의를 돌릴 틈도 없이 언덕 저쪽에 구세주 그리스도 대성당이 나타났고, 뒤이어 둥근 지붕, 지붕들, 도시의 집들과 굴뚝들이 보였다.

"모스크바입니다." 그가 침대칸으로 돌아가서 말했다. "내릴 준비를 해야겠어요."

포고렙시흐는 벌떡 일어나 사냥 가방을 뒤적이더니 가장 큰 오리를 꺼냈다.

"받으십시오," 그가 말했다. "기념으로요. 좋은 만남 덕에 하루 동안 유쾌했습니다."

닥터가 아무리 사양해도 소용없었다.

"그럼 좋습니다." 그는 받지 않을 수 없었다. "내 아내에게 주는 선물이라 생각하고 받겠습니다."

"아내! 아내! 아내에게 주는 선물." 포고렙시흐는 마치 처음 듣는 단어라도 되는 듯 즐겁게 되풀이했고, 그가 몸을 흔들며 큰 소리로 웃어젖히자 마르키스도 뛰쳐나와 그의 기쁨에 합류했다.

열차가 플랫폼에 들어섰다. 열차 안이 밤처럼 깜깜해졌다. 농아는 뭔가가 인쇄된 종이에 수컷 들오리를 싸 닥터에게 건넸다.

6장
모스크바의 야영

1

여행하는 동안 좁은 침대칸의 고정된 자리에만 앉아 있었기 때문에 열차만 가고 시간은 가는 것 같지 않아 아직 한낮인 줄 알았다.

그러나 닥터와 그의 짐을 실은 삯마차가 스몰렌스키 시장의 혼잡한 인파 속을 간신히 빠져나왔을 때는 이미 날이 어두워지고 있었다.

그때 닥터가 본 것은 사실일 수도 있고, 어쩌면 그뒤로 해마다 겪은 경험들과 합쳐져 그렇게 생각되었을 수도 있는데, 나중에 그때를 떠올려보니 사람들은 아무 이유도 없이 그곳에 습관적으로 모였던 것 같았다. 텅 빈 상점은 셔터가 내려져 있고, 자물쇠도 채워져 있지 않았으며, 쓰레기와 잡동사니들을 치우지 않은 지저분한 광장에는 도무지 사고 팔 물건이라곤 없어 보였기 때문이다.

그리고 그때도 몸이 마르고 옷차림이 단정한 남녀 노인들이 길에 모여 지나가는 사람들을 비난의 눈으로 말없이 쳐다보면서, 조화며 둥근 알코올램프 위에 유리 뚜껑과 주둥이가 달린 커피포트며, 검은 거즈로 만든 이브닝드레스며, 폐지된 관청의 제복 같은 아무도 살 것 같지 않고 필요할 것 같지도 않은 것들을 팔고 있었다.

일반인들은 빨리 딱딱해져 뾰족뾰족해진 배급받은 흑빵이나 더럽고 눅눅해진 고형 설탕 부스러기, 포장지째 반으로 나눈 4파운드짜리 마호르카* 같은 더 간단한 종류의 필수품을 팔았다.

그리고 시장 전체에 정체를 알 수 없는 잡동사니들이 나돌고 있었는데, 그것은 사람 손을 거칠 때마다 가격이 올라갔다.

삯마차는 광장으로 가는 골목들 중 하나로 들어갔다. 뒤에서 지던 해가 그들 등을 때리는 듯이 비췄다. 앞에서 빈 삯마차가 덜컹거리며 가고 있었다. 마차가 일으킨 먼지 기둥이 석양에 구릿빛으로 보였다.

마침내 그들은 앞을 가로막던 짐마차를 앞지를 수 있었다. 더욱 속도를 올렸다. 닥터는 포장도로와 보도 곳곳에 오래된 신문들과 벽에서 떨어진 포스터가 나뒹구는 것을 보고 깜짝 놀랐다. 그것들은 바람에 한쪽으로 밀려갔다가 말발굽과 바퀴와 오가는 사람들의 발길에 차여 다시 다른 쪽으로 밀려나곤 했다.

몇 개의 교차로를 지나 둘로 갈라지는 길모퉁이에 이르자 그의 집이 보였다. 삯마차가 멈춰 섰다.

유리 안드레예비치는 크게 숨을 몰아쉰 뒤 두근거리는 가슴으로 마차에서 내려 현관으로 다가가 초인종을 눌렀다. 대답이 없었다. 유리

---

* 가짓과의 식물로 만든 매운맛 담배.

안드레예비치는 다시 초인종을 눌렀다. 이번에도 대답이 없자 갑자기 불안해진 그는 짧은 간격으로 연달아 눌렀다. 네번째에야 안에서 빗장을 여는 소리가 들리더니 문이 열렸고, 그는 출입문 한쪽 문에 몸을 숨기고 다른 한쪽 문손잡이를 잡고 있는 안토니나 알렉산드로브나를 보았다. 뜻밖이라 두 사람은 한순간 깜짝 놀라 서로 상대가 크게 외치는 소리를 듣지 못했다. 그러나 안토니나 알렉산드로브나가 잡고 있던 문손잡이를 당겨 문을 활짝 열자 둘은 껴안을 수 있었고, 두 사람은 기둥 같은 상태에서 벗어나 정신이 드는 순간 서로의 목에 정신없이 달려들었다. 잠시 뒤 그들은 서로의 말을 가로채가며 동시에 이야기하기 시작했다.

"우선, 모두 잘 지내지?"

"응, 응. 안심해. 모두 잘 있으니까. 나, 당신에게 바보 같은 편지를 보냈어. 미안해. 하지만 그건 나중에 이야기해. 왜 전보를 치지 않았어? 마르켈이 곧 당신 짐을 옮기러 올 거야. 문을 연 게 예고로브나가 아니라 놀라지 않았어? 예고로브나는 시골에 갔어."

"당신 몸이 말랐네. 그래도 정말 젊고 날씬해! 이제 마부를 돌려보내야겠어."

"예고로브나는 밀가루 구하러 갔어. 다른 사람들은 모두 내보냈고. 지금은 새로 온 여자애 하나만 있는데 뉴샤라고, 당신은 모를 거야. 그 애가 사셴카를 돌봐주고 있고 그 외엔 아무도 없어. 당신이 돌아온다고 말해뒀기 때문에 모두 애타게 기다려. 고르돈도, 두도로프도, 모두가."

"사셴카는 어때?"

"다행히 아무 탈 없어. 지금 막 일어났고. 당신에게 여독이 없다면 당장 애에게 가볼 수 있을 텐데."

"아버지는 집에 계신가?"

"편지 못 받은 거야? 아침부터 밤늦게까지 지역의회에 나가 계셔. 의장이시거든. 응, 믿기지 않지. 마부에게 돈은 준 거야? 마르켈! 마르켈!"

그들이 보도 한가운데 손가방과 트렁크를 놓고 길을 막고 서 있었기 때문에 행인들은 그들을 피해 돌아가면서 두 사람을 머리끝에서 발끝까지 훑어보았고, 떠나가는 삯마차와 활짝 열린 현관문을 한참 바라보고 다음에 무슨 일이 일어날지 궁금한 듯이 기다렸다.

그사이, 사라사 루바시카에 조끼를 입고 한 손에 주택청소부 모자를 든 마르켈이 이미 젊은 주인에게 뛰어오며 소리쳤다.

"하늘이 도우셨군요, 유로치카 아니신가요? 어떻게 이런 일이! 돌아오셨네요, 우리 젊은 나리*가! 유리 안드레예비치, 우리의 빛, 당신은 우리의 기도를 잊지 않으시고 고향집에 돌아와주셨군요. 뭐 필요한 거 없으십니까? 네? 뭘 그리 보는 거요?" 그는 호기심 많은 구경꾼들에게 쏘아붙였다. "가시오, 이 양반들아. 눈알 흰자위를 뽑아버리기 전에!"

"어이 마르켈, 잘 지냈나. 어디 한번 안아보세, 재미난 친구, 모자를 쓰게. 뭐 좋은 소식 없나? 자네 안사람과 딸들은?"

"그것들한테 뭔 일이 있겠습니까. 잘 자라고 있습니다. 고마운 일이지요. 그리고 새로운 소식이라면 당신이 거기서 훌륭한 일을 하시는 동안 저희도 가만히 있지는 않았단 겁니다. 얼마나 뒤죽박죽 난장판이었는지 모릅니다, 악마가 구역질할 정도로요, 형제여, 뭐가 어떻게 돌

* 원어는 '매'를 뜻하는 소콜리크(соколик)로, 상대방을 조금 높여 친근하게 부르는 구어적 표현이다.

아가는지 알 수가 없었습니다! 거리는 더럽고, 망가진 지붕들은 내팽개쳐져 있고, 뱃속은 금식 기간처럼 깨끗하고, 병합도 배상금도 없고 말입니다*."

"유리 안드레예비치에게 당신 흉 좀 봐야겠어, 마르켈. 이 사람은 늘 이래, 유로치카. 난 이 사람의 바보 같은 소리를 더이상 못 들어주겠어. 아마도 당신이 좋아하는 줄 알고 기쁘게 해주려고 노력하나본데. 하지만 그런 말은 마음에만 담아둬. 그만, 그만, 마르켈, 그만할 때도 됐잖아. 당신은 수상한 사람이야, 마르켈. 이제 좀 현명해져야지. 당신은 곡물 가게에서 일하고 있는 게 아니라고."

마르켈은 짐을 현관 안으로 가져가 내려놓고 문을 쾅 닫더니 낮은 목소리로 뭔가를 털어놓듯 말을 이었다.

"들으셨다시피, 안토니나 알렉산드로브나는 화가 나셨습니다. 항상 그러시죠. 마르켈, 당신은 속이 시커멓지, 굴뚝 검댕처럼, 라고 하십니다. 일전에는 어린애만도 못해, 퍼그도 집에서 키우는 발바리도 알아듣는데, 라고 하셨습니다. 그래요, 물론 그렇지만, 유로치카, 나리가 믿든 믿지 않으시든, 그 책을 아는 사람들만이 경험했죠, 백사십 년 동안 돌 밑에 깔려 있던 프리메이슨의 그 예언서는, 이건 제 생각인데, 우리를 팔아넘겼습니다, 유로치카, 아시겠습니까, 팔아넘겼단 말입니다, 반 코페이카도 안 되고 반의 반 코페이카도 안 되는 헐값에, 담배

---

* 1917년 러시아 볼셰비키 정권이 독일제국 등의 동맹국과 맺은 브레스트-리톱스크 조약을 말하고 있다. 러시아제국은 내전에 충실하고자 불리한 이 조약을 승인하지만, 독일의 패전으로 핀란드, 폴란드, 에스토니아, 라트비아, 리투아니아, 벨라루시, 우크라이나 등이 독립을 선포하며 빠져나갔다.

한 모금 맡을 값도 안 되는 헐값에 팔아넘겼단 말입니다. 마님은 그런 말을 못하게 하십니다, 저 보십시오, 안토니나 알렉산드로브나께서 그만하라고 제게 손을 내젓고 계십니다."

"어떻게 안 그럴 수 있겠어. 이제 됐어. 짐은 바닥에 놓아줘, 고마워요, 마르켈. 필요하면 유리 안드레예비치가 다시 부를 테니까."

2

"드디어 물러갔군, 벗어났어. 당신은 그의 말을 믿겠지. 순전히 쇼야. 사람들 앞에서는 늘 익살만 부리는 바보지만, 그는 기회를 노리며 남몰래 칼을 갈고 있어. 저 카산의 고아*는 아직 누구를 찌를지 결정을 못 내렸을 뿐이야."

"글쎄, 그건 지나친 생각 아닐까! 내가 보기에는 그저 술에 취해서, 그래서 우스운 짓을 하는 것뿐인데."

"언제 그가 술에 취해 있지 않은 걸 본 적이나 있어? 악마나 잡아가라지. 사셴카가 다시 잠들까봐 걱정인데. 당신이 열차에서 티푸스를 옮겨오지 않았어야 할 텐데…… 당신, 이는 없어?"

"없을 거야. 전쟁 전처럼 편안하게 타고 왔거든. 간단히라도 씻어야겠지? 어쨌든 일단은. 나중에 제대로 씻기로 하고. 그런데 당신 어디 가는 거야? 왜 응접실을 거치지 않고 가지? 지금 다른 데로 올라가는

* 부모 없는 고아, 또는 불쌍한 척하는 사람을 뜻하는 관용 표현.

것 같은데?"

"아, 참! 당신은 아무것도 모르지. 아버지와 내가 고민하고 고민한 끝에 일층 일부를 농업아카데미에 내주기로 했어. 그렇게라도 하지 않으면 우리 힘으로는 겨울에 난방을 할 수가 없거든. 이층만 해도 너무 넓잖아. 우리가 제안했어. 아직 들어오진 않았어. 여기가 그들의 연구실이고, 식물 표본상자니 수집한 종자들을 가져다놨어. 쥐가 꼬이지 않아야 할 텐데. 무엇보다 곡식이 문제야. 아직은 방들이 깨끗한 상태지만. 이제는 여길 거주 공간이라고 불러. 이쪽, 이쪽으로 와. 아휴 바보같이! 뒷계단으로 돌아서 가야 해. 알겠지? 나를 따라와, 알려줄게."

"방을 내주기로 한 건 아주 잘한 일이야. 내가 일한 야전병원도 지방 귀족의 저택이었어. 방들이 수없이 늘어서 있고 바닥에는 쪽모이 세공을 한 마루가 깔려 있었지. 밤이면 나무 화분에 심은 종려나무 가지가 침대 위까지 유령처럼 손을 뻗치곤 했어. 부상자들이, 산전수전 다 겪은 그들조차도 악몽에 시달리며 소리를 질러대곤 했어. 아주 정상적인 상태는 아니고 폭풍에 타격을 입은 상태였지. 우리는 그 나무를 옮겨 심어야 했어. 내가 말하고 싶은 건, 부유한 생활에는 사실 건전치 못한 것들이 있다는 거야. 쓸데없는 것투성이지. 온 집안에 넘치는 가구와 쓸데없이 많은 방, 쓸데없이 예민한 감정, 쓸데없는 표현들. 공간을 줄인 건 아주 잘한 일이야. 아직도 충분하지 않아. 더 해야 해."

"저기 짐짝에서 삐져나와 있는 건 뭐야? 새 주둥이 같은데, 오리 머리구나. 아유, 예뻐! 수컷 들오리네! 어디서 난 거지? 보고도 믿을 수가 없어! 요즘엔 대단한 재산이거든!"

"열차에서 선물로 받았어. 얘기가 기니까 나중에 말할게. 어떻게 할까, 부엌에 갖다 둬야겠지?"

"물론, 당장 뉴샤를 불러 털을 뽑고 내장을 제거하라고 해야겠어. 이번 겨울에는 굶주림에 추위에, 온갖 무서운 일들이 일어날 거래."

"그래, 곳곳에서 그런 말을 하더군. 아까도 나는 열차 창밖을 바라보며 생각했었어. 가정과 일에서 평화보다 더 소중한 게 있을까? 그 나머지는 우리의 능력 밖이야. 분명 더 많은 고난이 우리를 기다리고 있을 거야. 어떤 사람들은 남부나 캅카스같이 먼 곳으로 달아나려고 하지. 하지만 그건 내 원칙이 아니야. 성인 남자라면 이를 악물고 조국 땅의 운명을 짊어져야 해. 나는 확실히 그래야 한다고 생각해. 당신은 다른 문제야. 나는 당신을 이 재앙에서 구해 핀란드 같은 안전한 곳으로 보내고 싶어. 그런데 계단마다 이렇게 삼십 분씩 서 있다가는 이층에 못 올라갈 것 같은데."

"잠깐. 들어봐. 새로운 소식이 있어. 내 정신 좀 봐! 깜빡 잊어버렸어. 니콜라이 니콜라예비치가 오셨어."

"어느 니콜라이 니콜라예비치?"

"콜랴 외삼촌."

"토냐! 그럴 리가! 대체 어떻게?"

"그래, 오셨어. 스위스에서 오셨대. 런던에 가셨다가. 핀란드를 거쳐."

"토냐! 농담하는 거 아니지? 외삼촌을 만났어? 어디 계시지? 지금 당장 만날 수 있나?"

"그렇게 서두를 거 없어! 지금은 교외에 있는 어느 별장에 계셔. 모레 돌아오겠다고 약속하셨어. 너무 변해서 당신은 보면 실망할지도 몰라. 돌아와서 페테르부르크에 계셨는데, 거기서 볼셰비키에 가담하셨나봐. 아버지와 목이 쉬도록 논쟁하셨어. 그런데 정말 우리는 왜 계단마다 멈춰 서는 거지? 어서 가자. 그런데, 당신도 들었지, 앞으로 좋은 일은 없고 고난과 위험, 불확실한 일만 있을 거라는 거?"

"나도 그럴 거라고 생각해. 어쩔 수 없지. 우리는 싸울 거야. 그렇다고 모든 게 끝나는 건 아니야. 다른 사람들이 어떻게 하는지 지켜보자고."

"소문에는 장작도, 물도, 불빛도 없이 지내야 할 거래. 화폐는 폐지되고. 물자도 끊기고. 우리 또 서 있네. 어서 가. 그건 그렇고, 아르바트 거리에 있는 가게에서 파는 납작한 철제 스토브가 괜찮대. 신문지를 태워 요리할 수 있다거든. 내가 주소를 알아뒀어. 다 팔리기 전에 사야겠어."

"좋아. 사지. 당신은 현명한 여자야, 토냐! 그런데 콜랴 외삼촌, 콜랴 외삼촌이라니! 당신도 생각해봐! 어떻게 흥분을 안 할 수 있겠는지!"

"나는 이층 한쪽을 치워서 우리와 아버지와 사센카, 뉴샤와 다 함께 지내려고 해, 말하자면 방 두세 개를 이어서, 나머지는 완전히 내주고 말이야. 거리에 담을 치는 것처럼. 가운뎃방에 철제 스토브를 놓고 통풍구로 연통을 연결해서, 거기서 빨래도 하고 요리도 하고 식사도 하고 손님 접대도 하면 난방비도 절약되고, 또 혹시 알아, 하느님이 무사히 겨울을 나게 해주실지?"

"혹시라니? 우리는 무사히 겨울을 날 거야. 의심의 여지 없이. 정말 좋은 생각을 해냈어. 훌륭해. 그리고 이제 뭘 할지 알겠어? 당신 계획이 채택된 걸 축하해야지. 그 오리를 굽고 콜랴 외삼촌을 초대해 집들이를 하자."

"멋진 생각이야. 고르돈에게 술 좀 구해달라고 부탁해볼게. 그는 실험실 같은 데서 얻을 수가 있거든. 자, 한번 봐. 이게 내가 이야기한 바로 그 방이야. 내가 골랐어. 당신도 찬성이지? 트렁크는 바닥에 내려놓고 손가방은 나중에 내려가서 가져와. 외삼촌과 고르돈 말고도 인노켄티와 슈라 실레진게르도 초대하자. 싫지 않지? 우리집 목욕탕이 어디 있는지 잊어버린 건 아니겠지? 거기 가서 소독약 좀 뿌려. 나는 사셴카 방에 가서 뉴샤를 아래층으로 내려보내고, 준비되면 당신을 부를게."

3

모스크바에서 그에게 가장 중요한 소식은 이 소년이었다. 유리 안드레예비치는 사셴카가 태어나자마자 소집되었다. 그는 아들에 대해 무엇을 알고 있을까?

소집 명령을 받고 떠나기 전 어느 날, 유리 안드레예비치는 토냐를 보러 병원에 갔었다. 마침 갓난아기들에게 수유하는 시간이었다. 그는 그녀를 만나러 들어갈 수 없었다.

그는 대기실에 앉아 기다렸다. 그때 산모실에서 직각으로 구부러진 먼 소아과 복도에서 열 명에서 열다섯 명쯤 되는 아기들 울음소리가 합창처럼 울려퍼졌고, 보모들이 아기가 감기에 걸리지 않게 단단히 감싸고 마치 대단한 쇼핑꾸러미라도 되는 듯 양팔에 하나씩 안고 젖을 먹이기 위해 산모들에게 데려다주었다.

"응애, 응애." 아기들은 마치 의무처럼 거의 아무 감정도 없이 똑같은 소리로 울어댔는데, 유독 한 목소리가 그 화음 속에서 두드러졌다.

그 아기도 아무런 고통의 기색 없이 '응애, 응애' 하고 울었지만, 의무적이 아니라 뭔가 고의적이고 적의가 깔린 듯한 낮은 소리였다.

유리 안드레예비치는 그때 이미 아들의 이름을 장인을 존경하는 의미로 알렉산드르라고 짓기로 마음먹고 있었다. 뚜렷한 이유는 없지만 그는 그 울음소리가 자기 아들의 소리일 거라고 생각했는데, 미래의 성격과 운명을 지닌 듯한 특징 있는 울음소리였고 유리 안드레예비치가 생각하기에 알렉산드르라는 이름에 걸맞은 좋은 울림을 지닌 것 같았기 때문이었다.

유리 안드레예비치의 생각은 틀리지 않았다. 나중에 알았지만 그 소리는 사셴카의 울음소리가 맞았다. 이것이 그가 아들에 대해 처음 알게 된 것이었다.

그다음에 알게 된 것은 전선에 있던 유리 안드레예비치에게 온 편지에 동봉된 사진을 통해서였다. 사진에는 큼직한 머리에 입술을 오므린 쾌활하고 잘생기고 포동포동한 아이가 펼쳐진 담요 위에서 두 팔을 위로 쳐들고 안짱다리로 서 있었는데, 마치 무릎을 구부리며 춤을 추는 것 같았다. 그때 아이는 한 살이라 막 걸음마를 시작하고 있었고, 만 두 살이 된 지금은 말을 시작했다.

유리 안드레예비치는 마룻바닥에서 트렁크를 들어올려 창가의 카드탁자 위에 놓고 끈을 풀었다. 전에는 이 방이 무슨 방이었지? 닥터는 방을 알아보지 못했다. 토냐가 이 방에서 가구를 꺼내 옮겼거나 벽지를 바꾼 것이 분명했다.

닥터는 면도 도구를 꺼내려고 트렁크를 열었다. 창 바로 맞은편에 있는 교회 종탑의 두 기둥 사이에 환한 보름달이 떠 있었다. 달빛이 트렁크에 차곡차곡 넣은 속옷이며 책이며 세면도구 위로 떨어지면서 방 안이 밝아지자, 닥터는 기억이 났다.

고인이 된 안나 이바노브나가 전에 창고로 쓰던 방이었다. 그녀는 여기에 망가진 책상이나 의자, 필요 없어진 문구류 등을 넣어두었었다. 그녀의 가족 기록도 있었고, 여름에 겨울옷을 넣어두는 궤짝도 있었다. 고인이 살아 있을 때는 이 방 구석구석에 천장까지 물건들이 가득 들어차 있어 출입 금지였다. 그러나 큰 명절이면 아이들이 떼로 몰려와 이층 전체를 뛰어다니며 놀았는데 그때는 이 방도 열렸고, 아이들은 이 방에서 술래잡기를 하며 책상 밑에 숨기도 하고, 태운 코르크를 얼굴에 칠하고 가장무도회 놀이를 하기도 했다.

닥터는 잠시 서서 그런 모든 것을 회상하다가 손가방을 가지러 아래층 현관으로 내려갔다.

아래층 주방에서는 몹시 수줍음을 타는 뉴샤가 풍로 앞에 쪼그려앉아 신문지를 펼쳐놓고 오리의 털을 뽑고 있었다. 양손에 무거운 짐을 든 유리 안드레예비치를 보자 그녀는 양귀비처럼 얼굴을 붉히며 유연하게 일어나 앞치마에 붙은 털을 털고 인사한 뒤 그를 도우려 했다. 닥터는 고맙지만 혼자서 할 수 있다고 말했다.

그가 안나 이바노브나의 예전 창고방에 들어서자마자, 두번째인가 세번째 방에서 아내가 그를 불렀다.

"다 됐어, 유라!"

그는 사셴카에게 갔다.

지금 아이 방은 예전에 그와 토냐가 공부방으로 쓰던 곳이었다. 침대에 있는 아이는 사진을 보고 상상했던 것만큼 잘생기지는 않았지만 유리 안드레예비치의 어머니인 마리야 니콜라예브나를 놀랄 만큼 빼닮았고, 그녀가 죽고 그가 보관하고 있었던 어떤 초상화보다 비슷했다.

"아빠야, 아빠, 아빠한테 손 내밀어봐." 안토니나 알렉산드로브나는 아버지가 좀더 편하게 아이를 안거나 손을 잡을 수 있게 침대의 그물을 내리며 되풀이했다.

사셴카는 낯설고 수염이 덥수룩한 남자가 옆으로 다가가자 가만히 있다가 그가 안으려고 몸을 굽히자 무서워서 그를 밀치며 벌떡 일어나 엄마의 콥토치카*를 잡고 화가 난 듯 손을 휘둘러 그의 얼굴을 쳤다. 자기가 한 짓에 놀란 사셴카는 곧바로 엄마 품에 달려들어 얼굴을 묻더니 슬픔을 가눌 길 없다는 듯 아이답게 서럽게 울어댔다.

"우, 우." 안토니나 알렉산드로브나가 아이를 꾸짖었다. "그럼 못써, 사셴카. 그럼 아빠가 사셴카를 나쁜 아이, 심술꾸러기라고 생각해. 아빠한데 뽀뽀하는 걸 보여줘, 아빠한테 뽀뽀해줘. 울지 말고, 울면 안돼, 왜 울어, 바보같이?"

"그냥 놔둬, 토냐." 닥터가 말했다. "아이를 괴롭히지 말고, 당신도 당황하지 마. 지금 당신이 무슨 어리석은 생각을 하는지 알아. 이건 우연이 아니라 나쁜 징조라고 생각하는 거. 이건 아무것도 아니야. 아주 자연스러운 일이지. 이 아이는 지금까지 나를 한 번도 본 적이 없잖아. 내일이면 익숙해져서 나와 눈물 없이는 떨어지지 못할걸."

그러나 그는 풀이 죽었고, 좋지 않은 예감에 휩싸여 그 방을 나섰다.

* 블라우스 등의 여성용 짧은 상의.

4

그후 며칠을 지내는 동안, 그는 자신이 얼마나 고독한지 분명히 깨달았다. 그는 누구도 탓하지 않았다. 분명히 그것은 그 자신이 원해서 얻은 것이었다.

친구들도 이상하리만큼 따분하고 지루하게 느껴졌다. 누구에게서도 자신만의 세계, 자신만의 견해를 발견할 수 없었다. 그들은 그의 추억 속에서 훨씬 빛났다. 분명 전에는 그가 그들을 과대평가했는지도 모른다.

낡은 질서가 가난한 자의 희생 위에서 부유한 자들이 변덕스럽고 별난 짓을 하도록 방치하는 동안, 대다수가 고통당하는 동안, 소수만이 누린 별난 행동과 무위도식의 권리를 진정한 모습이니 독자성이니 하며 얼마나 쉽게 받아들였는가!

그러나 대중이 들고일어나 상류층의 특권이 폐지되자마자 그들은 너무도 갑작스레 빛을 잃고 어떠한 후회도 없이, 마치 애초부터 그런 것이 없었다는 듯이 얼마나 쉽게 독자적인 생각과 결별하였는가!

이제 유리 안드레예비치가 미사여구나 가식적인 감정 없이 가까이 할 수 있는 사람은 아내와 장인, 동료 의사 두세 명, 소박한 노동자, 평범한 근로자 몇몇뿐이었다.

그가 도착하고 이삼일 뒤 예정대로 오리와 술 파티가 열렸는데, 그는 초대한 사람들을 미리 만났기 때문에 이날 처음 만나는 것은 아니었다.

배고픈 시절이었기 때문에 기름진 오리는 더없는 사치였지만 빵이 부족해서 이 화려한 자쿠스카도 무의미하다못해 화가 치밀 정도였다.

고르돈이 마개를 단단히 막은 약국 유리병에 든 술을 가져왔다. 술은 암거래상이 가장 좋아하는 교환 수단이었다. 안토니나 알렉산드로브나는 병을 손에서 놓지 않고 필요에 따라 기분에 따라 물을 조금씩 탔기 때문에 때로는 너무 독하고 때로는 너무 약했다. 도수가 일정하지 않아 취기도 고르지 않았고, 그래서 더 독하고 일정한 도수의 술보다 훨씬 더 독한 것처럼 느껴졌다. 이것 또한 화가 치밀었다.

무엇보다 우울한 것은 그들의 파티가 현실의 상황에서 벗어나 있다는 점이었다. 그 시간에 길 건너 다른 집들에서도 그들과 똑같이 먹고 마시고 있다고는 생각할 수 없었다. 창밖에는 어둡고 배고픈 모스크바가 묵묵히 서 있었다. 모스크바의 상점들은 텅 비었고, 사람들은 사냥해서 잡은 고기니 보드카 같은 건 잊어버린 듯 보였다.

주변의 생활과 비슷해 그 속에 흔적도 없이 스며드는 것만이 진정한 생활이었고, 동떨어진 행복은 행복이 아니었으며, 그래서 그 도시에서 오직 여기에만 있는 것 같은 오리와 술은 전혀 오리와 술이 아니었다. 그것이 가장 괴로웠다.

손님들도 우울한 기분에 빠져 있었다. 고르돈은 진지하게 사고하고 침울하게 모순을 이야기하던 시절에는 좋았다. 그는 유리 안드레예비치의 가장 좋은 친구였다. 김나지움에서도 다들 그를 좋아했다.

그러나 이제 그는 그런 자신에게 염증을 느껴 자신의 도덕적인 이미지를 고치려 하고 있었다. 그는 스스로 기운을 북돋우며 짐짓 즐거운 듯이 행동하고 재치 있는 농담을 던지면서 '재미있다' '즐겁다' 같은 말을 종종 했는데, 그건 그의 사전에 없는 말이었고, 그는 인생을 오락거리로 생각하지 않는 사람이었다.

두도로프가 도착하기 전에 고르돈은 재미있는 이야깃거리라고 생각했는지 친구들 사이에서 떠도는 두도로프의 결혼생활에 대해 이야기했다. 유리 안드레예비치는 처음 듣는 이야기였다.

두도로프는 결혼하고 약 일 년 만에 아내와 헤어졌다고 한다. 이 모험의 사실 같지 않은 요점은 다음과 같다.

두도로프는 실수로 군에 징집되었다. 그것이 실수라는 것이 밝혀지기 전까지 복무하면서, 그는 상관 앞에서 경례도 하지 않고 멍하니 있었다는 이유로 처벌을 받기도 했다. 그래서 징집 해제가 된 후에도 한참이나 그는 장교만 보면 손이 저절로 올라가고 어디를 가나 장교의 견장들이 눈앞에 아른거렸다.

그 시기에 그는 엉뚱한 행동만 하고 온갖 실수를 거듭했다. 바로 그 무렵, 볼가강 어느 부두에서 같은 배를 기다리던 자매를 만나게 되었는데, 주위에 수많은 병사들이 있는데다 군대생활의 잔상이 아직 남아 있어선지 순간 정신이 멍해져서는 제대로 보지도 않고 사랑에 빠져 황급히 동생에게 청혼을 했다. "재미있지 않나?" 고르돈이 물었다. 그러나 그는 이야기를 멈춰야 했다. 문밖에서 이야기 주인공의 목소리가 들려왔던 것이다. 두도로프가 방에 들어왔다.

그에게는 정반대의 변화가 있었던 것 같았다. 가볍고 불안정했던 변덕쟁이가 진지한 학자가 되어 있었다.

청년 시절 그는 정치적 망명 준비에 가담했다는 이유로 김나지움에서 퇴학당하고 얼마 동안 여기저기 예술학교를 떠돌다 결국 고전이라는 해안에 닿았다. 그는 친구들보다 조금 늦게 전쟁중에 대학을 졸업한 뒤, 러시아 역사와 세계사, 두 분야를 강의하게 되었다. 첫번째 분야에서는 이반 뇌제*의 토지 정책에 대한 논문을 썼고, 두번째 분야에서는 생쥐스트**에 대해 연구했다.

그는 지금 강의를 할 때처럼 시선을 들지도 내리지도 않고 한곳만 꿈꾸는 듯이 바라보면서, 마치 감기에 걸린 것처럼 크지 않은 목소리로 모든 것에 대해 상냥하게 이야기했다.

파티가 끝날 무렵 슈라 실레진게르가 뛰어들어오더니 비난의 말을 퍼붓고, 그렇지 않아도 모두 술에 취해 서로 지지 않으려고 외쳐대고 있을 때, 유리 안드레예비치와 학창 시절부터 서로 '당신'이라고 불러왔던 인노켄티가 몇 번이나 이렇게 물었다.

"당신은 『전쟁과 평화』와 「등골의 플루트」***를 읽어봤나?"

유리 안드레예비치는 자신이 그것에 대해 어떻게 생각하는지 말했지만, 두도로프는 사람들이 언쟁하는 소리에 듣지 못하고 잠시 뒤 다시 물었다.

"당신은 「등골의 플루트」와 「인간」****을 읽어봤나?"

"아까도 대답했는데, 인노켄티. 당신이 듣지 못한 거야. 그래, 다시 말하지. 나는 언제나 마야콥스키를 좋아했어. 그는 어떤 점에서는 도스토옙스키의 계승자지. 또한 좀더 정확히 말하자면, 입폴리트나 라스

---

* 러시아 황제 이반 4세. 군대의 규율을 강화하고 귀족을 탄압하는 등 공포정치를 폈다.

** 루이 앙투안 드 생쥐스트(1767~1794). 프랑스 정치가. 혁명기에 로베스피에르와 함께 공포정치에 참여했다.

*** 혁명시인 블라디미르 마야콥스키(1893~1930)의 장시.

**** 마야콥스키의 장시.

콜니코프나 『미성년』의 주인공*처럼 어리고 반항적인 인물이 쓴 서정시라고 할까. 모든 것을 잡아삼키는 듯한 놀라운 재능! 모두에게 단번에 영원히, 그것은 얼마나 단호하고 직선적이었나! 그리고 무엇보다 중요한 것은 대담한 비약으로 사회의 얼굴을 후려갈기고, 우주 공간을 향해 나아갔다는 점이야!"

그러나 이날 파티의 주인공은 말할 것도 없이 외삼촌이었다. 니콜라이 니콜라예비치가 별장에 있다는 것은 안토니나 알렉산드로브나가 잘못 안 것이었다. 그는 조카가 도착한 날 돌아와 시내에 있었다. 유리 안드레예비치는 그를 벌써 두세 번 만나 마음껏 이야기하며 연신 '오' '아'를 외치며 웃고 또 웃었다.

처음 만난 것은 잿빛으로 흐린 어느 저녁이었다. 가랑비가 물기를 머금은 먼지처럼 내렸다. 유리 안드레예비치는 니콜라이 니콜라예비치가 묵고 있는 호텔로 찾아갔다. 당시는 시 당국의 강력한 요청이 있을 때만 호텔에 머물 수 있었다. 그러나 니콜라이 니콜라예비치는 어디에서나 잘 알려진 인물이었다. 그의 옛 인맥들이 곳곳에 있었다.

그 호텔은 직원들이 버리고 달아난 정신병동 같은 인상을 주었다. 텅 빔, 혼돈, 계단과 복도에 감도는 우연의 권력.

어수선한 방의 커다란 창문 밖으로 그 광기 어린 시절의 인적 없는, 텅 빈 황량한 광장이 보였고, 그것은 호텔 창문 밑에 실제로 있는 것이 아니라 마치 밤에 꿈속에서 보는 것처럼 섬뜩했다.

그것은 놀랍고, 잊을 수 없는 뜻깊은 재회였다! 어린 시절의 우상,

---

* 도스토옙스키 소설의 주인공들. 입폴리트는 『백치』, 라스콜니코프는 『죄와 벌』, 『미성년』의 주인공은 아르카디 돌고루키다.

젊은 시절 그의 내면을 지배하던 살아 있는 화신이 앞에 서 있었다.

니콜라이 니콜라예비치에게는 백발이 아주 잘 어울렸다. 헐렁한 이국의 옷차림도 잘 어울렸다. 그는 나이에 비해 무척 젊어 보이고 미남이었다.

물론 그는 엄청난 사건을 바로 옆에서 겪으며 많은 것을 잃었다. 사건들이 그를 덮쳤다. 그러나 유리 안드레예비치는 그런 잣대로 그를 재볼 마음은 전혀 없었다.

그는 니콜라이 니콜라예비치가 정치 문제에 대해 말할 때 보여준 침착함과 냉정하고 조소하는 듯한 말투에 놀랐다. 그의 처신 능력은 현재 러시아인의 능력을 뛰어넘는 것이었다. 그런 점이 그가 외국에서 돌아왔다는 것을 말해주었다. 그 특징이 두드러져서 마치 시대에 뒤떨어진 것처럼 느껴지는 거북함마저 자아냈다.

아, 하지만 그들의 첫번째 몇 시간의 만남은 그런 것들이 아니라 서로의 목을 껴안고, 눈물 흘리고, 감격에 벅차하며 정신없이 빠르게 말을 주고받다가 대화와 열정을 멈추고 가쁜 숨을 몰아쉬는 것으로 채워졌다.

혈연으로 맺어진 두 창조적인 기질의 인물이 만나 지난날을 되돌아보며 두번째 삶을 시작했다고 하지만, 추억이 밀물처럼 밀려와 떨어져 있던 동안의 일들을 이야기하다가도 창조적인 기질의 사람들이 중요하게 여기는 문제에 이르면 외삼촌이니 조카니 하는 관계도, 나이 차이도 사라지고 오직 내면의 자연력과 자연력, 에너지와 에너지, 원칙과 원칙만 남았다.

지난 십 년 동안 니콜라이 니콜라예비치는 창작의 매력과 창조에 대한 사명의 본질에 대해 지금처럼 자신의 생각에 충실하게, 또한 적절하게 이야기할 기회를 가진 적이 없었다. 유리 안드레예비치 역시 그의 그런 분석처럼 통찰력 있고 정확하고 흥미로운 의견을 들을 기회를 가진 적이 없었다.

두 사람은 매 순간 탄성을 지르고 상대방의 추론들이 얼마나 오류 없이 정확한지 감탄하며 머리를 감싸안고 방을 돌아다니기도 하고, 창가로 다가가 서로에 대한 이해에 감탄하며 말없이 유리창을 손가락으로 튕기기도 했다.

그 첫 만남 뒤 닥터는 니콜라이 니콜라예비치를 사교계에서도 몇 번 만났는데, 사람들 속에 있을 때 그는 알아보지 못할 만큼 딴사람이 되었다.

그는 자신을 모스크바에 온 손님으로 인식했고, 그 인식을 바꾸지 않았다. 그가 자기 고향으로 생각하는 곳이 페테르부르크인지 다른 어떤 곳인지 분명하지 않았다. 정치적 웅변가와 사교계의 매력적 인물이라는 역할이 그를 우쭐하게 했다. 어쩌면 그는 파리협정 전 마담 롤랑*의 집에서처럼 모스크바에도 정치 살롱이 생기기를 꿈꾸고 있었을지 모른다.

그는 자신의 친구들이나, 조용한 모스크바 뒷골목에 사는 친절한 부인들의 집에 자주 드나들었는데, 그녀들과 그 남편들에 대해 결단성이 없고, 시대에 뒤떨어지고, 모든 것을 종탑 위에 서서만 판단한다**고 비

---

* 1754~1793. 프랑스 혁명기 때 자기 집에 살롱을 열어 지롱드파를 형성하고, 이 혁명 살롱의 핵심인물이 되었다.

** 자신의 좁은 기준으로만 판단한다는 뜻.

웃었다. 그리고 전에 아포크리파*나 오르페우스교**의 텍스트를 많이 읽은 것을 자랑했던 것처럼 이제는 신문新聞 지식을 자랑했다.

소문에 따르면 그는 스위스에 젊은 새 애인을 두고 왔고, 아직 마무리하지 못한 일과 쓰다 만 저서가 있어, 조국의 격렬한 소용돌이 속에 잠시 몸을 두었다가 요행히 아무 일 없으면 그 격변을 목격만 하고 다시 알프스로 날아갈 거라고 했다.

그는 볼셰비키 편이었고 이따금 자기와 생각이 같다면서 좌파 사회주의 혁명가 두 사람을 들먹였는데, 미로시카 포모르라는 필명으로 글을 쓰는 저널리스트와 시사평론가 실비야 코테리였다.

알렉산드르 알렉산드로비치는 불평을 터뜨리며 그를 비난했다.

"자네가 도대체 어디서 떠나온 것인지 놀라울 뿐이네, 니콜라이 니콜라예비치! 그 미로시카들을 버리고 말이지. 그런 시궁창 같은 데를! 리디야 포코리는 또 어떡하고."

"코테리입니다." 니콜라이 니콜라예비치가 고쳐 말했다. "그리고 실비야고요."

"그게 그거 아닌가. 포코리든 포푸리든, 그렇다고 어떻게 되는 건 아냐."

"그래도 틀린 건 틀린 거죠. 코테리니까요." 니콜라이 니콜라예비치도 끈질기게 주장했다. 그와 알렉산드르 알렉산드로비치는 다음과 같은 연설을 주고받았다.

"우리는 대체 무엇에 대해 논쟁하는 겁니까? 이런 진리를 따지고 드

---

* 전거가 불분명해 성경에 수록되지 않은 문헌.

** 기원전 7세기 무렵 고대그리스에서 발생한 밀교. 금욕생활을 주장했다.

는 것은 창피한 일입니다. 이건 아즈부카* 같은 겁니다. 수세기 동안 민중 대부분은 상상도 못할 삶을 영위해왔습니다. 아무 역사책이나 들춰보세요. 봉건제니 농노제, 또는 자본주의니 공장산업이니 하는 것, 그것들이 뭐라 불리든 간에 그 모든 것은 전부터 부자연스럽고 불공정한 것으로 여겨졌고, 그래서 오래전부터 변혁이 준비되었던 것이며, 변혁은 민중에게 빛을 던져주고 모든 것을 제자리에 돌려놓을 겁니다.

당신도 아시다시피 낡은 체제를 부분적으로 보수하는 건 바람직하지 않으며, 근본적인 와해가 필요합니다. 어쩌면 건물의 붕괴를 동반할 수도 있습니다. 하지만 무슨 상관입니까? 무서운 일이니까 그런 일이 일어나지 않도록 해야 할까요? 이것은 시간문제입니다. 그러니 이것을 어떻게 논쟁할 수 있겠습니까?"

"음, 논점은 그게 아니야. 내가 그런 얘기를 한 것 같나? 내가 무슨 말을 하고 있는 것 같나?" 알렉산드르 알렉산드로비치가 화를 내자 논쟁은 확 타올랐다.

"자네의 포푸리와 미로시카들은 양심이 없는 자들이야. 말과 행동이 달라. 그리고 무슨 그런 논리가 다 있나? 합당한 데라곤 없어. 아, 잠깐 기다리게, 자네에게 당장 보여줄 게 있어."

그리고 그는 반대 의견이 실린 무슨 잡지를 찾느라 책상 서랍들을 온통 열었다 닫았다 했고, 그 시끄러운 수선은 그의 웅변을 되살아나게 했다.

알렉산드르 알렉산드로비치는 자신이 이야기할 때 누군가 방해하는

* 알파벳.

것을 좋아했는데, 그러면 그가 말을 우물거리거나 으음, 에헴 하며 끊어지는 것을 정당화해주기 때문이었다. 그는 잃어버린 물건을 찾을 때면 특히 말이 많았는데, 이를테면 어두컴컴한 현관방에서 덧신 한 짝을 찾을 때라든가 어깨에 수건을 걸치고 욕실 문지방에 서 있을 때, 혹은 식탁에서 무거운 접시를 건넬 때라든가 손님의 잔에 와인을 따라줄 때 그랬다.

유리 안드레예비치는 장인의 이야기를 듣는 것이 좋았다. 그는 그로메코 집안 사람들이 내는 목젖을 울리는 부드럽고 노래하는 듯한 소리, 고양이가 가르릉거리는 것 같고 노래하듯 길게 끄는 귀에 익은 그 옛 모스크바의 발음을 듣는 것을 좋아했다.

콧수염을 짧게 자른 알렉산드르 알렉산드로비치의 윗입술은 아랫입술보다 약간 튀어나와 있었다. 그것과 똑같이 그의 가슴에 넥타이가 나비처럼 튀어나와 있었다. 그 입술과 넥타이 사이에 어떤 공통점이 있었고, 그것이 알렉산드르 알렉산드로비치에게 뭔가 감동적이고 믿음직스러운 순박한 인상을 심어주었다.

슈라 실레진게르는 밤늦게, 손님들이 돌아가기 거의 직전에 나타났다. 그녀는 무슨 모임에서 곧장 오는 길이라 재킷에 노동자 모자를 쓰고 있었고, 단호한 걸음걸이로 방에 들어와 모두와 차례로 악수하며 한바탕 비난과 규탄의 말을 쏟아놓았다.

"안녕, 토냐. 안녕하신가요, 사네치카*. 모두 너무했다는 거 인정해야 해. 그가 돌아와서 온 모스크바가 떠들썩한데 나는 마지막에야 알

---

* 알렉산드르의 애칭.

았으니까. 정말, 너무해. 분명 나도 그럴 자격은 없지만. 우리가 오랫동안 기다리던 그는 어디 있지? 내가 가봐야지. 사람들이 벽처럼 둘러쌌군. 아, 안녕하세요! 좋네요, 좋아요. 당신 책을 읽었어요. 도통 이해할 수는 없었지만 천재적이란 건 분명하더군요. 곧 판명이 날 거예요. 안녕하세요, 니콜라이 니콜라예비치. 유로치카, 내가 곧 너에게 갈게. 꼭 해야 할 중요하고 특별한 이야기가 있거든. 안녕하신가, 젊은이들. 아, 고고치카, 너도 여기 있었니? 우리 거위, 거위, 꽥 꽥 꽥, 뭘 그렇게 찾고 있어? 응 응 응?"

이 마지막 감탄사는 그로메코 집안의 먼 친척인 고고치카에게 한 것이었는데, 뭐든 새로운 세력을 열렬히 숭배하는 그는 어리석음과 우스꽝스러움 때문에 아쿨카*라고 불렸고, 큰 키에 비쩍 말라서 촌충이라고도 불렸다.

"당신들은 여기서 먹고 마시고들 있군요? 내가 곧 따라가죠. 아, 여러분, 여러분. 당신들은 아무것도 모르고 있어요, 아무것도 몰라요! 세상에서 무슨 일이 벌어지고 있는지! 어떤 일이 일어나고 있는지요! 책 속에 나오는 것이 아니라 진짜 노동자, 진짜 군인들이 있는 지역 모임에 나가봐요. 승리의 날까지 잘 싸우라고 말이라도 해줘요! 그들이 당신들에게 승리를 가져다줄 거예요! 나는 방금 한 수병이 하는 이야기를 듣고 왔어요! 유로치카, 너도 마음을 뺏겼을 거야! 그 열정! 그 진정성이란!"

사람들이 슈라 실레진게르의 말을 가로막았다. 저마다 소리를 질러

* 시골 여자 같은 이미지의 이름.

댔다. 그녀는 유리 안드레예비치 옆에 앉아 그의 손을 잡고 다른 목소리들을 이기기 위해 얼굴을 바짝 붙이고 수화기에 대고 말하듯 높지도 낮지도 않은 소리로 말했다. "일단 나와 같이 가자, 유로치카. 보여줄 사람들이 있어. 너는 안타이오스*처럼 반드시 땅을 딛고 있어야 해. 왜 눈을 그렇게 휘둥그레 떠? 내가 너를 놀라게 했어? 내가 늙은 군마이고, 늙은 베스투제프카**라는 걸 모르지 않잖아, 유로치카. 난 미결감옥에도 갔다 왔고, 바리케이드를 치고 싸우기도 했어. 물론이지! 너는 어떻게 생각하지? 오, 우리는 민중을 몰라! 나는 지금 거기, 그들 속에 있다가 왔어. 나는 그들을 위해 도서관을 지어줄 거야."

그녀는 이미 술을 마시고 취한 게 분명했다. 그러나 유리 안드레예비치도 머릿속이 빙빙 돌고 있었다. 그는 왜 슈라 실레진게르가 방 한쪽에 있고 자신은 그 반대쪽 탁자 끝에 있는지 알 수 없었다. 그는 어느새 사람들 앞에 서서 자신의 의도와는 다른 연설을 하고 있었다. 그는 단번에 청중을 입 다물게 하지 못했다.

"여러분…… 제가 바라는 건…… 미샤! 고고치카!…… 사람들이 듣질 않아, 토냐, 이럴 땐 어떻게 해야 하지? 여러분, 제가 몇 마디 하겠습니다. 전대미문의, 전례 없었던 일이 닥쳐오고 있습니다. 그것이 우리를 덮치기 전에, 나는 여러분에게 부탁하고 싶은 것이 있습니다. 그런 일이 닥치더라도 신은 우리가 서로를 잃지 않도록, 영혼을 잃지 않도록 도와주실 겁니다. 고고치카, 만세는 나중에 외쳐. 내 얘기 아직 안 끝났어. 구석에서 말씀하지 마시고, 제 말을 잘 들어주십시오.

---

* 땅의 여신 가이아의 거인 아들로, 땅에 발을 붙이고 있는 한 절대로 지지 않았다.

** 페테르부르크 소재의 베스투제프여자대학 학생이라는 뜻.

전쟁이 삼 년째로 접어든 지금, 민중은 조만간 전선과 후방의 경계가 사라지고 피의 바다가 한 사람 한 사람에게 밀려와 전쟁 밖에 있는 자도 참호 속에 있는 자도 모두 삼켜버릴 거라고 믿고 있습니다. 혁명이 바로 그 홍수입니다.

혁명이 일어나면 우리가 전쟁 속의 삶은 끝난 거라고 생각했듯이 우리의 모든 개인적인 삶은 끝나고 세상에는 오직 죽고 죽이는 일밖에 없을 거라고 생각하게 될 것이고, 만약 우리가 이 시대에 대한 기록이나 회고록이 세상에 나올 때까지 살아남아 그것을 읽을 수 있다면, 우리는 우리가 지난 오 년에서 십 년 동안 경험한 일들이 다른 이들이 백 년 동안 겪은 일보다 많다는 것을 깨닫게 될 겁니다.

민중이 일어나서 벽을 이루어 나아갈지, 아니면 이 모든 것이 그들의 이름만으로 끝날지 저는 알지 못합니다. 이 같은 거대한 사건에 극적인 증명 같은 것은 필요하지 않습니다. 저는 그런 것 없이도 확신할 수 있습니다. 거대한 사건의 원인을 증명하려는 건 무의미한 일입니다. 그런 건 존재하지 않으니까요. 그것은 부부 싸움과도 본질이 같은데, 서로 머리끄덩이를 잡고 접시를 깨뜨려놓고도 누가 먼저 시작했는지는 모르죠. 그러나 진정으로 위대한 일은 우주처럼 시작이 없는 법입니다. 그런 일은 마치 언제나 있었던 것처럼, 혹은 하늘에서 뚝 떨어진 것처럼 갑자기 눈앞에 나타나는 겁니다.

또한 저는 러시아가 이 세계에서 최초의 사회주의 국가가 될 운명을 타고났다고 생각합니다. 이런 일이 일어난다면, 우리는 한동안 얼떨떨할 것이고, 정신이 돌아온다 해도 이미 잃어버린 기억을 되찾지는 못할 겁니다. 우리는 지난 일을 일부 잊을 것이고, 이 전대미문의 일들에 대해 설명을 구하지도 않게 될 겁니다. 새로운 질서는 지평선 위의 숲이나 머리 위 구름처럼 익숙해져 우리를 에워싸겠죠. 그것은 모든 곳에서 우리를 에워쌀 겁니다. 다른 것은 아무것도 남지 않고요."

그러고도 그는 좀더 말했지만, 이미 술은 완전히 깨어 있었다. 하지만 그는 아까처럼 주위에서 하는 이야기를 잘 알아듣지 못하고 엉뚱한 대답을 했다. 사람들은 하나같이 그에게 애정을 보였지만 그는 슬픔을 떨칠 수 없었고, 그래서 거의 제정신이 아니었다. 그는 다시 입을 열었다.

"고맙습니다, 고맙습니다. 저는 여러분의 마음을 압니다. 저는 그런 마음을 받을 자격이 없습니다. 하지만 마치 나중에 더 큰 사랑을 주지 못할까 염려되시는 듯이 성급하게 사랑을 쏟지는 마십시오."

모두 그의 말을 의도적인 재담으로 여기고 웃으며 손뼉을 쳤지만, 그는 불행이 임박한 것을 예감하며, 선과 행복에 대한 능력을 갈망하면서도 미래의 자신이 무기력할 거라는 생각에 어쩔 줄 몰랐다.

손님들은 흩어졌다. 모두 피곤해서 얼굴이 핼쑥했다. 하품이 그들의 턱을 열었다 닫았다 했고, 그 모습은 마치 말처럼 보였다.

그들은 작별인사를 나누고 커튼을 젖혔다. 창문도 열었다. 노랗게 동이 트고 있었고, 물기를 머금은 하늘이 지저분한 흙빛이 감도는 콩색 구름으로 덮여 있었다.

"우리가 잡담을 나누는 동안 천둥이 쳤던 게 분명해." 누군가가 말했다.

"난 여기 오는 도중에 비를 만나 정신없이 달려왔어." 슈라 실레진게르가 확인해주었다.

아직 어둑어둑한 텅 빈 골목에서 나뭇잎에 떨어지는 빗방울 소리와 비에 흠뻑 젖은 참새들이 짹짹거리는 소리가 교대로 들려왔다.

천둥이 하늘을 가르며 쟁기로 이랑을 가는 듯이 울리더니 곧 잠잠해졌다. 그러나 뒤늦게, 마치 가을에 부드러운 땅에서 큼직한 감자를 삽으로 파서 던지는 소리 같은 천둥소리가 네 번이나 울렸다.

천둥이 방안에 가득차 있던 담배 연기와 먼지를 깨끗이 몰아냈다. 갑자기, 전기를 구성하는 요소처럼 존재를 구성하는 물과 공기, 기쁨에 대한 욕망, 대지, 그리고 하늘이 환하게 눈에 들어왔다.

골목은 돌아가는 손님들의 목소리로 가득찼다. 그들은 안에서 논쟁하던 것을 밖에서도 계속하는 듯 큰 소리로 떠들고 있었다. 그 소리가 멀어지다가 완전히 사라졌다.

"많이 늦었군." 유리 안드레예비치가 말했다. "자러 가지. 내가 세상에서 좋아하는 사람은 당신과 아버님뿐이야."

5

8월이 지나고 9월도 끝나가고 있었다. 피할 수 없는 순간이 임박했다. 겨울이 다가오고 있었고, 인간 세계에서도 겨울의 충격 같은 미리 결정된 무언가가 대기 속에 감돌고 있었으며, 모두가 그 이야기만 했다.

추위에 대비해 먹을 것과 땔감을 준비해야 했다. 유물론이 득세하는 시절이었지만, 정작 물질은 관념으로 바뀌고, 먹을 것과 땔감이 식량 문제와 연료 문제를 대신했다.

도시 사람들은 다가오는 낯선 것 앞에서 어린애처럼 무력했는데, 낯선 그것은 도시에서 태어나고 도시 사람들이 만든 것이었지만 그것은 지나는 길에 있던 모든 질서를 뒤엎어버리고 폐허만을 남겼다.

곳곳에서 사람들은 자기기만 속에서 떠들어대기만 했다. 일상생활은 여전히 절뚝거리고 허우적거리면서 낡은 습관에 따라 어디론가 한쪽 발을 끌며 가고 있었다. 그러나 닥터는 꾸밈없이 삶을 직시했다. 삶에 대한 선고는 그의 눈길을 피해 갈 수 없었다. 그는 자기 자신과 주위의 생활환경이 파멸할 운명에 처해 있다고 생각했다. 닥쳐올 시련은 어쩌면 죽음일지도 몰랐다. 그에게 남은 얼마 안 되는 날들이 눈앞에서 녹아 사라졌다.

잡다한 일상사와 일거리, 걱정들이 없었다면 그는 아마 이런 상황에서 이성을 잃어버렸을지도 모른다. 아내와 자식, 돈을 벌어야 한다는 것이 그의 구원인 셈이었다—긴급한 것, 소소한 것, 일상생활, 근무, 환자 왕진.

그는 자신이 미래의 거대한 괴물 앞에 선 피그미에 불과하다는 것을 이해했고, 미래를 두려워하면서도 사랑하며 은근히 자랑스러워하기도 했고, 마지막 작별을 고할 때처럼 영감에 찬 탐욕스러운 눈으로 구름들과 나무들, 거리를 오가는 사람들, 불행 속에서 애쓰는 러시아의 대도시를 바라보며 더 나아지기 위해서라면 자신을 희생할 각오도 하고 있었지만, 아무것도 할 수 없었다.

스타로코뉴셴니 골목 모퉁이에 자리잡은 러시아의사협회 부속 약국 옆에서 아르바트 거리를 건널 때면 그는 종종 포장도로 한가운데 서서 하늘과 지나가는 사람들을 바라보곤 했다.

닥터는 전에 근무했던 병원에서 다시 일했다. 성십자가협회는 이미 해체됐지만 병원은 아직 그 이름으로 불렸다. 아직 적당한 다른 이름을 짓지 못했기 때문이었다.

병원에서는 이미 분열이 시작되고 있었다. 닥터는 우둔함으로 그를 분노케 하는 온건파들 눈에는 위험인물로, 정치적으로 앞서가는 자들에게는 아직 적화가 충분하지 못한 사람으로 여겨졌다. 그래서 그는 어느 파에도 끼지 못한 채 한쪽에서는 배척되고 다른 한쪽에는 아직 다다르지 않은 상태였다.

병원장은 그에게 정해진 업무 외에 일반 통계 보고 업무도 맡겼다. 그런 양식, 그런 설문지와 공란을 그는 전에 본 적이 없었고, 그렇게 채워넣을 것이 많은 보고서를 작성해본 적도 없었다! 사망률, 질병률, 근무자의 재산, 그들의 시민의식 수준, 선거 참가율, 연료와 식량과 의약품 부족, 중앙통계국이 관심을 가지고 있는 이 모든 것에 대해 회신을 보내야 했다.

닥터는 의국 창가에 있는, 그가 전에 썼던 책상에서 일했다. 다양한 형식과 크기의 괘선 용지가 그의 앞에 쌓여 있었다. 그는 의료 업무에 필요한 정기적인 기록 외에도 가끔 틈이 날 때면 '인간 유희'를 썼는데, 이것은 산문과 시와 잡다한 형식의 글로 이루어진 이 시대의 우울한 일기였고, 절반에 가까운 사람들이 자신을 망각한 채 뭔가 알 수 없는 역할을 하고 있다는 의식에서 비롯된 것이었다.

햇볕이 잘 드는데다 벽에 흰 칠을 해서 더욱 밝은 의국은 아침에 첫서리가 내리고 겨울 박새들과 까치들이 성긴 숲의 밝은 빛 속으로 날아들기 시작하는 성모승천 대축일*이 지나자 확실히 황금 가을의 햇살이 비쳐들며 크림색으로 빛났다. 그즈음의 하늘은 더없이 드높았고,

하늘과 땅 사이 투명한 대기 기둥을 통해 북쪽에서 얼음처럼 선명한 검푸른 광선이 내려왔다. 세상 만물이 어느 때보다 잘 보이고 잘 들렸다. 먼 곳에서 울리는 소리도 소리가 잘 울리는 얼음에서처럼 분명하고 뚜렷이 전해졌다. 마치 많은 세월 뒤의 인생의 광경을 미리 보여주는 것 같았다. 만약 모든 것이 희박한 이러한 상태가 그토록 짧지 않았다면, 그리고 이른 황혼의 문턱에 있는 짧은 가을 낮의 마지막에 찾아들지 않았다면, 도저히 견딜 수 없었을 것이다.

그런 빛이, 잘 익은 사과처럼 즙이 많고 반짝거리고 물기를 머금은 일찍 저무는 가을 햇살이 의국을 비췄다.

닥터는 책상 앞에 앉아 펜에 잉크를 찍어가며 잠깐잠깐 생각에 잠기며 글을 썼고, 이름 모를 새들이 의국의 커다란 창문 옆을 날아가며 방 안에 소리 없이 그림자를 던지고, 그 그림자는 닥터의 움직이는 손과 용지가 쌓인 책상, 의국의 바닥과 내벽을 뒤덮었다가 조용히 사라졌다.

"단풍이 지고 있군요." 한때는 뚱뚱했지만 지금은 말라서 피부가 늘어진 해부의가 들어오며 말했다. "비가 억수같이 쏟아지고 바람이 몰아쳐도 끄떡없었는데. 하루아침 추위에 저렇게 되다니!"

닥터는 고개를 들었다. 사실 창문 옆을 지나가는 신비한 새들은 알고 보니 붉은 와인색으로 활활 타오르는 단풍나무 잎사귀들이었고, 그 새들은 가지에서 날아올라 공중에서 맴돌다가 나무들 너머 병원 잔디밭 풀 위로 볼록한 오렌지색 별이 되어 떨어졌다.

"창문 틈은 봉했습니까?" 해부의가 물었다.

---

* 구력 8월 15일(신력 28일).

"아니요." 유리 안드레예비치는 계속 쓰며 대답했다.

"왜요? 할 때가 됐는데요."

쓰는 데 열중한 유리 안드레예비치는 아무 대꾸도 하지 않았다.

"이거야 원, 타라슈크가 없으니." 해부의가 말을 이었다. "그는 황금 같은 존재였어요. 구두도 고치고, 시계도 고치고, 뭐든지 다 했죠. 못 하는 게 없는 재주꾼이었는데. 봉할 때가 됐어요. 우리가 합시다."

"퍼티가 없습니다."

"직접 만들어보시죠. 제조법이 있으니까." 그리고 해부의는 아마인유와 백토로 퍼티 만드는 법을 설명했다. "방해가 되겠군요. 나는 그만 가겠습니다."

그는 다른 창문 쪽으로 가서 자기 약병과 표본들을 살펴보았다. 날이 어두워지고 있었다. 잠시 뒤 그가 말했다.

"눈 버리겠습니다. 어둡네요. 불이 안 들어오는군요. 집에나 갑시다."

"아직 일이 좀 남았습니다. 이십 분쯤 더 걸리겠는데요."

"그의 아내가 이 병원에서 보모로 일하죠."

"누구요?"

"타라슈크요."

"알고 있습니다."

"그런데 그가 어디 있는지는 아무도 모릅니다. 전국 방방곡곡을 돌아다닐 겁니다. 여름에 두 번쯤 돌아왔었죠. 병원에 들렀었고요. 지금은 어느 시골에 있다죠. 새로운 생활을 찾고 있나봅니다. 당신이 거리나 열차에서 본 그 볼셰비키 군인 중 하나죠. 그 답을 알고 싶습니까? 타라슈크를 예로 들어볼까요? 들어보십시오. 그는 팔방미인이었습니다. 뭐든 못하는 게 없었죠. 그의 손만 거치면 뭐든 됐습니다. 전쟁에서도 똑같았죠. 그는 뭔가를 만드는 것처럼 전쟁을 연구했습니다. 훌륭한 저격수가 되었죠. 참호에서도, 초소에서도. 그의 눈과 손은—일품이죠! 그가 받은 모든 훈장은 용감해서가 아니라 백발백중으로 잘 쏘았기 때문입니다. 그래요. 그에게는 모든 일이 열정의 대상입니다. 그는 군대에 흠뻑 빠졌습니다. 그는 무기가 힘이라 생각했고—그것을 이용할 수 있었습니다. 스스로 그 힘이 되고자 했죠. 무장한 자는 이미 단순한 인간이 아닙니다. 옛날에는 그런 자들이 저격수에서 강도로 변했죠. 지금 그에게서 총을 빼앗아보십시오. 그런데 갑자기 '총부리를 돌려라' 등등의 구호가 때마침 들리는 겁니다. 그도 돌렸습니다. 여기까지가 당신에게 들려줄 이야기의 전부입니다. 마르크스주의의 모든 것이고요."

"그리고 삶 자체에서 나오는 가장 진정한 것이고요. 당신은 어떻게 생각하십니까?"

해부의는 자기 쪽 창턱에 다가가 시험관을 잠깐 살펴보았다. 그러고는 물었다.

"난로 기술자는 어떻던가요?"

"고마웠습니다, 좋던데요. 아주 재미있는 사람이더군요. 한 시간쯤 헤겔과 베네데토 크로체*에 대한 이야기를 나눴습니다."

"그럴 겁니다! 하이델베르크대학에서 철학박사학위를 딴 사람이니까. 난로는 어떻습니까?"

* 1866~1952. 이탈리아 철학자. 파시즘을 비판했다.

"말도 마십시오."

"연기가 나던가요?"

"다만 그게 문제입니다."

"연통을 잘못 설치했나보군요. 난로에 잘 끼워야 하는데, 통풍구로 뺐나보죠."

"난로에 연결했습니다. 그런데도 연기가 납니다."

"그렇다면 그가 굴뚝을 찾지 못해 환기관으로 넣은 것 같군요. 아니면 배기구이거나. 어휴, 타라슈크가 없으니! 견디는 수밖에요. 모스크바도 하루아침에 만들어진 게 아니잖습니까. 난로를 때는 건 피아노 치는 것과는 다르죠. 학습이 필요하니까요. 땔감은 구했습니까?"

"어디서 구할 수 있습니까?"

"내가 예배당 경비를 보내드리죠. 땔감을 곧잘 훔쳐 오거든요. 담장을 뜯어다가 연료로 씁니다. 그런데 하나 일러두겠습니다. 흥정을 잘해야 합니다. 비싸게 부를 테니까. 아니면 벌레 잡는 여자가 나올지도 모르겠군요."

그들은 경비실로 내려가 코트를 걸치고 거리로 나갔다.

"벌레 잡는 여자라니요?" 닥터가 물었다. "우리집에는 빈대가 없습니다."

"빈대라고요? 나는 포마에 대해 얘기하는데, 당신은 예료마에 대해 얘기하는군요.* 나는 빈대가 아니라 땔감 얘기를 하는 겁니다. 그 여자는 뭐든 취급합니다. 집과 통나무 골조를 연료로 사들였죠. 대단한 공

---

* '서로 다른 이야기를 한다'는 뜻의 관용 표현.

급자예요. 어두우니 발을 헛딛지 않게 조심해요. 전에 이 근처는 눈을 가리고도 지나갈 수 있었는데. 돌멩이 하나하나까지 다 알았죠. 여기 프레치스텐스키 골목에서 태어났거든요. 그런데 담장들을 허물어뜨리기 시작하면서 이제는 낯선 고장에 온 것처럼 눈을 뜨고도 하나도 모르겠습니다. 하지만 몇몇 구석은 훤해졌습니다! 저 덤불 속 제정시대풍 작은 주택들, 정원의 원탁들, 썩어가는 벤치들. 며칠 전 세 갈래로 갈라지는 길에 있는 그런 공터를 지나고 있었습니다. 백 살쯤 되어 보이는 노파가 막대기로 땅을 파헤치고 있더군요. 내가 물었죠. '세상에, 할머니. 왜 그렇게 파헤치십니까, 낚싯밥 지렁이라도 찾으세요?' 물론 농담이었죠. 그녀가 정색하며 말했습니다. '그게 아니야, 이봐, 버섯이야.' 사실 도시는 숲이 되고 말았습니다. 썩은 나뭇잎 냄새, 버섯 냄새가 풍기죠."

"거기가 어딘지 나도 압니다. 세레브랴니 골목과 몰차놉카 거리 사이 아닌가요? 거기를 지날 때마다 나에게도 놀라운 일이 일어나곤 합니다. 이십 년 동안이나 못 봤던 사람을 만난다든가, 뭔가를 발견한다든가 말입니다. 그 모퉁이에서 강도가 나온다고 하던데요. 뭐, 놀라운 일도 아니죠. 사방이 뚫려 있으니까요. 스몰렌스키 시장 주변에 아직도 남아 있는 도둑 소굴로 빠지는 통로에는 주변에 온통 철조망이 쳐져 있잖습니까. 붙잡고, 몽땅 빼앗고—그리고 휙, 들판에서 바람 찾기죠."

"가로등 불빛도 얼마나 약합니까. 가로등에 맞아서 멍든 눈이라고 부를 만도 하죠. 안 부딪히게 조심해요."

6

실제로 닥터는 바로 그 장소에서 이런저런 일을 겪었다. 10월의 시가전이 있기 얼마 전인 늦가을의 춥고 어두운 어느 저녁, 그는 그 모퉁이에서 보도 한복판에 의식을 잃고 쓰러져 있는 사람을 보았다. 남자는 두 팔을 벌리고 머리는 포장도로 연석에 기대고 두 다리는 도로에 걸친 채 누워 있었다. 그는 이따금 희미하게 신음했다. 닥터가 의식을 차리게 하려고 큰 소리로 묻자, 그는 알 수 없는 말을 띄엄띄엄 하더니 이내 다시 한동안 의식을 잃었다. 머리가 깨져 피가 흘렀는데 언뜻 보기에 머리뼈는 다치지 않은 것 같았다. 두말할 것도 없이 무장 강도에게 당한 것이었다. 그는 "서류 가방, 서류 가방" 하고 두세 번 중얼거렸다.

닥터는 근처 아르바트 거리에 있는 약국에서 전화로 응급환자용 마차를 모는 늙은 마부를 불러 신원을 알 수 없는 그 남자를 성십자가병원으로 옮겼다.

피해자는 유명한 정치가로 밝혀졌다. 닥터는 그가 회복될 때까지 치료했고, 덕분에 그는 그후 오랫동안 닥터의 후원자가 되어, 의혹과 불신 가득한 그 시대에 수많은 오해로부터 닥터를 구해주었다.

7

일요일이었다. 닥터는 비번이었다. 근무하지 않아도 되었다. 십체프에 있는 그들의 집에서는 안토니나 알렉산드로브나의 계획대로 방 세 개에서 겨울을 날 준비가 되어 있었다.

춥고 바람이 불고 눈구름이 낮게 떠 있는 아주 어둡고 음침한 날이었다.

아침부터 난로를 피웠다. 연기만 나기 시작했다. 난로 때는 법을 전혀 모르는 안토니나 알렉산드로브나는 불이 붙지 않는 축축한 장작과 씨름하는 뉴샤에게 혼동되고 어리석은 조언을 해 오히려 역효과만 났다. 그것을 보고 방법을 아는 닥터가 끼어들려고 했지만, 아내는 살짝 그의 어깨를 잡고 방밖으로 내몰며 말했다.

"당신 방으로 가. 당신은 안 그래도 모든 게 혼란스러울 때 꼭 끼어들어 방해하는 버릇이 있어. 당신 참견은 불에 기름을 붓는 격이라는 걸 왜 몰라."

"오, 기름이라고, 토네치카*, 그거 멋지군! 그게 있으면 페치카가 곧바로 활활 탈 텐데 말이야. 기름도 불도 보이질 않으니 그거 애석하군."

"농담할 때가 아니야. 그런 소리 할 때가 따로 있다는 걸 알면서 왜 그래."

난로에 불이 붙지 않아 일요일의 계획은 모두 취소되었다. 모두 어두워지기 전에 할일들을 마치고 저녁에는 쉬려고 했지만, 다 틀어져버렸다. 점심이 늦어졌고, 뜨거운 물로 머리를 감으려던 누군가의 생각도, 그 밖의 계획들도 모두 무산되었다.

연기가 가득차서 숨쉬기조차 어려웠다. 강한 바람이 불어와 연기를

---

* 토냐의 애칭.

방안으로 되밀어넣었다. 검은 그을음의 구름이 동화 속 빽빽한 숲 한 가운데 있는 도깨비처럼 서 있었다.

유리 안드레예비치는 모두 옆방으로 내보낸 뒤 통풍구를 열었다. 난로 속 장작을 반쯤 꺼내고 나머지 장작 사이에 작은 나무토막과 느릅나무 껍질을 놓아 불길의 통로를 만들었다.

통풍구로 신선한 공기가 불어들어왔다. 창문 커튼이 흔들리며 위로 나부꼈다. 서류 몇 장이 책상에서 날려갔다. 바람이 어느 먼 곳의 문을 쾅 때리고 구석구석을 훑으며 쥐를 쫓는 고양이처럼 남아 있던 연기를 쫓기 시작했다.

불붙은 장작들이 탁탁 소리를 내며 타올랐다. 난로는 불꽃으로 캑캑거렸다. 쇠난로 몸체의 작열하는 시뻘건 반점들은 결핵환자 얼굴에 생긴 붉은 반점 같았다. 방에 있던 연기가 옅어지나 완전히 사라졌다.

방안이 더욱 밝아졌다. 해부의가 가르쳐준 대로 유리 안드레예비치가 얼마 전 틈을 봉한 유리창이 울기 시작했다. 퍼티에서 나는 따뜻한 기름 냄새가 파도처럼 퍼졌다. 난로 옆에서 말리고 있던 작게 쪼갠 장작들에서 목구멍을 쏘는 듯한 강한 전나무 껍질 냄새, 화장수처럼 향기롭고 신선한 사시나무 냄새가 났다.

그때 통풍구로 들어오는 공기처럼 재빠르게 니콜라이 니콜라예비치가 뉴스를 가지고 방안으로 뛰어들었다.

"시가전이 벌어졌어. 임시정부를 지지하는 사관학교 생도들과 볼셰비키 편인 수비대 병사들 사이에 전투가 벌어진 거야. 거의 가는 곳곳에서 충돌하고, 봉기의 진원지를 일일이 헤아릴 수도 없어. 여기 오는 길에 볼샤야 드미트롭카에서 한 번, 니키츠키예 대문에서 한 번, 두세 번이나 혼쭐이 났어. 이제 바로 올 수 있는 길은 다닐 수 없고 돌아서 다녀야 해. 서둘러, 유라! 옷을 입고 나가자. 이건 봐둬야 해. 이건 역사야. 일생에 한 번밖에 없는 일이야."

그러나 그는 거의 두 시간이나 떠들다가 식사를 했고, 돌아갈 채비를 하고 닥터와 함께 집을 나서려 하는데, 마침 고르돈이 찾아왔다. 그도 니콜라이 니콜라예비치와 똑같은 뉴스를 가지고 뛰어온 것이었다.

하지만 그사이에 사태는 더욱 진전되어 있었다. 자세한 새 소식이 있었다. 고르돈은 총격이 점점 격렬해지고, 빗나간 총알에 맞아 행인들이 죽었다고 이야기했다. 그의 말에 의하면, 도시의 교통은 마비되었다. 그는 기적적으로 이 골목길로 들어왔지만, 돌아가는 길은 이미 막혔다고 했다.

니콜라이 니콜라예비치는 고르돈의 말을 듣지 않고 거리로 나갔다가 금세 되돌아왔다. 그는 골목길을 빠져나갈 수 없으며 총알들이 휙휙 날아다니고, 모퉁이의 벽돌들과 회반죽들이 깨져 있다고 말했다. 거리에 사람 그림자 하나 없고, 보도로 다닐 수 있는 길은 모두 막혔다고 했다.

그즈음 사셴카는 감기에 걸려 있었다.

"어린애를 뜨거운 난롯가에 있게 하지 말라고 내가 백 번이나 얘기했잖아." 유리 안드레예비치는 화를 냈다. "너무 더운 건 추운 것보다 마흔 배는 해로워."

사셴카는 목이 아프고 열이 아주 높았다. 이 병의 특징인 욕지기와 구토에 대해 그는 이상하리만큼 신비적인 공포를 품었는데, 그가 매 순간 생각하는 것이 다가오고 있었다.

유리 안드레예비치는 사셴카의 목구멍을 들여다보려고 후두경을 들었지만 아들은 입을 꾹 다물고 그의 손을 밀어냈다가 소리를 지르더니 숨을 헐떡였다. 아무리 달래고 겁을 줘도 통하지 않았다. 그러다 방심한 사셴카가 갑자기 자기도 모르게 크게 하품을 하자 닥터는 그 기회를 놓치지 않고 번개처럼 재빨리 찻숟가락을 아들의 입속에 넣어 혀를 눌렀고, 사셴카의 새빨갛게 부은 목구멍과 박막에 덮여 부어오른 편도선을 볼 수 있었다. 그것을 보고 유리 안드레예비치는 깜짝 놀랐다.

잠시 후 닥터는 같은 방법으로 사셴카의 입속에서 점막을 긁어 채취할 수 있었다. 알렉산드르 알렉산드로비치에게 현미경이 있었다. 유리 안드레예비치는 그것을 빌려 어느 정도 검사할 수 있었다. 다행히 디프테리아는 아니었다.

그러나 사흘째 되던 날 밤, 사셴카는 가성 크루프* 발작을 일으켰다. 고열에 호흡도 힘들었다. 그 고통에서 아이를 구할 힘이 없는 유리 안드레예비치는 아이가 불쌍해서 바라볼 수조차 없었다. 안토니나 알렉산드로브나는 아이가 죽을지도 모른다고 생각했다. 그들은 아이를 안고 방안을 왔다갔다했고, 아이는 조금씩 나아졌다.

그들은 아이를 위해 우유나 생수, 아니면 소다수라도 구해야 했다. 그러나 밖은 시가전이 한창이었다. 포격과 사격이 잠시도 멈추지 않았다. 설령 유리 안드레예비치가 생명의 위험을 무릅쓰고 총탄 밑을 가로질러 전역 밖으로 빠져나간다 해도, 포화가 없는 그곳에서도 그는 평온한 일상생활은 만나지 못했을 텐데, 그것은 승패가 최종적으로 결

* 후두부 가장자리에 섬유소성 거짓 막이 생겨 목구멍이 붓는 급성 염증.

정될 때까지 도시 전체는 죽은 것이나 마찬가지이기 때문이었다.

그러나 승패는 이미 확실해졌다. 어디서나 노동자들이 우세하다는 소문이 돌았다. 사관학교 생도들은 몇몇 집단을 이뤄 아직 싸우고 있었지만, 모두 흩어져 있는데다 사령부와의 연락도 끊긴 상태였다.

십체프 구역은 도로고밀로보에서 도심으로 이동하는 군대들의 행동 반경에 들어갔다. 독일 전선에서 온 병사들과 미성년 노동자들은 골목에 참호를 파고 들어갔고, 그들은 이미 부근의 주민들과 가까워져서 대문 밖을 내다보기도 하고 거리에 나온 주민들과 농담을 주고받기도 했다. 도시 일부에서는 다시 움직임이 살아나고 있었다.

지바고의 집에서 사흘이나 갇혀 있던 고르돈과 니콜라이 니콜라예비치도 집으로 돌아갔다. 유리 안드레예비치는 사셴카가 병에 걸려 힘들 때 그들이 함께 있어준 것이 고마웠고, 안토니나 알렉산드로브나도 가뜩이나 혼란스러운 상황에 더욱 혼란을 보탠 그들을 너그럽게 봐주었다. 그러나 그 두 사람은 쉬지 않고 말하는 것이 자신들을 환대해준 주인들에 대한 보답이라 여기는 듯했고, 사흘 동안 쓸데없는 대화에 지쳤던 유리 안드레예비치는 그들과 헤어지자 기뻤다.

8

두 사람이 무사히 집에 도착했다는 연락은 받았지만, 그것으로 전투가 완전히 사라졌다고 보기는 일렀다. 여러 곳에서 작전행동이 이어지고 있었고 몇몇 지역은 아직 봉쇄되어 닥터는 여전히 병원에 나갈 수 없었는데, 따분해진데다 의국의 책상 서랍에 넣어둔 원고 '유희'와 논문도 마음에 걸렸다.

사람들은 각자의 지역에서 아침마다 빵을 구하러 집 근처로 나와, 우유병을 들고 가는 사람이 보이면 불러 세운 채 빙 둘러서서는 어디서 구했느냐고 묻곤 했다.

이따금 온 시내에 다시 총성이 울렸고, 사람들은 또다시 흩어졌다. 모두는 양 진영에서 협상이 이루어지고 있고 그것이 성공인지 실패인지는 총성의 강약에 나타날 거라고 생각했다.

구력 10월 말의 어느 밤 열시경, 유리 안드레예비치는 특별한 볼일은 없었지만 가까운 곳에 사는 동료의 집에 가기 위해 서둘러 걷고 있었다. 보통 때는 붐비는 길이지만 이날은 인적이 드물었다. 거의 아무와도 마주치지 않았다.

유리 안드레예비치는 걸음을 재촉했다. 점점 거세지는 강한 바람과 함께 첫 싸락눈이 날리더니 유리 안드레예비치의 눈앞에서 눈보라로 바뀌었다.

또다른 골목으로 접어들었을 때, 갑자기 눈발이 굵어지며 눈보라로 바뀌자 유리 안드레예비치는 그것을 피하려고 골목들을 도는 사이 방향감각을 잃어버리고 말았는데, 탁 트인 벌판에서라면 휭휭 소리를 내며 땅으로 흩날렸을 눈보라도 시가지에서 좁은 골목으로 들어오자 길을 잃어버린 듯 헤매고 있었다.

그와 비슷한 것이 인간의 정신세계와 육체세계에, 가까운 곳과 먼 곳에, 땅과 대기에 생겨나고 있었다. 어느 섬에 고립된 채 무너진 저항자들의 마지막 일제사격 소리가 지축을 흔들었다. 꺼져가던 불길에 남은 희미한 빛이 지평선 어딘가에서 부풀었다 거품처럼 터졌다. 그리고 유리 안드레예비치의 발밑 젖은 포장도로와 보도에서 눈보라가 녹으며 그와 똑같은 원들과 소용돌이를 만들며 회오리쳤다.

어느 네거리에서 신문팔이 소년이 방금 찍어낸 인쇄물 다발을 옆구리에 잔뜩 끼고 "호외요!" 하고 외치며 그의 옆을 지나갔다.

"거스름돈은 됐어." 닥터가 말했다. 소년은 인쇄물 다발에서 젖어서 달라붙은 한 부를 힘겹게 꺼내 닥터 손에 꽂아주고 눈보라 속에서 갑자기 나타난 것처럼 다시 그 속으로 사라졌다.

닥터는 몇 걸음 앞에 있는 불 켜진 가로등 밑으로 가 곧바로 중요한 골자를 훑어보았다.

한 면만 인쇄된 호외에는 인민위원평의회*가 구성되고, 소비에트정권이 수립되었으며, 러시아에 프롤레타리아 독재가 도입되었음을 알리는 페테르부르크로부터의 정부 성명이 실려 있었다. 그리고 새 정부의 첫 법령들, 전신과 전보로 전달된 다양한 뉴스도 실려 있었다.

눈보라가 닥터의 눈을 때리고 투둑투둑 떨어지는 잿빛 싸라기눈이 신문의 글자를 덮어버렸다. 그러나 신문을 읽는 것을 방해한 것은 그것이 아니었다. 그 순간의 위대함과 영원함이 그를 뒤흔들어 글자가 눈에 들어오지 않았던 것이다.

그래도 그는 끝까지 읽어보려고 눈발을 피할 밝은 장소가 있는지 주위를 둘러보았다. 그러다가 그는 또다시 세레브랴니 골목과 몰차놉카 거리가 만나는 그 주술에 걸린 듯한 네거리, 유리로 된 출입문과 전등

* 노동자, 농민, 병사 대표자로 구성되었다.

이 환한 넓은 현관이 있는 오층 건물 입구에 서 있는 자신을 발견했다.

닥터는 건물 안으로 들어가 현관의 전등불 밑에서 호외를 읽는 데 열중했다.

머리 위에서 발소리가 들렸다. 누군가가 망설이듯 자주 멈춰 서며 계단을 내려오고 있었다. 그리고 정말 내려오다가 마음을 바꾼 듯 돌아서서 다시 올라갔다. 어딘가의 문이 열리고 두 목소리가 파도치듯 울려퍼졌는데, 남자인지 여자인지조차 구분할 수 없을 정도로 큰 목소리였다. 얼마 후 문이 쾅 닫히더니 조금 전에 내려오던 사람이 훨씬 과감하게 달려내려오기 시작했다.

유리 안드레예비치는 호외에 완전히 빠져 여전히 눈을 떼지 않았다. 그는 눈을 들어 낯선 사람을 바라볼 마음이 없었다. 그런데 누군가가 맨 아래층에 도착해 멈췄다. 유리 안드레예비치는 고개를 들어 내려온 사람을 바라보았다.

그의 앞에는 열여덟 살쯤 된 소년이 시베리아에서 입는 것처럼 모피를 덧댄 사슴가죽 도하*에 같은 모피의 모자를 쓰고 서 있었다. 소년은 키르기스인 같은 가느다란 눈매에 얼굴은 가무잡잡했다. 귀티가 나는 소년의 얼굴에는 먼 이국의 피가 복잡하게 섞인 혼혈들에게서 이따금 볼 수 있는 순간적인 번뜩임과 숨겨진 섬세함이 있었다.

소년은 유리 안드레예비치를 다른 사람으로 착각한 것이 분명했다. 소년은 그가 누구인지는 알지만 어떻게 말을 꺼내야 할지 결심이 서지 않을 뿐이라는 듯이 당황한 표정으로 그를 바라보았다. 유리 안드레예

---

* 안팎에 모피를 덧댄 겨울 외투.

비치는 이 착각을 끝내기 위해, 다가오려는 소년을 막으려는 듯이 차가운 눈빛으로 훑어보았다.

소년은 당황해서 한마디도 못하고 출구 쪽으로 갔다. 그리고 거기서 다시 한번 그를 돌아본 뒤 무겁고 흔들리는 문을 열고 나가 철커덕 닫고 거리로 나섰다.

십 분쯤 후 유리 안드레예비치도 거리로 나섰다. 그는 소년도, 찾아가려던 동료도 잊어버렸다. 그는 방금 읽은 뉴스 생각에 빠져 집으로 향했다. 가는 길에 또다른 상황이 그의 관심을 끌었는데, 그것은 그때 그에게 매우 중요한 의미가 있었던, 일상생활의 사소한 일이었다.

집에 조금 못 미처 그는 어둠 속에서, 포장도로 가장자리에 도로를 가로지르듯이 판자와 통나무가 잔뜩 쌓인 곳에 이르렀다. 그 골목에는 무슨 공공기관이 있었는데, 변두리에서 통나무집을 해체해 연료로 지급하는 기관 같았다. 마당에 다 들여놓지 못한 것들을 그냥 길가에 쌓아둔 모양이었다. 총을 든 보초가 마당을 왔다갔다하다가 이따금 골목을 내다보며 산더미 같은 그것을 지키고 있었다.

보초가 마당으로 들어가고 눈보라가 대기 속으로 유독 굵은 눈발을 흩날리기 시작한 순간, 유리 안드레예비치는 망설이지 않고 그 기회를 잡았다. 그는 가로등 불빛이 닿지 않아 그림자가 진 쪽에서 통나무 더미로 다가가 맨 밑에 있는 무거운 것 하나를 좌우로 움직이며 천천히 빼냈다. 더미에서 어렵게 끄집어내 어깨에 메자, 무게가 느껴지지 않았고(자기 것이 되면 무겁지 않은 법이다), 그는 그림자가 진 벽을 따라 십체프에 있는 집까지 그것을 몰래 가져갔다.

마침 집에는 장작이 떨어진 상태였다. 통나무를 잘라 자잘한 나무토

막더미로 만들었다. 유리 안드레예비치는 난로를 피우려고 쭈그려앉았다. 그는 삐걱거리는 문 앞에 말없이 앉아 있었다. 알렉산드르 알렉산드로비치가 몸을 녹이려고 난롯가로 안락의자를 끌고 와 앉았다. 유리 안드레예비치는 재킷 주머니에서 신문을 꺼내 장인에게 내밀며 말했다.

"이거 보셨어요? 한번 보세요. 읽어보십시오."

유리 안드레예비치는 일어서지 않고 쭈그려앉은 채 부지깽이로 난로 속 장작을 뒤적거리며 큰 소리로 중얼거렸다.

"참으로 훌륭한 수술이로군! 악취를 풍기는 오래된 종기를 단번에 기술적으로 도려냈어! 사람들이 그 앞에서 절을 하고 길들어져왔던 그 오래된 불공평을 끽소리도 못하게 간단히 처단해버렸군.

게다가 대담하게 끝까지 밀고 나가 이뤘다는 점에서, 우리가 익히 아는 민족적으로 익숙한 뭔가가 있어. 푸시킨의 무조건적인 광채, 톨스토이의 사실에 대한 확고한 신념에서 내려오는 뭔가가."

"푸시킨? 자네 뭐라고 했나? 잠깐만 기다리게. 곧 다 읽을 테니. 읽으면서 듣기까지 할 수는 없으니까." 알렉산드르 알렉산드로비치는 사위인 유리 안드레예비치가 중얼거린 혼잣말을 자기에게 한 말로 착각했다.

"무엇보다, 천재적이란 것이 무엇일까요? 만약 누군가에게 새로운 세계를 창조하고 새로운 기원을 시작하라는 과제를 준다면, 그는 분명 맨 먼저 그것을 하기에 걸맞은 터부터 깨끗이 치워야 할 거예요. 새로운 세기를 시작하기 전에 낡은 세기가 끝나기를 기다릴 겁니다, 그리고 새로운 건물을 짓기 전 그에게 필요한 것은 반올림, 단락을 시작하며 첫 칸을 띈 첫줄, 아무것도 쓰이지 않은 빈 페이지입니다.

그런데, 여기 보십시오. 이것은 전대미문의 일이며, 역사의 기적이며, 이 계시는 계속되어온 진부한 일상에 아무런 맥락도 없이 치고 들어온 일격입니다. 그것은 처음부터 시작된 것이 아니라 중간에, 미리 정한 기한도 없이, 시내를 달리는 전차가 한창 붐비는 첫째 주 평일에 시작되었습니다. 이 점이 무엇보다 천재적입니다. 가장 위대한 일은 이렇게 엉뚱하고 때에 맞지 않게 이루어지는 겁니다."

9

예측한 그대로의 겨울이 왔다. 그 겨울은 다음에 이어진 두 번의 겨울만큼 참혹하지는 않았으나 어차피 암담하고 배고프고 추운 건 마찬가지였고, 익숙했던 모든 것이 무너져버려 존재의 모든 기초를 다시 쌓아야 했고, 사라져가는 생활에 초인적인 노력으로 매달려 있어야 하는 겨울이었다.

그런 끔찍한 겨울이 삼 년이나 계속되었기 때문에 1917년부터 1918년에 걸쳐 일어난 모든 일은 지금 돌이켜보면 그때 실제로 일어났던 것이 아니라 나중에 일어난 일인지도 모른다는 생각이 든다. 잇따른 이 겨울이 하나로 연상되기 때문에 각각을 구별해 생각하는 것은 어렵다.

낡은 생활과 새로운 질서는 화합되지 못했다. 그것들 사이에는 일 년 뒤 내전 시기에 있었던 것과 같은 날카로운 반목은 없었지만, 서로 연관성이 부족했다. 서로 떨어져 별개의 것으로 대치되었고, 하나가 하나를 감쌀 수 없었다.

소유 가옥, 관청, 직장, 공공복지기관 등 모든 곳에서 지도부 개편이 있었다. 구성원이 교체되었다. 모든 기관에 무제한의 권력을 행사하는 인민위원이 임명되기 시작했는데, 그들은 온갖 위협 수단과 리볼버로 무장하고, 검은 가죽재킷 차림에, 면도도 거의 하지 않고 잠도 거의 자지 않는, 강철 같은 의지를 가진 자들이었다.

그들은 소시민이나 평균에도 못 미치는 소액 국채 보유자, 권력에 설설 기는 하층민의 속성을 잘 알아서 가차없이, 메피스토펠레스* 같은 조소를 띠며 마치 그들을 붙잡힌 좀도둑처럼 대했다.

그들은 강령에 따라 명령대로 모든 것을 장악했고, 기업과 단체도 차례로 볼셰비키화되었다.

성십자가병원은 이제 제2개혁병원이라 불리게 되었다. 병원 내부에도 변화가 있었다. 직원 일부는 해고되었고, 근무해도 이득이 없다는 것을 알고 많은 이가 자진해서 사직했다. 이들은 유행을 좇으며 진료를 하는 수입이 좋던 닥터들로, 사회의 총아, 즉 말만 번지르르한 자들이었다. 그들은 이해관계 때문에 떠나면서도 마치 시민의식이 동기라는 듯이 주장하며, 남아 있는 사람들을 거의 배척이나 다름없는 모욕적인 태도로 대했다. 남아서 모욕을 당하는 사람들 중에는 지바고도 있었다.

저녁이면 남편과 아내는 이런 대화를 주고받았다.

"수요일에 의사협회 지하실로 언 감자 가지러 가는 거 잊지 마. 두 자루 줄 거야. 몇시면 내가 나가서 도와줄 수 있는지 나중에 정확히 알

* 파우스트 전설에 나오는 악마. 파우스트를 유혹해 그의 영혼을 산다.

려줄게. 함께 썰매로 나르면 될 거야."

"알았어. 아직 시간 있어, 유로치카. 얼른 자야 해. 너무 늦었어. 당신이 모든 걸 다 할 수는 없어. 당신은 쉬어야 해."

"전염병이 돌고 있어. 전체적인 영양실조가 저항력을 떨어뜨리거든. 당신이나 아버님을 보면 무서울 정도야. 뭔가 대책이 있어야 할 텐데. 그래, 무슨 수가 없을까? 우리는 우리 자신을 너무 돌보지 않고 있어. 들어봐. 당신 잠든 거야?"

"아니."

"내 걱정은 안 해, 난 튼튼하니까 괜찮지만, 혹시라도 내가 쓰러지면 바보같이 집에 두지 마. 즉시 병원으로 옮기도록 해."

"그게 무슨 말이야, 유로치카! 하느님이 지켜주실 거야. 왜 그런 불길한 소리를 해?"

"이제 더이상 정직한 사람도, 친구도 없다는 걸 기억해둬. 전문가는 더더욱 없고. 무슨 일이 생기면 믿을 만한 사람은 피추시킨밖에 없어. 물론 그가 무사하다면 말이지만. 당신 자는 거 아냐?"

"아니."

"악마 같은 자들이야, 최고의 배급식량을 타려고 병원을 나갔으면서 이제 와서 자신들이 마치 시민의식이나 원리원칙 때문에 나간 것처럼 굴고 있어. 길에서 만나면 억지로 손을 내밀며 말하지. '당신은 그자들을 위해 일하고 있소?' 하면서 눈썹을 치켜세워. '그렇습니다,' 나는 이렇게 말하지. '성내지 마십시오. 나는 이 고난을 자랑스럽게 생각하며, 우리를 이런 곤궁에 빠뜨렸지만 동시에 자긍심을 안겨준 그들을 존경합니다'라고."

10

오랫동안 조로 쑨 죽과 청어 대가리를 넣어 끓인 생선수프가 대다수 사람들의 주식이었다. 청어 몸통은 구워서 주요리로 먹었다. 탈곡하지 않은 호밀과 밀도 먹었다. 그들은 곡물로 죽을 끓여 먹었다.

아는 교수의 부인이 안토니나 알렉산드로브나에게 네덜란드식 실내 난로 바닥을 이용해 익반죽한 빵을 굽는 법을 가르쳐주며 그 일부를 내다팔 수 있을 거라고 했는데, 그녀는 옛날처럼 타일을 붙인 페치카를 사용하는 것을 이 수익으로 충당하려고 했다. 그러면 연기만 나고 잘 덥혀지지 않고 열 보존도 전혀 되지 않는 고통스러운 작은 난로에서 벗어날 수 있을 것이었다.

안토니나 알렉산드로브나는 그렇게 빵을 굽는 데 성공했지만, 장사는 되지 않았다. 실현될 수 없는 계획은 포기하고 치워두었던 작은 난로를 다시 사용할 수밖에 없었다. 지바고 가족은 궁핍했다.

어느 아침, 유리 안드레예비치는 평소처럼 일을 하러 나갔다. 집에 장작은 두 쪽밖에 남지 않았다. 안토니나 알렉산드로브나는 몸이 약해진 탓인지 따뜻한 날씨에 슈바를 입고도 한기를 느끼며 '전리품'을 구하러 나갔다.

그녀는 농부들이 가끔씩 교외에서 채소와 감자를 싣고 나타나는 가장 가까운 골목길에서 삼십 분쯤 서성거렸다. 그들을 붙잡아야 했다. 사람들은 짐을 가진 농부들을 둘러싸곤 했다.

그녀는 곧 찾고 있던 목표물에 달려들었다. 아르먀크*를 입은 건장한 젊은이가 장난감 같은 가벼운 썰매를 끌면서 안토니나 알렉산드로브나를 따라 길모퉁이 건너편에 있는 그로메코네 집 안마당으로 조심스럽게 걸어들어갔다.

거적을 덮은 썰매 안에 있는 나무껍질 바구니에 자작나무 장작 뭉치가 담겨 있었는데, 19세기 사진에 나오는 지주 저택의 난간보다도 가늘었다. 안토니나 알렉산드로브나는 그것들이 이름만 자작나무일 뿐 신선하지도 않고 땔감으로 쓰기에도 부족한 최악의 재료라는 것을 알고 있었다. 그러나 선택의 여지가 없었고, 이것저것 따질 계제가 아니었다.

젊은 농부는 그녀의 집 이층 방으로 대여섯 번 장작을 한아름씩 날라주고는 그 대가로 안토니나 알렉산드로브나의 거울이 달린 찬장을 아래층으로 옮겨 자신의 젊은 아내에게 선물로 준다며 썰매에 실었다. 그는 다음번에는 감자를 가져오겠다고 약속하고, 가려다가 문 옆에 있는 피아노는 얼마냐고 물었다.

집에 돌아온 유리 안드레예비치는 아내가 구한 물건에 대해 아무 말도 하지 않았다. 차라리 찬장을 쪼개서 쓰는 편이 나았을 테지만, 차마 그렇게까지는 할 수 없었다.

"당신 책상 위에 있는 메모 봤어?" 아내가 물었다.

"병원장이 보낸 거? 그들이 말해줘서 알고 있어. 왕진해달라는 거야. 물론 가야지. 조금만 쉬었다가. 꽤 멀거든. 트리움팔니예 문[**] 근처 어디야. 주소가 있어."

"이상한 왕진비야. 당신도 봤어? 좀 읽어봐. 독일산 코냑 한 병 혹은

---

* 농민들이 입는 두꺼운 모직 외투.

** 개선문.

숙녀용 스타킹 한 켤레. 그런 걸로 흥정을 하다니. 어떤 사람일까? 지금 우리네 생활 형편을 통 모르는 바보인가봐. 신흥 부호 같은."

"그래, 배급업자인가보지."

이권 기업이나 중개인들이나 소규모 민간 기업가들이 그런 이름으로 불리고 있었는데, 국가권력은 개인의 상업을 폐지한 뒤 경제가 악화되자 그들에게 특권을 주고 여러 가지 물자 조달에 대한 계약을 맺어 거래했다.

구체제의 기업가나 대기업 소유자는 거기에 포함되지 않았다. 그들은 아직 자신들이 받은 타격에서 회복하지 못하고 있었다. 전쟁과 혁명 덕에 밑바닥에서부터 일어난 일시적인 사업가, 즉 뿌리 없이 새로 부상한 외지인들도 배급업자의 범주에 속했다.

닥터는 끓인 물에 우유와 사카린을 섞어 마신 뒤 환자를 보러 나갔다.

보도와 포장도로는 건물이 늘어선 한끝에서 한끝까지 거리를 두껍게 덮은 눈에 묻혀 있었다. 눈이 일층 창문까지 쌓인 집도 있었다. 눈 덮인 넓은 그 공간에 반쯤 죽은 듯한 침묵의 그림자들이 아주 적은 식량을 손에 들거나 썰매에 실어 끌며 움직이고 있었다. 썰매에 타고 가는 사람은 거의 없었다.

건물 곳곳에 아직 예전 간판이 그대로 남아 있었다. 그 안에 내용과 상관없이 자리잡은 소비자조합 매점과 협동조합 매점은 창살문까지 닫힌 채 자물쇠가 채워지거나 못질이 되어 있고 안은 비어 있었다.

자물쇠가 채워지고 비어 있는 것은 물건이 없기 때문이기도 하지만, 상업을 비롯한 생활 전반에 두루 걸친 재건이 이루어지고 있으나 문 닫힌 매점같이 사소한 데까지는 아직 손길이 미치지 않았기 때문이었다.

11

닥터가 왕진을 간 집은 브레스트스카야 거리 끝에 있는 트베르스카야 관문 가까이에 있었다.

병영을 연상시키는 구식의 벽돌 건물로, 안마당이 있고, 문을 들어서면 안쪽 벽을 따라 삼층의 목조 회랑이 있었다.

주민들은 구역위원회 여성 의장의 사회로 전부터 예정되어 있었던 전체 집회를 열고 있었는데, 그때 갑자기 무기소지 허가 여부를 점검하고 무단으로 소지한 무기를 몰수하는 군사위원회가 들이닥쳤다. 수색을 담당하는 상관은 의장에게 수색에 시간이 오래 걸리지 않을 것이고 조사를 마친 주민들이 차례대로 모일 테니 중단되었던 집회는 곧 재개할 수 있을 거라며 남아 있으라고 말했다.

닥터가 건물 대문에 다다랐을 때는 수색이 거의 끝나가던 중이었고, 마침 의사를 기다리고 있던 사람의 집 차례였다. 소총을 든 군인이 회랑으로 이어지는 계단에서 보초를 서다가 유리 안드레예비치가 들어가려 하자 단호하게 가로막았고, 분대의 상관이 그들의 실랑이에 끼어들었다. 그는 닥터를 들여보내주고 그가 환자를 진찰하는 동안 잠시 그 집 사람들의 수색을 연기하는 데 동의했다.

닥터를 맞이한 방의 주인은 가무잡잡하고 푸석한 얼굴에 검은색 우울한 눈을 가진 예의바른 젊은이였다. 그는 아내의 병, 들이닥친 수색, 의학과 그 대표자들에게 품은 깊은 존경심 등 여러 가지 상황에 흥분해 있었다.

그는 닥터의 수고와 시간을 줄여주기 위해 가능한 한 간결하게 말하려고 노력했지만, 서두르다 오히려 더 장황하고 두서없이 되어버렸다.

이 아파트에는 고가품과 싸구려가 뒤죽박죽 섞여 있었는데, 안정된 물건에 투자할 목적으로 급히 사들인 것들이었다. 계획 없이 사들인 가구들에, 세트를 갖추기 위해 다시 사들인 짝이 맞지 않는 가구들이 가득 들어차 있었다.

이 아파트의 주인은 자기 아내가 어떤 충격으로 인해 신경질환에 걸렸다고 생각했다. 그가 두서없이 딴소리들을 섞어가며 한 이야기에 의하면, 그들은 오래전에 음악이 나오는 고장난 자명종 시계를 거저나 다름없는 헐값에 사들였다. 시계 제조에 대한 호기심과 희귀성 때문에 산 것이었다(환자의 남편은 닥터를 옆방으로 데려가 시계를 보여주었다). 그것을 수리할 수 있을지는 의문이었다. 그런데 몇 년이나 태엽을 감지 않았던 시계가 어느 날 갑자기 절로 움식이더니 작은 종들로 복잡한 미뉴에트를 연주하고 뚝 멈췄다. 그것을 보고 소름이 끼친 아내는 자신의 마지막 순간이 닥쳤다는 징조로 단정했고, 그후 지금까지 헛소리를 하며 먹지도 마시지도 않고 남편도 몰라본다는 것이었다.

"그러니까 당신은 신경성 쇼크라고 생각하는 겁니까?" 유리 안드레예비치가 미심쩍은 듯한 목소리로 물었다. "환자에게 가보죠."

그들은 도자기 샹들리에와 넓은 더블침대 양옆에 작은 마호가니 탁자가 있는 옆방으로 들어갔다. 침대 구석에 크고 검은 눈을 가진 자그마한 여자가 이불을 턱까지 올려 덮고 누워 있었다. 그녀는 들어온 두 사람을 보자 이불 밖에 나와 있던 한 팔을 들어 쫓아내려는 듯이 저었고, 그러자 통이 넓은 가운 소맷자락이 겨드랑이로 흘러내렸다. 그녀는 남편을 알아보지 못했고, 방에 아무도 없다고 생각한 듯 낮은 목소리로 슬픈 노래의 첫 구절을 부르다가 제풀에 처량해져서 울음을 터뜨리고 어린애처럼 훌쩍거리며 집에 가고 싶다고 조르기 시작했다. 닥터가 아무리 애를 쓰며 그녀에게 다가가도, 그녀는 진찰을 거부하며 번번이 그에게서 등을 돌렸다.

"진찰을 해봐야 알겠지만," 유리 안드레예비치가 입을 열었다. "해보나마나, 나는 분명히 말할 수 있습니다. 티푸스입니다, 꽤 심각한 상태군요. 안됐지만, 부인은 아마 무척 고통스러울 겁니다. 환자를 병원으로 옮기는 게 좋겠습니다. 중요한 건 당신이 환자에게 물질적인 편의를 주는 것이 아니라, 발병한 처음 몇 주 동안 반드시 지속적인 치료를 받게 해야 한다는 겁니다. 혹시 삯마차를 구할 수 있습니까, 마차가 안 되면 썰매라도 괜찮으니 구할 수 있을까요? 물론 환자를 잘 감싸서 옮겨야겠죠. 입원 허가서를 써주겠습니다."

"할 수 있습니다. 구해보죠. 그런데 잠시만요. 정말 티푸스인가요? 정말 끔찍하군요!"

"유감입니다."

"아내를 옮기면 그녀를 잃게 되는 건 아닐지 두렵습니다. 그냥 집에서 치료할 수는 없을까요, 되도록 자주 오시면요? 원하시는 대로 얼마든지 드리겠습니다."

"설명했잖습니까. 지속적으로 관찰하는 것이 중요하다고요. 들어보세요. 당신에게 중요한 충고를 하겠습니다. 당신은 어떻게든 삯마차를 구해 오고, 나는 부인에게 필요한 서류를 쓰겠습니다. 당신들 주택위원회에서 만드는 게 더 낫겠군요. 허가서에는 주택위원회의 서명과 몇 가지 절차가 더 필요하니까요."

12

조사와 수색을 마친 주민들이 따뜻한 숄과 슈바를 걸치고 전에 달걀 창고로 쓰다가 지금은 주택위원회가 쓰는, 열기라곤 없는 방으로 한 명씩 돌아왔다.

방 한구석에 사무용 책상과 여러 개의 의자가 있었지만 많은 사람이 앉기에는 부족했다. 그래서 주위의 빈 달걀 상자를 뒤집어 긴 벤치처럼 늘어놓았다. 그런 상자들이 지하방 안쪽에 천장까지 쌓여 있었다. 한쪽 구석에는 깨진 달걀에서 흘러나온 노른자가 얼어붙어 대팻밥과 한덩어리로 엉겨 있었다. 이 더미 속에서 이따금 쥐들이 찍찍거리며 돌바닥의 빈 곳으로 나왔다가 다시 대팻밥 속으로 숨어들곤 했다.

그때마다 한 뚱뚱한 여자가 날카로운 비명을 지르며 상자 위로 뛰어올랐다. 그녀는 두툼한 손가락으로 치맛자락 한쪽을 요염하게 잡아올리고 유행하는 목이 긴 부츠를 신은 발을 동동거리면서, 일부러 갈라진 술 취한 듯한 목소리를 내며 요란하게 소리쳤다.

"올카, 올카, 여긴 온통 쥐투성이야. 우, 저리 가, 더러운 것들! 앗 앗 앗, 알아들었나봐, 요놈들이! 화내는 것 좀 봐. 아악, 상자 쪽으로 기어간다! 치마 속으로 들어오면 어떡해. 아 무서워, 무서워! 돌아서줘요, 신사분들. 아, 깜박했어요, 이젠 신사가 아니라 시민 동지들이지."

시끄러운 여자가 입은 카라쿨 양피 망토의 앞섶이 풀어졌다. 그 속에서 이중턱과 풍만한 가슴, 실크에 감싸인 배가 젤리처럼 세 겹으로 출렁거렸다. 한때 그녀는 삼류 상인들과 그 점원들 사이에서 암사자 같은 인기를 누렸었다. 그녀는 돼지처럼 부어오른 눈꺼풀을 간신히 뜨고 있었다. 아주 오래전 그녀의 연적이 황산이 든 병을 들고 위협하다 실수로 그녀의 왼쪽 뺨과 입가에 두세 방울 튀겼는데, 지금은 그 흔적이 희미해져 거의 보이지 않았을 뿐만 아니라 오히려 그것이 더 매력적으로 보였다.

"그만 소리쳐요, 흐라푸기나. 회의를 진행할 수가 없잖아요." 집회의 의장으로 뽑힌 구역위원회 여성 대표가 책상 앞에 앉아서 말했다.

이 건물에 오래 산 사람들은 예전부터 그녀를 잘 알았고, 그녀도 그들을 잘 알았다. 그녀는 집회를 시작하기 전 파티마와 소곤거리며 사담을 나눴는데, 그녀의 숙모인 파티마는 오랫동안 이 건물 주택청소부로 일하며 전에는 남편과 자식들과 함께 불결한 지하실에서 살았으나, 지금은 딸과 함께 이층의 환한 방 두 개로 옮겨 살고 있었다.

"자, 어떤가요, 파티마?" 의장이 물었다.

파티마는 혼자서 감당하기에는 건물이 너무 크고, 사람도 너무 많다고 불평을 늘어놓더니, 거주자들이 안마당과 거리를 청소하는 할당된 의무를 아무도 지키지 않는다고 말했다.

"걱정 마세요, 파티마. 우리가 그들에게 본때를 보여줄 테니까 안심해요. 위원회는 대체 뭘 하는 거죠? 이게 말이나 됩니까? 범죄 분자가 숨어 있고 도덕적으로 의심스러운 사람들이 거주 허가서도 없이 살고 있는데 말이에요. 그들을 내쫓고 다른 사람들을 뽑아야겠어요. 당신을 여기 관리인으로 만들어줄 테니 아무 말 말고 계세요."

주택청소부는 제발 그러지 말라고 했지만, 의장은 그녀의 말을 들으려고도 하지 않았다. 그녀는 방안을 둘러보고 사람들이 충분히 모인 것을 확인하자, 정숙을 지키라고 요구한 뒤 짧은 인사말로 집회를 시작했다. 그녀는 전前 주택위원회의 태만을 비난하고, 새로운 위원회 선출을 위해 후보자를 추천하자고 제안한 뒤 다른 문제로 넘어갔다. 그러고는 이야기 도중 이렇게 말했다.

"그건 그러니까 이런 얘기예요, 동지들. 솔직히 말하겠습니다. 이 건물은 넓어서 공동숙사로 쓰기에 적합해요. 대의원들이 회의에 참석하기 위해 가끔 모이는데, 그들을 수용할 장소가 없어요. 그래서 구역위원회에서는 이 집을 그런 손님들을 위해 쓰기로 결정했고, 모두 아시겠지만, 유형 가기 전 이곳에 살았던 티베르진 동지의 이름을 이 건물에 붙이기로 했습니다. 이의 없으시죠? 이제 집을 비울 순서를 정할 차례입니다. 당장 하는 건 아니고, 일 년의 시간을 줄 겁니다. 노동자 주민은 우리가 마련하는 거주지로 옮기면 되지만, 노동자가 아닌 주민은, 미리 말하지만, 있을 곳을 스스로 찾아야 하며, 기한은 십이 개월입니다."

"우리 중에 누가 노동자가 아니란 겁니까? 노동자가 아닌 사람은 없습니다! 모두 노동자요." 여기저기서 외쳐댔고, 누군가 절규하듯 말했다. "이건 대국주의적 쇼비니즘이오! 이제 모든 민족은 평등합니다. 당신 말뜻이 뭔지 나는 다 알고 있소!"

"한꺼번에 말하지 말아요! 누구에게 답변해야 할지 알 수 없잖아요. 민족이라뇨? 여기서 민족이 왜 나오죠, 발디르킨 동지? 예를 들어, 흐라푸기나의 경우, 민족 문제는 없지만 퇴거시킬 겁니다."

"날 쫓아낸다고! 날 어떻게 쫓아내는지 어디 두고 보자. 찌그러진 소파 같은 년! 구겨진 이불보 같은 년!" 흐라푸기나는 흥분할 대로 흥분해 의장에게 닥치는 대로 욕을 퍼부었다.

"저 뱀 같은 년이! 악마 같은 년! 넌 수치심도 없어?" 주택청소부 여자가 격분했다.

"괜찮아요, 파티마. 내 일은 내가 알아서 해요. 그만해, 흐라푸기나. 이번만 그냥 넘어가는 줄 알아, 얹혀사는 주제에! 내가 말해두는데, 안 그랬다간 곧바로 기관에 넘길 거야, 네가 밀주를 만들고 수상한 자들을 숨겨준 죄로 잡혀가기 전에 입 닥쳐."

소란은 극에 달했다. 누구도 발언할 수 없었다. 이때 닥터가 창고에 들어왔다. 그는 문 앞에서 처음 만난 사람에게 주택위원회의 누군가를 불러달라고 부탁했다. 그는 손나팔을 만들어 입에 대고 소음과 소동을 압도하는 목소리로 한 음절씩 외쳤다.

"갈-리-울-리-나! 이리 와봐요. 누가 찾아왔어요."

닥터는 자신의 귀를 의심했다. 야위고 등이 조금 굽은 관리인 여자가 다가왔다. 닥터는 어머니와 아들이 너무 닮아서 놀랐다. 그러나 그는 아직 자신이 누군지 밝히지 않았다. 그가 말했다.

"이곳 거주자인 여자분이 티푸스에 걸렸습니다(그는 그녀의 성을 말했다). 전염되지 않도록 예방해야 합니다. 그리고 환자를 병원으로 이송해야 합니다. 내가 허가서를 쓰려고 하는데 주택위원회의 서명이 필요합니다. 어디서 어떻게 하면 되죠?"

관리인 여자는 그 용건을 서류 작성이 아니라 환자 이송 문제라고 알아들었다.

"구역위원회 데미나 동지가 프롤룟카*를 보내줄 겁니다." 갈리울리

* 무개사륜마차.

나가 말했다. "데미나 동지는 좋은 사람이죠, 내가 프롤롯카를 내달라고 이야기할게요. 걱정 말아요, 닥터 동지, 우리가 당신의 환자를 옮겨줄 테니까."

"아니, 내 말은 그게 아닙니다! 나는 어디서 허가서 서명을 받는지를 묻는 겁니다. 하지만 만약 마차가 온다면…… 실례지만 당신은 갈리울린 중위, 오시프 기마제트디노비치의 어머니 아니십니까? 나는 그와 함께 전선에 있었습니다."

관리인 여자는 창백해지며 온몸을 떨었다. 그녀는 닥터의 손을 잡고 말했다.

"밖으로 나가요. 마당에서 이야기합시다."

문을 나서자 그녀는 다급히 말했다.

"쉿, 누가 들으면 큰일나요. 신세 망친단 말이우. 유숩카는 길을 잘못 들어섰어요. 생각해봐요, 유숩카가 대체 어떤 아이였죠? 유수프는 수습생, 직공일 뿐이었어요. 그 아이도 이제는 평범한 민중이 더 잘살게 되었다는 걸 알아야 하는데, 알겠지만, 그건 이제 장님도 다 아는 일이잖아요. 당신이 어떻게 생각하는지 모르지만, 당신도 그 아이가 잘못되었다는 건 알 겁니다. 하느님이 용서하지 않으실 거예요. 유수프의 아버지는 병사兵士로 전사했죠, 살해됐다고요, 얼굴도 사라지고, 팔도 사라지고, 다리도 사라지고."

그녀는 더이상 말을 잇지 못하고, 손을 떨며 흥분이 가라앉기를 기다렸다. 그리고 계속했다.

"갑시다. 내가 곧 프롤롯카를 얻어줄 테니. 나는 당신을 압니다. 그 아이가 이곳에 이틀 동안 있을 때 얘기해줬거든. 당신이 라라 기샤로바를 안다고 말하더군요. 좋은 아가씨였지. 우리집에 자주 왔었던 게 기억나요. 하지만 지금은 어떻게 변했을지 누가 알겠어요. 귀족이 귀족에게 대항하다니, 말이 되나요? 유숍카는 잘못됐어요. 갑시다, 프롤롯카 부탁하러요. 데미나 동지가 빌려줄 겁니다. 데미나 동지가 누군지는 알아요? 라라 기샤로바의 어머니 가게에서 재봉사로 일했던 올랴 데미나예요. 바로 그 사람. 그녀도 여기 출신이죠. 바로 이 집. 갑시다."

13

벌써 어두워져 있었다. 사방에 어둠이 내렸다. 데미나의 회중전등에서 나오는 하얀 빛의 동그라미만 댓 걸음 앞의 눈더미를 오르내렸지만, 그것은 앞을 비춰준다기보다 오히려 혼란에 빠트리는 것 같았다. 완전히 캄캄했고, 라라를 아는 많은 사람이 살고 그녀가 소녀일 때 오곤 했던, 미래에 그녀의 남편이 된 안티포프가 소년 시절을 보냈다고 하는 집은 차츰 뒤로 멀어졌다.

데미나가 보호자연하며 농담을 곁들여 물었다.

"정말 회중전등 없이 갈 수 있겠어요? 네? 아니면 내 걸 줄게요, 동지. 그래요. 농담이 아니라 나는 라라를 정말 많이 좋아했었죠, 우리가 소녀였을 때. 라라의 집은 양장점을 했어요, 난 거기서 수습 재봉사로 일했고요. 올해 그녀를 만났어요. 가는 길에. 모스크바에 가는 길에요. 내가 말했어요, 이 바보야, 대체 어딜 가려고 그래? 여기 있으라고 했어요. 함께 살면서 일자리를 구할 수 있을 거라고. 웬걸! 원치 않았어요. 하기야 그녀의 일이니까. 라라가 파시카와 결혼한 건 가슴이 아니라 머리가 한 일이었어요, 그때부터 머리가 돌아버린 거예요. 그러곤 떠나버렸어요."

"그녀에 대해 어떻게 생각하십니까?"

"조심해요. 여긴 미끄러워요. 문 앞에 물을 버리지 말라고 몇 번을 얘기했는데—차라리 벽에 대고 말하는 게 낫지. 그녀에 대해 어떻게 생각하느냐고요? 어떻게 생각하긴요. 생각하고 말고 할 게 있나요. 그럴 시간도 없어요. 나는 여기 살아요. 라라에게는 말하지 않았는데, 그녀의 오빠 말이에요, 군인, 그는 총살당한 모양이에요. 그리고 그녀의 어머니, 나의 예전 주인, 나는 힘닿는 데까지 그녀를 보살펴줄 생각이에요. 자, 난 여기서 이만, 잘 가요."

그리고 그들은 헤어졌다. 데미나의 회중전등 불빛이 좁은 돌계단 사이 진흙투성이 더러운 벽들을 비추면서 앞으로 달려가자 어둠이 닥터를 둘러쌌다. 오른쪽은 사도바야-트리움팔나야 거리, 왼쪽은 사도바야-카레트나야 거리였다. 어둠 속 멀리 거무스름한 눈 위로 보이는 그 거리는 이미 일반적인 의미의 거리가 아니라, 우랄이나 시베리아의 울창한 타이가 같은, 석조 건물이 끝없이 늘어선 것 같은 깊은 타이가* 속에 있는 두 빈터 같았다.

집은 밝고 따스했다.

"왜 이렇게 늦었어?" 안토니나 알렉산드로브나는 이렇게 묻고 대답도 기다리지 않고 말을 이었다.

---

* 북유럽, 시베리아 등의 지역에 분포하는 침엽수림.

"당신이 없는 동안 이상한 일이 있었어. 뭐라 설명할 수 없는 신기한 일. 당신에게 말하는 걸 깜빡하고 있었어. 어제 아버지가 괘종시계를 망가뜨리고는 낙담하셨어. 집에 남은 마지막 시계였거든. 고쳐보신다고 분해해서 만져보았지만 소용없었어. 모퉁이의 시계방에서는 말도 안 되게 빵 3파운드를 내라잖아. 내가 어쩌겠어? 아버지는 완전히 낙담하셨지. 그랬는데 갑자기, 당신 상상해봐, 한 시간 전에 귀를 찢을 것 같은 소리가 울리는 거야. 괘종시계였어! 시계가 다시 가기 시작했다고!"

"내 티푸스 시계가 울렸나보군." 유리 안드레예비치는 이렇게 농담을 하고, 자명종 시계를 가진 환자에 대해 식구들에게 이야기해주었다.

14

그러나 그는 훨씬 나중에야 티푸스에 걸렸다. 그동안 지바고 가족의 궁핍은 극에 달했다. 그들은 가난이 힘겨웠다. 유리 안드레예비치는 전에 언젠가 자신이 구해주었던, 강도를 당했던 당원을 찾아갔다. 그는 닥터를 위해 자신이 할 수 있는 일을 해주었다. 그러나 내전이 시작되었다. 그 후원자는 쉴새없이 곳곳을 돌아다녔다. 또한 그는 당시의 궁핍한 생활은 자신의 신념에 비춰볼 때 당연한 것이었고, 그는 자신도 굶주리고 있다는 사실을 숨겼다.

유리 안드레예비치는 트베르스카야 관문 근처에 사는 그 배급업자도 찾아가보았다. 그러나 몇 달 사이에 그는 완전히 자취를 감췄고, 회복한 그의 아내에 대해서도 아무 소식을 들을 수 없었다. 그 건물에 거주하는 사람들도 싹 바뀌어 있었다. 데미나는 전선에 나갔고, 관리인 갈리울리나도 보이지 않았다.

어느 날 그는 배당 명령서에 따라 관비 가격으로 장작을 샀는데, 빈다브스키 역에서 직접 운반해야 했다. 그는 끝없이 이어진 것 같은 메샨스카야 거리를 따라 이 뜻밖의 재물을 끄는 여윈 말과 마부를 호송하고 있었다. 닥터는 갑자기 메샨스카야 거리가 평소의 그 거리 같아 보이지 않고 다리가 휘청거려 몸을 가눌 수 없었다. 각오는 했지만, 안타깝게도 그는 자신이 티푸스에 걸렸다는 것을 알아챘다. 마부가 쓰러진 그를 일으켜 태웠다. 겨우 장작 위에 실려 돌아온 닥터는 자신이 어떻게 집까지 왔는지도 기억하지 못했다.

15

그는 이 주간 누워 있으면서 종종 착란 상태에 빠졌다. 환각 속에서 토냐가 그의 책상 위에 두 개의 사보바야 거리, 왼쪽은 사도바야-카레트나야, 오른쪽은 사도바야-트리움팔나야 거리를 만들어놓고, 뜨겁고 빛이 깊은 오렌지색 탁상램프를 가져다주었다. 거리가 밝아졌다. 그는 일을 할 수 있었다. 그는 글을 썼다.

그는 항상 쓰고 싶었고 오래전에 써야 했던 글을 이제야 쓰게 되었고, 열정적으로 썼으며, 놀랍도록 잘 써졌다. 다만 시베리아나 우랄에서 입는 사슴가죽 도하를 입고 키르기스인처럼 좁은 눈을 가진 소년이

나타나 이따금 방해했다.

그 소년—그의 죽음의 영혼은, 다시 말해 그의 죽음이었다. 소년이 그가 시를 쓰도록 도와주는데 어떻게 그의 죽음일 수 있을까, 어떻게 죽음이 유용할 수 있을까, 아니면 죽음이 사람을 도울 수 있다는 걸까?

그가 쓰고 있는 시는 부활이나 무덤이 아니라 그 둘 사이에 존재했던 날들에 관한 시였다. 그는 「혼란」이라는 시를 쓰고 있었다.

그가 사흘 동안 쓰려 했던 것은, 시커멓게 벌레 먹은 듯한 대지의 폭풍이 바다에서 밀려온 파도가 해안을 집어삼키는 것처럼 불멸의 사랑의 화신에게 대지의 커다란 덩어리와 흙더미를 던지며 포위하고 습격하는 광경이었다. 어떻게 검은 대지의 폭풍이 사흘 동안 미친듯이 날뛰다가 물러가는지. 그리고 운이 맞는 시구 두 구절이 떠올랐다.

기꺼이 맞노라

깨어나야 하노라.

기꺼이 맞노라, 그것에 지옥과 부패, 붕괴, 죽음이 있었고, 그것들과 기꺼이 함께하는 것에 봄과 막달레나와 생명이 있었다. 그리고—깨어나야만 한다. 깨어나 일어나야만 한다. 부활해야만 한다.

16

그는 회복되기 시작했다. 처음에는 백치처럼 사물들의 연관성을 찾지 못하고 그대로 모든 것을 받아들이고, 아무것도 기억하지 못하고, 어떤 것에도 놀라지 않았다. 아내는 그에게 버터 바른 흰 빵을 먹이고 설탕 넣은 차를 주고, 커피를 마시게 했다. 그는 이 시절에 그런 것들을 구할 수 없다는 사실은 잊어버린 채 회복기의 환자에게는 당연하다는 듯이, 시나 동화를 즐기듯 맛있는 음식을 즐겼다. 그러다가 판단을 할 수 있게 되자, 비로소 아내에게 물었다.

"이것들을 다 어디서 구했지?"

"모두 당신의 그라냐가 줬어."

"그라냐라니?"

"그라냐 지바고 말이야."

"그라냐 지바고?"

"그래, 옴스크에 있는 당신 동생 옙그라프 말이야. 당신의 이복동생. 당신이 의식을 잃고 누워 있을 때 그가 자주 찾아왔었어."

"사슴가죽 도하를 입고?"

"응, 응. 내내 의식이 없었는데 어떻게 알았어? 그는 어느 건물 계단에서 당신과 마주쳤다고 하던데. 당신을 알아보고 인사하고 싶었는데, 당신이 너무 무서워 보여 말을 걸지 못했대! 그는 당신을 존경하고 당신이 쓴 글을 읽고 있어. 땅속에서 솟아난 것처럼 이런 것들을 구할 수 있고! 쌀, 건포도, 설탕. 그는 다시 떠났어. 그리고 우리를 초대하겠대. 정말 이상하고 수수께끼 같은 사람이야. 내 생각인데, 그는 당국과 무슨 관계가 있는 것 같아. 그는 우리에게 일이 년 정도 대도시를 떠나 시골에서 '흙을 일구며 살아야 한다'고 했어. 나는 크류게르 집안 영지에 대해 그와 얘기해봤어. 그는 무척 좋은 생각이라고 했어. 밭에 채소를 심어 먹을 수 있고, 숲도 바로 옆에 있다고. 이렇게 아무것도 하지 않고 순한 양처럼 죽을 수는 없잖아."

그해 4월, 지바고는 온 가족을 데리고 먼 우랄의 유랴틴 시에서 멀지 않은 옛 영지 바리키노를 향해 떠났다.

7장
여로

1

일 년 중 처음으로 따뜻해지는 3월의 마지막 며칠, 해마다 그후 엄습할 꽃샘추위를 숨긴 봄의 거짓된 전조가 찾아왔다.

그로메코 일가는 떠날 준비로 부산했다. 이제 거리의 참새들보다 더 수가 불어난 이 집의 많은 거주자들에게는 이 부산함을 부활절 전의 대청소라고 말해두었다.

유리 안드레예비치는 여행에 반대했다. 그는 이 계획이 실현되지 않을 것이며 마지막 순간에 포기하게 될 거라 생각했기 때문에 굳이 여행 준비를 방해하지는 않았다. 그러나 일은 조금씩 진전돼 준비가 거의 끝나가고 있었다. 진지하게 이야기해야 할 시간이 왔다.

그는 이 문제로 연 가족회의에서 아내와 장인에게 다시 한번 자기의 의구심을 표명했다.

"그럼 여러분은 내가 잘못 생각하고 있다는 건가요, 우리는 가는 겁니까?" 그는 반대 의견을 이렇게 끝맺었다. 아내가 말을 이어받았다.

"당신은 앞으로 일 년만 더 버티면 새로운 토지제도가 정비될 거고 모스크바 근교에 토지를 청원해서 채소밭을 일굴 수 있을 거라고 했어. 하지만 그때까지 어떻게 버틸지는 당신도 말하지 못하잖아. 물론 그것이 가장 바라는 일이니까, 한번 들어보는 게 좋겠지만."

"완전히 잠꼬대 같은 말이야." 알렉산드르 알렉산드로비치가 딸을 거들었다.

"좋습니다, 제가 졌습니다." 유리 안드레예비치는 동의했다. "저는 다만 그곳에 대한 정보가 전혀 없기 때문에 망설였던 겁니다. 우리는 마치 장님처럼 어딘지도 모르는 곳으로 아무 정보도 없이 떠나는 거예요. 바리키노에 계셨던 세 분 가운데 어머니와 할머니는 이미 돌아가셨고, 살아 있는 분은 크류게르 할아버지뿐이죠, 물론 포로가 되어 감옥에라도 살아 계신다면 말이지만.

전쟁 마지막 해에 할아버지는 삼림과 공장에 대해 서류를 꾸며 어느 가공의 인물인가 은행에 팔거나 명의를 바꿔놓았다고 했어요. 우리가 그 거래에 대해 대체 뭘 알죠? 재산의 의미에서가 아니라, 과연 그 토지가 지금 누구의 것이 됐느냐는 겁니다, 누가 그 토지에 대해 책임을 가지고 있을까요? 어떤 관청에서 관리할까요? 삼림은 벌채되었을까요? 공장은 조업하고 있을까요? 게다가 그곳에는 어떤 정권이 들어서 있고, 우리가 거기 도착하는 사이에 또 어떤 일이 생길까요?

당신과 아버님은 자신들이 좋아하는 미쿨리친의 이름을 마치 구원이라도 되는 듯 들먹이며 의지하는군요. 하지만 그 늙은 관리인이 아직도 살아 여전히 바리키노에 있다고 누가 그러던가요? 그에 대해 우리가 아는 거라곤, 할아버지가 그의 성을 잘 발음하지 못하셨다는 것 정도고, 그래서 우리가 그 성을 기억한다는 거잖습니까?

하지만 더이상 논쟁할 필요 없겠죠? 당신은 가기로 결정하셨으니까요. 저도 가야겠죠. 이제는 어떻게 갈 수 있는지 알아봐야 해요. 꾸물거릴 시간이 없어요."

2

유리 안드레예비치는 그것을 알아보기 위해 야로슬랍스키 역으로 갔다.

대합실로 뻗은 난간이 달린 통로를 사람들의 물결이 가로막고 있었고, 대합실 돌바닥 위에 잿빛 외투를 입은 사람들이 누워 몸을 뒤척이며 기침을 하거나 침을 뱉고 있었는데, 소리가 잘 울리는 둥근 천장 밑에서 이에 아랑곳없이 말을 주고받는 사람들 때문에 소리가 쾅쾅하게 울렸다.

그들 대부분은 티푸스 환자들이었다. 병원이 만원이라 고비만 넘기면 다음날 바로 퇴원시켰다. 의사인 유리 안드레예비치도 어쩔 수 없이 그런 조치를 당했지만, 그런 불행한 사람들이 이토록 많고 또 그들이 역사를 피난처 삼고 있는 줄은 몰랐다.

"여행증명서를 받아야 합니다." 흰 에이프런을 두른 짐꾼이 그에게 말했다. "날마다 나와서 상황을 살펴야 합니다. 지금은 열차가 거의 없고, 운에 맡겨야 해요. 그래서 말할 것도 없이 이겁니다…… (짐꾼은 엄지손가락을 옆 두 손가락에 대고 비볐다)…… 밀가루든 뭐든. 기름을 치지 않으면—열차도 움직이지 않습니다. 그리고 뭐니뭐니해도…… (그는 손가락으로 자기 목을 가볍게 튕겼다*)…… 이게 최고죠."

3

그 무렵 알렉산드르 알렉산드로비치는 최고인민경제회의의 임시 회의에 자문역으로 몇 번 불려갔고, 유리 안드레예비치는 중병에 걸린 정부요인을 치료하게 되었다. 그래서 두 사람 모두 당시로서는 최고 수준이라 할 수 있는, 그 무렵 처음 개설된 비밀배급소의 배급표를 보수로 받았다.

그 배급소는 시모노프 수도원 옆에 있는 시 수비대 창고에 있었다. 닥터는 장인과 함께 교회와 병영의 마당 두 개를 가로질러, 지면에서 문턱도 없이 곧바로 석조 아치 아래로 이어지며 서서히 낮아지는 지하실로 들어갔다. 넓은 지하실 끝에 긴 카운터가 가로놓여 있고, 그 옆에서 창고지기가 서두르는 기색 없이 차분하게 이따금 창고 안에서 물품을 가지고 나와 무게를 달고 연필을 들어 큰 동작으로 해당 목록을 그으면서 배급하고 있었다.

배급을 받는 사람은 얼마 없었다.

---

* 술 마시는 것을 가리킴.

"담아 갈 데는요." 창고지기가 배급표를 힐끔 보며 교수와 닥터에게 말했다. 두 사람이 작은 베개라 불리는 부인용 베개커버와 커다란 쿠션커버를 내밀자 그는 두 사람이 깜짝 놀라 눈이 이마에 튀어나올 정도로 밀가루와 곡물, 마카로니, 설탕을 담고 라드와 비누와 성냥도 담아준 뒤 종이에 싼 뭔가를 각각 넣어주었는데, 나중에 집에 돌아와 확인해보니 그것은 캅카스 치즈였다.

사위와 장인은 최대한 서둘러 배급품을 작은 꾸러미에 나눠 커다란 배낭 두 개에 쑤셔넣었는데, 자신들이 고마움도 모르고 수선을 피워 이런 관대함을 베푼 창고지기의 눈에 거슬리게 될까 우려했기 때문이었다.

그들은 지하실에서 마치 취한 듯한 기분으로 지상에 올라왔는데, 동물적인 기쁨에 취한 것이 아니라, 자신들이 헛되이 세상을 살고 있지 않고 그저 하늘을 검은 연기로 더럽히기만 하는 존재가 아니라는 의식, 돌아가면 젊은 여주인 토냐에게 칭찬과 인정을 받을 수 있다는 생각 때문이었다.

4

남자들이 여행증명서와 남겨두고 가는 방들에 대한 권리확보증명서를 떼기 위해 관청들을 돌아다니는 사이, 안토니나 알렉산드로브나는 가져갈 것들을 고르느라 바빴다.

그녀는 현재 그로메코 가족에게 할당된 방 세 개를 불안한 마음으로 돌아다니며, 아무리 작은 물건이라도 하나하나 손으로 무게를 재보며 작은 짐짝에 넣을지 말지 고민했다.

개인 물품은 최소한으로 챙기고, 나머지는 가는 길이나 도착한 뒤에 필요한 물건과 교환할 수 있는 것들로 챙겼다.

열려 있는 통풍구에서 들어온 봄바람이 갓 구워 한입 베어문 프랑스빵 냄새를 풍겼다. 마당에서는 수탉들이 울고, 뛰노는 아이들의 목소리도 들렸다. 방에 통풍이 잘될수록 궤짝에서 깨내놓은 겨울옷들에서 나는 나프탈렌 냄새가 더욱 코를 찔렀다.

무엇을 가져가고 무엇을 남겨두어야 할지는 먼저 떠난 사람들의 경험에서 나온 전반적인 지침이 있었는데, 그것이 남아 있는 지인들 사이에 널리 퍼져 있었다.

그들의 조언이 간결하고 확실한 지침으로 안토니나 알렉산드로브나의 뇌리에 더없이 똑똑히 새겨져 있었기 때문에, 그녀는 마당에서 참새들이 지저귀고 아이들이 뛰놀며 떠드는 소리 속으로 마치 거리에서 어떤 비밀의 목소리가 자신의 귀에 대고 속삭이는 것 같다고 느꼈다.

'옷감, 옷감.' 그 목소리가 말했다. '재단한 상태가 가장 좋지만 여행 도중 짐 검사를 당하면 위험하다. 가봉한 상태처럼 꾸미는 것이 안전하다. 일반적인 옷감, 직물, 옷은 괜찮고, 가능하면 오래 입지 않은 겉옷이 좋다. 잡동사니를 덜어 무게를 줄일 것. 직접 들고 가야 할 때가 많을 것이므로 가방이나 트렁크는 좋지 않다. 백 번이라도 고르고 골라낸 짐들은 여자도 어린애도 질 수 있는 보따리로 만들 것. 위험을 만나면, 경험상 소금과 담배가 적절하다. 돈은 케렌카*. 가장 어려운 것은—증명서들.' 기타 등등, 기타 등등.

5

출발 전날 밤부터 눈보라가 몰아쳤다. 바람은 회오리치는 눈송이의 잿빛 구름을 하늘로 거세게 불어 올렸다가, 다시 새하얀 회오리바람으로 지상에 내려와 어두운 거리 깊숙한 곳으로 날아들며 거리를 하얀 수의로 뒤덮었다.

집에서는 짐이 모두 꾸려졌다. 방들과 남기고 가는 가재도구 관리는 예고로브나의 친척인 모스크바에 사는 중년 부부에게 맡겼는데, 안토니나 알렉산드로브나는 지난겨울 그들을 통해 헌옷가지나 불필요한 가구를 장작이나 감자로 바꿨다.

마르켈은 믿을 수가 없었다. 그가 자신의 정치적 클럽으로 택한 민경民警에서, 전에 그의 주인이었던 그로메코에 대해 고혈을 착취당했다고까지 하진 않았지만 그들이 오랜 세월 동안 자신을 무지의 어둠 속에 방치했고, 인류의 기원이 원숭이였다는 지식을 일부러 숨겼다고 비난했기 때문이다.

안토니나 알렉산드로브나는 마지막 날에 예고로브나의 친척이자 전에 상점 점원으로 일했던 이 부부를 불러 방들을 안내했고, 어느 열쇠가 어느 자물쇠 것인지, 무엇이 어디에 들어 있는지, 함께 장롱을 열었다 닫았다 서랍을 뺐다 넣었다 하며 일일이 가르쳐주고 설명했다.

방안의 의자와 탁자를 벽 쪽으로 밀어붙이고 여행 보따리를 한쪽으로 옮겨놓고, 창문 커튼은 모두 떼어냈다. 겨울철의 아늑한 가장자리

---

* 케렌스키 임시정부가 1917년에 발행한 20루블과 40루블짜리 지폐. 1920년까지 통용되었다.

장식들이 떼어진 벌거벗은 창문으로 눈보라가 아무런 방해도 받지 않고 텅 빈 실내를 들여다보았다. 그것은 각자에게 무언가를 연상시켰다. 유리 안드레예비치에게는—어린 시절과 어머니의 죽음을, 안토니나 알렉산드로브나와 알렉산드르 알렉산드로비치에게는—안나 이바노브나의 임종과 장례식을. 그들은 이 밤이 이 집에서의 마지막 밤이며, 두번 다시 돌아오지 못할 거라고 생각했다. 그 점에서 그들은 잘못 생각하고 있었지만, 망상에 사로잡힌 그들은 서로에게 슬픔을 주지 않기 위해 이 망상을 서로에게 고백하지 않고 저마다 이 지붕 아래서 보낸 인생을 되돌아보며 두 눈에 넘치는 눈물과 싸웠다.

그럼에도 안토니나 알렉산드로브나는 타인 앞에서 지켜야 할 고상한 예의범절을 잊지 않았다. 그녀는 모든 관리를 맡아줄 여자와의 대화가 끊어지지 않도록 애썼다. 안토니나 알렉산드로브나는 그들이 줄 도움의 의미를 과장해서 말했다. 은혜를 모르는 여자로 보이지 않으려고 매분마다 거듭 미안하다고 말하며 옆방에 가서 스카프며 블라우스며 사라사 한 필이며 모슬린 반 필이며 선물을 꺼내 왔다. 그 천들은 모두 검은 바탕에 하얀 체크무늬나 물방울무늬가 있는 것들이었는데, 마치 커튼이 없는 벌거벗은 창문으로 이별의 밤을 들여다보았던 눈 내리는 어두운 거리의 흰 반점 무늬들 같았다.

6

역으로 떠난 것은 이른새벽이었다. 이 집에 사는 사람들은 아직 일어나기 전이었다. 친목 활동이라면 언제나 앞장서서 나서기 좋아하는 거주자 제보롯키나가 한 집 한 집 문을 두드려 사람들을 깨우면서 외쳤다.

"일어나요, 동지들! 작별인사입니다! 명랑하게, 명랑하게 합시다! 전 집주인 가루메코프* 가족이 떠납니다."

거주자들이 작별인사를 하기 위해 현관과 뒤쪽 계단으로 몰려나와 (정면 현관은 못질된 채 일 년 내내 폐쇄되어 있었다) 마치 원형극장에서 단체사진이라도 찍는 듯이 반원형으로 섰다.

거주자들은 하품을 하고 추위에 떨며 어깨에 걸친 얇은 코트가 흘러내리지 않게 몸을 웅크렸고, 급하게 신고 나온 넓적한 펠트 장화 속 맨발이 시려 동동거렸다.

마르켈은 알코올이 부족한 이런 때 어디서 구했는지 치명적으로 독한 술을 마시고 잔뜩 취해, 금방이라도 떨어질 듯 난간에 몸을 걸치고는 난간을 부숴버리겠다고 위협했다. 그는 역까지 짐을 날라주겠다고 나섰다가 거절당하자 화가 나 있었다. 사람들은 가까스로 그를 떼어놓았다.

밖은 여전히 어두웠다. 바람은 잔잔해졌지만, 눈은 전날 밤보다 더 많이 내렸다. 깃털같이 커다란 눈송이가 게으르게 내려와 땅에 떨어지기를 망설이며 공중에 더 머무르려는 듯했다.

골목에서 아르바트 거리로 나오자 날이 조금씩 밝기 시작했다. 눈발은 거리를 온통 흘러내리는 하얀 장막으로 뒤덮었고, 장막 아래 술처

* '그로메코'를 틀리게 말한 것.

럼 늘어진 아랫자락이 춤을 추면서 사람들의 발을 휘감아, 그들은 앞으로 가고 있다는 감각을 잃어버리고 마치 한 장소에서 제자리걸음을 하는 듯한 착각에 빠졌다.

거리에는 인적이 없었다. 십체프에서 온 이 여행자들과 마주친 사람은 아무도 없었다. 반죽을 뒤집어쓴 것처럼 온통 눈을 뒤집어쓴 빈 마차가 눈으로 새하얘진 야윈 말에 끌려 그들 옆에 따라붙었는데, 당시 프롤룟카 삯은 터무니없을 만큼 비쌌지만 마부는 1코페이카도 안 되는 삯에 모두를 짐과 함께 태워주었고, 유리 안드레예비치만 그 자신의 요청대로 짐만 싣고 빈손으로 역까지 걸어서 갔다.

7

역에서는 안토니나 알렉산드로브나와 그녀의 아버지가 나무 방책들 사이에 짓눌려 있는 것 같은 그야말로 끝도 없이 늘어선 줄에 끼여 기다리고 있었다. 지금은 승차도 플랫폼이 아니라 플랫폼에서 선로로 반 베르스타쯤 나간 역의 출구 신호기 옆에서 하고 있었는데, 플랫폼까지 들어오는 인입선에 쌓인 눈을 치울 손이 부족했고, 역구내의 절반이 얼음과 쓰레기로 덮여 증기기관차가 들어오지 못했기 때문이다.

뉴샤가 데리고 있는 슈로치카는 어머니나 외할아버지와 함께 줄에서 있지 않았다. 둘은 바깥 입구의 거대한 지붕 밑에서 돌아다니다가, 언제 그들과 함께 있어야 하는지 이따금 대합실로 되돌아와 상황을 살폈다. 둘에게서는 등유 냄새가 강하게 풍겼는데, 티푸스를 옮기는 이를 쫓기 위해 복사뼈와 손목과 목덜미에 등유를 잔뜩 발랐기 때문이었다.

남편이 오는 것을 발견한 안토니나 알렉산드로브나는 그에게 손을 흔들었지만 옆으로 오라고는 하지 않고 멀리서 큰 소리로 어느 창구에서 여행증명서에 스탬프를 찍으면 되는지 알려주었다. 그는 그 창구로 갔다.

"어디 봐, 무슨 스탬프를 찍어줬는지." 그가 돌아오자 그녀가 물었다. 닥터는 난간 너머로 접어놓은 서류 뭉치를 내밀었다.

"이건 대의원 승차증인데." 안토니나 알렉산드로브나 뒤에 있던 사람이 그녀의 어깨 너머로 증명서의 스탬프를 보고 말했다. 그녀 앞에 있던 사람도 자신이 모든 경우에 필요한 세상의 온갖 규칙을 다 아는 형식주의자 법률가인 양 더욱 자세히 설명해주었다.

"이게 있으면 등급차, 즉 열차에 여객차량이 연결되어 있다면 좌석을 요구할 수 있습니다."

줄 서 있던 사람들이 이를 두고 왈가왈부했다. 여기저기서 목소리가 들렸다.

"앞으로 가서 등급차를 찾아요. 대단한 대우로군. 지금은 화물차량 완충기에 앉기만 해도 행운인데."

"이 사람들 말 들을 것 없소, 출장원 양반. 내가 하는 설명을 들어보시오. 현재 모든 열차는 구별이 없어지고 모두 혼성열차뿐이어서 군용차량이기도 하고, 죄수차량이기도 하고, 가축차량이기도 하고, 사람 태우는 차량이기도 하오. 무슨 말이든 지껄이는 사람 마음이지만, 혀는 잘 미끄러지는 거라 사람을 혼란에 빠뜨리죠. 그러니 알아듣도록 설명을 해야 하는 거요."

"설명은 당신이 했잖아. 여기 영리한 사람 납셨군. 이들이 대의원 승차증을 가졌다고 다 되는 줄 아나. 저 앞에서 좀 보고 설명을 하든지 하라고. 이런 눈에 띄는 사람이 대의원 차량에 탈 수 있을 것 같나? 대의원 열차는 동지들로 이미 만원이야. 수병들은 날카로운 눈에다 리볼버까지 가지고 있어. 한눈에 알아볼 거야—유산계급이고—게다가 닥터, 예전의 나리라는 걸. 수병이 리볼버로 한 발 탕 쏘면 파리처럼 쓰러지는 거지."

때마침 새로운 사태가 벌어지지 않았다면, 닥터와 그의 가족에게 쏠렸던 동정은 어떻게 되었을지 모른다.

아까부터 군중은 넓은 역사의 두꺼운 유리를 끼운 널따란 창문으로 먼 곳을 내다보고 있었다. 아주 길게 뻗은 플랫폼 지붕 아래 철로로 눈발이 떨어지는 광경이 멀리까지 이어졌다. 그 정도 거리에서는 눈발이 거의 움직이지 않고 공중에 머무는 듯, 마치 물고기에게 던져준 빵 부스러기가 물에 불어 물속으로 가라앉듯 천천히 공기 속으로 가라앉는 것 같았다.

아까부터 사람들이 여럿씩 무리를 짓거나 또는 한 사람씩 그 깊은 곳을 향해 걸어가고 있었다. 그들의 수가 많지 않았을 때는 눈발이 만든 흔들리는 그물 사이로 희미하게 보이는 그 그림자들이 침목을 따라 천천히 오가며 작업하는 철도 노동자들로 보였다. 그러나 그들의 수가 부쩍 늘어났다. 그들이 향한 그 깊은 곳에서 증기기관차가 연기를 내뿜기 시작했다.

"문을 열어, 악당들아!" 줄에서 큰 소란이 일어났다. 동요한 군중이 문을 향하기 시작했다. 뒤쪽에 서 있던 사람들이 앞으로 몰려나왔다.

"봐, 무슨 짓을 하는지! 여기는 벽에 막혔는데 저기는 줄이고 뭐고 없이 빙 돌아서 가고 있어! 열차는 지붕까지 꽉 찼는데 우리는 양처럼 여기 서 있잖아! 문을 열어, 이 악마들. 부숴버릴 테다! 에잇, 모두 밀어, 밀라고!"

"어리석은 사람들, 부러워할 것 없습니다." 모든 것을 아는 법률가가 말했다. "저건 페트로그라드*에서 강제노동에 동원된 사람들이오. 북부전선의 볼로그다로 갈 작정이었는데 지금 동부전선으로 이송되는 중이죠. 가고 싶어서 가는 게 아닙니다. 감시당하고 있죠. 참호를 파러 가는 겁니다."

8

열차를 탄 지 벌써 사흘째였지만, 아직 모스크바에서 그리 멀어지지 못했다. 차창 밖 풍경은 겨울이었다. 선로와 들판과 숲, 마을의 지붕들은 온통 눈으로 뒤덮여 있었다.

지바고의 가족은 다행히 안쪽 상단 침상 왼쪽 구석에, 어둠침침하고 길쭉한 천장 바로 밑 창가에 다른 사람들 속으로 흩어지지 않고 가족끼리 자리를 잡았다.

안토니나 알렉산드로브나는 화물차량에 처음 타보았다. 모스크바에서 열차를 탈 때는 유리 안드레예비치가 여자들을 가장자리에 무거운

* 1919~1924년까지 상트페테르부르크를 부르던 이름. 1924년 레닌그라드로 바뀌었다가 1991년 다시 원래 이름을 찾았다.

미닫이 철문이 있는 차량 바닥까지 안아서 올려주어야 했다. 하지만 기차를 계속 타고 가는 동안 여자들도 익숙해져서 혼자서도 그 난방화차에 올라탈 수 있게 되었다.

처음 한동안 안토니나 알렉산드로브나는 이 차량이 바퀴 달린 가축우리처럼 느껴졌다. 작은 헛간 같은 이것은 한 번 부딪치거나 흔들리기만 해도 부서져버릴 것 같았다. 그러나 벌써 사흘째 속도를 바꾸거나 방향을 바꿀 때마다 전후좌우로 흔들리고 태엽이 장치된 장난감 북의 채처럼 차량 바닥에서 차축이 덜커덩덜커덩 소리를 내면서도 열차는 무사히 나아가고 있었고, 안토니나 알렉산드로브나의 걱정은 기우로 끝났다.

도중에 거친 플랫폼이 짧은 역에서는 스물세 량으로 편성된 긴 열차(지바고 가족은 14호 차량에 타고 있었다)의 머리나 꼬리, 또는 한가운데 일부 차량만 플랫폼에 걸쳐질 뿐이었다.

앞쪽 차량은 군용이고, 중간 차량은 일반 승객, 뒤쪽 차량에는 징용자들이 타고 있었다.

이 범주의 사람들은 오백 명쯤 되었고, 연령층도 직업도 신분도 다양했다.

이들이 차지한 여덟 개 차량에서는 갖가지 풍경이 연출되고 있었다. 옷차림이 훌륭한 부자와 페테르부르크의 주식중개인이나 변호사 같은 사람들 옆에 착취계급과 함께 마부, 마루닦이, 목욕탕 때밀이, 타타르인 고물상, 폐쇄된 정신병원에서 탈출한 환자, 장사치, 수도사 등이 함께 타고 있었다.

첫번째 부류 사람들은 시뻘겋게 달궈진 무쇠 난로를 에워싼 채 재킷을 벗고 짧게 자른 장작더미에 걸터앉아 앞다퉈 이야기하며 큰 소리로 웃고 있었다. 대체로 사회적 연줄이 있는 자들이었다. 그들은 의기소침하지 않았다. 영향력 있는 친척들이 그들을 돌봐주기 때문이었다. 최악의 경우 그들은 돈으로 자유를 살 수도 있었다.

두번째 부류 사람들은 장화에 카프탄 단추를 풀어 입은 자, 맨발에다 바지 위에 허리띠도 두르지 않은 채 루바시카를 입은 자, 턱수염을 기르거나 기르지 않은 자들이 숨막히는 난방화차의 열린 문가에서 문설주와 통로 위 가로대를 붙잡고 서서 철로 근처 마을과 주민들을 음울한 눈빛으로 바라보며 누구와도 말을 섞지 않았다. 그들에게 교제는 필요 없었다. 기대할 것이 아무것도 없었다.

이 사람들 모두가 자신에게 배정된 차량에 들어가 있는 것은 아니었다. 일부는 자유로운 일반인과 섞여 중간 차량에 타고 있었다. 이런 사람들이 14호 차량에도 있었다.

9

열차가 역에 다가갈 때면 상단에 누워 있던 안토니나 알렉산드로브나는 낮은 천장에 머리를 찧지 않게 주의하며 허리를 구부린 불편한 자세로 나무침상에서 일어나 고개를 숙여 열린 문틈으로 밖을 내다보았고, 점점 크게 보이는 그 장소의 외관을 보고 물물교환을 할 만한 곳인지, 침상에서 내려가 밖으로 나갈 만한지를 판단했다.

지금도 그랬다. 열차가 속도를 늦추자 그녀는 선잠에서 깼다. 여러 개의 전철기轉轍機를 지나가고 그때마다 난방화차가 요란한 소리를 내며 진동하는 것으로 보아 역이 상당히 크고 정차 시간도 길 것 같았다.

안토니나 알렉산드로브나는 몸을 앞으로 구부리고 앉아 눈을 비비고 머리를 매만지고는, 보따리에 손을 넣어 바닥에서 수탉과 젊은이, 말 멍에, 수레바퀴가 수놓인 타월을 한 장 끄집어냈다.

그때 닥터도 잠에서 깨어 먼저 침상에서 내려간 뒤 아내가 바닥에 내려서는 것을 도와주었다.

그사이에 열린 차량문 밖으로 초소들과 가로등 기둥들이 지나가고 벌써 역 주변 나무들이 떠오르듯 나타났는데, 나무들은 빵과 소금을 내밀듯* 층층이 눈이 쌓인 곧은 가지를 열차를 향해 내밀고 있었고, 수병들은 가장 먼저 플랫폼의 새로 쌓인 눈 위로 재빠르게 뛰어내려 누구보다 먼저 역사 모퉁이 뒤쪽으로 달려갔으며, 건물의 측벽에 가로막힌 그곳에는 대개 금지된 음식을 파는 여자들이 숨어 있었다.

수병들의 검은 제복과 챙 없는 모자에서 나부끼는 리본, 밑이 넓은 나팔바지가 덮치는 듯한 맹렬함과 속도감을 주었기 때문에 사람들은 전속력으로 활강하는 스키어나 스케이터를 피하듯 재빨리 길을 비켰다.

역사 한쪽 모퉁이 뒤에는 인근 마을에서 나온 농촌 아낙들이 서로에게 몸을 숨긴 채 마치 점을 치기 위해 줄을 선 것처럼 늘어앉아 있었는데, 추위에도 온기와 향기를 유지하려고 오이나 트보로크**나 삶은 쇠고기나 호밀 바트루시카 등을 솜을 누빈 싸개에 싸놓고 있었다. 폴루슈보크***를 입고 끝을 접은 플라토크를 쓴 아낙들과 처녀들은 수병들의

---

* 러시아에는 빵과 소금으로 손님을 환대하는 전통이 있다.

** 러시아식 코티지치즈.

농담에 양귀비처럼 얼굴이 새빨개졌지만 속으로는 수병들을 두려워하고 있었는데, 불법매매와 암거래를 단속하는 온갖 부대가 모두 수병들로 구성되어 있었기 때문이다.

농촌 아낙들의 망설임은 오래가지 않았다. 열차가 섰다. 다른 승객들도 찾아왔다. 승객들이 한데 섞였다. 장사는 활기를 띠기 시작했다.

안토니나 알렉산드로브나는 역의 한적한 곳에서 눈으로 얼굴을 씻으러 나온 것처럼 타월을 어깨에 걸친 채 장사치 아낙들을 한 바퀴 둘러보았다. 아낙들이 몇 번이나 그녀를 불러세웠다. "여봐요, 여봐요, 도시 아주머니, 타월 대신 뭘 원해요?"

그러나 안토니나 알렉산드로브나는 걸음을 멈추지 않고 남편과 함께 앞으로 나아갔다.

줄 맨 끝에 검은 바탕에 진홍 얼룩무늬가 있는 플라토크를 쓴 여자가 서 있었다. 그녀는 수놓인 타월에 눈독을 들였다. 그녀의 대담한 두 눈이 번쩍이며 타올랐다. 주위를 둘러보고 위험이 없는 것을 확인한 그녀는 안토니나 알렉산드로브나에게 재빨리 달라붙더니, 자기 물건에서 싸개를 벗기고 뜨거운 입김을 내뿜으며 빠른 말로 속삭였다.

"어떤가요. 이런 건 본 적 없을걸요? 갖고 싶지 않아요? 자, 오래 생각할 시간 없어요—그러다 놓쳐요. 그 타월을 폴로토크****와 바꿔요."

안토니나 알렉산드로브나는 마지막 단어를 알아듣지 못했다. 플라토크를 말한 거라고 추측했다. 그래서 되물었다.

"뭐라고요, 아주머니?"

*** 양가죽 반코트.

**** 말리거나 훈제하거나 염장한 고기 또는 생선의 절반을 뜻하는 말.

농촌 아낙이 말한 폴로토크란, 그녀가 손에 들고 있던, 머리에서 꼬리까지 통째로 구워 반으로 가른 토끼고기를 가리키는 것이었다. 그녀는 되풀이했다.

"타월과 폴로토크를 바꾸자고요. 뭘 그렇게 봐요? 개고기가 아니에요. 내 남편이 사냥꾼이라고요. 이건 토끼예요, 토끼."

교환이 이루어졌다. 양쪽 모두 자신이 크게 이익을 보고 상대는 크게 손해를 봤다고 생각했다. 안토니나 알렉산드로브나는 가난한 농촌 아낙을 비열하게 속인 것 같아 수치심을 느꼈다. 상대는 상대대로 이 거래에 크게 만족한 듯 얼른 죄의식을 떨치려고 장사를 끝낸 옆의 여자에게 큰 목소리로 말하더니, 눈 위로 멀리 뻗은, 사람들 발길에 다져진 좁은 길로 집을 향해 걸어갔다.

그때 군중 속에서 소동이 일었다. 어디선가 노파가 소리를 질렀다.

"어딜 가나, 젊은이? 돈은? 양심 없는 놈, 돈을 언제 줬어? 아, 배부를 줄 모르는 창자 같은 놈, 아무리 소리쳐도 뒤도 안 돌아보고 가네. 거기 서, 서라잖아, 동지들! 도둑이야! 강도야! 날강도야! 저놈, 저놈이야, 저놈 잡아라!"

"누구 말이야?"

"저기 저 수염 깎은 놈, 웃으면서 가고 있어."

"팔꿈치에 구멍 난 놈 말인가?"

"그래, 맞아, 맞아. 저놈이 강탈했어!"

"저기 소매에 헝겊 댄 놈 말이지?"

"그래, 맞아, 맞아. 아, 아이고, 저놈이 가져갔다고!"

"무슨 일이야?"

"저놈이 할머니에게 피로크와 우유를 흥정하는 척하며 배때기만 채우고 그대로 달아났대. 그래서 저렇게 울고불고하는 거야."

"저런 놈은 가만두면 안 되지. 붙잡아야 해."

"가서 해보시지. 온몸을 탄띠로 감고 있잖아. 오히려 네가 당할걸."

10

강제노동 징용자 몇 사람이 14호 차량에 타고 있었다. 호송병 보로뉴크가 그들을 감시했다. 그중 셋이 여러 가지 이유로 눈에 띄었다. 차량 안에서 카스테르*라 불리던, 페트로그라드 국영주류상점 계산원이었던 프로호르 하리토노비치 프리툴리예프, 철물점 수습생이었던 열여섯 살 소년 바샤 브리킨, 그리고 협동조합주의** 혁명가로 알려진 백발의 코스토예트-아무르스키였는데, 이 사람은 구시대의 모든 징역장에서 노동을 경험하고 새 시대가 되자 다시 새로운 징역장 순례에 나선 참이었다.

여기저기서 모인 징용자들은 원래 서로 모르는 사이였지만, 이 여행길에서 차츰 안면을 익히게 되었다. 열차 안에서 대화를 나누다가 계산원 프리툴리예프와 수습생 바샤 브리킨이 같은 뱟카 출신이라는 것을 알게 되었는데, 열차는 몇 시간 뒤 그 지방을 통과할 예정이었다.

말미시의 평민 프리툴리예프는 땅딸막한 키에 머리를 짧게 깎고 얼

---

* 계산원을 뜻하는 카시르(кассир)를 틀리게 말한 것.

** 협동조합 운동을 통해 사회주의 사회를 실현하려는 사상 경향.

굴이 얽은 추남이었다. 그는 겨드랑이가 땀에 흠뻑 젖어 새까만 회색 제복을 입고 있었는데, 여자의 풍만한 가슴을 조이는 사라판처럼 제복이 꽉 끼었다. 그는 동상처럼 말이 없었고, 때때로 생각에 잠겨 주근깨투성이 양손의 사마귀를 피가 나도록 손톱으로 후벼대다 그것이 곪기 시작했다.

일 년 전 어느 가을날, 그는 넵스키 대로를 걸어가다가 리테이니 대로 모퉁이에서 가두검색에 걸렸다. 그는 신분증명서를 요구받았다. 그가 가진 것은 4종 식량배급카드였고, 비노동자에게 발급되는 이 카드로는 배급을 받을 수 없었다. 그래서 그는 그와 같은 이유로 길거리에서 구속된 많은 사람과 함께 병영으로 호송되었다. 그런 방법으로 조달된 부대는 그 이전에 편성되어 아르한겔스크 전선에서 참호를 팠던 부대와 마찬가지로 처음에는 볼로그다로 보내질 예정이었지만, 도중에 행선지가 바뀌어 모스크바를 거쳐 동부전선으로 가게 되었다.

프리툴리예프에게는 아내가 있었는데, 그녀는 전쟁 전 그가 페테르부르크에서 취직하기 전에 일했던 루가에 있었다. 그에게 일어난 불행을 전해들은 아내는 그를 찾아내 노동 부대에서 빼내려고 볼로그다로 달려갔다. 그러나 부대의 이동 경로와 그녀의 추적이 엇갈리고 말았다. 그녀는 헛수고만 한 셈이 되었다. 모든 것이 뒤엉클어졌다.

페테르부르크에서 프리툴리예프는 펠라게야 닐로브나 탸구노바라는 여자와 동거하고 있었다. 그가 넵스키 대로 네거리에서 붙잡힌 것은 볼일을 보러 다른 쪽으로 가기 위해 길모퉁이에서 그녀와 헤어진 직후였는데, 그는 리테이니 대로를 오가는 사람들 속으로 멀리 그녀의 뒷모습을 보았지만 곧 사라져버렸다.

탸구노바는 평민으로 뚱뚱하고 당당한 체격에 손이 예쁘고 머리를 탐스럽게 하나로 땋고 다녔는데, 땋은 머리채를 한숨을 깊이 내쉬면서 때로는 왼쪽 때로는 오른쪽 가슴 앞으로 늘어뜨리곤 했다. 그녀는 프리툴리예프를 따라가기 위해 자진해서 이 열차에 타고 있었다.

프리툴리예프 같은 목석이 어디가 좋아서 여자들이 그렇게 달라붙는지 도무지 이해되지 않았다. 탸구노바 외에도 어디서 어떻게 열차에 올랐는지 모르지만 프리툴리예프가 아는 또 한 여자가 기관차 쪽에 몇 량 더 가까운 찻간에 타고 있었는데, 이 처녀는 금발에 깡마른 오그리즈코바로, 탸구노바는 그녀를 '콧구멍'이니 '관장기'니 하며 온갖 모욕적인 별명으로 불렀다.

두 연적은 서로 앙숙이었고 얼굴도 마주치지 않으려 했다. 오그리즈코바는 이 차량에는 한 번도 나타나지 않았다. 그녀가 어디서 자신이 숭배하는 대상을 만나는지는 수수께끼였다. 어쩌면 그녀는 승객들이 모두 달려들어 장작이나 석탄을 실을 때 먼발치로 그의 모습을 바라보는 것만으로 만족하고 있었을지도 모른다.

11

바샤의 이야기는 또 달랐다. 그의 아버지는 전쟁에서 죽었다. 그의 어머니는 바샤를 시골에서 피테르*에 있는 삼촌에게 보내 일을 배우게

* 페테르부르크의 속칭.

했다.

아프락신 상가에서 철물점을 하던 삼촌은 지난겨울 몇 가지 해명해야 하는 일 때문에 소비에트에 소환되었다. 그는 통지서에 나온 방이 아니라 옆의 다른 방으로 들어가버렸다. 그 방은 노무징용위원회 대기실이었다. 그곳은 아주 혼잡했다. 소환된 사람들이 충분히 모였을 때, 적군赤軍* 병사들이 와서 전원을 포위하더니 세묘놉스키 연대의 병영으로 데려가 하룻밤을 재운 뒤, 다음날 아침 볼로그다행 열차에 태우기 위해 역으로 이송했다.

많은 주민이 끌려갔다는 소식이 삽시간에 시중에 퍼졌다. 다음날 수많은 가족들이 육친과 작별하기 위해 역으로 몰려왔다. 바샤도 그 속에 섞여 숙모와 함께 삼촌을 전송하러 갔다.

아저씨는 역의 초병에게 잠시 목책 밖으로 나가 아내를 만날 수 있게 해달라고 사정했다. 그 초병이 지금 14호 차량의 호송병인 보로뉴크였다. 그는 돌아온다는 확실한 보장이 없기 때문에 내보내줄 수 없다고 거절했다. 삼촌과 숙모는 조카를 맡겨두고 가겠다고 제안했다. 보로뉴크는 동의했다. 바샤가 목책 안으로 들어가고 삼촌은 밖으로 나왔다. 삼촌 내외는 그 길로 돌아오지 않았다.

이 속임수가 드러났을 때, 자신이 속을 거라고 전혀 의심하지 않았던 바샤는 울음을 터뜨렸다. 바샤는 보로뉴크의 발밑에 몸을 던지고

* 러시아 혁명 당시 차르 정권을 전복하고 볼셰비키당의 지도 아래 소비에트정권 방위를 위해 노동자들로 편성된 군대로, 적위군(赤衛軍)이라고도 한다. 백군(白軍) 또는 백위군은 제정파들로 조직되어 적군에 대항한 반혁명군을 말한다. 이하 적군과 백군으로 표기한다.

그의 손에 입을 맞추며 자신을 풀어달라고 사정했으나 소용없었다. 호송병이 끄떡도 하지 않았던 것은 그의 성격이 냉혹해서가 아니었다. 위험한 시절이라 규율이 엄격했다. 호송병은 자기가 맡은 피호송자 머릿수를 점호로 확인하며 목숨 걸고 책임져야 했다. 그렇게 바샤는 노동 부대에 들어가게 되었다.

협동조합주의자인 코스토예트-아무르스키는 차르 시절에도 현 정권에서도 간수들 모두에게 존경받았고, 언제나 그들과 가까이 지냈기 때문에 그냥 두고 볼 수 없는 바샤의 딱한 처지에 관심을 가져달라고 호송대장에게 여러 번 호소했다. 호송대장도 그것이 실제로 있어서는 안 될 치명적인 실수라고 인정하면서도 호송중에 다루기에는 혼란과 절차상의 어려움이 있으니, 현지에 도착해서 잘 해결되기를 기대해보자고 대답했다.

바샤는 그림에 묘사되는 차르의 친위병이나 하느님의 천사처럼 이목구비가 반듯한 아름다운 소년이었다. 보기 드물게 순수하고 순진했다. 그는 어른들 발치의 바닥에 양팔로 무릎을 끌어안고 앉아 고개를 젖힌 채 그들의 대화와 이야기를 듣는 것을 좋아했다. 그럴 때는 그의 얼굴 근육의 움직임만 봐도 눈물을 참는지 숨넘어가는 웃음을 참는지 알 수 있었고, 무슨 내용인지까지 짐작할 수 있었다. 감수성 풍부한 소년의 얼굴에는 이야기의 내용이 거울처럼 비쳤다.

12

협동조합주의자인 코스토예트는 상단 침상에 있는 지바고 가족에게 초대받아, 훅훅 소리를 내어가며 토끼 어깨뼈를 뜯고 있었다. 그는 틈새 바람과 추위에 질색했다. "바람이 들어오는데요! 어디서 들어오지?" 하며 그는 바람이 없는 곳을 찾아 줄곧 자리를 옮겼다. 마침내 그는 바람이 전혀 들어오지 않는 곳에 앉으며 "이제 됐군요" 하더니, 어깨뼈 고기를 다 뜯어먹고 손가락을 빤 뒤 손수건에 손을 닦으며 불러줘서 고맙다고 인사하고는 이렇게 지적했다.

"창문에서 들어오는군요. 막아야 합니다. 그건 그렇고, 아까 하던 이야기로 돌아가죠. 당신이 틀렸습니다, 닥터. 토끼구이—훌륭하죠. 하지만 그렇다고 해서 시골생활이 행복하다고 할 순 없습니다. 죄송하지만, 그런 결론은 아무리 생각해도 무모하고, 매우 위험한 비약입니다."

"아, 잠시만요." 유리 안드레예비치는 반박했다. "이 역을 보십시오. 나무가 벌채되지 않았습니다. 울타리도 멀쩡합니다. 그리고 그 노천시장! 그 아낙들! 생각해보세요, 얼마나 만족스러운 모습인지! 어딘가에 생활이 있습니다. 누군가는 행복합니다. 모두가 다 고통에 신음하는 건 아닙니다. 그것으로 모든 것이 설명되는 거죠."

"그래요, 그렇다면 좋겠죠. 하지만 그렇지가 않습니다. 어디서 그런 결론을 끌어냈죠? 철로에서 100베르스타만 떨어진 데로 가보십시오. 곳곳에서 농민봉기가 끝없이 일어나고 있습니다. 누구에 대한 반대냐고 묻고 싶겠죠? 누가 권력을 쥐느냐에 따라, 백군에도 반대, 적군에도 반대입니다. 당신은 이렇게 말할 겁니다, 그거야, 농민은 모든 질서의

적이고 자신들이 무엇을 바라는지도 모른다고요. 실례지만, 의기양양해하지 마십시오. 농민은 그것을 당신보다 더 잘 알고 있습니다. 그들이 바라는 건 나나 당신이 바라는 것과는 완전히 다른 거지만.

혁명이 그들을 눈뜨게 했을 때, 그들은 독립적인 생활, 자기 손으로 노동을 하면서 누구에게도 기대지 않고 의무도 지지 않는 무정부적인 독립된 농가생활이라는 그 백년의 꿈이 실현될 거라 생각했습니다. 그런데 무너져버린 구체제의 압박에서 벗어나자 새로운 혁명적 초국가의 훨씬 더 가혹한 압제가 그들을 기다리고 있었습니다. 농촌은 지금 동요하고 있고 어디서도 평온을 찾지 못하고 있습니다. 그런데 당신은 농민이 편히 살고 있다고 말하는군요. 당신은 아무것도 모르고 있습니다, 친구여, 당신은 모릅니다, 그리고 내가 보기에 당신은 알고 싶어하지도 않는 것 같군요."

"그래요, 나는 사실 알고 싶지 않습니다. 당신 말이 전적으로 맞습니다. 아, 계속해보죠! 대체 왜 내가 모든 것을 알아야 하고 모든 것에 대해 십자가를 져야 하죠? 시대는 나를 존중하지 않고, 바라는 것을 오히려 나에게 강요하는데. 내가 사실을 무시하고 있더라도 내버려두십시오. 당신은 내 말이 현실에 부합하지 않는다고 했습니다. 지금 러시아에 현실이란 게 있습니까? 내 생각에는, 현실은 놀라서 몸을 숨기고 있습니다. 나는 농촌이 알맞은 때를 만나 이익을 얻고 번성하고 있다고 믿고 싶습니다. 그것마저도 착각이라면, 나는 어떡해야 합니까? 나는 무엇으로 살고, 누구의 말을 들어야 합니까? 나는 살아야 합니다, 나에게는 가족이 있습니다."

유리 안드레예비치는 손을 내젓더니, 코스토예트와의 논쟁의 결론은 알렉산드르 알렉산드로비치에게 맡기고 자신은 침상 끝으로 가서 머리를 숙여 아래쪽에서 무슨 일이 일어나는지 내려다보았다.

아래에서는 프리툴리예프와 보로뉴크, 탸구노바, 바샤가 사사로운 대화를 나누고 있었다. 고향이 가까워지자 프리툴리예프는 어느 역까지 가서 내리고 거기서 어디로 어떻게 갈지, 걸어갈지 말을 탈지 하는 교통수단을 생각했고, 바샤는 아는 마을과 장소 표지가 보이자 눈을 반짝이며 벌떡 일어나더니 그 이름을 기쁜 듯이 되풀이했다. 그 이름들이 그의 귀에는 마법의 동화처럼 들렸기 때문이다.

"수호이 브로트에서 내릴까요?" 그는 거의 목멘 소리로 물었다. "그래요! 우리 정거장! 우리 역! 거기서 부이스코예로 가는 거겠죠?"

"거기서—부이스키 시골길로 가지."

"내 말이 그거예요—부이스키 시골길로. 부이스코예 마을. 잘 알아요! 우리집 가는 길인데. 거기서 오른쪽, 오른쪽으로 가면 우리 마을이에요. 베레텐니키 쪽으로. 그리고 하리토니치* 아저씨네 마을은 강에서 왼쪽으로 가는 거죠? 펠가강 아세요? 그럴 거예요! 우리 마을에 있는 강이에요. 바로 그 강가, 거기, 거기 그 펠가강 바로 위에 베레텐니키가, 우리 마을이 있어요! 바로 그 낭떠러지에요. 그 강기슭은 아주 험해요! 우리는 거길—잘라보크**라고 불러요. 위에서 내려다보면 무서울 만큼 험해요. 꼭 떨어질 것만 같거든요. 정말이에요. 거기서 돌을 잘라요. 맷돌 만드는 돌을요. 그리고 그 베레텐니키에 어머니가 살고 계세요. 누이동생 둘과 함께요. 내 동생 알룐카. 그리고 아리시카. 우

---

* 프리툴리예프의 부칭.

** '긴 탁자 또는 궤짝'이라는 뜻.

리 어머니는요 팔라샤* 아주머니, 펠라게야 닐로브나, 이런 말을 해도 될지, 아주머니처럼 젊고 피부가 하얘요. 보로뉴크 아저씨! 보로뉴크 아저씨! 제발 부탁이에요…… 보로뉴크 아저씨!"

"뭐라고? 너 왜 자꾸 나를 '보로뉴크 아저씨, 보로뉴크 아저씨'라고 부르는 거냐? 나는 네 아저씨도 아주머니도 아니잖아? 뭘 원하는 거냐, 달아나게 해달라는 거냐? 그 말이 하고 싶은 거냐! 널 풀어달라고? 그랬다간 내가 벽에 세워져 아멘 하게 될 텐데?"

펠라게야 탸구노바는 멍하니 먼 데를 바라보며 말없이 있었다. 그녀는 바샤의 머리를 쓰다듬고 생각에 잠긴 채 그의 아맛빛 머리칼을 어루만졌다. 그녀는 가끔씩 고개를 기울이고 소년에게 눈빛과 미소를 보내곤 했는데, 그것은 어리석은 짓 하지 말고 사람들이 모두 있는 자리에서 보로뉴크에게 그런 말은 하지 말라는 뜻이었다. 말하자면 그것은 때가 되면 모든 것이 제자리로 돌아갈 테니 걱정하지 말라는 뜻이었다.

13

중부 러시아 지대에서 동쪽으로 나아가면서 예기치 않은 일들이 일어났다. 무장한 불법 패거리가 출몰하는 위험한 지역과 최근 격렬했던 폭동이 진압된 지방을 가로지르던 중이었다.

들판 한복판에서 열차가 서는 일이 잦아졌고 공안 부대가 차량 안을

* 펠라게야의 애칭.

수색하고, 짐을 검사하고, 신분증명서를 확인했다.

한번은 한밤중에 어디선가 오랫동안 열차가 서 있었는데, 수색하는 사람도 없고 자는 사람을 깨우는 일도 없었다. 좋지 않은 사고가 났나 싶어 유리 안드레예비치는 호기심에 난방화차에서 뛰어내렸다.

칠흑 같은 밤이었다. 열차는 양쪽으로 전나무가 늘어서 있는, 역 구간에 흔히 볼 수 있는 평범한 들판에 뚜렷한 이유도 없이 멈춰 있었다. 유리 안드레예비치보다 조금 먼저 뛰어내려 차량 앞에서 발을 구르던 사람들 말에 따르면, 아무 일도 없는데 기관사가 이 지역이 위험해서 수동차로 미리 레일의 안전을 점검하지 않으면 열차를 운행할 수 없다는 구실로 열차를 세웠다고 했다. 승객 대표들이 기관사를 설득하러 갔고, 필요하다면 돈을 쥐여줄 작정인 듯했다. 들리는 말로는 수병들이 거기에 끼어들어 기관사를 설득하려 한다고 했다.

유리 안드레예비치가 그 설명을 듣는 동안, 증기기관차 화통과 아궁이 재받이에서 타오르는 불꽃이 열차가 서 있는 선로 앞쪽 눈밭을 마치 숨을 토해내듯 타오르는 모닥불 불꽃처럼 환하게 비췄다. 갑자기 그 불꽃의 혀들 가운데 하나가 눈밭과 증기기관차 프레임의 가장자리를 달려가는 몇 개의 검은 그림자를 선명하게 비췄다.

앞에 가는 그림자는 기관사 같았다. 그는 증기기관차 끝 디딤판까지 달려가 훌쩍 뛰어오르더니 완충 바닥을 딛고 넘어 시야에서 사라졌다. 뒤따라가던 수병들도 똑같이 움직였다. 그들도 증기기관차 끝까지 달려가 훌쩍 공중으로 뛰어오르더니 땅속으로 꺼지듯 이내 사라졌다.

그 광경에 이끌린 유리 안드레예비치는 다른 호기심 많은 사람들과 함께 증기기관차 쪽으로 갔다.

열차 앞 선로가 뻗은 탁 트인 그곳에서 그들은 다음과 같은 광경을 보았다. 노반 옆에 새로 쌓인 눈 속에 몸의 반이나 빠진 기관사가 보였다. 몰이꾼들이 짐승을 몰듯 역시 허리까지 눈 속에 빠진 수병들이 그를 반원으로 둘러싸고 있었다.

기관사가 소리쳤다.

"거참 고맙군, 바다제비들*! 별놈의 세상이 다 있네! 당신들의 형제인 노동자를 리볼버를 들고 쫓아온 건가! 나는 열차가 앞으로 더 못 간다고 말했을 뿐인데. 승객 동지들, 증인이 되어주시오. 여기가 어떤 곳인지. 누가 어슬렁거리면서 너트를 푸는지. 내가, 망할 놈의 자식들, 당신들 모두를 위해서지, 나를 위해서 이러는 줄 아슈? 내가 아니라 당신들을 걱정해서란 말이오. 당신들에게 무슨 일 날까봐. 그래, 쏠 테면 쏴, 이 수뢰정水雷艇들! 증인이 되어주시오, 승객 동지들, 여기 보시오, 나는 숨지 않을 테니까."

철둑 위에 모여 있던 군중 속에서 목소리들이 들렸다. 그들은 어리둥절한 채 외쳤다.

"어쨌다는 거야?…… 침착해…… 정말 우리가…… 누가 그런 짓을 하게 두겠어? 저건 그냥…… 겁을 주려는 것뿐이야……"

큰 목소리로 부추기는 사람들도 있었다.

"그렇고말고, 가브릴카! 물러서지 마, 기관사!"

맨 처음 눈 속에서 빠져나온 사람은 머리가 유난히 커서 얼굴이 납작해 보이는 붉은 머리의 거인 같은 수병이었는데, 그는 군중을 둘러

* 고리키의 산문시 「바다제비의 노래」(1901)는 당시 러시아 지식인들 사이에서 혁명가처럼 불렸다.

보면서 보로뉴크처럼 우크라이나 사투리를 쓰는 낮고 굵은 목소리로, 한밤중의 이 예사롭지 않은 상황과는 너무도 어울리지 않아 오히려 우스꽝스러울 만큼 침착한 어조로 말했다.

"죄송합니다만, 왜들 이렇게 모여 있습니까? 찬바람에 감기 걸리지 않게 주의하십시오, 시민 여러분. 추우니까 어서 열차로 돌아가십시오!"

차츰 흩어지기 시작하던 군중이 하나둘 난방화차로 돌아가자, 붉은 머리 수병이 아직도 흥분이 가시지 않은 기관사에게 다가가 말했다.

"히스테리는 그만하면 됐어, 기관사 동지. 구덩이에서 나와. 그만 돌아가자고."

14

다음날 열차는 가벼운 눈보라로 조금 쌓인 눈이 아직 치워지지 않은 철로에서 탈선하지 않도록 주의하며 천천히 달리다가 인적이 전혀 없는 황야에서 멈췄는데, 그제야 그곳이 화재의 잔해만 남은 전에 역이 있던 자리라는 것을 알게 되었다. 새까맣게 그슬린 역 정면에 '니즈니 켈메스'라는 이름이 보였다.

화재의 흔적이 남은 건 역사만이 아니었다. 역사 뒤쪽으로 눈이 덮인 황량한 마을이 보였는데, 분명 이 역과 똑같은 비참한 운명을 겪은 것 같았다.

마을 끝의 한 집은 새까맣게 숯덩이가 되었고, 그 옆집은 통나무 몇 개가 모서리에서 빠져나와 옆에 처박혀 있었고, 거리 곳곳에 썰매의 잔해, 쓰러진 담장, 찢어진 철판, 부서진 살림살이의 잔해가 뒹굴고 있었다. 검댕과 그을음으로 더러워진 눈은 완전히 불타버린 풀밭처럼 새까맣게 탄 것들과 불을 끈 흔적이 보이는 얼어붙은 구정물로 뒤덮여 있었다. 곳곳에 화재와 소화의 흔적이 보였다.

마을이나 역에 사람이 아예 없는 건 아니었다. 살아남은 사람들이 간간이 보였다.

"마을이 전부 불탄 겁니까?" 플랫폼에 뛰어내린 차장이 폐허 뒤에서 나온 역장에게 궁금한 듯 물었다.

"안녕하십니까. 무사히 도착했군요. 불도 불이지만, 상황은 불보다 더 무참했습니다."

"어땠길래요."

"모르는 게 낫습니다."

"설마 스트렐니코프가?"

"바로 그 사람입니다."

"당신들이 무슨 잘못을 했다고요?"

"우리가 아닙니다. 철도와는 관계가 없어요. 이웃 마을 사람들 때문이죠. 우리까지 휘말린 겁니다. 보세요, 저 안쪽에 마을 보이시죠? 저 마을 때문입니다. 우스티-넴딘스카야 면의 니즈니 켈메스 마을. 모두 그들 탓입니다."

"그들이 왜요?"

"글쎄, 적어도 일곱 가지 죽을 죄가 있답니다. 첫번째는 마을에서 빈농위원회를 쫓아낸 것이고, 붉은 군대에게 말을 공급하라는 명령, 그것도 자기네 말장수 수만큼 내놓으라는 명령에 불복한 것이 두번째,

그리고 동원령에 따르지 않았다는 것이 세번째입니다."

"그렇군요, 그렇군요. 이제 알겠습니다. 그 보복으로 포격한 거로군요?"

"그렇습니다."

"장갑차로요?"

"물론입니다."

"참으로 안됐군요. 유감스럽습니다. 하지만 그건 우리가 이러쿵저러쿵할 일이 아닙니다."

"게다가 이미 지난 일이니까요. 당신들이 반길 만한 소식은 전혀 없습니다. 하루나 이틀 밤낮은 여기서 정차해야 할 겁니다."

"농담 마십시오. 나는 여기 있을 수 없습니다. 전선으로 보충 부대를 태우고 가는 중이란 말입니다. 나는 숙박하지 않고 가는 데 익숙해졌습니다."

"농담이라뇨. 저기 쌓인 눈을 보십시오. 이 구간에 일주일이나 눈보라가 몰아쳤어요. 파묻혔습니다. 눈 치울 사람이 없어요. 마을 주민 절반이 달아났습니다. 남은 사람들에게 시켰지만, 해낼 수가 없습니다."

"아, 제기랄! 야단났군, 야단났어! 그럼 이제 어떻게 해야 합니까?"

"어떻게든 눈을 치운 뒤에야 갈 수 있겠죠."

"아주 깊이 쌓였습니까?"

"그렇다고 말할 순 없습니다. 길게 퍼져 있으니까요. 눈보라가 노반 쪽으로 비스듬히 휘몰아쳤거든요. 가장 힘든 건 중간 지점입니다. 3킬로미터쯤 움푹 꺼진 지대죠. 그곳이 정말 힘들 겁니다. 완전히 눈에 파묻혔지요. 거기만 지나면 괜찮습니다, 타이가라 숲이 막아줬거든요.

움푹 꺼진 지대도 탁 트인 곳이라 아주 끔찍하진 않습니다. 바람에 눈이 날린 겁니다."

"아, 제기랄. 이상한 일도 다 있군! 나는 모두가 도와주기만 한다면, 어떻게든 열차를 움직여보겠습니다."

"나도 그렇게 생각했습니다."

"수병과 적군은 놔두죠. 노동 부대가 많이 있습니다. 일반 승객과 합치면 칠백 명쯤 됩니다."

"그렇다면 충분합니다. 삽만 있으면 되는데, 그건 우리가 구해보겠습니다. 삽이 부족하거든요. 이웃 마을로 구하러 갔습니다. 어떻게든 구해 올 겁니다."

"야단났군, 맙소사! 할 수 있겠습니까?"

"그럼요. 군사가 많으면 도시도 빼앗을 수 있나고 하지 않습니까. 철도입니다. 동맥입니다. 자비를 빌어야죠."

15

선로의 눈을 치우는 데는 꼬박 사흘이 걸렸다. 지바고 가족은 뉴샤까지 포함해 모두가 작업에 적극적으로 참가했다. 이번 여행에서 가장 좋은 시간이었다.

이 고장에는 뭔가 폐쇄적이고 신비로운 느낌이 있었다. 푸시킨이 그린 푸가초프의 반란*적인 것, 악사코프**가 그린 아시아적인 미개함이 있었다.

이 벽지의 신비로움을 더한 것은 얼마 남지 않은 주민들이 보인 황폐함과 비밀주의였는데, 그들은 두려움에 떨었고, 열차 승객을 멀리했으며, 밀고가 두려운 듯 서로 소통하지 않고 경계했다.

작업에는 모든 승객이 동시에 참가한 것이 아니라 부류별로 동원되었다. 작업 구역에는 호송병이 배치되어 감시했다.

선로의 눈은 여러 장소에 배치된 작업 그룹에 의해 동시에 치워졌다. 제설된 각 구간 사이에는 마지막까지 눈을 쌓아두어 각 그룹과의 경계로 삼았다. 쌓아둔 이 눈은 치워야 할 구역의 작업이 모두 완료된 뒤 마지막에 치워졌다.

맑고 추운 날이 계속되었다. 온종일 바깥에 있다가 잠을 잘 때만 차량으로 돌아갔다. 삽은 모자라고 사람은 많아 교대하는 시간이 짧았기 때문에 피곤하지 않았다. 피곤함이 없는 노동은 만족감만을 주었다.

지바고 가족이 작업하러 나간 곳은 시야가 탁 트인 그림 같은 곳이었다. 그 지점의 지형은 처음에는 노반이 동쪽으로 내려가다가 이윽고 멀리 지평선까지 물결치는 모양으로 올라갔다.

그 구릉에 사방에서 다 보이는 집 한 채가 을씨년스럽게 서 있었다. 여름에는 나무가 우거진 뜰이 집을 에워쌀 테지만, 지금 그 집을 가려주는 것은 서리가 앉은 시들고 앙상한 나뭇가지들뿐이었다.

눈 이불은 모든 것을 판판하고 둥글게 만들었다. 그러나 울퉁불퉁한

---

* 1773~1775년 푸가초프의 지도 아래 토지와 자유를 쟁취하기 위해 카자크와 농민들이 일으킨 반란. 푸시킨은 소설 「대위의 딸」(1836)에서 이때를 그렸다.

** 세르게이 악사코프(1791~1859)는 『가족 연대기』(1856) 등의 소설에서 사냥꾼의 생활, 초원생활 등을 그렸다.

비탈을 보면, 그 고르지 않은 표면을 다 감출 여력은 없었던 듯했고, 개울은 부풋한 이불을 머리까지 덮은 아이처럼 깊은 눈에 파묻혀 있었지만 분명 봄이 되면 구불구불한 골짜기를 타고 철둑 아래 육교의 파이프로 흘러내릴 것이었다.

저 집에 누군가 살고 있을까, 아니면 집이 비고 파괴되어 면이나 군 토지위원회에 접수됐을까? 전에 저 집에 살았던 사람들은 어디로 가고 어떻게 되었을까? 외국으로 피했을까? 농민들 손에 살해됐을까? 아니면 과거의 선행 덕분에 이 지역에서 교육받은 전문가로 일자리를 얻게 됐을까? 최근까지 여기에 있었다면, 스트렐니코프가 그들을 가만두었을까, 아니면 쿨라크*들과 함께 제재를 받았을까?

그 집은 호기심을 불러일으키며 슬프게 침묵을 지키고 있었다. 그러나 그때는 아무도 그런 질문을 하지 않았고, 아무도 그런 질문에 대답하지 못했다. 태양빛이 새하얀 눈 표면을 비추고, 반사된 새하얀 빛에 눈이 멀 것 같았다. 삽은 얼마나 정확하게 눈 표면을 잘라내는지! 잘린 눈은 다이아몬드 같은 건조한 빛을 얼마나 찬란하게 흩뿌려놓는지! 그리고 얼마나 어린 시절을 생각나게 하는지, 그 무렵 어린 유라는 몰로 테두리를 장식한 바실리크를 쓰고, 안쪽에 검은 공이 소용돌이치는 것처럼 곱슬거리는 양털이 덧대지고 후크가 단단히 달린 양가죽 외투를 입고 마당으로 나가, 지금과 똑같이 눈부시도록 반짝이는 눈을 뭉쳐 피라미드며 큐브, 크림케이크, 요새, 지하도시를 만들었다! 아, 세상은 얼마나 살기 좋았는가, 주위의 모든 것은 또 얼마나 멋지고 맛있었는가!

---

* 제정러시아 정부 말기에 체제의 지주(支柱)로서 육성한 새로운 부농 계층. 사유재산 금지 정책으로 점차 몰락하다 스탈린 시절 사라졌다.

사흘 동안의 바깥 생활 역시 포만감을 주었다. 거기에는 이유가 있었다. 저녁이 되면, 일을 한 사람들에게 체에 친 밀가루로 막 구운 신선하고 뜨거운 빵이 배급됐던 것이다. 그것을 어디서 무슨 명목으로 가져오는지는 알 수 없었다. 빵은 먹음직스러운 윤기가 흘렀고, 바삭하게 구워낸 바닥 표면에는 반죽에 불씨가 날리면서 함께 구워진 작은 숯 부스러기가 박혀 있었다.

16

눈 덮인 산에 오르다가 잠시 시간을 보낸 산장에 미련을 갖듯, 사람들은 불에 타 폐허가 된 그 역에 애정을 느꼈다. 그것의 위치, 건물 외관, 일부 파괴된 곳의 특징이 기억에 아로새겨졌다.

역으로 돌아오는 시간은 땅거미가 깔리는 저녁이었다. 해는 과거에 충실하려는 듯 언제나 같은 장소로, 전신기사의 당직실 창가에서 자라는 늙은 자작나무 뒤로 넘어갔다.

그곳 외벽은 안으로 무너져 잔해가 방을 가득 메우고 있었다. 그러나 방 뒤쪽, 창문을 마주보는 한 구석은 온전했다. 모든 것이 그대로 남아 있었다. 커피색 벽지, 쇠사슬 달린 구리 뚜껑과 배기구에 타일을 붙인 난로, 벽에 붙은 검은 프레임이 둘러진 철도 비품 목록표.

불행을 당하기 전과 조금도 다름없다는 듯이 태양은 지평선 너머로 사라지고, 석양은 난로의 타일까지 뻗쳐 커피색 벽지에 갈색 불을 피우고, 자작나무 가지 그림자를 여자의 숄처럼 벽에 드리웠다.

건물의 다른 부분에 있는 진료실은 문에 못이 박혀 폐쇄되어 있었는데, 아마 2월 혁명 초기 또는 그 직전에 붙였을 다음과 같은 안내문이 붙어 있었다.

'의약품 및 붕대 재료에 대해 환자 여러분은 조금도 우려하지 말기 바람. 명확한 이유에 따라 이 문은 폐쇄되며, 이와 같이 공표함. 우스티-넴다 지구, 주임 군의관 아무개.'

제설하며 각 구역 사이에 남겨놓았던 마지막 눈더미를 치우자 선로 전체가 내다보이고, 화살처럼 멀리 날아가는 듯한 가지런한 선로도 눈에 들어왔다. 선로 양쪽에 치운 눈이 흰 산을 이루며 이어지고, 이것은 검은 침엽수가 만든 두 벽으로 테두리가 둘려져 있었다.

시야가 미치는 선로 위 곳곳에 삽을 든 사람들 무리가 보였다. 그들은 그제야 비로소 모두가 모인 가운데 서로를 보고 그 수가 많은 데 놀랐다.

17

시간이 늦어 한밤이 가까웠는데도, 몇 시간 후 열차가 출발한다는 소식이 알려졌다. 유리 안드레예비치와 안토니나 알렉산드로브나는 열차가 떠나기 전 눈이 치워진 선로의 아름다운 정경을 마지막으로 즐기기 위해 차량에서 내렸다. 노반에는 이미 아무도 없었다. 닥터와 그의 아내는 발을 멈추고 잠시 먼 저편을 바라보며 감상을 나누고는 난방화차로 돌아왔다.

돌아오는 길에 그들은 서로 욕지거리를 하는 두 여자의 앙칼지고 거친 목소리를 들었다. 오그리즈코바와 탸구노바의 목소리라는 것을 그들은 이내 알았다. 여자들은 닥터 부부와 같은 방향, 즉 기차의 머리에서 꼬리 쪽을 향해 걷고 있었지만 기차를 사이에 두고 여자들은 역에 면한 쪽에서, 유리 안드레예비치와 안토니나 알렉산드로브나는 뒤편에 숲이 있는 쪽에서 걷고 있었다. 두 쌍 사이에는 서로를 가로막는 길게 이어진 차량의 벽이 뻗어 있었다. 여자들은 닥터와 안토니나 알렉산드로브나와 나란히 가는 일은 결코 없이 언제나 그들보다 앞서거나 뒤서거나 했다.

두 여자는 상당히 흥분해 있었다. 순간순간 목소리의 기세가 변했다. 아마 걸으면서 눈밭에 엎어지거나 다리가 휘청거리는 것 같았는데, 목소리로 판단하건대, 고르지 않은 걸음걸이 때문에 목소리가 고함처럼 갑자기 높아지기도 하고 속삭이는 것처럼 낮아지기도 하는 것이었다. 분명 탸구노바가 오그리즈코바를 쫓아가면서 붙들면 주먹을 휘두르는 것 같았다. 그녀는 연적에게 차마 입에 담지 못할 욕설을 마구 퍼부었는데, 잘난 척하는 위세 당당한 여자의 선율적인 목소리에 실려 나오는 욕지거리는 거칠고 음악과는 거리가 먼 남자들의 욕지거리보다 백배는 더 추악하게 들렸다.

"아이고 이 매춘부, 이 갈보년아." 탸구노바가 소리쳤다. "여긴 너 같은 년이 다닐 데가 아니야, 어디서 감히 치맛자락 질질 끌면서 눈깔을 굴려? 개 같은 년, 내 서방으로도 모자라서 그런 어린애한테까지 달라붙어 아이를 망치려고 꼬리를 치냐."

"그래, 바센카*가 네년 서방이라도 되나보지?"

"서방인지 아닌지 증거를 보여주마. 입 닥쳐, 이 염병할 년아! 내 손에 잡히면 너는 살아서 못 돌아갈 거다, 죄짓게 놔두지 않아!"

"놔, 놔, 못 놔! 손 놓으라고, 이 미친년아! 대체 나한테 원하는 게 뭐야?"

"네년이 뒈지는 거지, 사내한테 환장한 서캐 같은 년, 냄새나는 암캐, 뻔뻔스러운 암고양이!"

"그래 나에 대해서는 할말 없어. 맞아, 나는 암캐에 암고양이야, 모두가 다 알지. 그러는 너는 참도 귀한 신분이구나. 시궁창에서 태어나 하수구 바닥에서 식을 올리고 쥐새끼를 배어 고슴도치를 낳은 주제에…… 사람 살려, 사람 살려, 누구 없어요! 아, 악마 같은 년이 사람 죽여요. 아, 누가 이 처녀 좀 살려줘요, 이 고아를 도와줘요……"

"얼른 가자. 더는 못 듣겠어. 구역질나." 안토니나 알렉산드로브나는 남편을 재촉했다. "좋게 끝나지는 않겠어."

18

지형이며 날씨며 갑자기 모든 것이 바뀌었다. 평원이 끝나고 열차는 산악지대—언덕과 기복이 심한 산간을 달렸다. 그즈음 계속 불었던 북풍은 멎었다. 남쪽에서 난로의 온기처럼 훈훈한 기운이 올라오기 시작했다.

---

* 바샤의 애칭.

숲은 산비탈에 층을 이루고 있었다. 철도의 노반이 숲을 가로지를 때 열차는 처음에는 급경사를 올라가야 했지만, 중간쯤부터는 완만한 내리막이었다. 열차는 숨을 헐떡이는 것처럼 숲속으로 기어들어갔다가 느릿느릿 겨우 빠져나왔는데, 그것은 마치 주위를 둘러보며 모든 것에 대해 감상을 나누는 승객들 앞에서 걸어가며 안내하는 늙은 산지기 같았다.

아직은 볼만한 것이 아무것도 없었다. 숲속 깊은 곳에는 겨울처럼 잠과 평온이 있었다. 어쩌다가 약간의 관목들과 수풀에서 바스락거리는 소리가 들리며 목걸이나 단추를 푼 옷깃에서 미끄러져 내리듯 아래쪽 큰 가지가 잔설을 털어낼 뿐이었다.

졸음이 유리 안드레예비치를 덮쳤다. 지난 며칠 동안 그는 상단 침상에 내내 누워 잠에 빠졌다가 깨어나서는 생각에 잠긴 채 주위의 소리에 귀를 기울이곤 했다. 그러나 아직은 귀를 기울일 만한 것이 아무것도 없었다.

19

유리 안드레예비치가 실컷 자는 동안, 봄은 그가 떠나던 날 모스크바에서 내리기 시작해 오는 동안에도 줄곧 내렸던 눈, 우스티-넴다에서 사흘 밤낮으로 치웠던 눈, 그리고 천 베르스타에 걸친 지역에 끝도 없이 층을 이루면서 두껍게 쌓였던 눈을 모조리 녹이려 하고 있었다.

처음에 눈은 작은 소리를 내며 속에서부터 비밀스레 녹기 시작했다.

이 영웅적인 작업이 반쯤 진행되자 더이상 숨길 수 없게 되었다. 기적이 드러났다. 살짝 움직인 눈의 덮개 밑으로 물이 콸콸 흐르기 시작했다. 통행할 수 없었던 숲속 덤불이 푸드덕거렸다. 그 안에 있던 모든 것이 잠에서 깨어났다.

물은 어디로든 갈 수 있었다. 낭떠러지에서 뛰어내려 못을 가득 채운 뒤 사방으로 넘쳐흘렀다. 이윽고 숲은 둔탁한 울림, 수증기, 찌르는 냄새로 가득했다. 많은 물줄기가 뱀처럼 기어가 앞을 가로막는 눈을 파고든 뒤 평탄한 곳으로 요란스럽게 헤치며 흘러가 물보라를 뿌리며 흩어졌다. 대지는 더이상 물을 받아들이지 않았다. 그러자 늙은 전나무들이 어지러울 만큼 높이, 거의 구름 높이까지 물을 빨아올렸고, 밑동 주위에는 입가에 묻은 맥주 거품 같은 뽀얀 갈색 거품이 둘러쳐졌다.

봄기운에 취해 어지러운 하늘은 몽롱한 얼굴을 구름으로 덮고 있었다. 펠트 같은 먹구름이 옷자락을 낮게 늘어뜨리며 숲의 상공을 흘러가자, 흙냄새와 땀냄새가 물씬한 따뜻한 소나기가 비구름을 뚫고 세차게 떨어져 검은 얼음 갑옷을 입은 마지막 눈덩이를 씻어내려갔다.

잠에서 깬 유리 안드레예비치는 창틀을 뺀 네모난 창문 쪽으로 몸을 끌어 팔꿈치를 괴고 그 소리에 귀를 기울였다.

20

광산 지대에 가까워질수록 주민이 많았고, 역 구간도 짧아지며 열차가 자주 섰다. 타고 내리는 승객이 적지 않았다. 대부분은 열차에 탔다가 중간의 작은 역에서 내렸다. 더 짧은 거리를 가는 사람들은 오래 앉거나 침상에 눕지 않고 밤중에도 난방화차 한가운데 문가에 불편하게 자리를 잡고는 그들만 아는 그 고장 이야기를 수군거리다가 다음 교차역이나 간이역에서 내렸다.

그 사흘 동안 타고 내린 현지의 승객들에게 들은 이야기를 통해 유리 안드레예비치는, 북쪽에서는 백군이 우세해 유랴틴을 이미 점령했거나 점령하기 직전이라는 결론을 얻었다. 또한 그가 잘못 들었거나 동명이인이 아니라면, 그 지역의 백군을 지휘하고 있는 사람은 유리 안드레예비치가 잘 아는, 멜류제예보의 야전병원에서 동료로 함께 일했던 갈리울린인 것 같았다.

유리 안드레예비치는 그 소문이 사실로 확인되기 전까지는 쓸데없이 가족을 걱정시키고 싶지 않았기 때문에 아무에게도 말하지 않았다.

21

밤이 깊을 무렵 유리 안드레예비치는 어렴풋이 밀려드는 행복감에 젖어 잠에서 깼다. 잠을 깰 만큼 강한 느낌이었다. 열차는 야간의 어느 역에 멈춰 있었다. 역은 백야의 유리 같은 어스름에 잠겨 있었다. 그 밝은 어둠은 뭔가 섬세하고 강력한 것으로 채워져 있었다. 그것은 이곳이 광활하고 탁 트여 있다는 증거였다. 또한 이 대피역이 멀리 지평선까지 훤히 보이는 드넓은 고지에 자리잡고 있다는 것을 알려주고 있었다.

목소리를 낮춰 이야기하면서 그림자들이 플랫폼을 따라 차량 옆을 소리를 죽여 걸어 지나갔다. 이 또한 유리 안드레예비치에게 감동을 주었다. 그는 그들의 신중한 걸음걸이와 조심스러운 목소리에서, 전쟁 전 옛날에 그랬듯이, 한밤이라는 시간과 열차에서 잠든 승객들에 대한 배려를 느꼈다.

닥터가 착각한 것이었다. 그 플랫폼에서도 다른 역들이나 마찬가지로 시끄러운 고함소리가 들리고 장화 소리가 높이 울리고 있었다. 그러나 근처에 폭포가 있었다. 그것에서 뿜어져나온 신선하고 자유로운 숨결이 백야의 경계를 넓히고 있었다. 그것이 꿈속에서 닥터에게 행복감을 느끼게 했던 것이었다. 잠시도 끊이지 않고 들리는 폭포 소리가 역의 모든 소리를 뒤덮어서 정적에 휩싸인 듯한 착각을 일으키고 있었다.

폭포가 있다는 것을 모르고 이곳 공기가 품은 알 수 없는 난성에 취해 닥터는 다시 깊은 잠에 빠졌다.

난방화차 안 하단에서 두 사람이 이야기를 나누고 있었다. 한 사람이 다른 사람에게 물었다.

"어때, 그 녀석들은 잠잠해졌나? 꼬리 내린 건가?"

"상인들 말이야?"

"그래, 곡물장수들."

"잠잠해졌지. 꼭 비단처럼. 본보기로 몇 놈 죽여버리자, 나머지는 조용해졌어. 그들은 군세軍稅를 걷어 갔어."

"이 고장에서 얼마나?"

"4만이야."

"거짓말!"

"내가 왜 거짓말을 해?"

"4만이라니, 새발의 피잖아!"

"4만 푸드*라고."

"오, 그렇다면 대단한데, 잘했어! 잘한 거야!"

"잘 빻은 밀가루로 4만 푸드야."

"하긴 놀랄 것도 없지. 여기서 나는 건 일등품이야. 곡물 거래 중심지거든. 여기서 린바강을 따라 유랴틴까지 거슬러올라가면 이 마을 저 마을에 나루터와 곡물 창고가 있어. 셰르스토비토프 형제, 페레캇치코프 부자, 도매상 중의 도매상 아닌가!"

"목소리가 커. 사람들 깨겠어."

"알았어."

이야기하던 남자가 하품을 했다. 상대방이 제안했다.

"눈 좀 붙이는 게 어때? 슬슬 출발할 것 같은데."

그때 뒤쪽에서 갑자기 귀청이 터질 것 같은 굉음이 순식간에 커지며 폭포 소리를 덮어버렸는데, 구식 급행열차가 포효하듯 기적을 울리며 대피중인 수송열차 옆을 스쳐 대피선 2선로를 전속력으로 달려 마지막으로 미등을 깜박이더니 앞쪽으로 사라졌다.

밑에서 다시 대화가 시작되었다.

"아, 또 휴식이군. 한참 기다려야겠군."

"금방은 아니겠지."

"스트렐니코프일 거야. 특별 임무를 띤 장갑열차."

---

* 러시아의 무게 단위로, 1푸드는 16.38킬로그램.

"그렇겠지."

"반혁명에 대해서 그는 마치 짐승 같아."

"갈레예프를 쫓는 거야."

"그게 누군데?"

"갈레예프 대장. 그가 체코군과 함께 유랴틴을 봉쇄하고 있다고 하던데. 그가 나루터를 점령해 장악하고 있다는 거야. 갈레예프 대장. 그는 못 당해. 대장 갈레예프란 말이야."

"혹시 그가 갈릴레예프 공작인가. 잊어버렸지만."

"그런 공작은 있지도 않아. 알리 쿠르반 말인가. 네가 헷갈린 거야."

"쿠르반일지도 모르지."

"그럼 얘기가 달라지지."

22

유리 안드레예비치는 새벽녘에 다시 잠을 깼다. 그는 또다시 기분좋은 꿈을 꾸었다. 그를 채웠던 행복감과 해방감은 아직 그대로였다. 열차는 또 멈춰 있었다. 새로운 역일까, 아니면 아까 그 역일까. 다시 폭포 소리가 들려왔고, 분명 아까 그 폭포겠지만 어쩌면 다른 폭포일지도 모른다.

유리 안드레예비치는 곧 다시 잠이 들었고, 잠결에 사람들이 소란을 피우며 뛰어다니는 발소리를 들었다. 코스토예트가 호송대장과 싸우면서 서로 소리를 질러대고 있었다. 바깥은 아까보다 한결 더 좋았다.

전에 없던 새로운 기운이 감돌고 있었다. 마법 같기도 하고 봄기운 같기도 한, 거뭇하게 하얗고, 가냘프고 성기고, 축축하게 녹은 눈송이가 대지에 떨어져도 대지를 하얗게 물들이지 않고 더욱 검게 만드는 5월의 눈보라 같은 무엇이었다. 투명하고, 거뭇하게 하얗고, 좋은 냄새가 풍겼다. '귀룽나무다!' 유리 안드레예비치는 잠결에 짐작했다.

23

아침에 안토니나 알렉산드로브나가 말했다.

"당신한테 정말 놀랐어, 유라. 당신은 완전히 모순덩어리 같아. 파리 한 마리만 날아다녀도 깨서 아침까지 눈을 붙이지 못하는 사람이 떠들고 싸워대는 난리통에 아침까지 깨지도 않고 깊이 자다니 말이야. 밤중에 계산원 프리툴리예프와 바샤 브리킨이 달아났대. 그래, 생각 좀 해봐! 탸구노바와 오그리즈코바도 달아났어. 잠깐, 그게 다가 아닌데. 그래, 보로뉴크도. 맞아, 맞아, 달아났어, 달아났다고. 그래, 생각해보라니까. 얘길 들어봐. 그들이 어떻게 달아났는지는, 같이 갔는지 따로따로 갔는지, 누가 먼저 갔는지는 완전히 수수께끼야. 보로뉴크는 아마도 다른 사람들의 탈주가 드러나면 책임을 피할 수 없을 테니까 달아난 걸 거야. 그럼 나머지 사람들은? 모두 자신의 의지대로 사라졌을까, 아니면 누군가가 시켰을까? 이를테면, 여자들이 수상해. 하지만 탸구노바가 오그리즈코바를 죽였을지, 오그리즈코바가 탸구노바를 죽였을지, 그건 아무도 몰라. 호송대장은 열차 끝에서 끝으로 달려가며 소리쳤어. '절대 출발시키면 안 돼. 탈주자들을 체포할 때까지 법의 이름으로 호송열차의 정차를 명한다.' 그런데 차장도 지지 않고 말했어. '당신 미쳤군. 나는 전선에 보충 부대를 호송해야 하고, 그건 가장 우선하는 긴급 임무야. 당신들 그 형편없는 부대를 어떻게 기다려! 대체 무슨 말을 하는 거야!' 그러고는 둘이서, 알겠지만, 코스토예트를 비난했어. 협동조합주의자, 분별력 있는 그 사람이 무지하고 지각도 없는 호송병이 파멸적인 걸음을 내딛는 걸 바로 옆에 있으면서도 막지 못했다고. '당신은 아직 나로드니크*잖아' 하면서. 그래, 물론 코스토예트에게 그런 의무는 없어. 그는 이렇게 말했어. '거 재미있군! 그래서, 당신은 죄수인 내가 호송병을 감시했어야 한다고 말하는 건가? 암탉에게 수탉처럼 울라는 얘기로군.' 나는 소리치며 당신을 흔들어 깨웠어. '유라, 일어나봐, 날아났어!' 세상에! 대포 소리에도 깰 것 같지 않더라고…… 그런데 잠깐, 나중에 이야기할게. 지금은…… 못하겠어!…… 아빠, 유라, 저기 봐요, 정말 아름다워요!"

그들이 누운 채 고개를 들고 내다본 창밖에는, 봄의 눈석임물로 넘쳐나는 대지가 사방으로 끝도 없이 펼쳐져 있었다. 어디선가 강물이 넘쳐 그 한 지류가 철둑 근처에 다다랐다. 상단 침상에서는 시야가 좁아, 마치 열차가 물위를 미끄러져가고 있는 것 같았다.

그 매끄러운 수면 극히 일부에 철분을 함유한 푸른 막이 덮여 있었다. 나머지 표면은 마치 요리사가 기름에 담근 깃털로 따끈한 피로크 껍질에 기름을 칠한 듯 뜨거운 아침햇살이 거울처럼 번들번들한 얼룩

* 19세기 후반 러시아에서 지식인을 중심으로 일어난 농본주의적 사회주의 운동가들을 말하며, 보통 인민주의파로 번역된다.

을 만들고 있었다.

광막한 이 범람 속에 풀밭과 구덩이와 관목 수풀과 함께, 기둥 모양의 흰구름이 말뚝처럼 물에 잠겨 있었다.

그곳 한가운데, 하늘과 땅 사이에 위아래로 한 쌍의 나무들이 좁은 띠 모양으로 서 있는 곳이 보였다.

"오리다! 새끼오리들이야!" 알렉산드르 알렉산드로비치가 그쪽을 바라보며 소리쳤다.

"어디요?"

"섬 옆에. 거기 말고. 오른쪽, 더 오른쪽. 앗, 날아가버렸어, 놀란 모양이야."

"아, 보이네요. 드릴 말씀이 좀 있습니다, 알렉산드르 알렉산드로비치. 나중에 하죠. 그건 그렇고, 노동 부대 사람들과 그 여자들은 잘도 달아났네요. 저는 그들이 누구에게도 해를 입히지 않고 평화적으로, 물 흐르듯 달아났다고 생각합니다."

24

북국의 백야도 끝나가고 있었다. 모든 것이 보였지만, 산도 숲도 낭떠러지도 어떻게 만들어졌는지 스스로 믿지 않는 것처럼 서 있었다.

숲은 이제 막 초록을 띠기 시작했다. 귀룽나무 몇 그루가 꽃을 피웠다. 숲은 산의 깎아지른 절벽 아래, 그리 넓지 않은 곳에 있었다.

폭포가 가까이에 있었다. 숲은 어디서나 보이지는 않고 숲 맞은편

낭떠러지 끝에서만 보였다. 바샤는 공포와 황홀을 맛보고 싶어 폭포에 다녀오느라 지쳐버렸다.

그 주변에 폭포와 견줄 만한 것은 아무것도 없었다. 그 유일무이함이 무서운 것이었고, 그것은 폭포를 생명과 의식을 부여받은 어떤 존재, 이 고장에서 공물을 거두고 일대를 황폐하게 만든 옛날이야기 속 용이나 이무기로 바꿔놓았다.

폭포는 절반쯤 낙하한 높이에 튀어나온 바위의 이빨에 부딪혀 둘로 갈라져 있었다. 위쪽의 물기둥은 거의 움직임이 없었지만, 아래쪽 두 갈래의 물기둥은 좌우로 미세한 움직임이 한시도 멈추지 않았고 마치 폭포가 끊임없이 미끄러져 비틀거리다 몸을 바로세우고, 다시 미끄러져 비틀거리다 몸을 바로세우는 것처럼, 아무리 흔들려도 줄곧 두 발로 버티고 서 있는 것 같았다.

바샤는 숲의 풀밭에 양피 외투를 깔고 누웠다. 새벽이 한결 뚜렷해졌을 때, 묵직한 날개가 달린 커다란 새가 산 위에서 날아내려와 숲 주위를 천천히 맴돌다가 바샤가 누운 곳 옆에 있는 전나무 꼭대기에 앉았다. 그는 고개를 들어 유럽파랑새의 푸른 목과 청회색 가슴을 보고 매료되어 자기도 모르게 속삭였다. "론자"—우랄에서 그 새를 부르는 이름이었다. 이윽고 그는 일어나 바닥에서 양피 외투를 집어들어 걸친 뒤, 숲의 풀밭을 가로질러 동행에게 다가갔다. 그가 말했다.

"가요, 아주머니. 꽁꽁 얼었군요, 이가 부딪치잖아요. 그런데 뭘 그렇게 보세요, 겁먹은 거예요? 나는 인간의 언어로 말하고 있잖아요—가야 한다고요. 우린 상황을 알아야 해요, 마을에 도착할 때까지 버텨야 한다고요. 마을에 가면 똑같은 사람들끼리는 해치지 않고 숨겨줄 거예요. 이렇게 있다가는 이틀 동안 아무것도 못 먹고 굶어죽게 될 거예요. 보로뉴크 아저씨가 이런 소동을 일으켰으니 틀림없이 추격대가 올 거예요. 도망쳐야 해요, 팔라샤 아주머니, 떠나야 한다고요. 아주머니가 꼬박 이틀이나 말 한마디 하지 않는 건 나에게도 아주머니에게도 불행한 일이에요! 분명 슬퍼서 그렇겠지만. 그런데 왜 그렇게 슬퍼해요? 아주머니는 카탸 아주머니, 카탸 오그리즈코바를 일부러 열차에서 민 게 아니었어요, 그냥 옆구리에 손만 댔을 뿐이잖아요, 내가 다 봤어요. 그녀는 곧 풀밭에서 멀쩡하게 일어났고, 달려갔어요. 그리고 프로호르 아저씨, 프로호르 하리토노비치도요. 그들은 우리를 따라잡을 거고, 그럼 모두 함께하게 될 거예요, 뭘 그렇게 생각하세요? 중요한 건—걱정을 떨치면, 다시 말도 나올 거라는 거예요."

타구노바는 땅바닥에서 몸을 일으켜 바샤에게 한 손을 내밀고는 나직이 말했다.

"그래 가자, 얘야."

25

열차는 차체 전체를 삐걱거리면서 높은 둑을 따라 산속으로 들어갔다. 둑 아래쪽에 어린 잡목들이 자라고 있었는데, 둔덕까지 키가 미치지는 않았다. 아래로는 최근에 물이 빠진 풀밭이 있었다. 모래 섞인 풀밭은 이리저리 아무렇게나 놓인 침목용 통나무들로 뒤덮여 있었다. 아마 어딘가 가까운 벌채지에서 물에 떠내려 보내려고 했던 것인데 눈이 녹으며 범람한 물에 휩쓸려 여기까지 떠내려온 것 같았다.

둑 아래 어린 나무들은 겨울처럼 아직 거의 벌거벗고 있었다. 다만 어린 나무들 위로 촛농처럼 떨어진 싹눈만이 무질서하고 쓸모없는 뭔가를, 오물이나 부스럼 같은 것을 만들어내 품고 있었는데, 이 쓸모없고 무질서한 것이 바로 생명이었고, 그것이 숲속에서 맨 처음 눈을 내민 나무들을 초록 불꽃으로 감싸고 있었다.

곳곳에 순교자처럼 서 있는 자작나무들에는 쌍떡잎의 새싹이 가시나 화살처럼 꽂혀 있었다. 그것들이 어떤 냄새를 풍기는지는 눈으로 보아도 알 수 있었다. 자작나무들은 반짝이는 그것과 똑같은 냄새를 풍겼다. 바니시를 만드는 메틸알코올* 냄새였다.

선로는 곧 물에 떠밀려온 통나무가 쌓여 있는 곳과 같은 높이가 되었다. 숲의 굽이를 돌자 나무를 베어낸 빈터가 보였는데, 나무 부스러기와 조각이 사방에 흩어져 있고, 한복판에 3사젠** 길이로 자른 장작더미가 있었다. 기관사는 이 벌채지 옆에서 제동기를 걸어 열차를 세웠다. 열차는 부르르 떨더니 커다란 활을 그리며 허리 쪽을 구부린 채 멈췄다.

증기기관차에서 짧게 짖는 것 같은 기적이 몇 번 울리고, 사람들이 외치는 소리가 들렸다. 승객들은 그 신호를 듣지 않고도 기관사가 연료를 보급하기 위해 열차를 멈췄다는 것을 알았다.

난방화차의 문이 양옆으로 열렸다. 소도시의 인구는 됨직한 승객들이 한꺼번에 노반으로 쏟아져나왔다. 물론 앞쪽 차량에 탄 동원병들은

---

* 목재에서 추출하여 목정(木精)이라고도 불린다.

** 러시아의 길이 단위로, 1사젠은 2.13미터.

제외되었는데, 긴급 작업에서 그들은 늘 예외였고, 이번에도 작업에 참가하지 않았다.

숲속 빈터에 있는 짧은 장작들만으로는 탄수차炭水車를 채우기에 부족했다. 긴 통나무를 잘라 부족분을 채워야 했다.

기관차 비품실에는 언제나 톱이 구비되어 있었다. 두 사람이 한 조가 되고 희망자들에게 톱이 지급되었다. 교수와 그의 사위도 톱을 받았다.

군인들이 탄 난방화차의 열린 문에서 명랑한 얼굴들이 고개를 내밀었다. 아직 전쟁터를 경험하지 못한 미성년자와 항해航海학교 상급생들이 아무래도 무슨 착오로 기혼 노동자들 차량에 탄 것 같았는데, 이 노동자들도 화약 냄새 같은 건 맡아본 적 없고, 간신히 군사훈련만 마치고 동원된 자들이었다. 그들은 일부러 시끄럽게 떠들고 나이가 많은 수병들과 어울리며 장난을 쳤는데, 그것은 생각을 하지 않기 위해서였다. 모두가 시련의 시간이 가까워졌음을 느끼고 있었다.

익살꾼들이 톱질을 하는 남녀들을 따라가며 농담을 해댔다.

“어이, 영감! 나는 아직 젖먹이야—엄마 젖을 못 뗐어, 그래서 노동할 힘이 없어.” “어이, 마브라! 톱으로 치맛자락 자를라, 감기 걸린다.” “이봐, 젊은 색시! 숲에 가지 말고 나한테 시집이나 오지 그래.”

26

숲에는 말뚝을 열십자로 묶어 땅속에 박은 삼각대가 몇 개 있었다.

그중 어떤 것들은 비어 있었다. 유리 안드레예비치와 알렉산드르 알렉산드로비치는 거기에 통나무를 얹어 톱질하기로 했다.

반년 전 대지가 눈에 묻혀버렸을 때의 상태를 그대로 드러내는 봄이었다. 숲은 습기가 가득하고 온통 작년의 낙엽들로 뒤덮여 마치 수년 동안 영수증이나 편지, 통지서 같은 것을 잘게 찢어두고 아직 치우지 못한 방 같았다.

"그렇게 급하게 하시면 지칩니다." 닥터는 알렉산드르 알렉산드로비치에게 톱을 좀더 느리고 규칙적으로 켜야 한다고 조언하고, 잠시 쉬자고 했다.

앞뒤로 왔다갔다하는 톱질 소리가 잘 맞기도 하고 안 맞기도 하면서 숲 전체에 메아리쳤다. 어딘가 멀리서 꾀꼬리가 먼저 목청을 가다듬었다. 그다음 그보다 더 긴 사이를 두고, 마치 먼지 낀 플루트를 부는 듯한 소리로 검은 개똥지빠귀가 울었다. 증기기관차 배기 밸브에서 새어 나오는 증기마저 아이 방의 알코올램프 위에서 끓는 우유처럼 지글지글 노래하는 듯한 소리를 내며 하늘로 올라갔다.

"자네 무슨 할 얘기가 있다고 하지 않았나." 알렉산드르 알렉산드로비치가 상기시켰다. "잊은 건가? 자네가 그랬어. 아까 우리가 범람한 곳을 지나올 때 오리들이 날아가는 것을 보고 생각난 듯 '드릴 말씀이 좀 있습니다'라고."

"아, 그랬죠. 그런데 간단히 말씀드릴 수 있을지 모르겠습니다. 아시겠지만, 우리는 점점 더 깊이 들어가고 있습니다…… 이 지방은 어디서나 동요가 있습니다. 곧 도착할 겁니다. 목적지에 닿았을 때 우리가 무엇을 발견하게 될지 전혀 알 수 없는 상황이죠. 만일을 대비해 의

논해야겠다고 생각했어요. 저는 신념에 대해 말하는 게 아닙니다. 봄의 숲에서 오 분쯤 나누는 대화로 그것을 밝히고 결정한다는 건 말도 안 되죠. 우리는 서로를 잘 압니다. 당신과 저와 토냐, 우리 세 사람은 이 시대의 많은 사람과 함께 하나의 세계를 구성하며, 우리가 서로 다른 것이 있다면 그 세계에 대한 이해의 정도뿐일 겁니다. 제가 말씀드리려는 건 다른 겁니다. 그건 아즈부카 같은 거죠. 어떤 상황에서 어떻게 행동해야 할지 미리 상의해둬야 합니다. 서로 얼굴을 붉히거나 서로 욕보이는 일이 없도록 말입니다."

"그만하게. 알았네. 나는 자네의 문제 제기가 마음에 들어. 자네는 꼭 필요한 말을 찾아냈군. 그럼 이번에는 내가 자네에게 말하겠네. 자네가 최초의 포고가 실린 호외를 가져왔던, 한겨울 눈보라 치던 그날을 자네도 기억할 걸세. 그 포고는 정말 전례가 없을 만큼 강경했어. 직선적인 내용에 압도당했지. 그러나 그런 것이 그것을 만들어낸 사람들의 머릿속에 최초의 순수함 그대로 살아 있는 건 포고한 첫날뿐이야. 다음날에는 정치의 교활함이 그것을 뒤엎어버리지. 자네에게 어떻게 말해야 할까? 그런 철학은 나와 거리가 멀어. 이 정권은 우리를 적대하고 있어. 이 변혁에 나의 동의를 구한 것도 아니야. 그러나 그들은 나를 믿었고, 나의 행동은, 비록 내가 그것을 억지로 했다 하더라도, 나에게 의무를 지우고 있네.

토냐는 밭을 일굴 시기에 늦은 거 아니냐, 파종 시기를 놓친 거 아니냐 하고 묻지. 그애한테 뭐라고 대답해야 좋겠나? 나는 그곳 토양을 몰라. 기후 조건은 어떨까? 여름이 너무 짧아. 대체 거기서 뭘 수확할 수 있겠나?

그래, 그런데 우리가 채소나 일궈 먹으려고 이렇게 멀리까지 찾아가는 걸까? '키셀*을 먹기 위해서라면 7베르스타도 마다하지 않는다' 같은 말장난이나 할 처지가 아니야. 왜냐하면 우리가 온 길은 유감스럽게도 3,4천 베르스타나 되니까 말일세. 아니, 솔직히 말해서, 우리가 이만큼 멀리까지 찾아가는 건 다른 목적 때문이지. 우리는 현대식 무위도식을 해볼 생각이었고, 말하자면 우리 조상들의 숲과 기계, 재산을 탕진하는 데 어떻게든 끼어보려 했던 거야. 조상의 자산을 회복하기 위해서가 아니라 탕진하러, 공유화라는 탕진을 위해, 그리고 쥐꼬리만한 돈으로라도 먹고 살아남기 위해서지, 이 현대의 상식에 벗어나는 혼돈된 형태 속에 다른 모든 것이 그런 것처럼 말일세. 설령 내가 재산을 갖게 되거나 증여를 받더라도, 옛날과 똑같은 형태와 원리대로 공장을 소유할 수는 없어. 그건 알몸으로 뛰어다니거나 읽고 쓰기를 잊어버리는 것과 마찬가지로 경솔한 짓이야. 그런 걸세, 러시아에서 사유재산의 역사는 끝난 거야. 그리고 우리 그로메코 집안은 선대에 이미 재산 축적의 욕망과는 결별했지."

27

숨막힐 듯 무덥고 고여 있는 공기 때문에 좀처럼 잠을 이룰 수 없었다. 닥터의 머리는 땀에 흠뻑 젖은 베개 위에서 뒤척거렸다.

* 분말로 만드는 젤리 비슷한 것.

그는 침상 끝에서 조심스럽게 내려가 누가 깨지 않도록 살며시 차량 문을 옆으로 밀어 열었다.

땅굴 속에서 얼굴에 거미줄이 걸린 것처럼 축축하고 끈적끈적한 공기가 훅 불어왔다. '안개로군.' 그는 짐작했다. '안개야. 해가 몹시 뜨겁고 무더운 하루가 되겠군. 그래서 이렇게 숨쉬기가 힘들고 마음도 짓눌린 듯 무겁구나.'

닥터는 노반에 내려서기 전 문 앞에 서서 주위의 소리에 귀를 기울였다.

열차는 분기역인 듯한 아주 큰 역에 멈춰 있었다. 정적과 안개만 있을 뿐, 열차는 실재하지 않는 것처럼 완전히 망각된 방치 상태에 있는 것 같았는데, 그것은 열차가 역구내 가장 구석에 있고, 열차와 역사 사이에 끝없는 선로가 그물처럼 뻗어 있기 때문이었다.

멀리서 두 종류의 소리가 희미하게 들렸다.

열차가 지나온 뒤쪽에서는 규칙적인 소리가 들려왔는데, 빨래를 두드리는 소리 같기도 하고 젖은 깃발이 바람에 나부끼며 깃대에 부딪히는 소리 같기도 했다.

앞쪽에서는 우르릉거리는 소리가 들렸는데, 전장의 경험이 있는 닥터는 몸을 떨며 그 소리에 귀를 세웠다.

'장거리포다.' 낮고 절제된, 고르고 차분하게 울리는 둔탁한 소리에 귀를 기울이며 그는 이렇게 판단했다.

'그래. 전선에 아주 가까워진 거야.' 닥터는 이렇게 생각하고, 고개를 저으며 차량에서 바닥으로 뛰어내렸다.

그는 앞으로 몇 걸음 걸어갔다. 두 차량을 지나자 열차는 끊겨 있었다. 증기기관차도 연결되어 있지 않았는데, 기관차는 앞의 차량들만 이끌고 어디론가 가버리고 없었다.

'그래서 어제 그렇게 만용을 부렸던 거야.' 닥터는 생각했다. '끌려가면 거기서 바로 포화 속으로 내던져진다는 걸 예감하고.'

그는 선로를 가로질러 역으로 가는 길을 찾기 위해 열차 끝을 돌았다. 차량 뒤에서 총을 든 초병이 땅속에서 솟아난 것처럼 불쑥 나타났다. 그는 낮은 목소리로 물었다.

"어디 가나? 통행증!"

"여긴 무슨 역이오?"

"아무 역도 아니다. 너는 누구냐?"

"나는 모스크바에서 온 닥터입니다. 가족과 함께 이 열차에 타고 있죠. 여기 신분증명서가 있소."

"신분증명서 따위는 쓰레기나 마찬가지야. 이런 어둠 속에서 그걸 어떻게 보나, 눈만 버리지. 봐, 안개가 꼈잖아. 신분증명서를 보지 않아도 나는 네가 어떤 닥터인지 알아. 저기 너 같은 닥터 놈들이 12인치짜리를 쏘아대고 있지. 정말 저것이 네놈을 해치우기 전에 썩 꺼지는 게 좋을걸. 몸 성할 때 얼른 돌아가란 말이야."

'누군가로 잘못 알고 있구나.' 닥터는 생각했다. 이 초병과 입씨름하는 건 무의미했다. 정말 늦기 전에 여기서 떠나는 게 나을 것 같았다. 닥터는 반대쪽으로 돌아섰다.

포성은 그의 등뒤에서 멎었다. 그가 가는 방향은 동쪽이었다. 거기서 연무 속에 떠오른 해가 비누 거품과 김이 자욱한 목욕탕에 어른어른하는 벌거벗은 몸들처럼 토막토막 떠가는 안개 속으로 어렴풋이 햇살을 비췄다.

닥터는 열차 차량을 따라서 걸어갔다. 차량을 모두 지난 뒤에도 계속 걸어갔다. 한 걸음 뗄 때마다 두 발은 부드러운 모래 속으로 점점 깊이 들어갔다.

규칙적으로 철썩거리는 소리가 차츰 가까워졌다. 지형은 완만한 내리막이었다. 닥터는 다시 몇 걸음 나아가 어렴풋한 윤곽 앞에서 발을 멈췄는데, 그것은 안개 때문에 원래보다 크게 보였다. 다시 한 걸음 나아가자 유리 안드레예비치의 눈에 강둑으로 끌어올린 배의 고물이 안개 속에서 쑥 떠올랐다. 그는 게으른 잔물결이 고깃배의 뱃전과 강둑의 널빤지를 천천히 피곤한 듯 철썩철썩 치는 널따란 강둑에 섰다.

"누가 여기서 어슬렁거려도 된다고 했나?" 다른 초병이 강둑에서 떨어진 곳에서 물었다.

"이건 무슨 강이오?" 닥터는 아까의 경험으로 아무것도 묻지 말아야겠다고 생각했으나 자기도 모르게 또 묻고 말았다.

초병은 대답 대신 호각을 입으로 가져갔지만, 그것을 불 틈이 없었다. 그가 호각을 불어 부르려 했던 건 첫번째 만난 그 초병인데, 유리 안드레예비치의 뒤를 몰래 밟았는지 그가 동료에게 먼저 다가왔던 것이다. 두 사람은 말을 주고받았다.

"생각하고 자시고 할 것도 없어. 새는 나는 모습으로 알 수 있잖아. '이건 무슨 역이냐, 저건 무슨 강이냐?' 하고 지껄이지만 그건 우리 눈을 속이려는 수작이 틀림없어. 어떡할까, 곧장 곳으로 데려갈까, 아니면 일단 열차로 데려갈까?"

"열차로 데려가는 게 좋겠어. 대장이 판단하겠지. 신분증명서 내

봐." 두번째 초병이 큰 소리로 말하고, 닥터가 내민 증명서 다발을 잡아챘다.

"이봐, 이자 좀 지키고 있어." 그는 누구에게인지 이렇게 말하고 첫번째 초병과 선로 안쪽 역을 향해 걸어갔다.

그때 모래 위에 누워 있던 어부인 듯한 사내가 상황을 설명하려는 듯 목구멍을 그르렁거리며 일어났다.

"당신 운좋았어, 대장한테 데려간다니까. 아마도 목숨은 건질 거야. 하지만 저자들을 비난하진 마. 그게 그들의 임무니까. 지금은 인민의 세상이야. 물론 좋아질 수도 있겠지. 하지만 지금은 입 다물고 있는 게 나아. 아마도 사람을 잘못 봤을 거야. 그들은 지금 누군가를 붙잡으려고 혈안이 되어 있어. 그래, 당신이—그자라고 생각한 거지. 노동자 권력의 적이라고 생각하고 붙잡은 거야. 잘못 봤지. 당신, 만일의 경우에는 대장을 만나게 해달라고 우겨. 그들이 하라는 대로 해선 안 돼. 그들—의식분자들은 재앙이야, 별일 없어야 할 텐데. 당신을 없애봤자 그들에겐 아무 이득도 없어. 그들이 가자고 해도, 당신은 가면 안 돼. 그렇게 말해—대장을 만나게 해달라고."

어부를 통해 유리 안드레예비치는 자기 눈앞에 보이는 강이 기선이 다니는 유명한 린바강이고, 강 근처의 기차역은 유랴틴 교외 공장 지대인 라즈빌리예라는 것을 알았다. 또 유랴틴은 여기서 2, 3베르스타 떨어진 상류에 있고, 최근 거기서 줄곧 뺏고 뺏기는 공략이 있었는데 지금은 적군이 백군한테서 그 지역을 탈환했을 거라는 사실도 알게 되었다. 어부는 라즈빌리예에서도 폭동이 있었는데 완전히 진압됐고, 지금 이 일대의 정적은 역에 인접한 일대의 주민들이 일소되고 가장 엄격한 초계선이 쳐져 있기 때문이라고 말해주었다. 끝으로, 선로에 서 있는 열차에는 군사령부가 설치되어 있고 그중 지방군사위원인 스트렐니코프의 특별열차가 있으며, 닥터의 신분증명서를 가져간 곳이 그 특별열차라고 했다.

얼마 후, 닥터 뒤쪽에서 새로운 초병이 나타났다. 아까 두 사람과는 달리 그는 개머리판을 땅바닥에 질질 끌기도 하고 앞으로 세워 들기도 했는데, 마치 금방이라도 고꾸라질 것처럼 잔뜩 취한 친구의 손을 잡고 끌고 가는 것 같았다. 그는 군사위원이 있는 차량으로 닥터를 데려갔다.

28

차량이 두 개 이어지고 복도에 가죽이 깔린 특별열차의 한 차량에서 닥터를 데려간 초병이 암호를 대자, 안에서 들리던 웃음소리와 움직임 소리가 한순간에 그쳤다.

초병은 좁은 복도를 따라 중앙의 넓은 곳으로 닥터를 이끌었다. 조용하고 질서정연했다. 깨끗하고 쾌적한 객실에서 단정하고 잘 차려입은 사람들이 일을 하고 있었다. 닥터는 짧은 시간에 그 고장 전체에서 영광과 공포의 대상이 된 비당원非黨員 군사 전문가의 본부를 전혀 다르게 상상하고 있었다.

그러나 그가 주로 일하는 곳은 이곳이 아니라 어딘가 더 앞쪽, 작전 지역에 가까운 야전 사령부에 있으며, 이곳은 그의 개인적인 장소, 가정 내 작은 집무실 또는 야전용 이동침대 같은 곳인 것 같았다.

그래서 이곳은 조용했고, 그들은 뜨거운 해변의 욕장에 있는 코르크와 양탄자가 깔린 복도를 부드러운 실내화를 신고 소리도 없이 걸어다니는 것 같았다.

차량 중앙은 전에 식당이었는데 지금은 양탄자를 깔고 사무실로 쓰고 있었다. 책상이 몇 개 놓여 있었다.

"잠깐." 입구에 가장 가까이 앉아 있던 젊은 군인이 말했다. 그런 뒤에는 책상에 앉아 있던 사람들이 전부 닥터에 대해서는 잊어버려도 된다는 듯 더이상 주의를 기울이지 않았다. 그 군인이 멍하게 고개를 끄덕여 초병을 통과시키자, 초병은 복도의 금속제 가로판을 개머리판으로 긁어 소리를 내며 안으로 걸어갔다.

닥터는 문턱에 선 채 자신의 증명서들을 보았다. 그것은 가장 안쪽 책상 귀퉁이에 놓여 있었고, 그 앞에는 나이가 든, 구체제의 대령을 떠올리게 하는 군인이 앉아 있었다. 일종의 군사 통계위원 같았다. 그는 콧소리를 흥얼거리며 자료를 들여다보고 군사지도를 살피고 뭔가를 비교하고 검토하고, 잘라내 붙이기도 했다. 그는 객실의 창문들을 하나씩 전부 둘러본 뒤 "오늘은 덥겠는걸" 하고, 그것이 모든 창문을 둘러보고 내린 결론이라는 듯이 말했다.

군 기술자가 책상들 사이 바닥에서 기어다니며 고장난 배선을 수리하고 있었다. 그가 젊은 군인의 책상 밑에 오자, 젊은 군인은 방해되지 않게 일어나주었다. 그 옆에서는 보호색 남자 재킷을 입은 여자 타자수가 망가진 타자기와 씨름하고 있었다. 타자기의 캐리지가 옆으로 너무 튀어나가 프레임에 끼어버린 것이다. 젊은 군인이 그녀의 의자 뒤에 서서 내려다보며 함께 고장의 원인을 찾고 있었다. 군 기술자도 타자수 쪽으로 기어가 밑에서 레버와 전동장치를 살폈다. 대령 같은 대장도 자리에서 일어나 그들 쪽으로 다가갔다. 모두 타자기에 집중했다.

그 모습이 닥터를 안심시켰다. 그들이 그의 운명을 그 자신보다 더 잘 안다면, 운명의 당사자 앞에서 이처럼 느긋하게 사소한 일에 집중할 수는 없을 것 같았다.

'하지만 누가 알겠는가.' 그는 생각했다. '이들의 느긋함은 어디서 오는 걸까? 바로 옆에서 포성이 울리고 사람들이 죽어나가는데도 이 사람들은 전투가 뜨겁다는 게 아니라 날씨가 뜨겁다는 의미로 더운 하루를 예상하고 있다. 어쩌면 너무 많은 일을 봐왔기 때문에 모든 일에 감각이 무뎌진 걸까?'

그는 아무 할 일이 없어 자신이 서 있는 곳 맞은편에 있는 창문으로 눈을 돌렸다.

29

이쪽에서 열차 앞으로 나머지 선로가 뻗어 있고, 같은 이름의 교외 언덕에 라즈빌리예 역이 보였다.

선로에서 역까지는 세 개의 승강단이 있는, 칠을 하지 않은 나무 계단이 이어져 있었다.

이쪽 선로는 증기기관차의 거대한 무덤 같았다. 탄수차가 없는 낡은 증기기관차들이 잔이나 장화 몸통처럼 생긴 화통을 서로에게 향한 채

고철더미 속에 들어차 있었다.

아래쪽의 증기기관차 무덤과 교외의 묘지, 선로 위의 찌그러진 철판, 교외의 녹슨 지붕과 간판 등이 한데 섞여, 이른아침 달궈진 하얀 하늘 밑에서 한 폭의 황량한 풍경을 그려내고 있었다.

유리 안드레예비치는 모스크바에 있을 때 도시에 간판이 수없이 많았고, 그것들이 건물의 외관을 얼마나 뒤덮고 있었는지 잊고 있었다. 이곳의 간판들을 보자 그 기억이 떠올랐다. 간판의 글자가 얼마나 큰지 절반은 열차에서도 읽을 수 있었다. 그 간판들은 기울어진 단층 건물의 찌그러진 창문까지 내려와 낮게 걸려 있었기 때문에, 그 아래 웅크린 집들은 마치 농부 아버지의 모자를 푹 눌러쓴 아이의 가려진 머리 같았다.

이제 안개는 완전히 사라졌다. 멀리 동쪽, 하늘이 왼쪽에만 흔적이 남아 있었다. 그러나 그것마저도 무대의 커튼 밑단처럼 희미하게 흔들리며 움직이다 흩어져버렸다.

라즈빌리예에서 3베르스타쯤 떨어진, 이곳 교외보다 더 높은 언덕에 지구地區나 도청소재지쯤 되는 큰 도시가 확연히 눈앞에 떠올랐다. 태양이 황색 띤 색조를 더하자 거리距離는 도시의 윤곽을 단순화시켰다. 도시는 아토스산*이나 싸구려 목판화에 나오는 은둔자의 암자처럼 집 위에 집, 길 위에 길이 언덕 꼭대기까지 이어지고 꼭대기 한복판에는 커다란 사원이 있었다.

'유랴틴이다!' 닥터는 흥분하며 생각했다. '죽은 안나 이바노브나의

* 그리스 마케도니아에 있는 피라미드 모양의 산으로 20개의 동방정교회 수도원이 있으며, 그리스도교의 근거지로 알려져 있다.

추억들이 있는 곳, 안티포바 간호사가 줄곧 이야기하던 곳! 그들에게 그토록 자주 들었던 도시를 나는 이제야 이런 상황에서 보는구나!'

바로 그때 타자기 위로 몸을 구부리고 있던 군인들이 창밖의 무언가로 주의를 돌렸다. 그들은 그쪽으로 고개를 돌렸다. 닥터도 그 시선을 좇았다.

체포되거나 포로로 잡힌 사람들이 계단을 따라 역으로 연행되고 있었는데, 그중에는 머리를 다친 김나지움 학생도 있었다. 이미 어딘가에서 붕대를 감기는 했는데 붕대 밑으로 피가 흐르고, 그 피를 손으로 닦는 바람에 햇볕에 그을린 땀투성이 얼굴이 피범벅이 되어 있었다.

두 적군 병사 사이에 끼여 맨 뒤에서 걸어가던 김나지움 학생이 눈길을 끈 것은 그의 아름다운 얼굴에 넘치는 결연함 때문만도, 이 어린 반란자가 불러일으킨 연민 때문만도 아니었다. 사람들의 눈길을 끈 것은 소년과, 소년을 연행하는 두 병사의 어리석은 행동이었다. 그들은 해야 할 행동과 정반대되는 행동만 계속하고 있었다.

김나지움 학생의 붕대를 감은 머리에서 줄곧 학모가 미끄러지고 있었다. 그는 그것을 벗어 손에 드는 대신 상처에 좋지 않을 텐데도 자꾸만 고쳐 쓰며 억지로 누르려 하고 두 적군 병사가 그것을 거들고 있었다.

상식에 맞지 않는 그 어리석은 행위에는 뭔가 상징적인 것이 있었다. 닥터 또한 그 의미심장함에 이끌려 층계참으로 뛰어나가 목구멍까지 올라오는 진부한 말이라도 내뱉어서 그만두게 하고 싶었다. 그는 소년에게도, 이 방안에 있는 사람들에게도, 구원은 형식에 대한 충성이 아니라 형식에서 벗어나는 것에 있다고 소리치고 싶었다.

닥터는 눈길을 돌렸다. 방 한가운데 스트렐니코프가 서 있었는데, 그는 방금 반듯하고 빠른 걸음으로 이곳에 들어온 참이었다.

닥터인 그가 그토록 수많은 사람과 우연한 인연을 맺고 살아오면서도 왜 지금까지 이 인물처럼 뚜렷한 존재를 한 번도 만나지 못했던 걸까? 왜 인생은 그 두 사람을 한 번도 마주치게 하지 않았을까? 왜 두 사람의 길은 한 번도 교차하지 않았을까?

이유는 알 수 없지만, 이 인물이 의지의 완전한 화신이라는 것은 한눈에 알아볼 수 있었다. 그는 자신이 원했던 바로 그것이 된 존재였기에, 당연히 그의 내면과 외면은 전부 모범적으로 보였다. 균형 잡힌 아름다운 머리도, 정력적인 걸음걸이도, 어쩌면 진흙투성이일지 모르는데도 잘 닦인 것처럼 보이는 장화에서 죽 뻗은 긴 다리도, 어쩌면 구겨져 있을지 모르는데도 잘 다림질된 리넨처럼 보이는 회색 모직 군복도.

그것은 어떤 재능이 그에게 가져다준 효과였는데, 자연스럽고, 어색함을 모르며, 지상의 어떤 상황에서도 말안장에 걸터앉은 것처럼 스스로가 느끼는 재능이었다.

이 인물은 틀림없이 어떤 재능을 가지고 있으나, 그것이 반드시 독보적일 필요는 없었다. 그의 모든 행동에서 드러나는 그 재능은 모방의 재능일 수도 있었다. 그 당시에는 누구나 누군가를 모방하고 있었다. 역사에 이름을 남긴 영웅들을, 전선 혹은 도시의 폭동 속에 나타나 사람들의 상상력을 자극했던 인물들을, 인민에게 가장 신뢰받는 권위자들을, 가장 앞 열에 등장한 동지들을. 그저 서로가 서로를.

그는 제삼자의 존재에도 놀라움이나 거북함을 드러내지 않는 예의를 보였다. 오히려 모든 사람에게 마치 닥터를 이곳의 일원으로 여기는 것처럼 언급했다. 그가 말했다.

"축하합니다. 우리는 그들을 물리쳤소. 이건 전쟁놀이이지, 대수로운 일은 아니죠, 어리석은 생각을 품고 그것을 버리지 못하지만 그들도 우리와 똑같은 러시아인들이고, 그래서 다만 우리가 힘으로 그 어리석은 생각을 때려부숴야 할 뿐인 겁니다. 그들의 지휘관은 내 친구였소. 그는 나보다 훨씬 더 프롤레타리아 출신이죠. 우리는 한집에서 자랐습니다. 전에 그는 나를 위해 많은 일을 해주었고, 나는 그에게 빚을 졌습니다. 하지만 나는 그를 강 저편으로, 아니 더 멀리로 쫓아내어 기쁩니다. 전화 수리를 서둘러주시오, 구리얀. 전령과 전보만으로는 유지할 수 없어. 자네들은 더위를 못 느끼겠나? 나는 한 시간 반이나 잠이 들었었어. 아, 그래……" 그는 갑자기 생각난 듯 닥터를 돌아보았다. 그는 자신이 왜 잠에서 깼는가가 기억난 것이었다. 그는 말도 안 되는 어떤 일 때문에 잠에서 깼는데, 지금 이곳에 억류된 이자에 관련된 일이었다.

'이자라고?' 스트렐니코프는 닥터를 머리끝에서 발끝까지 훑어보며 생각했다. '전혀 안 닮았잖아. 바보 놈들!' 그는 큰 소리로 웃으며 유리 안드레예비치에게 말했다.

"용서하시오, 동지. 사람을 착각한 것 같습니다. 초병들이 잘못 본 모양이오. 돌아가도 좋습니다. 이 동지의 노동수첩은 어디 있지? 아, 이게 당신의 증명서들이군요. 실례지만, 잠깐 보겠습니다. 지바고…… 지바고…… 닥터 지바고…… 어딘가 모스크바적인 데가 있군…… 그래요, 잠깐 내 방으로 함께 가겠습니까. 여기는 사무실이고 내 방은 바로 옆입니다. 부탁합니다. 오래 붙잡아두지는 않겠습니다."

30

그런데 이 인물은 대체 어떤 사람일까? 아무도 모르던 비당원이었던 그가 그런 위치에 올라 그것을 계속 지키고 있다는 것이 놀라웠는데, 왜냐하면 그는 모스크바 출신으로 대학을 나온 뒤 교직을 얻어 지방으로 내려갔고, 전쟁에서 오랫동안 포로가 되어 러시아에서는 얼마 전까지만 해도 그가 전사한 것으로 알고 있었기 때문이다.

어린 시절 스트렐니코프는 진보적인 철도 노동자였던 티베르진의 가정에서 자랐고, 티베르진은 그를 추천하고 신원을 보증해주었다. 그 시대의 사명을 짊어졌던 사람들에게 그는 신뢰를 얻었다. 지나친 파토스와 더없이 극단적인 견해가 날뛰었던 시절에 어떤 것 앞에서도 꺾이지 않았던 스트렐니코프의 혁명성은 그 진실성과 열광에서, 또한 그것이 타인의 목소리를 따라한 것이거나 우연한 것이 아니라 그의 일생을 통해 준비되어왔다는 점에서 두드러졌다.

스트렐니코프는 자신에 대한 신뢰를 배반하지 않았다.

최근 그의 이력에는 우스티-넴다와 니즈니-켈메스 사건, 식량 징발 부대에 대해 무력 저항한 구바소보 농민 사건, 멧베자야 포이마 역에서 식량열차를 약탈한 제14 보병 연대 사건 등이 기록되어 있었다. 또한 그의 이력에는 투르카투이에서 봉기해 무기를 탈취하고 백군 진영으로 넘어갔던 라진스키 병단의 토벌, 치르킨 우스 강나루에서 소비에트정권 쪽에 붙었던 사령관을 살해하고 무장반란을 일으킨 군사들의 진압도 포함되었다.

이 모든 곳에서 그는 머리에 쏟아지는 눈발처럼 전격적으로 급습해 신속하고도 엄격하게, 가차없이 재판에 부치고, 선고를 내리고, 형을 집행했다.

그의 열차가 돌아다니자, 이 지방에 퍼지고 있던 병사들의 탈영에 제동이 걸렸다. 모병 조직에 대한 사찰이 모든 것을 바꿔놓았다. 붉은 군대 모집은 순조롭게 진척되었다. 모병위원회는 정신없이 일에 쫓겼다.

가장 최근에는 백군이 북쪽에서 차츰 압박해와 상황이 위태로워지자 스트렐니코프에게 직접적인 군사 전략과 작전 운영이라는 새로운 임무가 부여되었다. 그의 개입은 당장 성과를 올렸다.

스트렐니코프는 사람들이 자신을 라스스트렐니코프*라는 별명으로 부른다는 것을 알고 있었다. 그는 그런 것에 개의치 않았고, 어떤 것도 두려워하지 않았다.

그는 모스크바에서 태어났고, 1905년의 혁명에 참가해 고통을 겪었던 노동자의 아들이었다. 그때는 어려서 혁명운동에 참가하지 않았고, 그후 대학에 들어가서는 가난한 환경에서 자란 젊은이가 대학에 들어가면 대학교육을 높이 평가하고 부잣집 자식들보다 더 열심히 공부하듯 그도 몇 년 동안 열심히 공부했다. 그는 생활 걱정이 없는 학생들의 동요에 휩쓸리지 않았다. 그는 폭넓은 지식을 얻고 대학을 졸업했다. 수학을 전공한 그는 역사-어문학의 지식을 독학으로 얻었다.

그는 법적으로 병역 의무가 없었지만 지원병으로 전쟁에 참가해 소위보로 포로로 잡혔다가, 1917년 말, 러시아에 혁명이 일어난 것을 알자 탈출해 조국으로 돌아왔다.

---

* 라스스트렐(расстрел)은 '총살, 학살'이라는 뜻.

그는 두 가지 특징, 두 가지 열정으로 두각을 나타냈다.

그는 빼어나게 명석하고 논리적으로 사고했다. 또한 보기 드물 만큼 도덕적 순수성과 공정성을 지니고 있었으며, 따뜻하고 고결한 감성이 있었다.

그러나 새로운 길을 여는 학자가 되기에 그의 지성에는 비약의 재능, 즉 예기치 못한 발견으로 공허한 예견의 불모적인 정연함을 극복하는 능력이 결여되어 있었다.

그리고 선을 행하기에 그는 너무나 원칙주의자라서 전체가 아니라 부분적인 사정이 중요하고 그 작은 것이 위대하다고 여기는 감정의 관대함이 결여되어 있었다.

스트렐니코프는 어린 시절부터 가장 고결하고 밝은 것을 열망해왔다. 그는 인생을 거대한 경기장이라 여겼고, 거기서 사람들이 정직하게 규칙을 준수하며 이상의 성취를 겨룬다고 생각했다.

사실이 그렇지 않은 것으로 드러났을 때, 자신이 세계 질서를 단순화해버리는 잘못을 저질렀다는 생각은 그의 머릿속에 떠오르지 않았다. 그 모욕을 오랫동안 내면에서 삭이던 그는 자신이 인생과 그 위선적인 암울한 원칙 사이의 심판자가 되어, 인생을 변호하며 그것을 위해 복수하리라 생각하기 시작했다.

그 환멸이 그를 냉혹하게 만들었다. 혁명이 그를 무장시켰다.

31

“지바고, 지바고라.” 스트렐니코프는 자기 차량으로 건너온 뒤에도 되풀이했다. “왠지 상인 냄새가 나는데. 아니면 귀족이거나. 음, 모스크바의 닥터라. 바리키노에 간다. 이상하군요. 모스크바에서 갑자기 그런 시골구석으로 간다니.”

“그게 목적입니다. 고요를 찾아. 미지로, 인적 드문 벽지로요.”

“그런가요, 정말 시적이군요. 바리키노라고요? 나는 그 고장을 압니다. 전에 크류게르 집안의 공장이 있었죠. 혹시 그들의 친척입니까? 상속인입니까?”

“왜 그렇게 놀리는 투로 말씀하시죠? ‘상속인’이 무슨 관계가 있습니까? 비록 아내가 실제로……”

“아, 역시 그렇군요. 백군에 대한 향수인가요? 그렇다면 안됐습니다. 늦었어요. 그 일대는 깨끗이 소탕되었으니까.”

“아직도 나를 놀리시는 겁니까?”

“게다가 닥터. 군의관이군요. 그런데 아직 전시입니다. 그러니까 이건 완전히 나의 관할입니다. 당신은 탈영병입니다. 녹군* 역시 숲속에 숨어 있죠. 고요를 찾느라. 당신도 그렇습니까?”

“나는 두 차례 부상당해 군무 부적격자로 병역 면제를 받고 제대했습니다.”

“그럼 인민계몽위원부나 인민보건위원부 증명서를 보여보시죠, 그

* 綠軍. 농민 탈주병으로 이루어진 비정규 부대로, 백군에도 적군에도 대항했다.

것이 당신을 '완전한 소비에트적 인간'이니 '동조자'니 추천하면서 당신의 '충성심'을 보증할 테니까. 지금은 지상에서 이루어지는 최후의 심판 시대라서 말이오, 친애하는 선생, 이 지상에서 배회하는 것도 묵시록의 칼을 든 천사와 날개 달린 짐승이지, 어중간한 동조자나 충성심을 가진 닥터 따위가 아닙니다. 하지만 나는 아까 당신에게 돌아가도 좋다고 말했고, 그 말을 번복하진 않겠습니다. 하지만 이번만이오. 나는 우리가 다시 만나리란 예감이 드는데, 그때는 이야기가 달라질 겁니다. 조심하시오."

위협과 도전에도 유리 안드레예비치는 당황하지 않았다. 그가 말했다.

"나는 당신이 나를 어떻게 생각하시는지 다 압니다. 당신 쪽에서 보면 당신은 절대적으로 옳습니다. 그러나 당신이 나를 끌어들이고자 하는 논쟁은 지금까지 살아오는 동안 내가 나의 양심 속 논적과 계속해왔던 것이고, 이제 어떤 결론에 도달할 시기가 되었다고 생각합니다. 그저 몇 마디로 설명할 수 없을 따름입니다. 내가 정말 자유로운 몸이라면, 아무런 해명 없이 돌아가게 해주십시오. 만일 그렇지 않다면, 당신 뜻대로 하십시오. 당신한테 변명할 건 아무것도 없습니다."

그들의 대화는 전화벨 소리에 끊겼다. 전화선이 복구된 것이었다.

"고맙소, 구리얀." 스트렐니코프는 수화기를 들고 송화구를 훅훅 몇 번 불더니 말했다. "이보시오 친구, 지바고 동지를 바래다줄 사람을 보내주시오. 또 무슨 일이 일어나지 않도록. 그리고 라즈빌리예를 연결해주시오, 라즈빌리예의 수송관리, 체카* 말이오."

---

* 1917년 소비에트정권이 들어선 첫해에 설치된 반혁명과 태업을 단속하던 비상위원회. 1922년에 폐지되었다.

혼자 남자 스트렐니코프는 역으로 전화를 걸었다.

"포로들 중에 소년이 있을 텐데, 그 아이를 여기로 데려오시오. 모자를 귀까지 눌러쓰고 있고, 머리에 붕대를 감은 우스운 꼴을 한 그 아이. 그래요. 필요하면 의사에게 진찰받게 해요. 그래요, 잘 좀 돌봐줘요, 안 그러면 책임을 묻겠습니다. 필요하면 배급식량도 주고. 그렇지. 그리고 이번에는 용건입니다. 나는 아직 통화 끝나지 않았어요. 아, 젠장, 혼선인가. 구리얀! 구리얀! 끊어졌군요."

'어쩌면 내 제자일지도 모른다.' 역으로 다시 전화하는 것을 잠시 미루고 그는 생각했다. '그 아이가 자라 우리에게 반역을 일으키고 있다.' 스트렐니코프는 교사 시절과 전쟁, 그리고 포로로 지낸 햇수를 속으로 헤아리며 소년의 나이와 맞는지 계산해보았다. 그런 다음 열차 창문 너머 저멀리 지평선에 보이는 파노라마에서 자신이 살았던 집이 있는 강가 위쪽 유랴틴에서 빠져나오는 어느 길목을 눈으로 찾기 시작했다. 혹시 아내와 딸이 아직도 저곳에 살고 있다면? 당장 그들에게 달려가고 싶다! 지금 당장! 그렇다, 하지만 그것이 과연 가능한 일일까? 그것은 전혀 다른 인생에 속한 일이다. 중단된 그 인생으로 돌아가기 전에 이 새로운 인생을 종결지어야 한다. 언젠가는, 언젠가는 그럴 날이 오겠지. 그렇다, 하지만 언제, 언제일까?

(2권으로 이어집니다)

문학동네 세계문학전집 발간에 부쳐

세계문학은 국민문학 혹은 지역문학을 떠나 존재하는 문학이 아니지만 그것들의 총합도 아니다. 세계문학이라는 용어에는 그 나름의 언어와 전통을 갖고 있는 국민문학이나 지역문학의 존재를 인정하면서 그것을 넘어서는 문학의 보편적 질서에 대한 관념이 새겨져 있다. 그 용어를 처음 고안한 19세기 유럽인들은 유럽문학을 중심으로 그 질서를 구축했지만 풍부한 국민문학의 전통을 가지고 있는 현대의 문학 강국들은 나름의 방식으로 세계문학을 이해하면서 정전(正典)의 목록을 작성하고 또 수정한다.

한국에서도 세계문학 관념은 우리 사회와 문화의 변화 속에서 거듭 수정돼왔다. 어느 시기에는 제국 일본의 교양주의를 반영한 세계문학 관념이, 어느 시기에는 제3세계 민족주의에 동조한 세계문학 관념이 출현했고, 그러한 관념을 실천한 전집물이 출판됐다. 21세기 한국에 새로운 세계문학전집이 필요하다는 것은 명백하다. 우리의 지성과 감성의 기준에 부합하는 세계문학을 다시 구상할 때가 되었다.

문학동네 세계문학전집은 범세계적으로 통용되는 고전에 대한 상식을 존중하면서도 지난 반세기 동안 해외 주요 언어권에서 창작과 연구의 진전에 따라 일어난 정전의 변동을 고려하여 편성되었다. 그래서 불멸의 명작은 물론 동시대 세계의 중요한 정치·문화적 실천에 영감을 준 새로운 작품들을 두루 포함시켰다.

창립 이후 지금까지 한국문학 및 번역문학 출판에서 가장 전문적이고 생산적인 그룹을 대표해온 문학동네가 그간 축적한 문학 출판 경험을 바탕으로 새로운 세계문학전집을 펴낸다. 인류가 무지와 몽매의 어둠 속을 방황하면서도 끝내 길을 잃지 않은 것은 세계문학사의 하늘에 떠 있는 빛나는 별들이 길잡이가 되어주었기 때문이다. 우리가 자부심과 사명감 속에서 그리게 될 이 새로운 별자리가 독자들의 관심과 애정에 힘입어 우리 모두의 뿌듯한 자산이 되기를 소망한다.

문학동네 세계문학전집 편집위원

민은경, 박유하, 변현태, 송병선, 이재룡, 홍길표, 남진우, 황종연

지은이 **보리스 파스테르나크**
1890년 러시아 모스크바에서 태어났다. 1914년 첫 시집 『먹구름 속의 쌍둥이』를 발표하고, 『방책을 넘어서』 『나의 누이, 인생』 『주제와 변주』 『제2의 탄생』 등의 시집, 운문소설 『스펙토르스키』 등을 썼다. 1957년에 유일한 장편소설 『닥터 지바고』의 러시아어판이 이탈리아에서 처음 출간되고 이듬해 1958년에 노벨문학상 수상자로 선정되며 세계적 명성을 얻지만, 수상을 거부했다. 1960년 모스크바 근교 페레델키노 작가촌에서 숨을 거두었다.

옮긴이 **박형규**
고려대학교 노어노문학과 교수, 한국러시아문학회 초대회장, 러시아연방 주도 국제러시아어문학교원협회(MAPRYAL) 상임위원을 역임하고, 현재 한국러시아문학회 고문, 러시아연방 국립 톨스토이박물관 '벗들의 모임' 명예회원이다. 국제러시아어문학교원협회 푸시킨 메달을 수상하고, 러시아연방국가훈장 우호훈장(학술 부문)을 수훈했다. 옮긴 책으로 『안나 카레니나』 『부활』 『전쟁과 평화』 『죄와 벌』 『백치』 외 다수가 있다.

세계문학전집 171
닥터 지바고 1

1판 1쇄 2018년 12월 10일
1판 4쇄 2023년 11월 25일

지은이 보리스 파스테르나크 | 옮긴이 박형규

책임편집 김혜정 | 편집 이종현 오동규 | 독자모니터 유부만두 장선아
디자인 김현우 이원경 | 저작권 박지영 형소진 최은진 서연주 오서영
마케팅 정민호 서지화 한민아 이민경 안남영 왕지경 황승현 김혜원 김하연 김예진
브랜딩 함유지 함근아 고보미 박민재 김희숙 박다솔 조다현 정승민 배진성
제작 강신은 김동욱 이순호 | 제작처 영신사

펴낸곳 (주)문학동네 | 펴낸이 김소영
출판등록 1993년 10월 22일 제2003-000045호
주소 10881 경기도 파주시 회동길 210
전자우편 foret@munhak.com | 대표전화 031) 955-8888 | 팩스 031) 955-8855
문의전화 031) 955-2696(마케팅) 031) 955-1904(편집)
문학동네카페 http://cafe.naver.com/mhdn
인스타그램 @munhakdongne | 트위터 @munhakdongne
북클럽문학동네 http://bookclubmunhak.com

ISBN 978-89-546-5424-1 04890
978-89-546-0901-2 (세트)

잘못된 책은 구입하신 서점에서 교환해드립니다.
기타 교환 문의 031) 955-2661, 3580

www.munhak.com

1, 2, 3 안나 카레니나 레프 톨스토이 | 박형규 옮김
4 판탈레온과 특별봉사대 마리오 바르가스 요사 | 송병선 옮김
5 황금 물고기 르 클레지오 | 최수철 옮김
6 템페스트 윌리엄 셰익스피어 | 이경식 옮김
7 위대한 개츠비 F. 스콧 피츠제럴드 | 김영하 옮김
8 아름다운 애너벨 리 싸늘하게 죽다 오에 겐자부로 | 박유하 옮김
9, 10 파우스트 요한 볼프강 폰 괴테 | 이인웅 옮김
11 가면의 고백 미시마 유키오 | 양윤옥 옮김
12 킴 러디어드 키플링 | 하창수 옮김
13 나귀 가죽 오노레 드 발자크 | 이철의 옮김
14 피아노 치는 여자 엘프리데 옐리네크 | 이병애 옮김
15 1984 조지 오웰 | 김기혁 옮김
16 벤야멘타 하인학교 – 야콥 폰 군텐 이야기 로베르트 발저 | 홍길표 옮김
17, 18 적과 흑 스탕달 | 이규식 옮김
19, 20 휴먼 스테인 필립 로스 | 박범수 옮김
21 체스 이야기·낯선 여인의 편지 슈테판 츠바이크 | 김연수 옮김
22 왼손잡이 니콜라이 레스코프 | 이상훈 옮김
23 소송 프란츠 카프카 | 권혁준 옮김
24 마크롤 가비에로의 모험 알바로 무티스 | 송병선 옮김
25 파계 시마자키 도손 | 노영희 옮김
26 내 생명 앗아가주오 앙헬레스 마스트레타 | 강성식 옮김
27 여명 시도니가브리엘 콜레트 | 송기정 옮김
28 한때 흑인이었던 남자의 자서전 제임스 웰든 존슨 | 천승걸 옮김
29 슬픈 짐승 모니카 마론 | 김미선 옮김
30 피로 물든 방 앤절라 카터 | 이귀우 옮김
31 숨그네 헤르타 뮐러 | 박경희 옮김
32 우리 시대의 영웅 미하일 레르몬토프 | 김연경 옮김
33, 34 실낙원 존 밀턴 | 조신권 옮김
35 복낙원 존 밀턴 | 조신권 옮김
36 포로기 오오카 쇼헤이 | 허호 옮김
37 동물농장·파리와 런던의 따라지 인생 조지 오웰 | 김기혁 옮김
38 루이 랑베르 오노레 드 발자크 | 송기정 옮김
39 코틀로반 안드레이 플라토노프 | 김철균 옮김
40 어두운 상점들의 거리 파트릭 모디아노 | 김화영 옮김
41 순교자 김은국 | 도정일 옮김
42 젊은 베르테르의 슬픔 요한 볼프강 폰 괴테 | 안장혁 옮김
43 더블린 사람들 제임스 조이스 | 진선주 옮김
44 설득 제인 오스틴 | 원영선, 전신화 옮김
45 인공호흡 리카르도 피글리아 | 엄지영 옮김

46 정글북 러디어드 키플링 | 손향숙 옮김

47 외로운 남자 외젠 이오네스코 | 이재룡 옮김

48 에피 브리스트 테오도어 폰타네 | 한미희 옮김

49 둔황 이노우에 야스시 | 임용택 옮김

50 미크로메가스·캉디드 혹은 낙관주의 볼테르 | 이병애 옮김

51, 52 염소의 축제 마리오 바르가스 요사 | 송병선 옮김

53 고야산 스님·초롱불 노래 이즈미 교카 | 임태균 옮김

54 다니엘서 E. L. 닥터로 | 정상준 옮김

55 이날을 위한 우산 빌헬름 게나치노 | 박교진 옮김

56 톰 소여의 모험 마크 트웨인 | 강미경 옮김

57 카사노바의 귀향·꿈의 노벨레 아르투어 슈니츨러 | 모명숙 옮김

58 바보들을 위한 학교 사샤 소콜로프 | 권정임 옮김

59 어느 어릿광대의 견해 하인리히 뵐 | 신동도 옮김

60 웃는 늑대 쓰시마 유코 | 김훈아 옮김

61 팔코너 존 치버 | 박영원 옮김

62 한눈팔기 나쓰메 소세키 | 조영석 옮김

63, 64 톰 아저씨의 오두막 해리엇 비처 스토 | 이종인 옮김

65 아버지와 아들 이반 투르게네프 | 이항재 옮김

66 베니스의 상인 윌리엄 셰익스피어 | 이경식 옮김

67 해부학자 페데리코 안다아시 | 조구호 옮김

68 긴 이별을 위한 짧은 편지 페터 한트케 | 안장혁 옮김

69 호텔 뒤락 애니타 브루크너 | 김정 옮김

70 잔해 쥘리앵 그린 | 김종우 옮김

71 절망 블라디미르 나보코프 | 최종술 옮김

72 더버빌가의 테스 토머스 하디 | 유명숙 옮김

73 감상소설 미하일 조셴코 | 백용식 옮김

74 빙하와 어둠의 공포 크리스토프 란스마이어 | 진일상 옮김

75 쓰가루·석별·옛날이야기 다자이 오사무 | 서재곤 옮김

76 이인 알베르 카뮈 | 이기언 옮김

77 달려라, 토끼 존 업다이크 | 정영목 옮김

78 몰락하는 자 토마스 베른하르트 | 박인원 옮김

79, 80 한밤의 아이들 살만 루슈디 | 김진준 옮김

81 죽은 군대의 장군 이스마일 카다레 | 이창실 옮김

82 페레이라가 주장하다 안토니오 타부키 | 이승수 옮김

83, 84 목로주점 에밀 졸라 | 박명숙 옮김

85 아베 일족 모리 오가이 | 권태민 옮김

86 폭풍의 언덕 에밀리 브론테 | 김정아 옮김

87, 88 늦여름 아달베르트 슈티프터 | 박종대 옮김

89 클레브 공작부인 라파예트 부인 | 류재화 옮김

90 P세대 빅토르 펠레빈 | 박혜경 옮김

91 노인과 바다 어니스트 헤밍웨이 | 이인규 옮김

92 물방울 메도루마 슌 | 유은경 옮김

93 도깨비불 피에르 드리외라로셸 | 이재룡 옮김

94 프랑켄슈타인 메리 셸리 | 김선형 옮김

95 래그타임 E. L. 닥터로 | 최용준 옮김

96 캔터빌의 유령 오스카 와일드 | 김미나 옮김

97 만(卍)·시게모토 소장의 어머니 다니자키 준이치로 | 김춘미, 이호철 옮김

98 맨해튼 트랜스퍼 존 더스패서스 | 박경희 옮김

99 단순한 열정 아니 에르노 | 최정수 옮김

100 열세 걸음 모옌 | 임홍빈 옮김

101 데미안 헤르만 헤세 | 안인희 옮김

102 수레바퀴 아래서 헤르만 헤세 | 한미희 옮김

103 소리와 분노 윌리엄 포크너 | 공진호 옮김

104 곰 윌리엄 포크너 | 민은영 옮김

105 롤리타 블라디미르 나보코프 | 김진준 옮김

106, 107 부활 레프 톨스토이 | 백승무 옮김

108, 109 모래그릇 마쓰모토 세이초 | 이병신 옮김

110 은둔자 막심 고리키 | 이강은 옮김

111 불타버린 지도 아베 고보 | 이영미 옮김

112 말라볼리아가의 사람들 조반니 베르가 | 김운찬 옮김

113 디어 라이프 앨리스 먼로 | 정연희 옮김

114 돈 카를로스 프리드리히 실러 | 안인희 옮김

115 인간 짐승 에밀 졸라 | 이철의 옮김

116 빌러비드 토니 모리슨 | 최인자 옮김

117, 118 미국의 목가 필립 로스 | 정영목 옮김

119 대성당 레이먼드 카버 | 김연수 옮김

120 나나 에밀 졸라 | 김치수 옮김

121, 122 제르미날 에밀 졸라 | 박명숙 옮김

123 현기증. 감정들 W. G. 제발트 | 배수아 옮김

124 강 동쪽의 기담 나가이 가후 | 정병호 옮김

125 붉은 밤의 도시들 윌리엄 버로스 | 박인찬 옮김

126 수고양이 무어의 인생관 E. T. A. 호프만 | 박은경 옮김

127 맘브루 R. H. 모레노 두란 | 송병선 옮김

128 익사 오에 겐자부로 | 박유하 옮김

129 땅의 혜택 크누트 함순 | 안미란 옮김

130 불안의 책 페르난두 페소아 | 오진영 옮김

131, 132 사랑과 어둠의 이야기 아모스 오즈 | 최창모 옮김

133 페스트 알베르 카뮈 | 유호식 옮김

134 다마세누 몬테이루의 잃어버린 머리 안토니오 타부키 | 이현경 옮김
135 작은 것들의 신 아룬다티 로이 | 박찬원 옮김
136 시스터 캐리 시어도어 드라이저 | 송은주 옮김
137 고독한 산책자의 몽상 장자크 루소 | 문경자 옮김
138 용의자의 야간열차 다와다 요코 | 이영미 옮김
139 세기아의 고백 알프레드 드 뮈세 | 김미성 옮김
140 햄릿 윌리엄 셰익스피어 | 이경식 옮김
141 카산드라 크리스타 볼프 | 한미희 옮김
142 이 글을 읽는 사람에게 영원한 저주를 마누엘 푸익 | 송병선 옮김
143 마음 나쓰메 소세키 | 유은경 옮김
144 바다 존 밴빌 | 정영목 옮김
145, 146, 147, 148 전쟁과 평화 레프 톨스토이 | 박형규 옮김
149 세 가지 이야기 귀스타브 플로베르 | 고봉만 옮김
150 제5도살장 커트 보니것 | 정영목 옮김
151 알렉시·은총의 일격 마르그리트 유르스나르 | 윤진 옮김
152 말라 온다 알베르토 푸겟 | 엄지영 옮김
153 아르세니예프의 인생 이반 부닌 | 이항재 옮김
154 오만과 편견 제인 오스틴 | 류경희 옮김
155 돈 에밀 졸라 | 유기환 옮김
156 젊은 예술가의 초상 제임스 조이스 | 진선주 옮김
157, 158, 159 카라마조프가의 형제들 표도르 도스토옙스키 | 김희숙 옮김
160 진 브로디 선생의 전성기 뮤리얼 스파크 | 서정은 옮김
161 13인당 이야기 오노레 드 발자크 | 송기정 옮김
162 하지 무라트 레프 톨스토이 | 박형규 옮김
163 희망 앙드레 말로 | 김웅권 옮김
164 임멘 호수 · 백마의 기사 · 프시케 테오도어 슈토름 | 배정희 옮김
165 밤은 부드러워라 F. 스콧 피츠제럴드 | 정영목 옮김
166 야간비행 앙투안 드 생텍쥐페리 | 용경식 옮김
167 나이트우드 주나 반스 | 이예원 옮김
168 소년들 앙리 드 몽테를랑 | 유정애 옮김
169, 170 독립기념일 리처드 포드 | 박영원 옮김
171, 172 닥터 지바고 보리스 파스테르나크 | 박형규 옮김
173 싯다르타 헤르만 헤세 | 권혁준 옮김
174 야만인을 기다리며 J. M. 쿳시 | 왕은철 옮김
175 철학편지 볼테르 | 이봉지 옮김
176 거지 소녀 앨리스 먼로 | 민은영 옮김
177 창백한 불꽃 블라디미르 나보코프 | 김윤하 옮김
178 슈틸러 막스 프리슈 | 김인순 옮김
179 시핑 뉴스 애니 프루 | 민승남 옮김

180 이 세상의 왕국 알레호 카르펜티에르 | 조구호 옮김
181 철의 시대 J. M. 쿳시 | 왕은철 옮김
182 카시지 조이스 캐럴 오츠 | 공경희 옮김
183, 184 모비 딕 허먼 멜빌 | 황유원 옮김
185 솔로몬의 노래 토니 모리슨 | 김선형 옮김
186 무기여 잘 있거라 어니스트 헤밍웨이 | 권진아 옮김
187 컬러 퍼플 앨리스 워커 | 고정아 옮김
188, 189 죄와 벌 표도르 도스토옙스키 | 이문영 옮김
190 사랑 광기 그리고 죽음의 이야기 오라시오 키로가 | 엄지영 옮김
191 빅 슬립 레이먼드 챈들러 | 김진준 옮김
192 시간은 밤 류드밀라 페트루솁스카야 | 김혜란 옮김
193 타타르인의 사막 디노 부차티 | 한리나 옮김
194 고양이와 쥐 귄터 그라스 | 박경희 옮김
195 펠리시아의 여정 윌리엄 트레버 | 박찬원 옮김
196 마이클 K의 삶과 시대 J. M. 쿳시 | 왕은철 옮김
197, 198 오스카와 루신다 피터 케리 | 김시현 옮김
199 패싱 넬라 라슨 | 박경희 옮김
200 마담 보바리 귀스타브 플로베르 | 김남주 옮김
201 패주 에밀 졸라 | 유기환 옮김
202 도시와 개들 마리오 바르가스 요사 | 송병선 옮김
203 루시 저메이카 킨케이드 | 정소영 옮김
204 대지 에밀 졸라 | 조성애 옮김
205, 206 백치 표도르 도스토옙스키 | 김희숙 옮김
207 백야 표도르 도스토옙스키 | 박은정 옮김
208 순수의 시대 이디스 워턴 | 손영미 옮김
209 단순한 이야기 엘리자베스 인치볼드 | 이혜수 옮김
210 바닷가에서 압둘라자크 구르나 | 황유원 옮김
211 낙원 압둘라자크 구르나 | 왕은철 옮김
212 피라미드 이스마일 카다레 | 이창실 옮김
213 애니 존 저메이카 킨케이드 | 정소영 옮김
214 지고 말 것을 가와바타 야스나리 | 박혜성 옮김
215 부서진 사월 이스마일 카다레 | 유정희 옮김
216 사람은 무엇으로 사는가 레프 톨스토이 | 이항재 옮김
217, 218 악마의 시 살만 루슈디 | 김진준 옮김
219 오늘을 잡아라 솔 벨로 | 김진준 옮김
220 배반 압둘라자크 구르나 | 황가한 옮김
221 어두운 밤 나는 적막한 집을 나섰다 페터 한트케 | 윤시향 옮김
222 무어의 마지막 한숨 살만 루슈디 | 김진준 옮김
223 속죄 이언 매큐언 | 한정아 옮김

224 암스테르담 이언 매큐언 | 박경희 옮김

225, 226, 227 특성 없는 남자 로베르트 무질 | 박종대 옮김

228 앨프리드와 에밀리 도리스 레싱 | 민은영 옮김

229 북과 남 엘리자베스 개스켈 | 민승남 옮김

230 마지막 이야기들 윌리엄 트레버 | 민승남 옮김

231 벤저민 프랭클린 자서전 벤저민 프랭클린 | 이종인 옮김

232 만년양식집 오에 겐자부로 | 박유하 옮김

233 이상한 나라의 앨리스 루이스 캐럴 | 김희진 옮김

234 소네치카·스페이드의 여왕 류드밀라 울리츠카야 | 박종소 옮김

235 메데야와 그녀의 아이들 류드밀라 울리츠카야 | 최종술 옮김

236 실종자 프란츠 카프카 | 이재황 옮김

● 문학동네 세계문학전집은 계속 출간됩니다